10
18

12, AVENUE D'ITALIE. PARIS XIIIe

Sur l'auteur

Né en 1964 au pays de Galles, Rhidian Brook est un romancier, scénariste et animateur radio anglais. Son premier roman, *The Testimony of Taliesin Jones*, remporte plusieurs prix, dont le très prestigieux Somerset Maugham Award, avant d'être adapté au cinéma avec Jonathan Price dans le rôle titre. Rhidian Brook vit à Londres, où il se consacre à l'écriture.

RHIDIAN BROOK

DANS LA MAISON DE L'AUTRE

Traduit de l'anglais
par Gabrielle Merchez et Frédérique Daber

10
18

FLEUVE ÉDITIONS

Titre original :
The Aftermath

ISBN : 978-2-264-06524-7

« En 1946, mon grand-père, le colonel Walter Brook, se trouva au cœur de ce “moment” qui allait le marquer profondément.

En poste à Hambourg, il fut nommé gouverneur de district, responsable de la reconstruction d'un territoire aussi vaste qu'un comté anglais.

À la recherche d'un toit, il dut réquisitionner la demeure d'un riche marchand. Mais au lieu d'en expulser les propriétaires allemands – les Ladige, un couple et ses deux enfants –, il fit quelque chose, d'après mes recherches, d'unique : il les autorisa à rester, considérant la maison suffisamment grande pour accueillir les deux familles. Cette situation tout à fait inhabituelle, due à un élan de générosité de mon grand-père, fut l'étincelle qui mena à l'écriture de mon roman, *Dans la maison de l'autre.* »

Rhidian Brook, *The Telegraph*, mai 2013

Ce roman est dédié à Walter, Anthea,
Colin, Sheila et Kim Brook.

« Tu rebâtiras sur les ruines de jadis. »
Isaïe, 58, 12

« Il me semble que cela n'a vraiment aucun sens
– une seule famille dans une aussi grande maison. »
Retour à Brideshead, *Evelyn Waugh*

Septembre 1946

CHAPITRE UN

— La Bête est là. Je l'ai vue. Berti l'a vue. Dietmar l'a vue. Avec sa fourrure noire comme le manteau d'une dame chic. Et des dents comme des touches de piano. On doit la tuer. Si on ne le fait pas, qui le fera ? Les Tommies ? Les Yankees ? Les Popov ? Les Français ? C'est pas eux qui le feront, ils sont trop occupés à chercher autre chose. Ils veulent un coup ci, un coup ça. Ils sont comme des chiens qui se disputent un os sans viande autour. C'est à nous de le faire. Attrapons la Bête avant qu'elle nous attrape. Après, tout ira mieux.

Le jeune Ossi rajusta son couvre-chef tout en guidant les autres à travers les décombres de la ville pulvérisée par les bombes des Tommies. Il portait le casque anglais qu'il avait volé à l'arrière d'un camion non loin de l'Alster. Même s'il avait moins de classe que les casques américains, voire russes, de sa collection, c'était celui qui lui allait le mieux. En plus, il l'aidait à jurer en anglais aussi bien que le sergent tommy qu'il avait vu hurler sur les prisonniers à Dammtor, la gare de Hambourg : « Eh ! Mains en l'air, nom de Dieu ! En l'air, j'ai dit ! Je veux les voir ! Foutus crétins de Boches. » Ces hommes avaient tardé à lever les mains, non parce qu'ils n'avaient pas compris, mais parce qu'ils étaient trop affaiblis par le manque de nourriture. Foutus crétins de Boches ! Le reste de la tenue d'Ossi consistait en un mélange inventif de loques et de vêtements de luxe : robe de chambre de dandy, cardigan de vieille fille, chemise sans col de grand-père, pantalon de combat retroussé et retenu à la taille par une cravate de commis de bureau, et chaussures trouées d'un chef de gare depuis longtemps disparu.

Les sauvageons – le blanc de leurs yeux agrandi par la peur et accentué par la crasse de leurs visages – suivaient leur chef à travers les éboulis. En zigzaguant entre les moraines de briques éclatées, ils débouchèrent sur un terrain ouvert où gisait le cône fuselé d'une flèche d'église. Ossi fit signe à la petite troupe de s'arrêter et fouilla dans sa robe de chambre pour en tirer son Luger. Il renifla l'air.

— Elle est là. Je la sens. Vous la sentez ?

Les sauvageons reniflèrent, pareils à une bande de lapins nerveux. Ossi se colla contre la flèche abattue et s'approcha à petits pas de l'extrémité béante, guidé par son pistolet comme par une baguette de sourcier. Il s'immobilisa et tapota le cône avec son arme, pour indiquer que la Bête se trouvait probablement à l'intérieur. Soudain, un éclair noir jaillit à l'air libre. Les sauvageons se baissèrent, craintifs, mais Ossi s'avança d'un pas pour se camper solidement devant eux, il ferma un œil, visa et tira.

— Crève, la Bête !

La moiteur pesante de l'air assourdit le coup de feu et le bruit sec et métallique d'un ricochet renvoya le message qu'il avait manqué sa cible.

— Tu l'as eue ?

Ossi baissa son pistolet et le fourra dans sa ceinture.

— On l'aura une autre fois, dit-il. Allez, on cherche à manger.

*

— Nous vous avons trouvé une maison, mon colonel.

Le capitaine Wilkins écrasa sa cigarette et posa son doigt jauni sur la carte de Hambourg punaisée au mur derrière son bureau. Il traça une ligne vers l'ouest qui partait de l'épingle marquant leur quartier général temporaire, contournait les quartiers bombardés de Hammerbrook et de St Georg et continuait, au-delà de St Pauli et d'Altona, vers les vieux faubourgs de pêcheurs de Blankenese, là où l'Elbe faisait un coude avant de se jeter dans la mer du Nord. La carte, tirée d'un guide touristique d'avant-guerre, omettait d'indiquer que ces banlieues formaient une ville fantôme de gravats et de cendres.

— C'est un sacré palais au bord du fleuve. Là.

Le doigt de Wilkins suivit la courbe au bout de l'Elbchaussee, la route qui longeait le grand fleuve.

— Je pense que vous le trouverez à votre goût, mon colonel.

Voilà un mot qui appartenait à un autre monde ; un monde d'abondance et de confort matériel. Au cours des derniers mois, les goûts de Lewis s'étaient réduits à une simple liste de besoins fondamentaux : 2 500 calories par jour, du tabac, de la chaleur. « Un sacré palais au bord du fleuve » lui apparaissait soudain comme la requête d'un roi extravagant.

— Mon colonel ?

Lewis était « ailleurs », une fois de plus ; ailleurs, dans sa tête, lieu de cette tumultueuse assemblée où les échanges houleux avec ses pairs étaient de plus en plus fréquents.

— N'est-ce pas déjà habité ?

Wilkins ne savait pas trop comment réagir. Son

supérieur était un homme d'excellente réputation, ses états de service pendant la guerre étaient irréprochables, mais il semblait avoir des bizarreries, une manière bien particulière de voir les choses. Le jeune capitaine se résolut à citer le manuel :

— Ces gens-là n'ont guère de sens moral, mon colonel. Ils sont un danger pour nous et pour eux-mêmes. Ils ont besoin de savoir qui commande. Ils ont besoin d'être dirigés. Par une main ferme mais juste.

Lewis hocha la tête et, pour économiser ses paroles que le froid et le manque de nourriture lui avaient appris à rationner, signifia d'un geste au capitaine d'aller droit au but.

— La maison appartient à une famille dénommée Lubert. Lou-beur-t. On prononce le T. L'épouse est morte dans les bombardements. Elle était d'une famille de gros bonnets de l'alimentaire. Des liens avec Blohm & Voss. Ils étaient aussi propriétaires de plusieurs minoteries. Herr Lubert était architecte. Il n'a pas encore été blanchi, mais nous pensons qu'il sera sans doute blanc ou, au pire, d'un gris acceptable ; pas de lien direct avéré avec les nazis.

— Du pain.

— Mon colonel ?

Lewis n'avait rien mangé de la journée et avait sauté de la minoterie au pain, sans réfléchir. Le pain qu'il imaginait était brusquement plus présent, plus réel que le capitaine debout devant la carte, de l'autre côté du bureau.

— Continuez, la famille…

Lewis s'efforça d'avoir l'air attentif, hochant la tête et affichant une expression intéressée.

Wilkins poursuivit :

— L'épouse de Lubert est morte en 1943. Sous les bombes incendiaires. Un enfant, une fille. Frieda, quinze ans. Ils ont du personnel – une femme de chambre, une cuisinière et un jardinier. Le jardinier est un bricoleur hors pair, ex-Wehrmacht. La famille a des proches qui peuvent les héberger. Soit nous relogeons les domestiques, soit vous les gardez à votre service. Ils sont relativement « propres ».

La procédure qui permettait au service du Renseignement de la Commission de contrôle de passer les âmes au crible de la propreté était le *Fragebogen*, un document de 133 questions visant à déterminer le degré de collaboration de tout citoyen allemand avec le régime. À partir de là, ils étaient classés en trois groupes codifiés par une couleur – noir, gris ou blanc, avec des nuances intermédiaires pour plus de précision – et traités en conséquence.

— Ils s'attendent à cette réquisition. Vous n'avez qu'à visiter les lieux avant de les mettre dehors. Je ne pense pas que vous serez déçu, mon colonel.

— Et eux, capitaine, vous pensez qu'ils le seront ?

— Eux ?

— Les Lubert. Quand je les mettrai dehors.

— On ne leur laisse pas le luxe d'être déçus, mon colonel. Ce sont des Allemands.

— Évidemment. Suis-je bête.

Lewis en resta là. Encore d'autres questions de ce genre et ce jeune officier efficace, avec son baudrier astiqué et ses guêtres impeccables, le ferait signaler au service psychiatrique.

Il sortit du QG surchauffé du détachement militaire britannique pour se retrouver dans le froid précoce d'une journée de fin septembre. Son haleine faisait de la buée tandis qu'il enfilait les gants de cuir que le capitaine McLeod, l'officier de cavalerie américain, lui avait offerts à la mairie de Brême, le jour où les Alliés avaient annoncé les lignes de partition de la nouvelle Allemagne. « Vous n'avez pas tiré le bon numéro, à ce qu'on dirait, avait-il remarqué en lisant la directive.

Aux Français, le vin, à nous, les paysages et à vous autres, les ruines. »

Lewis avait vécu parmi les ruines depuis tellement longtemps qu'il ne les voyait plus. Son uniforme convenait bien à un administrateur de cette nouvelle Allemagne quadripartite. C'était une tenue cosmopolite qui, dans le climat de confusion et de réorganisation de l'après-guerre, ne suscitait aucun commentaire.

Les gants américains étaient précieux, mais son manteau en peau de mouton, souvenir du front russe, lui procurait un plaisir plus grand encore. On pouvait remonter sa trace, *via* l'Américain, à un lieutenant de la Luftwaffe qui l'avait lui-même pris à un colonel de l'Armée rouge fait prisonnier. Si ce froid persistait, il serait bientôt de saison.

C'était un soulagement de quitter Wilkins. Le jeune officier faisait partie de la nouvelle brigade de fonctionnaires qui composaient la Commission de contrôle alliée en Allemagne, une armée de gratte-papier en surnombre qui se prenaient pour les architectes de la reconstruction. Peu d'entre eux avaient connu le combat – ou même un Allemand –, ce qui leur permettait de prendre en toute assurance des décisions sur la base de jugements théoriques. Wilkins passerait commandant d'ici peu. Lewis sortit de son manteau un étui à cigarettes en métal argenté ; quand il l'ouvrit, son couvercle poli renvoya l'éclat du soleil. Il le nettoyait régulièrement. Cet étui était son seul objet précieux, un cadeau de départ de Rachael, qu'elle lui avait offert devant le portail de la dernière vraie maison où il avait vécu – à Amersham, voilà trois ans. « Pense à moi quand tu fumes », lui avait-elle recommandé, et c'était ce qu'il s'était efforcé de faire cinquante, soixante fois par jour depuis trois ans ; un petit rituel pour entretenir la flamme de l'amour. Il alluma une cigarette et pensa à cette flamme. Avec la distance et le temps, il avait été facile de la croire plus vive qu'elle ne l'était. Le souvenir de leurs ébats amoureux et des courbes de sa femme, de sa peau d'une douceur satinée, l'avait soutenu dans la solitude et le froid de ces longs mois (ses courbes semblaient s'arrondir, et sa peau s'adoucir, avec les années de guerre). Pourtant, il se sentait tellement à l'aise avec cet ersatz imaginaire de femme que la perspective imminente de la toucher, de la sentir pour de vrai le déconcertait.

Une Mercedes 540K noire, aux lignes élégantes, fanion britannique sur le capot, se gara devant les marches du quartier général. L'Union Jack, sur le rétroviseur extérieur, était la seule chose qui paraissait déplacée. En dépit de ce qu'elle évoquait, cette voiture plaisait à Lewis, il aimait ses lignes et le doux ronronnement de son moteur. Elle était équipée comme un transatlantique, et la conduite prudente à l'extrême de son chauffeur, Herr Schröder, ajoutait à l'impression de se trouver sur un paquebot. On pouvait la couvrir d'insignes britanniques sans parvenir à dégermaniser cette voiture. Le personnel de l'armée britannique était taillé pour les rondeurs de la bringuebalante Austin 16, pas pour ces belles mécaniques conçues pour conquérir le monde.

Lewis descendit les marches et ébaucha un salut militaire à l'intention de son chauffeur.

Schröder, un grand échalas mal rasé portant casquette et cape noires, bondit du siège conducteur pour contourner la voiture d'un pas vif. Il s'inclina devant Lewis et, dans un ample mouvement de cape, ouvrit la portière arrière.

— Le siège avant m'ira, Herr Schröder.

Schröder parut déstabilisé par cette désinvolture hiérarchique.

— *Nein, Herr Kommandant.*

— Si, je vous assure. *Sehr gut*, répéta Lewis.

— *Bitte*, comme vous voulez, *Herr Oberst.*

Schröder referma la portière arrière et leva la main pour dissuader Lewis de faire le moindre geste.

Lewis s'effaça, jouant le jeu, mais la déférence de l'Allemand le déprimait ; c'étaient là les gestes d'un homme vaincu qui s'accrochait à sa position subalterne. Dans la voiture, Lewis tendit à Schröder le bout de papier sur lequel Wilkins avait griffonné l'adresse de la maison qui allait probablement être la sienne pour les temps à venir. Le chauffeur loucha sur le papier et approuva la destination d'un hochement de tête.

Schröder fut contraint de zigzaguer entre les cratères creusés par les bombes dans les pavés de la route, et entre les lentes processions de gens hébétés qui marchaient sans but, emportant avec eux les vestiges de leur passé emballés dans des sacs, des caisses et des cartons, en même temps qu'un malaise presque palpable. On aurait dit un peuple renvoyé brutalement à l'ère des cueilleurs nomades.

Le spectre d'un fracas épouvantable planait sur la scène. Quelque chose d'inconcevable avait défait ce lieu en laissant les morceaux d'un puzzle impossible à reconstruire. Il n'y avait pas de reconstruction possible, ni de retour à l'image d'avant. C'était *Stunde Null.* L'Heure Zéro. Ces gens-là repartaient de rien et survivaient difficilement avec rien. Deux femmes avançaient avec une carriole remplie de meubles, l'une tirant, l'autre poussant, tandis qu'un homme, une serviette à la main, semblait à la recherche du bureau où il travaillait jadis, sans un seul regard pour l'invraisemblable destruction alentour, comme si cette architecture d'apocalypse était dans la nature des choses.

Une ville détruite s'étirait à perte de vue, les décombres s'amoncelaient jusqu'au premier étage des bâtiments encore debout. Difficile de croire qu'ici des gens avaient lu le journal, confectionné des gâteaux et s'étaient demandé quels tableaux mettre aux murs du salon. Sur un côté de la route s'élevait la façade d'une église, avec le ciel pour tout vitrail et le vent pour seul paroissien. En face, des immeubles intacts – exception faite des murs de façade qui avaient été soufflés par les bombes et laissaient voir les pièces meublées – se dressaient telles de gigantesques maisons de poupées. Dans l'une d'elles, indifférente aux intempéries et aux regards indiscrets, une femme brossait tendrement les cheveux d'une fillette assise devant une coiffeuse.

Un peu plus loin, femmes et enfants fouillaient dans les décombres pour trouver quelque nourriture ou des fragments de leur vie passée. Des croix noires marquaient l'emplacement où des cadavres attendaient une sépulture. Et partout, d'étranges tuyaux, cheminées d'une ville souterraine, hérissaient le sol en crachant leur fumée noire vers le ciel.

— Des lapins ? demanda Lewis en voyant des créatures émerger de terriers invisibles.

— *Trümmerkinder !* répondit Schröder, dans un brusque éclat de colère.

Alors Lewis s'aperçut que les créatures bondissantes étaient des « enfants des ruines », que le passage de la voiture faisait sortir de leurs terriers.

— *Ungeziefer !* lança Schröder avec une véhémence injustifiée au moment où la « vermine » – filles ou garçons, c'était difficile à dire – déboula en courant devant la voiture.

Schröder mit en garde les trois gamins d'un coup de klaxon, mais ils ne se laissèrent pas intimider par la grosse masse noire de la Mercedes. Ils ne bougèrent pas d'un pouce, obligeant la voiture à s'arrêter.

— *Weg ! Schnell !* hurla Schröder, les veines du cou gonflées de rage.

Il donna un autre coup de klaxon, mais l'un des

enfants – un gamin en robe de chambre et casque anglais – s'avança hardiment jusqu'à la portière de Lewis, sauta sur le marchepied et se mit à taper à la vitre.

— Hé, Tommy, t'as quoi ? Putain d'zandvich ? Choko ?

— *Steig aus ! Sofort !*

Schröder postillonna sur le colonel en se penchant pour menacer l'enfant du poing. Les deux autres en avaient profité pour grimper sur le capot et s'escrimaient à enlever l'insigne chromé de la Mercedes.

Schröder se retourna et bondit de la voiture. S'élançant vers les gamins qui tentaient de déguerpir, il réussit à attraper le pan d'une chemise. D'un coup sec, il ramena le petit malheureux vers lui, l'agrippa d'une main par le cou et se mit à le battre.

— Schröder !

C'était la première fois depuis des mois que Lewis élevait la voix ; elle se brisa de surprise.

Schröder n'avait pas l'air d'entendre et continuait de frapper l'enfant avec hargne.

— *Halt !*

Lewis sortit de la voiture pour intervenir, et les autres battirent en retraite de peur de recevoir le même traitement. Cette fois, le chauffeur entendit et s'arrêta, avec une expression étrange où se mêlaient la honte et un sentiment de légitimité. Il lâcha le gamin et revint à la voiture en marmonnant, essoufflé par tant d'efforts.

— *Hierbleiben !* lança Lewis aux enfants.

Le plus âgé des garçons se rapprocha, et ses copains lui emboîtèrent timidement le pas. D'autres sauvageons venaient les rejoindre, en quête de restes, des enfants sous un camouflage de crasse. De près, ils dégageaient l'odeur fétide des affamés. Tous ensemble, ils tendaient les mains en implorant la bienveillance de ce dieu anglais dans son char noir. Lewis alla chercher sa sacoche dans la voiture. Il y avait mis une tablette de chocolat et une orange. Il tendit le chocolat au plus grand.

— *Verteil!* ordonna-t-il.

Il donna ensuite l'orange à la plus jeune, une fillette de cinq ou six ans qui n'avait connu que la guerre, et réitéra l'ordre de partager. Mais la fillette mordit tout de suite dans l'orange comme s'il s'agissait d'une pomme et mâcha le fruit, écorce comprise. Lewis tenta de lui montrer qu'il fallait l'éplucher, mais la gamine serrait contre elle son trésor, de crainte d'avoir à le rendre.

D'autres enfants se pressaient à présent autour de lui, les mains tendues, et parmi eux un garçon qui avait perdu une jambe et s'appuyait sur un club de golf.

— Choko, Tommy ! Choko, Tommy ! criaient-ils.

Lewis n'avait plus de nourriture à leur offrir, mais il avait quelque chose de plus précieux. Il prit son étui à cigarettes et le tapota pour en sortir dix Player's. Il tendit les cigarettes à l'aîné des garçons ; celui-ci écarquilla des yeux déjà trop grands à la vue de l'or qu'il tenait dans ses mains. Lewis savait que ce qu'il faisait était interdit – non content de fraterniser avec des Allemands, il encourageait le marché noir – mais il s'en moquait. Ces dix cigarettes allaient leur permettre d'acheter quelque chose à manger à un fermier. Les lois imposées par le nouvel ordre avaient été élaborées dans la peur, avec un esprit revanchard, par des hommes assis derrière leurs bureaux. Mais pour le moment et pour un temps indéfini, dans ce petit territoire, la loi, c'était lui.

*

Stefan Lubert se tenait devant ses derniers domestiques – Richard, le jardinier boiteux, Heike, la femme de chambre émotive et Greta, l'intraitable cuisinière au service de la famille depuis trente ans – et leur donnait ses ultimes instructions. Heike pleurait déjà.

— Montrez-vous respectueux et faites le service comme vous en avez l'habitude. Au fait, Heike, et ça vaut pour vous trois : s'il vous propose de rester, n'ayez aucun scrupule à accepter. Je serai content de vous savoir ici, vous pourrez garder l'œil sur ce qui se passe.

Se penchant en avant, il essuya une larme sur la joue rebondie de Heike.

— Allons, séchez vos larmes. Estimez-vous heureux que ce ne soient pas les Russes. Les Anglais sont peut-être incultes, mais ils ne sont pas cruels.

— Voulez-vous que je serve des rafraîchissements, monsieur ? hoqueta Heike.

— Bien sûr. Faisons preuve de courtoisie.

— Nous n'avons pas de biscuits, signala Greta. Rien que du gâteau.

— Très bien. Faites du thé, au lieu du café. De toute façon, nous n'en avons pas, la question est résolue. Vous servirez dans la bibliothèque. Il fait trop clair ici.

Lubert avait espéré que la visite de l'officier se fasse par temps triste et gris, mais, en ce début d'automne, le soleil frappait les vitraux Art déco de la grande fenêtre, face à la loggia, et inondait le hall de sa plus belle lumière, rendant la maison plus accueillante encore.

— Bon, où est Frieda ?

— Elle est dans sa chambre, monsieur, répondit Heike

Lubert s'arma de courage. Cela faisait plus d'un an que la guerre était finie, mais sa fille n'avait toujours pas capitulé. Il était temps d'étouffer cette poche de résistance. Il monta l'escalier d'un pas fatigué. Il frappa à la porte de Frieda, et l'appela. Il attendit en sachant qu'elle ne répondrait pas, puis il entra. La jeune fille était allongée sur son lit, les jambes tendues à quelques centimètres au-dessus du matelas. Un livre – un exemplaire dédicacé de *La Montagne magique*, de Thomas Mann, que Claudia, l'épouse de Lubert, lui avait offert pour ses trente ans – posé en équilibre sur les chevilles. Frieda ignora la présence de son père, concentrée sur l'effort requis pour tenir la posture, alors que ses jambes commençaient à trembler. Depuis combien de temps tenait-elle la position ? Deux, cinq, dix minutes ? Elle se mit à respirer très fort par le nez pour tenter de masquer la difficulté de l'exercice, s'interdisant toute manifestation de faiblesse. Elle déployait une force impressionnante, mais sans rien de joyeux, dans ce rituel hitlérien de gymnastique qu'elle pratiquait religieusement depuis la guerre.

Une jeune fille tout en force, sans gaieté aucune.

Le visage de Frieda s'empourprait et des gouttes de sueur perlèrent sur son front. Quand ses jambes se mirent à osciller, elle les baissa dans un mouvement contrôlé, comme si elle en avait décidé ainsi.

— Tu devrais essayer avec Shakespeare, ou même avec l'atlas, dit Lubert. Ce serait encore plus efficace.

Même si ses plaisanteries lui revenaient généralement en boomerang, la légèreté restait son arme préférée face aux humeurs noires de sa fille.

— Ce n'est pas le livre qui compte, répondit-elle.

— L'officier anglais va arriver.

Frieda s'assit brusquement, sans l'aide de ses bras. Elle fit pivoter ses jambes pour poser les pieds au sol et s'essuya le front de la main, épongeant la sueur sur ses cheveux tressés. Elle fixait son père de ce regard dur et méprisant qui était le sien depuis quelques années et qui le chagrinait.

— J'aimerais que tu viennes l'accueillir, dit-il.

— Pourquoi ?

— Parce que…

— Parce que tu vas abandonner la maison de maman sans te battre.

— Fredie ? Ne parle pas comme ça, s'il te plaît. Allez, viens. Fais-le pour maman.

— Elle ne partirait pas, elle. Elle ne laisserait jamais faire une chose pareille.

— Viens.

— Non. Demande-le-moi mieux que ça.

— Fais-moi plaisir, descends avec moi.

— Dégonflé !

Incapable de lui faire baisser les yeux, Lubert tourna les talons et sortit, le cœur battant à tout rompre. Au pied de l'escalier, il surprit son reflet dans le miroir. Il avait le teint jaune, les joues creuses et les traits brouillés, mais cela pouvait jouer en sa faveur. Il avait mis son costume le plus élimé. Il savait qu'il allait céder sa maison – c'était l'une des plus belles sur la Chaussee, aucun officier anglais, si longtemps privé de luxe, ne saurait y résister – cependant la première impression devait être la bonne. On racontait que, depuis la capitulation, les Alliés faisaient main basse sur tout ce qui avait de la valeur, et les Anglais, frustes impérialistes, étaient des pilleurs de cultures étrangères, c'était bien connu. Il était donc particulièrement inquiet pour les toiles de Fernand Léger et les bois d'Emil Nolde qui ornaient les pièces de réception, et pourtant il se disait que s'il trouvait la bonne attitude et faisait bonne impression sur l'Anglais, celui-ci serait moins tenté d'abuser de la situation. Il saisit le pique-feu et arrangea les cendres de façon à montrer qu'on avait brûlé des meubles. Puis il ôta sa veste, desserra sa cravate et prit la pose : bras ballants, une jambe légèrement décalée. Déférent mais digne. Non, il se trouvait trop désinvolte, trop à l'aise, trop sûr de lui, bref, trop proche de ce qu'il était vraiment. Il remit sa veste, resserra sa cravate, lissa ses cheveux et se tint plus droit, mains sagement croisées devant lui. Voilà qui était mieux. C'était l'attitude d'un homme prêt à céder sa maison sans amertume.

*

Lewis et Schröder n'échangèrent plus un mot durant le reste du trajet. Lewis voyait remuer les lèvres de son chauffeur, qui se repassait le film de la rencontre avec les sauvageons avec des mimiques de dégoût et de colère, mais choisit de ne rien dire. La voiture ne tarda pas à atteindre les faubourgs, aux confins des quartiers si massivement bombardés par les Britanniques et les Américains trois ans plus tôt. La route était en bon état à présent, bordée de platanes et de maisons intactes derrière leurs haies et leurs portails gigantesques. Ils roulaient sur l'Elbchaussee, et ces maisons étaient celles des banquiers et des marchands qui avaient fait de Hambourg une ville riche, dont le port, avec sa zone industrielle, avait été la cible privilégiée du Bomber Command de la RAF. Des maisons plus somptueuses, plus modernes, plus imposantes que celles des banlieues londoniennes que Lewis connaissait ; jamais il n'aurait pensé habiter un jour une maison pareille.

La villa Lubert était la dernière demeure au bord de l'Elbe ; peu après, la route s'éloignait du fleuve. Lorsqu'il la vit pour la première fois, Lewis se demanda si le capitaine Wilkins ne s'était pas trompé. Elle se dressait au bout d'une longue allée bordée de peupliers, majestueuse bâtisse blanche, semblable à un gâteau de mariage, agrémentée de portiques et d'un balcon semi-circulaire à colonnades. Le rez-de-chaussée était surélevé, divisé en deux par un imposant escalier de pierre menant à une première terrasse. Une glycine grimpait aux piliers qui soutenaient le balcon à l'étage, avec sa vue sur l'Elbe, à une centaine de mètres de là.

Lewis était stupéfait par la taille et la magnificence de la maison. Ce n'était pas tout à fait un palais, mais c'était une résidence qui convenait mieux à un général ou à un chancelier qu'à un petit colonel n'ayant jamais eu de maison à son nom.

Quand la Mercedes s'engagea sur l'allée circulaire, Lewis distingua trois silhouettes – deux femmes et un homme qu'il pensa être le jardinier – formant une sorte de haie d'honneur. Une quatrième personne, un homme grand et mince dans un costume trop ample, descendit les marches pour les rejoindre. Schröder fit lentement le tour pour s'arrêter juste à la hauteur du comité d'accueil. Lewis descendit de voiture sans attendre que le chauffeur lui ouvre la portière et s'avança vers celui qu'il devinait être Lubert. Le colonel ébauchait déjà un salut, mais se reprit *in extremis* et tendit la main pour serrer celle de son hôte.

— *Guten Abend*, dit-il. Colonel Lewis Morgan.

— Bienvenue, *Herr Oberst*. Je vous en prie, parlons anglais, fit Lubert en lui serrant cordialement la main.

Même à travers les gants, Lewis sentit que la main de l'Allemand était plus chaude que la sienne. Il salua les domestiques de la tête. Les deux femmes lui firent la révérence, et la plus jeune lui décocha un regard intrigué, comme à un membre d'une tribu disparue. Elle semblait le trouver amusant, à cause de son accent ou, peut-être, de son uniforme inhabituel. Lewis lui sourit à son tour.

— Et voici Richard.

Le jardinier fit claquer ses talons et tendit un bras.

Lewis serra la main calleuse de l'homme et ce dernier lui secoua le bras comme on actionne un piston.

— Entrez, je vous en prie, dit Lubert.

Lewis laissa derrière lui un Schröder encore boudeur, toujours assis à sa place, les jambes sur le marchepied de la Mercedes, et suivit Lubert en haut des marches.

C'est à l'intérieur que la maison révélait sa véritable personnalité. Si Lewis n'en appréciait pas trop le style – le mobilier moderniste, aux lignes strictes, et les œuvres d'art trop avant-gardistes à son goût –, la qualité de la construction et la virtuosité du design, en revanche, étaient bien supérieures à tout ce qu'il avait pu voir en Angleterre. Y compris chez les Bayliss-Hilliers, du manoir d'Amersham, une résidence que leur enviait Rachael et qui représentait pour elle le *nec plus ultra* en la matière. Durant la visite, tandis que Lubert lui donnait obligeamment des explications sur la fonction des différentes pièces et l'histoire de la villa, Lewis se prit à imaginer le moment où Rachael pénétrerait ici pour la première fois. Il voyait déjà sa femme découvrir ces pièces claires, aux volumes harmonieux, et ouvrir de grands yeux devant tant de splendeur : les banquettes de marbre sous les fenêtres, le piano à queue, le monte-plats, les chambres de bonne, la bibliothèque, le fumoir, les beaux objets d'art ; il eut soudain le fol espoir que cette maison pourrait miraculeusement combler les années de pénurie et d'éloignement que la guerre leur avait imposées.

— Vous avez des enfants ? demanda Lubert sur l'escalier qui menait aux chambres.

— Oui. Un fils. Edmund.

Il prononça son nom comme pour s'en souvenir.

— Alors peut-être que cette chambre serait bien pour Edmund ?

Lubert fit entrer Lewis dans une pièce remplie de jouets – des jouets de fille, pour la plupart. Dans le fond, un cheval à bascule aux gros yeux noirs portait une poupée de porcelaine assise en amazone. Une maison de poupée aussi grande qu'un chenil, réplique d'une demeure de style georgien, était posée au pied d'un petit lit à colonnes. Plusieurs poupées étaient perchées sur son toit, avec les jambes qui pendouillaient devant les chambres, telle une rangée de géantes de porcelaine envahissant la maison d'un autre.

— Ces affaires de fille ne déplairont pas à votre fils ? demanda Lubert.

Lewis ne savait pas au juste ce qui plairait ou non à Edmund – son fils venait d'avoir dix ans la dernière fois qu'il l'avait vu – mais quel enfant trouverait à redire devant tant d'espace, tant de trésors ?

— Bien sûr que non, répondit-il.

À chaque nouvelle découverte, à chaque détail intime – « C'est d'ici que nous aimions voir les bateaux », « C'est ici que nous aimions jouer aux cartes » – Lewis était de plus en plus mal à l'aise. Comme si Lubert lui versait des charbons ardents sur la tête. Il aurait préféré une certaine hostilité, ou à tout le moins une discrète résistance – une quelconque réaction qui lui aurait permis de se cuirasser, lui facilitant ainsi la tâche. Cette visite courtoise, presque cérémonieuse, rendait l'affaire bien plus pénible. Quand enfin ils arrivèrent dans la chambre principale, la huitième de l'étage, avec son lit bateau à la française, au-dessus duquel était accrochée une huile représentant les flèches vertes d'une cité médiévale, Lewis se sentait anéanti.

— Ma ville allemande favorite, déclara Lubert en voyant Lewis tenter de déchiffrer le tableau. Lübeck. Vous devriez la visiter, si vous le pouvez.

Lewis ne s'attarda pas. Il s'avança vers les portes-fenêtres pour regarder le fleuve, au bout du jardin.

— Claudia, ma femme, aimait bien s'asseoir ici en été, dit Lubert en ouvrant les fenêtres du balcon. L'Elbe, annonça-t-il en franchissant le seuil et, d'un geste ample, il embrassa la vue dans toute son étendue.

C'était un grand fleuve d'Europe, plus large, plus

lent qu'un fleuve anglais, et ici, dans son méandre, il atteignait pratiquement sa plus grande largeur, près de huit cents mètres d'une berge à l'autre. C'était ce fleuve, et les marchandises qu'on y transportait, qui avait permis la construction de cette demeure et de la plupart de celles qui longeaient sa rive nord.

— Il se jette dans notre *Nordsee*. La « mer du Nord », pour vous ? demanda Lubert.

— C'est la même mer, en fin de compte, répondit Lewis.

Lubert sembla apprécier la remarque, et répéta :

— La même mer. Oui.

D'autres auraient pu voir dans les manières de Lubert une volonté de donner mauvaise conscience à l'Anglais, d'autres encore auraient décelé dans sa sereine dignité toute la morgue d'une race qui avait voulu détruire le monde et devait maintenant en assumer les conséquences. Lewis ne voyait pas les choses ainsi. Pour lui, Lubert était un homme cultivé, un privilégié placé dans une situation humiliante et qui se cramponnait à la courtoisie pour préserver les restes d'une existence déjà en ruine. Lewis savait bien que cette mise en scène visait à gagner sa sympathie, à adoucir le choc en quelque sorte, peut-être même à le faire changer d'avis, et pourtant il ne pouvait pas reprocher à Lubert d'essayer ; il ne pouvait pas non plus faire semblant de s'en offusquer pour jouer l'indifférent, capable de décider pour le mieux.

— Votre maison est magnifique, Herr Lubert.

Lubert s'inclina en signe de gratitude.

— C'est beaucoup plus qu'il ne m'en faut, plus qu'il n'en faut à ma famille, reprit Lewis. Et… beaucoup plus, en tout cas, que ce à quoi nous sommes habitués.

Lubert attendait la conclusion, les yeux brillants, pressentant une volte-face inattendue.

Lewis regardait par la fenêtre l'immense fleuve qui coulait vers leur mer « commune », cette mer qui, en ce moment même, emportait les siens vers leurs retrouvailles.

— J'aimerais vous proposer une autre solution.

CHAPITRE DEUX

— « Vous allez rencontrer un peuple étrange dans un étrange pays ennemi. Ne fréquentez pas les Allemands. Ne vous promenez pas avec eux, ne leur serrez pas la main, n'allez pas chez eux. Ne participez à aucun jeu avec eux, n'acceptez pas de sortir avec eux. Ne cherchez pas à faire preuve de gentillesse, ils tiennent cela pour de la faiblesse. Faites-vous respecter par les Allemands. Ne leur manifestez pas de haine : ils en seraient flattés. Restez correct et digne, gardez vos distances en toute occasion. Ne fra… ter-nisez… »

Edmund répéta le mot :

— « Fraternisez » ? Qu'est-ce que ça veut dire ? Mère ?

Rachael avait décroché après « correct et digne », elle s'imaginait en train d'agir de la sorte devant des Allemands qu'elle ne connaissait pas. Edmund faisait la lecture de *Votre installation en Allemagne*, le vade-mecum officiel que le gouvernement britannique remettait à toutes les familles en partance pour ce pays, avec de nombreux sachets de bonbons et des magazines. Rachael avait pour tactique de demander à son fils de lire à voix haute, c'était pour elle une façon simple d'encourager le garçon à se documenter sur le monde tout en laissant libre cours à sa rêverie.

— Hum ?

— Ils disent qu'il ne faut pas fraterniser avec les Allemands. Qu'est-ce que ça veut dire ?

— Ça veut dire… être aimable. Ça veut dire que nous ne devons pas les fréquenter.

Edmund réfléchit quelques instants.

— Même si c'est quelqu'un qu'on aime bien ?

— Nous n'aurons rien à voir avec eux, Ed. Tu n'auras pas besoin de t'en faire des amis.

Mais la curiosité d'Edmund était une hydre : Rachael avait à peine tranché la dernière question que déjà trois autres avaient jailli.

— Est-ce que l'Allemagne va être comme une nouvelle colonie ?

— Oui, un peu.

Comme Lewis lui avait manqué ces trois dernières années pour répondre à ce flot incessant de questions. L'esprit vif et insatiable du garçon avait besoin d'être mis en valeur, de trouver du répondant. Avec un père absent et une mère qui ne savait plus rester présente, Ed obtenait généralement pour toute réponse de vagues hochements de tête. Il avait tellement pris l'habitude de voir sa mère réagir à retardement qu'il répétait tout deux fois, comme s'il s'adressait à une vieille tante sourde qu'il fallait ménager.

— Est-ce qu'ils vont devoir apprendre à parler anglais ?

— J'imagine que oui, Ed, sans doute. Continue ta lecture.

Edmund reprit :

— « Quand vous croiserez des Allemands, vous les trouverez probablement très semblables à nous. Sauf qu'il y a moins de gens maigres et secs que chez nous, et davantage de grands blonds bien en chair, surtout dans le nord du pays. En réalité, ils sont plus différents de nous qu'il n'y paraît. »

Edmund hocha la tête, soulagé d'entendre cela. Mais la suite le laissa perplexe :

— « Les Allemands aiment beaucoup la musique. Beethoven, Wagner et Bach étaient tous allemands. » (Il s'arrêta de lire, troublé.) C'est vrai ? Bach était allemand ?

Bach était incontestablement allemand, mais Rachael avait beaucoup de mal à l'admettre. Les belles choses ne pouvaient être que du côté des anges.

— L'Allemagne était différente, en ce temps-là, répondit-elle. Continue ta lecture. C'est intéressant…

Le manuel suscitait chez Rachael une émotion primitive, rassurante. Elle sentait monter en elle l'affirmation de son message fondamental : tout bien considéré, les Allemands sont mauvais. Cette idée les avait tous globalement aidés à traverser la guerre en recueillant un consensus qui les empêchait de chercher d'autres responsables. On pouvait accuser l'Allemagne de presque tous les maux dont souffrait aujourd'hui le monde : les mauvaises récoltes, le prix du pain, le relâchement des mœurs chez les jeunes, la désertion des églises. Pendant quelque temps, Rachael avait repris l'idée à son compte, elle lui servait d'explication passe-partout aux diverses petites contrariétés de sa vie familiale.

Et puis, un jour du printemps 1942, un Heinkel He 111 qui rentrait d'un raid sur les raffineries de Milford Haven largua sa dernière bombe au hasard et tua son fils Michael, quatorze ans, détruisant la maison de sa sœur et projetant Rachael comme une poupée de chiffon sur le parquet, à l'autre bout du salon. Elle avait beau s'être relevée indemne des ruines, un éclat d'obus fantôme s'était logé au plus profond d'elle-même, hors d'atteinte des chirurgiens ; il empoisonnait ses pensées et les rendait boiteuses. Cette bombe absurde avait fait voler en éclats sa foi dans la bonté fondamentale de l'existence, l'avait réduite en poussière en lui laissant dans la tête un sifflement qui s'était intensifié à la fin de la guerre.

Même si, dans son cercle étroit de connaissances, elle avait été statistiquement battue – les Blake avaient perdu deux fils dans le débarquement allié ; George Davies était revenu du camp de prisonniers pour apprendre que sa femme et ses enfants avaient été tués dans un bombardement aérien sur Cardiff –, Rachael ne trouvait aucune consolation dans le chagrin des autres. La douleur vous appartenait en propre, l'avoir en partage ne la diminuait en rien.

Pour autant, accuser les Allemands n'apportait qu'un soulagement temporaire. Après l'explosion, elle avait levé les yeux vers le ciel, visible à travers la charpente encore fumante, pour s'imaginer les pilotes qui riaient en rentrant vers l'Allemagne, mais il ne servait à rien d'accuser des hommes qui faisaient leur devoir. Elle avait, un instant, songé à la culpabilité de leur *leader*, mais penser à cet homme-là lui semblait souiller la mémoire de son fils.

Quelques semaines plus tard, comme elle sortait de l'engourdissement de ses sens, elle se trouva incapable de prier, ainsi qu'elle en avait l'habitude. Elle eut alors la surprise de se demander si Dieu était réellement là. Ce Dieu, qu'elle s'était toujours figuré à ses côtés, lui apparut soudain aussi distant, aussi impersonnel qu'un Führer. Elle ne réagissait pas avec l'angoisse du croyant (il fallait avoir la foi pour s'en prendre à Dieu), mais plutôt avec le silence de celui qui se demande s'il a jamais cru. Les paroles du révérend Pring – « Nous sortons grandis d'avoir connu le chagrin » – ne faisaient que renforcer cette étrange sensation d'absence divine. Quand le prêtre tenta de la rassurer en lui disant que leur Dieu, lui aussi, avait perdu un fils, elle lui répliqua, cinglante, que « Lui, au moins » avait « récupéré le Sien trois jours plus tard ». Interloqué, le prêtre laissa la remarque en suspens un long moment avant de lui expliquer, en scandant ses mots pour se faire aussi rassurant que possible, que tous ceux qui avaient foi dans cette résurrection-là partageaient la même espérance. Rachael secoua la tête. Elle avait vu le corps brisé de son fils lorsqu'on l'avait tiré de sous les poutres, son visage innocent pâli par la poussière et la mort. Il n'y aurait pas de résurrection pour Michael.

En ces temps austères, il ne faisait pas bon s'apitoyer en public sur son propre sort, c'était là une attitude soumise à de sévères restrictions. Rachael gardait néanmoins le sentiment d'avoir connu une guerre difficile, persuadée qu'on lui avait fait davantage de mal qu'elle n'en avait fait. Privée d'un Dieu qu'elle aurait pu accuser, elle chercha un coupable sur terre, et elle en trouva un. Ce n'était pas celui auquel elle s'attendait et, au début, elle tenta d'étouffer l'idée en pensant voir là une preuve supplémentaire de ses « nerfs fragiles », comme le disait le Dr Mayfield. Lewis, qui avait connu une bonne guerre, une guerre héroïque, se trouvait à des kilomètres de là, il s'occupait de la formation de jeunes recrues dans le Wiltshire quand le malheur était arrivé. Et même si c'était son idée d'éloigner les siens d'Amersham pour les mettre en sûreté dans l'ouest du pays, « loin des frappes stratégiques de la Luftwaffe », même s'il avait insisté pour que les garçons partent avec elle, il n'aurait jamais pu prévoir que des pilotes allemands largueraient leur bombe à l'aveugle juste histoire de rentrer au plus vite à leur base. Cependant la douleur, mêlée à des rancœurs inexprimées, libère parfois une nuée de pensées assourdissantes difficiles à remettre en cage. Au plus fort de sa souffrance, c'était le visage de Lewis qui surgissait avec la plus grande netteté, et son absence n'avait fait qu'accroître sa culpabilité. S'il y avait un coupable, c'était lui.

— Mère ? À qui parles-tu maintenant ? lui demanda Edmund.

Une fois encore, sa rêverie l'avait entraînée ailleurs et, une fois encore, c'était le pauvre Edmund, le cadet, le seul fils qu'il lui restait, qui avait dû la ramener sur terre. L'interdit qui pesait sur les ressentiments de Rachael avait tout refoulé dans une sphère intime, en l'emmenant si loin du monde qu'elle en perdait parfois la notion du temps et de l'espace. Rachael s'efforça de reprendre pied.

— À personne, Ed. J'étais juste en train de me dire… de me dire… que j'avais une autre carte pour toi.

Elle sortit le paquet de Wills de son sac à main et alluma la cigarette que le Dr Mayfield lui avait recommandée pour « calmer ses nerfs ». Elle tendit la carte insérée dans le paquet à Edmund, qui la saisit avec enthousiasme avant de la lui rendre.

— Je l'ai déjà, celle-là.

Rachael observa la carte. L'image montrait comment protéger une fenêtre en cas de bombardement.

— C'est toujours les mêmes consignes rasoir, avec ces cigarettes. Tu ne peux pas en fumer d'autres ?

— Ton père aura de nouvelles cartes. Il fume toujours des Player's, je crois bien.

D'une chiquenaude, Rachael envoya la cendre dans le cendrier et épousseta quelques brins de tabac sur sa jupe de tweed. Aujourd'hui, pour la première fois depuis plus d'un an, elle s'était habillée en pensant à Lewis. En fait, c'était la première fois depuis leur bref séjour ensemble – ces trois étranges journées qui avaient suivi la victoire, quand elle avait eu l'impression d'être la seule personne en Grande-Bretagne incapable de se laisser aller. Elle portait le tailleur de tweed dont il avait dit – ce qui ne lui ressemblait pas du tout – qu'il lui allait « à ravir », et *Je Reviens*, de Worth, un parfum « sensass » qu'il avait rapporté de France. Après des années à porter des manteaux cousus dans des rideaux et à se rougir les lèvres au jus de betterave, elle se sentait presque trop bien habillée.

En surprenant son reflet dans la vitre du compartiment, Rachael remarqua la femme et la fillette, une enfant d'une dizaine d'années, assises sur la banquette d'en face ; l'une lisait une brochure, l'autre une bande dessinée. La femme avait des yeux qui semblaient lancer des *tss*… *tss*… désapprobateurs.

— Écoute, Lucy, c'est très important. C'est un message de M. Attlee, le Premier ministre, dit-elle à la fillette avant de citer le manuel : « Les épouses de nos soldats seront considérées par les Allemands comme des représentantes de l'Empire britannique. Leur comportement et celui de leurs enfants, bien plus que celui des forces armées, dicteront le jugement que les Allemands porteront sur notre peuple et notre mode de vie. » Il ne faut pas oublier ça, conclut-elle.

Et même si la femme avait regardé sa fille en prononçant ces mots, Rachael devina qu'ils lui étaient adressés. À n'en pas douter, cette épouse exemplaire en avait conclu que la tête en l'air trop chic assise en face d'elle, une égocentrique qui faisait à peine attention à son fils et parlait toute seule, devait être une épouse égoïste, une très mauvaise mère et une personne de la pire espèce pour représenter son pays.

*

— Quand la bombe a touché terre, il y a eu un moment où, comment dire, tout s'est figé… (Edmund s'interrompit pour accentuer la tension dramatique.)

Et puis le bruit, l'air, tout a été aspiré et ma mère a été projetée… sur plusieurs mètres dans la maison.

Edmund était un garçon de onze ans qui vivait une époque exaltante : à bord d'un ancien navire militaire allemand qui traversait la mer du Nord, il allait retrouver un père, véritable héros de guerre, pour vivre dans un pays qui avait hébergé le régime le plus puissant et le plus vil de tous les temps. Mieux encore, c'était un garçon armé de récits de guerre capables de damer le pion à n'importe qui.

La bombe qui avait tué le frère d'Edmund avait aussi catapulté sa mère sur deux mètres, voire cinq (ou même huit s'il avait le bon public) dans le salon de sa tante. Elle s'en était sortie avec un léger tremblement et la larme facile (elle pleurait pour un rien, un morceau de musique classique à la TSF, un oiseau qui boitait dans le jardin), mais il lui pardonnait ces tics. Ils trouvaient manifestement leur source dans la mort de Michael et dans cet incident dont elle avait réchappé de justesse. Sa mère avait frôlé la mort, il en tirait une certaine fierté et aussi de quoi enjoliver son récit.

Et c'est ce qu'il faisait maintenant devant un public bon pour les huit mètres, composé d'une fille d'environ treize ans, avec un grain de beauté, d'un rouquin d'une dizaine d'années et d'un autre garçon plus âgé, seize ans peut-être, vêtu d'une veste de sport pied-de-poule. Si les différences de classe avaient été neutralisées pour un temps dans l'effervescence du voyage, il était impossible de ne pas s'attribuer mentalement une place dans cette nouvelle société. Même avant que ne soient connus les grades de leurs pères respectifs, Edmund avait deviné qu'il était au moins l'égal du Rouquin et de Grain de Beauté dans l'échelle sociale, et presque à coup sûr au-dessus de Pied-de-Poule qui, assis à l'écart et feignant de se désintéresser de l'histoire de cette mère rescapée, tapotait un mégot de cigarette en lissant ses cheveux brillantinés.

Le garçon avait beau afficher son indifférence, Edmund sentait que son histoire captait son attention. Il venait de décrire le moment où la bombe était tombée sur la maison, sans oublier le « *Pffoou* » de l'impact, l'étrange « effet de souffle » ressenti durant l'explosion et que sa mère avait tenté de lui expliquer. Son récit était en tous points fidèle, à l'exception des « *tacatacatac !* » de la DCA, laquelle n'avait jamais existé dans le petit bourg rural de Narberth, au pays de Galles. Il n'estima pas non plus nécessaire de préciser que, ce jour-là, il se trouvait chez un fermier du voisinage.

— Huit mètres ? C'est presque... trois fois la longueur de cette cabine.

Le Rouquin dessina l'arc imaginaire de l'« envol » maternel d'un mouvement de tête et ponctua l'atterrissage, quelque part au-delà de la coursive, d'un « Eh ben ! ». Edmund, comme pour faire taire le moindre doute, termina son récit avec la mort de Michael, réalité irréfutable qui ne nécessitait aucun détail supplémentaire :

— Mon frère n'a pas eu autant de chance.

Après avoir gagné leur respect avec « Comment mère a défié la mort », Edmund obtint leur commisération avec « Et mon frère a perdu la vie ».

Tout le monde avait « une histoire de bombardement », disait-on, cependant Edmund n'en avait encore entendu aucune capable d'égaler la sienne. Il attendit de voir si l'un des trois autres allait se décider. Le Rouquin se racla la gorge et mentionna timidement un cousin qui avait trouvé la mort avec dix autres personnes durant la projection d'*Autant en emporte le vent* à l'Alhambra de Bromley, mais il ne l'avait pas très bien connu. Pied-de-Poule garda le silence, mais Edmund devina à son air narquois qu'il allait surenchérir avec sa propre histoire : « Trépas par bombe volante » ? « Pilote ennemi coincé dans les branches » ? Qu'importe. Il en avait une autre en réserve, si nécessaire.

— Vous savez comment bâtir un château de cartes ? demanda Edmund en sortant son paquet.

Il étala les cartes et érigea la base sur la table pliante. Le tangage et le roulis du bateau ajouteraient à la difficulté de l'exercice.

— Nous sommes obligés de partager notre cabine avec une autre famille, annonça Grain de Beauté. Mon père est simple capitaine. (Elle avait repéré l'agencement des quartiers d'Edmund, un espace digne du rang paternel.) Mais ma mère espère qu'il sera bientôt commandant, et alors on nous donnera une plus belle maison en Allemagne. Quel grade a ton père ?

Edmund lança un coup d'œil à Pied-de-Poule pour s'assurer qu'il écoutait. C'était l'occasion d'abattre facilement, et avec modestie, son plus beau jeu. S'il avait un full avec « Comment mère a défié la mort », il tenait une quinte flush avec « Comment père a eu sa médaille ».

— Au début de la guerre, il était juste capitaine. Il est vite passé commandant, il a reçu une médaille et il a obtenu une nouvelle promotion. Direct de commandant à colonel sans jamais avoir été lieutenant-colonel.

— Et il a fait quoi alors, pour décrocher sa médaille ?

Pied-de-Poule avait mordu à l'hameçon et Edmund put identifier l'accent : petite bourgeoisie prétentieuse. Aucune leçon d'élocution ne parviendrait jamais à masquer cela.

N'ayant guère besoin d'encouragement, Edmund leur raconta comment son père avait sauté dans les eaux de l'Ems pour sauver deux démineurs coincés dans leur camion, et comment il avait dû en même temps déjouer les attaques d'un tireur allemand embusqué. Ce n'était pas la première fois qu'il racontait cette histoire, il avait appris à marquer une pause juste avant le passage où son père, qui avait plongé pour libérer les hommes pris au piège, parvenait à remonter à la surface pour liquider l'Allemand d'une grenade. Suivit alors un silence admiratif mêlé d'effroi, jusqu'à ce que Pied-de-Poule demande :

— Qu'est-ce qu'il a reçu, comme médaille ?

— Le DSO. L'Ordre du Service Distingué.

— Opération de Sauvetage Dérisoire, tu veux dire.

Pied-de-Poule émit un petit rire et le doute s'infiltra alors dans la pièce comme l'eau montant dans un camion tombé à la rivière. Edmund sentit que son récit sombrait. Grain de Beauté mit tout le monde d'accord :

— Le seul Allemand qui vaille est un Allemand mort.

Edmund et le Rouquin opinèrent, et Grain de Beauté leur offrit un aperçu de la véritable nature des Allemands en rapportant ce qu'elle avait appris sur les genoux de sa grand-mère :

— Ma grand-mère m'a dit que, si on les regarde dans les yeux, on peut voir le diable…

Le Rouquin s'était renseigné, lui aussi :

— Il ne faut pas leur parler, ni même leur sourire. Et ils doivent nous saluer et nous obéir.

— Et nous ne devons pas fraterniser, ajouta Edmund, ravi d'utiliser son nouveau mot.

Pied-de-Poule alluma une cigarette, puis secoua la tête. Edmund admirait secrètement sa façon de recracher la fumée par le nez et de ne rien croire de ce qu'on racontait.

— Écoutez-moi, vous autres. Vous connaissez rien à rien, pas vrai ? La seule chose que vous devez savoir sur l'Allemagne… C'est qu'une comme ça suffit pour acheter une miche de pain, déclara-t-il en tenant sa cigarette en l'air. Avec cent, vous avez un vélo. Et si vous en avez plein, vous pouvez vivre comme un roi.

Sur ce, il tira une énorme bouffée et souffla la fumée dans leur direction, les obligeant tous à cligner des yeux, sauf Edmund qui les garda grands ouverts assez longtemps pour voir s'écrouler son château de cartes.

*

Les épouses de ces messieurs déjà en Allemagne s'étaient rassemblées dans le salon du navire. On avait fait de gros efforts pour dissimuler d'où il venait : les traces de son passé, époque où il transportait les *Waffen SS* vers les ports nouvellement conquis d'Oslo et de Bergen, avaient été camouflées sous plusieurs couches de peinture jaune et beige et une joyeuse profusion de fanions. Seul un regard d'aigle aurait pu remarquer, dans la rambarde de la coursive, un ancien graffiti annonçant au monde que le sans-grade Tobias Messer s'était tenu là suffisamment longtemps pour graver son nom pour la postérité.

Le *SS Empire Halladale*, vaisseau emblématique de l'opération Réunification, transportait les représentants d'une nation qui était encore une grande puissance mondiale, une nation qui, même en ces temps de vaches maigres, était capable d'offrir des avantages en nature à ses citoyens. En ce qui concernait la « cargaison », le moment était bien choisi pour quitter les côtes de l'Angleterre et s'éloigner des conseils de Potato Pete et Dr Carrot[1], des bas peints à la sauce brune et des restrictions de tous les instants. Ce petit morceau flottant

1. Les deux mascottes de la campagne lancée par le ministère britannique de la Guerre et de l'Agriculture pour encourager les citoyens à manger sainement en cultivant leurs légumes.

de l'Empire britannique semblait se moquer de tout cela et laisser croire à une vie d'abondance.

Rachael, assise en compagnie de trois épouses d'officiers, faisait le point sur leurs listes de ménage respectives. En sa qualité de femme de colonel, sa liste comptait trois pages ; celle de Mrs Burnham (femme de commandant) deux et demie ; celles de Mrs Eliot et de Mrs Thompson (femmes de capitaines) deux. Qu'en ces temps de débâcle financière, l'administration britannique en lambeaux pût encore trouver les moyens de décréter qu'une épouse de capitaine n'avait pas besoin d'un service à thé pour quatre, que celle d'un commandant devait avoir un service de table complet et que seules les femmes d'officiers supérieurs avaient droit à une carafe à porto, voilà qui témoignait du miracle de la bureaucratie anglaise.

Rachael se trouvait être « l'épouse la plus haut gradée » de ce petit groupe, mais Mrs Burnham avait un tempérament de meneuse et Rachael s'en remettait volontiers à elle. Cette femme affriolante avait un côté je sais tout et la repartie grossière, mais elle donnait à leur réunion un petit air de complot qui leur faisait croire que ce voyage en Allemagne était une aventure, une occasion à saisir à pleines mains. Mrs Thompson, une pimbêche coincée, était suspendue à ses lèvres. Seule Mrs Eliot n'avait pas l'air à son aise. Elle avait le mal de mer depuis que le navire avait quitté Tilbury et son teint était assorti au gris vert réglementaire des tasses et soucoupes.

— Ça va mieux ? lui demanda Rachael.

— Ce thé me soulage un peu.

— Profitez-en bien, dit Mrs Burnham. Les Allemands savent peut-être faire un bon café, mais ils sont incapables de faire du thé.

Mrs Burnham avait déjà parcouru sa liste, notant au passage l'absence de condiments, de serviettes de table et de gobelets, et reportait à présent son attention sur Rachael.

— Tout y est ?

Rachael avait peu de raisons de se plaindre, mais la promotion éclair de Lewis l'avait propulsée dans un domaine de prérogatives dont elle ignorait tout, et elle se sentait obligée de se montrer à la hauteur.

— Ils auraient pu mettre des verres à xérès.

Mrs Burnham se lança dans une tirade moqueuse :

— Alors là, je ne sais pas quoi dire ! L'épouse du gouverneur ne peut pas rester sans verres à xérès, ou bien il faudra que le Premier ministre en réponde devant le Parlement !

Elles s'esclaffèrent, et Rachael fut heureuse d'avoir quelqu'un qui la fasse rire. Mrs Burnham formulait clairement ce que Rachael ressentait sans oser l'exprimer. Il fallait laisser tout ce qui était terne et guindé dans une Angleterre grise et exsangue. Là-bas, Mrs Burnham aurait sans doute été cataloguée comme une femme impudente et vulgaire, mais ici, dans ce territoire inconnu loin du protocole, elle pouvait s'exprimer avec la même liberté de ton qu'une exploratrice du Nouveau Monde.

La question de la judicieuse Mrs Eliot allait à l'encontre de l'humeur du moment.

— Est-ce vrai qu'il n'y a pas de quoi loger les familles correctement à cause des bombardements ? Dans sa dernière lettre, George ne savait pas où nous allions vivre.

— Ils ont commencé à réquisitionner des maisons. Nous ne manquerons pas de place, répondit Mrs Burnham, faisant taire les doutes.

— J'ai entendu dire que leurs maisons sont bien faites, intervint Mrs Thompson. Les cuisines, surtout.

— Ce n'est pas la cuisine qui m'inquiète, c'est la

chambre à coucher. Et je compte bien sur un grand lit confortable, s'esclaffa Mrs Burnham.

Rachael remarqua alors que sa gorge s'était ornée d'une rougeur lubrique.

Mrs Eliot restait néanmoins préoccupée par les conséquences du manque de logements.

— Mais où vont-ils les mettre ?

— Qui ça ?

— Les familles allemandes… celles dont les maisons sont réquisitionnées ?

— Baraquements, répondit Mrs Burnham avec la brutalité d'une balle.

— Baraquements ?

— Baraquements, répéta-t-elle.

Mrs Eliot essaya de se représenter des baraquements remplis de familles allemandes.

— C'est horrible, dit-elle.

— Je nous vois mal les prendre en pitié, déclara Rachael avec une vigueur inattendue.

— Bien dit, approuva Mrs Burnham. Ils n'ont qu'à se pousser pour nous laisser la place. Ils nous doivent bien ça.

— Tout à fait d'accord, convint Mrs Thompson.

Cette décision étant prise à la majorité, on abandonna le déplaisant sujet des familles allemandes et des baraquements. Comme les femmes se mettaient à parler entre elles, Mrs Burnham se tourna vers Rachael, et s'adressa à elle sur le ton de la confidence.

— Alors. Quand avez-vous vu votre mari pour la dernière fois ?

La rougeur de Mrs Burnham semblait littéralement luire et Rachael pouvait sentir l'odeur de sa peau sous les effluves écœurants de son parfum ; une odeur douceâtre, presque épicée.

— Pour les célébrations de la Victoire. Il est resté trois jours.

— Dites donc, vous avez du retard à rattraper, vous deux.

— J'ai bien peur de m'être un peu trop habituée à un lit pour moi toute seule, ces dernières années.

Rachael fut la première surprise de son aveu, mais cette femme plantureuse et enjouée semblait inviter à une telle franchise.

En fait, Lewis était devenu une chimère pour Rachael : moitié homme, moitié abstraction. Bien sûr, ils avaient été intimes autrefois. Mais à l'époque, la question ne se posait jamais. Cela se faisait tout seul. C'était toujours simple, sans détour, et – elle en avait la certitude – source d'un plaisir aussi grand à offrir qu'à recevoir. Pourtant, elle ne parvenait pas à se souvenir de ces moments-là ni même à les imaginer, ce qui rendait la question de Mrs Burnham d'autant plus troublante. Rachael faisait route vers un pays hostile pour entamer une nouvelle vie pleine d'incertitudes, mais ce n'était pas l'ennemi qui en suscitait le plus, c'était son mari. Il y avait plus d'un an qu'ils s'étaient « offert un moment » (c'est ainsi qu'il aimait en parler quand ils étaient jeunes mariés), qu'ils avaient « fait l'amour » (elle avait risqué l'expression un jour, séduite par sa délicatesse), mais la chose était vague à présent, crépusculaire, une étreinte perdue dans la désillusion de la fin de la guerre.

— Bon, vous, je ne sais pas, mais moi, j'ai bien l'intention de rattraper tout ce temps perdu, déclara Mrs Burnham avant de tirer sur sa cigarette une bouffée qui en disait long.

Puis elle se pencha pour rajouter un sucre dans son thé. Alors Rachael, qui ne sucrait plus le sien depuis cinq ans, en prit deux morceaux et les laissa tomber dans sa tasse.

CHAPITRE TROIS

Lewis regardait les militaires de carrière se rassembler sur le quai de la gare de Hambourg. Presque tous venaient accueillir une épouse et, pour certains, le train de Cuxhaven allait mettre fin à une séparation de plusieurs mois, voire années.

Pour lui, il s'était écoulé dix-sept mois depuis les célébrations de la Victoire à Londres, ces trois jours marqués par un étrange abattement ; dix-sept mois qu'il n'avait pas revu Rachael, qu'il n'avait pas senti son souffle boisé, qu'il ne l'avait pas entendue jouer du piano. Il n'aurait plus besoin de se reporter à cette photo d'elle, saisie sur une plage du Pembrokeshire par une brûlante journée de juillet, et qu'il gardait précieusement derrière l'élastique de son étui à cigarettes. Sur cet instantané, elle aussi semblait au faîte de son été, avec son ample robe à fleurs et l'inclinaison badine de sa tête ; même en noir et blanc ses joues avaient quelque chose d'éclatant. Lui qui n'était pas visuel s'était surpris à faire resurgir des images durant leur longue séparation. Ces souvenirs tenaient moins d'un cinéma romantique au style recherché que de moments intimes, improvisés, qui ne figuraient pas dans le script. La plupart du temps, il revoyait le jour où il avait présenté Rachael à sa famille pour la première fois – sa sœur Kate tombée sous le charme de cette conquête, et l'approuvant d'emblée – et leur bain de minuit dans la baie de Carmarthen, avec le varech visqueux qui léchait leurs corps nus.

La Rachael bien vivante qui allait arriver menaçait tout cela. Pendant qu'il attendait sur le quai en fumant, il se mit à penser à la personne qui descendrait du train. Comment la vraie Rachael allait-elle soutenir la comparaison avec la Rachael de la photo, qu'on pouvait admirer et remettre en poche, qui lui avait souri tout au long de la guerre, par tous les temps et en toutes circonstances ?

Lewis rangea l'image de sa femme derrière l'élastique, par-dessus la petite photo de Michael, et referma l'étui. Il tira une dernière bouffée avant d'envoyer d'une chiquenaude sa cigarette sur les rails. Là-haut, dans la charpente du toit éventré, les oiseaux faisaient leurs nids où ils le pouvaient. Une exclamation de plaisir força Lewis à baisser les yeux vers le sol, où un homme émacié d'une soixantaine d'années, debout sur les rails, triturait le mégot encore fumant pour voir s'il restait du tabac tout en marmonnant : « *Danke, danke, danke* » sans discontinuer. En temps normal, les remerciements enthousiastes du miséreux pour cette aubaine dérisoire seraient passés pour du sarcasme ; à *Stunde Null*, un vulgaire mégot était une manne tombée d'un ciel oublié de Dieu. Lewis se sentait tiraillé entre pitié et dégoût et, une fois de plus, la pitié l'emporta. Il sortit trois cigarettes de son étui en métal argenté, se pencha vers l'homme et les lui tendit. L'homme demeura un instant en arrêt devant les cigarettes toutes neuves, hésitant à les prendre de crainte qu'elles ne soient un mirage.

— *Nimm sie ! Schnell !* insista Lewis.

Il savait que la plupart des militaires qui se pressaient sur le quai ne considéreraient pas sa générosité d'un très bon œil. L'homme prit les cigarettes et les tint au creux de sa main avant de les faire disparaître à l'intérieur de son manteau.

Lewis se redressait quand il aperçut deux hommes qui remontaient le quai à sa rencontre. L'un était le capitaine Wilkins, visiblement impatient de retrouver une épouse qu'il évoquait toujours en disant « ma fleur », sans la moindre honte. Lewis, qui avait du mal à exprimer son affection pour Rachael à l'intéressée elle-même, et *a fortiori* aux autres, admirait en secret le penchant de son second pour une telle vénération conjugale. Wilkins se comportait comme un enfant dans ce domaine et se confiait sans réserve comme un jeune amant incapable de rester discret, allant même jusqu'à révéler un poème de sa composition *À ma fleur*, dont un vers disait : « Je serai la pluie sur tes pétales, je t'inonderai de mon amour. »

L'homme qui accompagnait Wilkins portait l'insigne de commandant à l'épaule. Il n'avait pas l'air anglais pour deux sous avec ses cheveux noirs et soyeux, son œil charmeur, mais il avait un regard perçant et Lewis sentit aussitôt le besoin de se tenir sur ses gardes en sa présence.

— Mon colonel, je vous présente le commandant Burnham, dit Wilkins. Service du Renseignement. Venu trier les noirs, les blancs, les gris et tout le reste.

Au lieu de saluer Lewis, Burnham lui serra la main. Les gars du Renseignement avaient leur propre hiérarchie, ils étaient prompts à se dispenser de toute déférence envers les militaires de carrière qu'ils estimaient mal taillés pour reconstruire un pays anéanti. Lewis se moquait de ne pas être salué, mais il repéra immédiatement, dans la précision et l'efficacité des gestes et des paroles de Burnham, un homme investi d'une mission.

En voyant le commandant fixer avec mépris le pauvre hère squelettique, Wilkins brisa le silence.

— Nous avons trouvé une maison pour le commandant pas plus tard qu'hier. Pas loin de la vôtre, mon colonel. Sur la Chaussee.

Le second de Lewis commençait à comprendre les bizarreries de son supérieur, ce qui lui plaisait ou déplaisait, sa propension à dire les choses en face. Il pressentait un conflit.

— Vous serez presque voisins, ajouta-t-il.

L'attention de Burnham était retenue par l'homme qui s'était hissé sur le quai et tendait la main, espérant sans doute que les amis du colonel se montreraient tout aussi généreux. Le commandant s'adressa à lui dans un allemand impeccable :

— Si vous ne déguerpissez pas, je vous fais arrêter.

L'homme leva les mains en l'air et partit à reculons, avec force courbettes en traînant les pieds, aussi vite que ses faibles jambes le permettaient.

— La puanteur de ces gens, dit Burnham avec une grimace.

— C'est ce qui arrive quand on n'absorbe que 900 calories par jour, répondit Lewis.

— Au moins ils ne causent pas autant de problèmes quand ils ont faim, remarqua Burnham avec un sourire dénué de joie.

— Bien vu, dit Wilkins pour tenter de désamorcer la polémique.

Burnham hocha la tête tout en fixant Lewis avec l'intensité d'un examinateur chevronné. Le sifflet strident du train qui entrait en gare permit à Lewis de ne pas avoir à expliquer à Burnham qu'il se trompait. Sur toute la ligne.

*

— Pourquoi tous ces enfants nous courent-ils après ?

Edmund était penché à la fenêtre entrouverte du

compartiment. Dehors, des hordes de petits Allemands couraient, mains tendues, à côté du train qui roulait encore un peu trop vite pour qu'ils puissent le suivre. Les gamins invoquaient la sainte trinité – « Choko, cibiches, zandviche » – mais les passagers de ce train-là ne savaient pas qu'ils étaient censés leur jeter des rations alimentaires, un rituel autorisé, et il n'y eut aucune aumône.

— Ils ont peut-être envie de voir à quoi nous ressemblons, fut tout ce que Rachael trouva à répondre. Nous sommes presque arrivés.

— Ce sont des Allemands ?

— Oui. Allez viens, enfile ton manteau.

— On ne dirait pas, à les voir.

Rachael rajusta la cravate d'Edmund, se lécha le doigt, nettoya une trace noire sur sa joue et lissa ses cheveux.

— Mais dans quel état tu es. Que va dire ton père ?

Les porteurs, beaucoup plus nombreux que les passagers, attendaient pour prendre les bagages, laissant les nouveaux arrivants libres de repérer maris et pères. Après avoir confié sa valise à un vieil homme empressé au teint grisâtre, Rachael descendit du train pour se trouver mêlée à un tourbillon de tweeds, de chapeaux, de poudre et de rouge à lèvres qui s'élançait vers les hommes venus accueillir femmes et enfants. Elle pouvait voir les premiers couples réunis s'enlacer dans un nuage de vapeur. Comme promis, la femme du commandant rattrapait déjà le temps perdu. Mrs Burnham s'avança vers son mari, lui prit le menton dans le creux de sa main et l'embrassa à pleine bouche. C'était culotté, et Rachael fut parcourue d'un frisson d'envie. Elle n'aurait jamais l'audace d'embrasser Lewis comme ça en public ; même dans l'insouciance de leur jeunesse, c'eût été impudique.

Avant qu'il ne la voie, Rachael aperçut Lewis – il se

tenait à l'écart de la foule, en retrait, le visage empreint d'une vague inquiétude, l'air vulnérable – et tout comme dans les histoires de magazines féminins, elle sentit son cœur bondir et battre plus fort dans sa gorge, sa respiration s'accélérer. Elle fut submergée par une immense tendresse, évanouie sitôt qu'il la repéra et se contenta de lui offrir une fugace dilatation du regard, suivie d'un sourire à l'intention d'Edmund qui s'était élancé à la rencontre de son père. Lewis accueillit son fils en lui ébouriffant ses cheveux juste recoiffés, avec une remarque gênée à propos du temps qui s'était écoulé :

— Regarde-moi ça. Quelle asperge !

— Bonjour, père.

Lewis contemplait son fils, il restait sans voix devant les changements que les adultes trouvaient toujours si surprenants et les enfants si banals, jusqu'au moment où, incapable de se cacher plus longtemps derrière le garçon, il regarda Rachael et posa sur sa joue un petit baiser qui atterrit à moitié sur ses lèvres.

— Bon voyage ? s'enquit-il.

— La traversée était un peu mouvementée.

— Allons prendre un thé. Avec un peu de chance, nous aurons peut-être du strudel.

— Les Allemands ne savent pas faire le thé, intervint Edmund, désireux de plaire.

Lewis éclata de rire. C'était l'un des rares clichés avérés sur les Allemands.

— Ils font des progrès.

Edmund ouvrait de grands yeux, attentif au moindre détail autour de lui. Soudain, il s'agita en voyant ce qui se passait de l'autre côté des voies.

— Qu'est-ce qu'ils font ?

— Oh ! Seigneur ! murmura Rachael.

Deux enfants tenaient un gamin par les pieds au-dessus d'un pont, juste devant un train qui entrait en gare. Le gamin pendu dans le vide avait un club de golf dans la main et, l'espace d'une fraction de seconde, on eût dit qu'il allait heurter la locomotive, mais le train passa dessous, avec une bonne marge ; au passage du tender, l'enfant donna un coup dans le tas de charbon pour que les femmes en contrebas en attrapent quelques morceaux dans leurs jupes.

— Ils ont le droit de faire ça ? demanda Edmund, plein d'admiration.

— Pas officiellement, répondit Lewis.

— Tu ne vas pas les en empêcher ?

Lewis adressa à son fils un clin d'œil complice :

— Je n'ai rien vu, lui dit-il.

Puis il guida les siens vers la sortie sans attendre d'autres questions embarrassantes.

*

L'Atlantique, le grand hôtel de luxe de Hambourg qui avait survécu à la guerre, était une oasis d'abondance dans un désert de restriction. Les palmiers en pot qui ornaient le grand salon renforçaient cette impression. Les musiciens jouaient au milieu du feuillage pour une clientèle de buveurs de thé britanniques qui pouvaient ainsi, pendant quelques heures, oublier les années sombres et se croire en poste dans l'endroit le plus pittoresque du monde. Lewis comptait sur la majesté fanée des lieux, le service, le tintement des petites cuillères et l'épaisseur de la moquette pour créer l'ambiance confortable et rassurante dont il avait besoin pour annoncer sa délicate nouvelle. Toutefois, il n'était pas satisfait de la musique. D'habitude, les musiciens jouaient des airs populaires et entraînants appréciés des Anglais ; aujourd'hui, le pianiste et la chanteuse mettaient tout leur cœur dans un air allemand mélancolique qui n'offrait pas l'accompagnement espéré par Lewis. Une annonce difficile exigeait une bande-son joyeuse ; qu'importe le morceau en cours d'exécution, ils devaient en jouer un autre.

Rachael reconnut immédiatement un *Lied* de Schubert et s'abandonna à la puissance de son mouvement. Elle n'avait pas touché à son strudel, préférant se nourrir de la musique qu'elle écoutait avec une concentration rarement de mise dans ce salon. À côté d'elle, Edmund engouffrait son gâteau et bombardait son père de questions. Il en avait engrangé des tonnes pendant la guerre, elles nécessitaient des réponses immédiates. Lewis fumait et s'efforçait de répondre de son mieux, tout en attendant le moment opportun pour demander un changement d'ambiance musicale.

— Est-ce que l'Allemagne est comme une colonie maintenant ?

— Pas tout à fait. Le moment venu, nous leur rendrons le pays – quand nous l'aurons remis sur pied.

— Est-ce que nous avons la meilleure zone ?

— On dit que les Américains ont les paysages, les Français le vin et nous, les ruines.

— C'est pas très juste, je trouve.

— C'est nous qui avons créé les ruines, disons-le.

— Et les Russes, alors ?

— Les Russes ? Eux, ils ont les fermes. Mais c'est une autre histoire. Le strudel te plaît, chérie ?

Lewis vit Rachael essuyer rapidement une larme. Elle piqua sa fourchette dans le gâteau pour détourner l'attention, mais c'était trop tard.

— Ça y est, maman pleure encore.

C'était comme si Edmund avait lancé sur la table une fusée de détresse qui mettait en lumière les dix-sept derniers mois sous les yeux de son père. Elle éclairait davantage que Lewis ne l'eût souhaité, et bien plus que ce qu'il n'était prêt à affronter. Ce résumé succinct de l'histoire récente de Rachael était la petite partie visible d'un problème que les médecins, le temps et l'éloignement auraient dû résoudre, avait-il espéré.

— Ne dis pas de bêtises, Ed, déclara Rachael. C'est juste la musique. Les airs tristes me font toujours pleurer, tu le sais bien.

Quand la chanteuse s'arrêta sans un seul applaudissement de la salle, Lewis vit l'occasion d'égayer l'atmosphère. À peine s'était-il levé que Rachael devina son intention.

— Non, je t'en prie…

— Il nous faut quelque chose d'un peu plus guilleret, tu ne crois pas ?

Rachael acquiesça d'un haussement d'épaules désappointé puis, Lewis parti, elle se tourna vers Edmund.

— S'il te plaît, ne parle pas comme ça de moi à ton père. Cela servira seulement à l'inquiéter.

— Pardon, répondit Edmund.

Lewis murmura sa requête à la chanteuse et Rachael la vit sourire d'un air tout à la fois pincé et blessé ; peut-être était-ce une artiste de renommée internationale, dernière survivante d'un orchestre décimé, contrainte aujourd'hui de se plier aux exigences de clients incultes. Lewis revenait à sa place lorsque le pianiste frappa les premiers accords de *Run, Rabbit, Run* et la chanteuse passa des tréfonds de la mélancolie allemande à la futilité d'une ritournelle anglaise sans sauter une seule mesure.

— Voilà qui est mieux, déclara Lewis. Ce pays a besoin d'un chant nouveau.

Maintenant qu'une mélodie allègre donnait le ton, Lewis, incapable de patienter une cigarette de plus, décida de se jeter à l'eau. Ce n'était pas un vendeur-né, et ses efforts se soldaient généralement par le recours excessif aux hyperboliques « extraordinaire » et « magnifique », renforcés par les adverbes « vraiment » et « parfaitement ».

— J'ai du nouveau sur notre maison. C'est un endroit vraiment magnifique. Beaucoup plus grand qu'Amersham. Plus encore que chez tante Clara. Il y a une salle de billard. Un piano à queue. (Petite pause pour laisser à Rachael le temps de s'imaginer tout cela.) Une vue extraordinaire sur l'Elbe. La maison est pleine de tableaux intéressants – des toiles de peintres célèbres, je crois. Quoi encore ? Ah oui. Nous avons un monte-plats.

— Un domestique pour monter les plats ? demanda Edmund.

— Nous avons trois domestiques : une femme de chambre, une cuisinière et un jardinier.

— Et lequel monte les plats, alors ?

C'était un soulagement de rire. Même Rachael trouva cela drôle.

— Tu le découvriras bientôt…

— Parlent-ils anglais ? demanda Rachael, prenant maintenant part à la conversation.

— La plupart des Allemands connaissent quelques mots. Et tu vas vite apprendre.

Lewis s'interrompit. Il avait répété ce moment plusieurs fois dans sa tête. Devait-il en appeler au côté humain, les attendrir, comme lui, sur le sort des Lubert ? Leur faire comprendre que ces gens-là étaient des gens comme eux ? Ou devait-il s'en tenir aux faits matériels, expliquer que la maison était assez grande pour loger vingt personnes et que c'était se montrer avide que de mettre les propriétaires dehors ? Dans un cas comme dans l'autre, il cherchait à envelopper une bombe dans du coton.

— Le propriétaire est un dénommé Herr Lubert. C'est un architecte. Bonne éducation. Son épouse est morte durant la guerre. Il a une fille, pas beaucoup plus âgée que toi, Ed. Elle s'appelle Frieda, je crois. Quoi qu'il en soit, leur maison est… disons-le, elle est immense. Assez grande pour vingt personnes. Et avec un appartement complètement séparé au dernier étage…

Rachael respira un grand coup et changea de position.

— Pour tout dire, la maison est assez grande pour nous tous. Ils vont vivre au dernier étage et nous aurons tout le reste de la maison à notre disposition.

Rachael n'était pas sûre d'avoir bien entendu.

— Nous allons habiter avec eux ? demanda-t-elle.

— Nous nous en apercevrons à peine. Il n'y a qu'eux deux. Ils ont une entrée séparée, ils peuvent être totalement indépendants. Ils auront tout ce qu'il faut, là-haut.

— Nous allons vivre avec des Allemands ? demanda Edmund.

— Pas tout à fait. Enfin, si. Nous allons partager une maison. Imagine-toi un immeuble, avec eux au dernier étage.

Rachael avait besoin de faire quelque chose, elle se servit du thé sans en avoir envie et sans même regarder. Elle renversa le pot de lait et Lewis, content de pouvoir se rendre utile, recouvrit la tache d'une serviette et appela un serveur.

— Mais je ne comprends pas, dit Rachael. Les autres familles font-elles la même chose ?

— Aucune n'a réquisitionné une maison comme celle-ci. Ce n'est pas vraiment pareil.

Rachael ne pouvait s'accommoder d'une telle situation. Peu importait la magnificence de la maison, le nombre de pièces, la beauté des œuvres d'art ou la sonorité du piano ; même dans un château avec ailes et dépendances, un Allemand n'y aurait pas sa place. Elle chercha une cigarette dans son sac. Elle était résolue à ne pas laisser Lewis lui donner du feu, comme il en avait l'habitude ; mais il avait déjà fait claquer son briquet américain et, quand elle se pencha en avant, il mit la main autour de ses doigts tremblants et alluma sa cigarette.

— Attends de la voir. C'est une maison extraordinaire.

*

Depuis le début, Lewis réfléchissait à une attaque sur deux fronts. Si la méthode douce n'avait pas réussi à convaincre, il leur jetterait les disparités à la figure en les conduisant à travers le pire spectacle que Hambourg avait à offrir. Il demanda à Schröder de le suivre dans l'Austin 16, avec les bagages, en faisant un petit détour à travers les ruines afin que « madame et mon fils puissent mieux saisir la situation ».

Lewis roulait en prenant grand soin d'éviter les cratères de bombe, mais, durant les premières minutes, la Mercedes déclencha chez Edmund un tel enthousiasme qu'il n'arriva pas à réciter sa petite leçon de morale. Assis entre père et mère, le fils respirait à peine entre deux exclamations, s'émerveillant sans honte de la prouesse technique dont cette voiture était le symbole. De même qu'Edmund avait été estomaqué d'apprendre que Bach était allemand, la perfection de cette belle mécanique ébranlait son sentiment de supériorité.

— Elle monte à deux cents.

— Il s'agit de kilomètres heure.

— On peut essayer ?

— Ça ne va pas être possible sur ces routes, Ed, répondit Lewis avant d'embrayer sur la première de ses statistiques démoralisantes. Sais-tu que nous avons largué plus de bombes sur Hambourg en un week-end que les Allemands sur Londres durant toute la guerre ?

Il s'était adressé à Edmund, mais il voulait que Rachael l'entende, qu'elle intègre l'incroyable violence des chiffres ; pour en finir avec les préjugés et cesser de se lamenter sur son propre sort. À point nommé, la vision de Hambourg dévasté s'étala alors sous leurs yeux, et si, tout d'abord, ils ne virent aucune différence avec les images de Londres, de Coventry ou de Bristol qu'ils avaient en tête, l'étendue des dévastations allait en s'amplifiant. Il ne restait pas un seul bâtiment debout devant eux, ni derrière, ni sur les côtés, rien que des gravats et un flot ininterrompu de gens en marche sur le bord de la route.

— C'est bien eux qui ont commencé, n'est-ce pas, père ?

Lewis hocha la tête. Bien sûr. C'est eux qui ont commencé. Ils ont commencé quand un sorcier a mis leurs rancœurs à bouillir dans une marmite ; ils ont commencé avec chaque bras dressé et chaque brassard arboré, avec chaque rassemblement organisé, chaque route construite, chaque discours applaudi ; ils ont commencé avec chaque boutique saccagée, avec chaque avion parti larguer ses bombes. C'est eux qui ont commencé. Mais où étaient-ils à présent ? Où était maintenant la race supérieure partie à la conquête du monde ? Ce n'étaient assurément pas ces êtres malingres et misérablement vêtus, comme sortis de terre pour avancer péniblement sur le bas-côté de la route éventrée.

— On ne dirait pas des Allemands, père.

— Non.

Toujours aucune réaction de Rachael.

— Tu vois ces croix noires ? Elles signalent des cadavres ensevelis sous les ruines. On dénombre encore plus d'un million de civils allemands disparus.

Lewis se tourna vers Rachael pour voir s'il pouvait lire une quelconque émotion sur son visage, mais elle restait de marbre.

Bon, fais cette tête-là si tu veux, pensa Lewis. *Tu comprendras bien assez tôt.*

Ils dépassèrent plusieurs familles qui traînaient les restes de toute une existence à l'arrière d'une charrette.

— Où vont tous ces gens ? demanda Edmund.

— Ce sont des personnes déplacées. Des gens qui ont été évacués et qui reviennent en ville. Et aussi des gens qu'on a chassés de leur maison pour faire place à des familles comme la nôtre.

— Mère dit qu'ils vivent dans des baraquements.

— C'est vrai. Mais il n'y en a pas assez. Nous construisons un nouveau camp par mois.

Il faudrait qu'il leur montre, un jour, à quoi ressemblait un camp pour personnes déplacées.

— Ces camps, ils ressemblent à ceux qu'on a vus dans l'*Illustrated News* ?

— Non, ils ne sont pas pareils.

— Mais ils l'ont mérité, hein ? À cause de ce qu'ils ont fait ? Dans les autres camps ?

Lewis dut maîtriser son irritation. Prendre une profonde inspiration. Son fils n'avait pas à savoir.

— Père ?

Dehors, les gens avançaient en un flot continu de chaque côté de la route, visages tendus vers l'essentiel et rien d'autre, le pain quotidien et l'espoir d'être délivrés du mal une fois pour toutes, mais Lewis ne pouvait se donner plus de peine pour les défendre. Il devait aussi se montrer équitable…

— Certains, oui, Ed. C'est vrai.

Rachael prononça alors les seules paroles de ce court trajet :

— Bien sûr qu'ils l'ont mérité.

*

Lorsque l'étrange convoi – la brave et rondouillarde Austin anglaise, à la traîne derrière la Mercedes allemande, conquérante et racée – fit crisser le gravier en remontant l'allée, Stefan Lubert consulta sa montre et descendit les marches pour accueillir les nouveaux occupants. Il rajusta sa veste et s'efforça d'avoir l'air tout à la fois digne, humble et reconnaissant, un mélange difficile pour un homme de son tempérament. Heike et Greta se tenaient à côté de lui, prêtes à offrir leurs services à la famille. Il les sentait nerveuses et pouvait entendre leurs commentaires échangés à voix basse :

— Ils ne sont pas aussi laids que ça, pour des Anglais.

— J'aime bien comme ils sont habillés.

— Pauvre monsieur, il essaie de faire bonne figure.

— La dame est jolie…

— Pas aussi jolie que notre madame.

Greta se montrait loyale à la mémoire de sa maîtresse, bien entendu, pourtant Claudia n'était pas une jolie femme. Pleine de charme et de grâce, fine et élégante, mais pas jolie. Contrairement à Frau Morgan qui, comme Heike l'avait spontanément remarqué, l'était sans conteste en dépit de ses lèvres pincées et de son visage fermé. Cheveux auburn, grands yeux en amande, petite bouche charnue, menue sans être maigre, teint olivâtre. De quel pays venait-elle ? Impossible qu'elle soit anglaise. Elle devait être celte. Voire espagnole.

— Elle n'a pas l'air heureuse.

— Peut-être qu'elle a l'habitude de vivre dans un château.

Le colonel s'avança pour serrer chaleureusement la main de Lubert.

— Frieda voulait venir vous accueillir, mais elle ne se sent pas très bien, expliqua Lubert. J'espère que vous lui pardonnerez son absence.

— Naturellement, répondit Lewis, en faisant signe à Rachael de s'avancer. Je vous présente ma femme, Frau Morgan.

Lubert tendit la main, mais Rachael lui refusa la sienne.

— Enchanté, madame, dit Lubert en retirant sa main pour en faire un ample geste de présentation. Mes domestiques. Heike. Greta. Richard, que vous avez vu au portail. Je vous les confie.

Heike s'inclina très bas, Greta à peine.

Toujours pas le moindre mot de Rachael, nota Lubert. Peut-être avait-elle été frappée de stupeur en traversant le paysage de ruines.

— Et voici Edmund, dit Lewis en se retournant pour appeler son fils : Ed !

Tout à son exaltation, Edmund était parti gambader sur la pelouse où il courait à présent, les bras en croix en faisant l'avion avec des bruits de guerre. Le garçon ne pensait pas à mal et, comme pour montrer que cela ne le dérangeait pas, Lubert éclata de rire. Rachael, en revanche, en fut gênée.

— Ed ! Arrête ça ! Viens dire bonjour.

Lubert fut surpris d'entendre sa voix. *Elle parle !*

Edmund accourut pour saluer Lubert et les domestiques. Heike pouffait de ses pitreries.

— Enchanté, monsieur, dit le garçon à Lubert.

— Bienvenue dans ta nouvelle maison, répondit-il. J'espère que tu te plairas ici.

*

Lewis n'avait pas exagéré, se dit Rachael. La maison était réellement magnifique. Il l'avait même plutôt sous-estimée, sans doute parce qu'il ignorait ce qui lui donnait tout son cachet, mais aussi parce qu'il ne se sentait pas entièrement à l'aise dans tant de splendeur.

Contrairement à ses homologues, il était dépourvu d'ambition sociale ou matérielle, un trait de caractère que Rachael, plus sensible que lui sur la question, avait toujours beaucoup apprécié chez lui mais qui l'irritait aujourd'hui, sans qu'elle sût pourquoi. Pendant la visite guidée conduite par Herr Lubert, elle se sentit tiraillée entre l'envie de montrer à cet Allemand qu'elle savait reconnaître l'excellence et apprécier la culture autant que n'importe qui, et le besoin d'exprimer ses réticences. Pièce après pièce, les explications données par Herr Lubert semblaient renforcer en elle son sentiment d'infériorité et sa conviction de n'être pas à sa place. Quoi qu'il dise, elle entendait uniquement : « Vous êtes les bienvenus ici, mais cette maison reste la mienne. » Quand ils arrivèrent devant le balcon qui surplombait le fleuve, Rachael en avait assez. Aussi, lorsque Lubert leur proposa de venir voir ses appartements personnels, au dernier étage de la maison, elle abrégea la visite, prétextant la fatigue du voyage. À la vérité, le fait de se trouver ainsi brutalement confrontée à ces nouvelles circonstances avait dissipé d'un seul coup sa fatigue, mais elle ne pouvait plus supporter la présence de cet Allemand courtois, raffiné et – était-ce le fruit de son imagination ? – légèrement impertinent, qui s'exprimait dans un anglais parfaitement rythmé, sans les outrances d'une prononciation académique. Rachael avait espéré que l'absence de langue commune leur permettrait de s'en tenir à un minimum d'échanges, chacun chez soi, mais l'aisance de cet homme allait compliquer les choses, à moins de poser clairement les limites à ne pas franchir.

*

Plus tard, quand Lewis vint border Edmund dans son lit, il trouva son fils allongé par terre. Il avait tiré la maison de poupée au milieu de la pièce et Lewis constata qu'il l'avait déjà réaménagée en un simulacre de villa Lubert. Il avait disposé le mobilier sous le toit, là où la famille allemande s'était retirée, et les poupées miniatures dans leurs espaces respectifs : deux pour Lubert et sa fille ; une pour chacun d'eux trois.

— C'est l'heure de dormir, Ed.

Edmund se leva et grimpa dans le lit à colonnes.

Cela faisait longtemps que Lewis n'avait pas dit bonne nuit à son fils et il hésitait sur le rituel à suivre. Devait-il lire une histoire ? Dire quelques mots ? Suggérer une prière ? À la place, il remonta la couverture sur la poitrine du garçon, la tirant à demi sur son soldat de chiffon, Cuthbert. Lewis avait envie de caresser le visage de son fils et d'ôter doucement une boucle de cheveux de devant ses yeux, mais il n'osa pas et se contenta d'une tape affectueuse sur la poupée.

— Alors, comment trouves-tu la maison ? demanda-t-il.

— C'est grand, répondit Edmund.

— Tu crois que tu vas te plaire ici ?

Ed hocha la tête.

— Pourquoi la fille n'est-elle pas venue dire bonjour ?

— Elle est un peu malade, je crois. Tu ne vas pas tarder à la rencontrer. Vous pourrez peut-être jouer ensemble.

— Ça sera permis ?

— Bien sûr. Une fois que nous serons bien installés.

Edmund marqua une pause comme s'il s'apprêtait à dire autre chose, mais son père avait déjà éteint la lampe de chevet.

— Dors bien, Ed.

— Bonne nuit, père.

Sur ce, Lewis quitta la pièce, et Edmund pensa qu'il valait sans doute mieux ne pas parler de la rencontre qu'il avait faite une heure plus tôt, quand il s'était aventuré jusqu'au pied de l'escalier qui menait au dernier étage, là où vivaient les Lubert.

Il avait simplement eu envie de jeter un coup d'œil là-haut, rien de plus. Il avait atteint le premier palier et s'apprêtait à attaquer la deuxième volée de marches quand il était tombé sur la fille, avec sa queue-de-cheval blonde, bras tendus, une main pressée contre chaque mur et les jambes en l'air droit devant elle, comme si elle s'exerçait sur un cheval d'arçon.

— Bonjour, avait-il dit.

Il était resté là à la regarder fixement, intrigué, en se demandant s'il s'agissait bien de Frieda. Elle avait l'air en pleine forme, pas malade du tout.

— C'est toi, Frieda ? avait-il demandé.

Mais la fille s'était contentée de le fixer à son tour en gardant les jambes parfaitement à l'horizontale, puis, très lentement, elle les avait ouvertes pour révéler sa petite culotte. Edmund était fasciné, incapable de détourner les yeux. Combien de temps était-il resté là, bouche bée, il n'aurait su le dire – plusieurs minutes, lui avait-il semblé. Il fut brutalement ramené à la réalité quand la fille se mit soudain à cracher après lui, comme le ferait un chat, et il avait alors battu en retraite, sans la lâcher des yeux, de peur qu'elle ne lui saute dessus.

*

Lubert se réveilla d'un mauvais rêve pour se retrouver dans une pièce qui ne lui était pas familière, dans une maison qui n'était plus la sienne. Dans les secondes de flottement qui suivirent, il ne sut trop où il se trouvait et sa conscience, cherchant désespérément des repères sensoriels, bricola un méli-mélo de souvenirs, de temps et d'espace qui le ramena dans l'étroit lit de la maison de vacances de sa grand-mère, sur l'île de Sylt. C'était dans ce lit qu'un jour, il avait fait l'amour à Claudia tandis qu'en bas, dans la cuisine, ses sœurs préparaient du homard et du crabe pour le dîner. Les jeunes amants avaient habilement profité du bruit des marteaux sur les carapaces pour masquer les grincements du lit et leurs cris d'extase.

Lubert ouvrit les yeux et la lumière, filtrant à travers le rideau entrouvert, brisa l'illusion : il n'était pas dans son lit (un autre homme et une autre femme y étaient couchés à cette heure), mais dans la chambre que son ancien chauffeur, Friedrich, avait occupée avant que la guerre ne les contraigne à une réduction de personnel, cette même pièce dont Claudia s'était ensuite servie comme d'annexe à sa garde-robe toujours trop remplie. Il était chez lui, mais il n'y était plus le maître, et la maîtresse de maison était partie pour n'être plus jamais caressée ni respirée. Pourtant, il pouvait bel et bien sentir son odeur, ou du moins le souvenir d'un temps avec elle. Il était couché sous l'édredon de soie, celui de la maison de Sylt, avant que les demeures de l'île ne fussent réquisitionnées par la Luftwaffe pour leur base d'hydravions ; l'édredon sentait encore la mer et c'était cette odeur qui avait fait surgir une si vive évocation. Lubert remonta le couvre-pieds sur son nez, le respira et se retrouva transporté le jour où il avait descendu l'escalier avec sa fiancée rougissante pour s'attabler devant le festin préparé par ses sœurs, les arômes salés qui imprégnaient encore ses doigts se mêlant à ceux de la bouillabaisse, et Claudia qui lui souriait de l'autre côté de la table en le voyant renifler discrètement sa main comme une preuve de la passion qu'elle lui avait témoignée. Comme Lubert s'abandonnait à ce souvenir, il sentit les effluves de son propre désir monter jusqu'à lui sous l'édredon, l'invitant à jouer une nouvelle fois la scène.

Après, il n'éprouva aucune culpabilité, juste une vague humiliation de constater qu'il ne lui restait plus que le recours à un montage de plans souvenirs pour obtenir rapidement un résultat mécanique. Il se redressa et sentit se refroidir sur son ventre la petite flaque de sperme encore tiède. Gaspillée. Vide de sens. C'était à cet héritage-là, plus encore qu'aux ruines, aux destructions matérielles ou aux atrocités, que Lubert pensait avant tout : la rupture des liens que l'on avait crus indestructibles et qu'il fallait recréer, un million d'amants privés de l'amour de leur vie et obligés de repartir de zéro. Bien sûr, pour certains – les malheureux en mariage, les mal assortis – l'occasion était bonne. À en juger par les commentaires des hommes à l'usine, la pénurie de mâles allemands était une aubaine pour eux tous. Ils avaient tout simplement un plus grand choix de femmes, et davantage de femmes pour les choisir. C'était la « nouvelle » économie de l'offre et de la demande. Mais Lubert n'avait pas envie de choisir ou d'être choisi ; celle qu'il avait élue, et qui l'avait élu, lui aussi, demeurait, même disparue, toujours plus présente à ses yeux que n'importe quelle liaison à venir.

Il s'essuya la main sur sa chemise de nuit et se leva pour ouvrir le rideau en grand. La pièce était encore encombrée d'objets personnels hâtivement sortis de la chambre conjugale et du bureau et entassés ici après le sursis inattendu accordé par le colonel. C'était ce que Lubert avait toujours imaginé qu'il voudrait emporter en cas d'incendie : sa planche et ses instruments d'architecte ; les fleurs séchées du jour de son mariage ; et deux des plus précieux objets qu'il possédait, l'autoportrait de Léger et la jeune fille nue de Carolsfeld. Cependant, au lieu d'éprouver un sentiment de perte, Lubert s'était senti étrangement exalté d'avoir à réduire ses possessions au strict minimum – il se sentait presque dénudé, assez léger pour aller n'importe où.

Par la fenêtre, il jeta un regard dehors, sur la pelouse éclairée. Le quartier de lune était visible dans le violine du ciel froid et clair, mais la clarté qui se répandait sur le jardin venait de la chambre où, sans aucun doute, l'intègre et charitable officier britannique et sa jolie femme sous pression renouaient connaissance après une longue séparation. Lubert s'efforça de ne pas y penser, mais cet effort n'aboutissait qu'à faire surgir la scène plus nettement encore à son esprit : ils étaient dans son lit. Peut-être avaient-ils laissé la lumière allumée pour mieux voir tout ce qu'ils avaient raté ; peut-être bavardaient-ils sans fin avant de faire l'amour ; ou bien ils avaient d'abord fait l'amour, puis bavardé et refait l'amour ensuite. Étaient-ils allongés sur le lit sans rien sur eux comme Claudia et lui se plaisaient à l'être, ou étaient-ils de ces amants discrets, furtifs, qui se cachent sous les draps ?

La lumière s'éteignit en bas, et le balcon, le jardin et les arbres s'enfoncèrent dans l'obscurité pour révéler une canopée d'étoiles plus étincelante encore. Lubert se dit que les occupants de son ancien lit conjugal devaient avoir accompli leurs rites de réunification et se détourna de la fenêtre pour rejoindre l'édredon salé de son petit lit.

*

Rachael, assise devant sa nouvelle coiffeuse dans sa nouvelle chambre à coucher, se brossait les cheveux. Là-haut, juste au-dessus de sa tête dans l'appartement du dernier étage, elle imaginait Herr Lubert qui s'apprêtait à aller se coucher en se moquant de l'impolitesse de *cette femme* qui, en plus, n'avait même pas su reconnaître l'un des tableaux qu'il lui avait montré dans la salle de billard. De qui était-ce ? Fernand Léger ? Elle n'en avait jamais entendu parler.

Elle ne voulait pas bouger de ce tabouret de coiffeuse. Si l'homme au-dessus de sa tête la considérait avec dédain, elle se savait approuvée (et attendue) par celui qui se tenait derrière elle. Dans une des faces du miroir, elle pouvait voir Lewis en pyjama, assis sur le haut lit étroit, en train de la regarder, et elle percevait son irritation mêlée de désir. Lewis détestait la grossièreté sous toutes ses formes, et s'il ne lui avait encore rien dit, c'était peut-être parce qu'il espérait « s'offrir un moment » avec elle. Rachael arrêta de se brosser les cheveux ; elle ne souhaitait pas qu'il se méprenne sur ses intentions. Le moment de leurs retrouvailles charnelles était enfin arrivé, mais elle n'était pas prête à se laisser séduire.

— Tu n'aimes pas la maison ? demanda Lewis.

La question était loin d'être brutale et pourtant, quand on connaissait ses manières habituelles, c'était presque une confrontation.

— J'aurais préféré que son propriétaire ne vive pas ici.

Rachael regarda Lewis attraper son étui à cigarettes, en sortir une et l'allumer. Réflexe de combattant : se ravitailler avant la bataille ; terrain dangereux à traverser, besoin d'en griller une.

— Tu aurais pu être un peu plus aimable avec lui, dit-il.

Raisonnable, une fois de plus – elle avait été carrément désagréable –, toutefois Rachael n'avait pas besoin d'un chiffon rouge pour lui foncer dessus. Elle éclata d'un rire plus hystérique qu'il n'était nécessaire, mais ses mots étaient délibérément choisis. Une dispute remettrait le sexe à une autre fois.

— Comment ça ? Et faire semblant que nous sommes tous bons amis ? Tous du même bord ?

— Parfaitement. C'est le cas.

Rachael se leva et s'avança pour rejoindre le lit, en pinçant du bout des doigts la chemise de nuit qui collait à ses seins. Elle retapa les oreillers pour pouvoir s'asseoir bien droite. Son livre, *Rendez-vous avec la mort*, d'Agatha Christie, était déjà sur la table de chevet, son échappatoire s'il insistait.

Sentant sans doute la chance lui échapper, il demanda :

— Nous n'allons pas… nous offrir un moment ?

— Est-ce obligatoire ? Maintenant ?

— Non, ce n'est pas obligatoire.

— Tu comprends, je trouve ça un peu bizarre. Avec eux à l'étage au-dessus. Et ces trois journées ont été longues.

— Ce n'est pas grave. Tu es fatiguée. Ce n'est pas grave.

Peut-être que s'il l'avait prise sans rien dire, par surprise, elle se serait laissé faire ; les choses auraient pu être comme autrefois.

Elle tendit le bras vers son livre.

— As-tu réellement pleuré tous les jours ?

Rachael se crispa. Il avait envie de parler.

— Ed est idiot d'avoir dit ça.

— Mais… c'est vrai ?

— D'après Mayfield, j'ai encore les nerfs fragiles.

— Qu'en pense Pring ? As-tu parlé avec lui ?

— Je ne vais plus à l'église.

Cela faisait du bien de l'admettre, c'était étrangement satisfaisant. Elle ne s'en expliqua pas pour autant. Pour Lewis, qui ne connaissait guère l'angoisse (que Mayfield nommait *Angst*, cet étrange mot nouveau), la question était d'ordre pratique. Ce qu'il voulait savoir, en fait, c'était : « As-tu été voir d'autres gens ou bien es-tu restée seule dans ton coin ? » La réponse de Rachael ne pouvait certainement pas lui permettre de déduire que Dieu n'existait pas, puisqu'Il avait autorisé le hasard à faire tomber une bombe à l'endroit et au moment précis où Michael descendait l'escalier pour répondre à l'appel de sa mère.

Rachael sentait les vannes près de s'ouvrir. Elle se retenait depuis plusieurs jours, mais cela montait.

— C'est pratique pour toi, dit-elle. Tu n'étais pas là. Tu n'as pas l'air d'éprouver cette perte aussi durement que moi.

— Je n'ai pas eu beaucoup de temps pour les sentiments, répondit Lewis.

Sincère mais inadéquat.

— Mais pourquoi tu ne ressens pas ça ? s'étonna-t-elle en lui évitant de chercher des raisons. C'est pratique. Tu as ton travail. Tu as un pays à reconstruire… (C'est alors que le barrage céda sous les eaux.) Le pays qui a tué mon… mon fils adoré !

Au souvenir de Michael, elle se mit à sangloter comme elle l'aurait fait quand elle était petite fille ; sa poitrine tout entière en était secouée, l'obligeant à reprendre son souffle par saccades. Lewis posa la main sur son dos et la caressa, mais il n'avait pas accès à sa chambre de douleur.

— Et maintenant tu m'obliges à vivre ici, avec ces gens-là.

— Tout le monde ici, tout le monde dans cette maison, a perdu un être cher.

— Je m'en moque. Quand bien même tous les habitants du monde auraient perdu un fils. Ça ne changerait rien à la douleur. Je ne l'ai pas accepté…

— Aucun de nous ne l'a accepté. Mais nous devons faire pour le mieux…

— Pour le mieux. Toujours pour le mieux ! Tu te soucies davantage des besoins de notre ennemi, on dirait.

— Rach'. Je t'en prie. Ils ne sont plus notre ennemi. Ils ont été totalement anéantis. Tout est à reconstruire.

Rachael se tapa la poitrine et marqua une pause pour reprendre souffle entre deux sanglots.

— Est-ce que tu peux reconstruire… ça ? lui demanda-t-elle.

Elle avait envie qu'il relève le défi, mais, en même temps, elle souhaitait qu'il disparaisse pour la laisser au confort de son cœur brisé.

CHAPITRE QUATRE

Frieda termina sa gymnastique matinale avec le ballon lesté et commença à s'habiller pour aller à l'école. Elle n'avait pas d'uniforme (il n'y avait pas eu classe souvent depuis la Catastrophe) et choisit de mettre sa jupe de parade des Jeunesses hitlériennes, avec un chemisier blanc et ses rythmiques – provocation modérée envers les autorités mais chiffon rouge aux yeux de son père qui l'avait priée de ranger les vêtements du régime d'avant. Depuis qu'ils avaient vécu l'humiliation de se retirer au dernier étage de la maison, elle était devenue plus prompte encore à le défier. Il l'incitait à aménager sa nouvelle chambre de façon plus douillette en lui faisant remarquer le décor « un peu austère » de la pièce, lui suggérait de mettre quelques tableaux aux murs et de monter le cheval à bascule resté dans son ancienne chambre, mais elle aimait les choses ainsi. Elle se prenait pour une jeune Spartiate, projetée hors du cocon familial dans les décombres d'un pays en ruine où il lui fallait apprendre à survivre. L'unique objet décoratif qu'elle s'était autorisée était un abécédaire encadré, brodé par sa mère, figurant trois personnages : un homme avec une règle d'architecte à la main, une femme avec un bouquet de fleurs et une fillette qui tenait la dame par la main ; debout devant une maison au bord d'un fleuve, un voilier rouge à l'horizon. Sa mère le lui avait donné en cadeau pour ses onze ans. C'était en juillet 1942, le jour où les Britanniques avaient commencé à bombarder Hambourg, et un an avant la tempête de feu.

Leur installation à l'étage lui avait au moins donné l'occasion de se défaire des vieux jouets et de ces livres anglais que son père avait tenu à lui lire pendant les raids – *Alice au pays des merveilles*, *Le Prince heureux*, *Robinson Crusoé* – pour essayer de détourner son esprit du vrombissement des bombardiers et des *tacatacatac* de la défense anti-aérienne. « L'imagination sera notre défense », aimait-il à dire. Mais les histoires ne pouvaient pas lui rendre sa mère.

Frieda déposa le ballon au milieu du cerceau de gymnastique et s'accroupit au-dessus du pot de chambre. Quand elle eut fini, elle ramassa le pot et sortit sur le palier. Elle descendit l'escalier jusqu'à son ancienne chambre, dans la « zone britannique », où elle trouva sa cible en train de jouer avec la maison de poupée. La porte était ouverte et elle resta à observer Edmund qui s'amusait à reproduire une scène entre deux poupées, un homme et une femme, sous les combles de la maison ; vu la position dans laquelle il les avait mises, elle n'eut pas besoin de tout comprendre aux dialogues pour savoir de qui il s'agissait.

— Le petit garçon joue à la poupée, dit Frieda en anglais, en se moquant de lui.

Edmund leva les yeux et découvrit Frieda debout sur le seuil, le pot de chambre à la main, il se demanda si elle souhaitait entamer une sorte d'échange culturel.

— Bonjour, dit-il, avant de tester sa salutation toute neuve : *Guten Tag*, Fräulein Lubert.

Frieda souleva le pot de chambre, comme pour dire « C'est pour toi », puis le déposa par terre au milieu de la chambre. Elle lui adressa ensuite un curieux sourire, sortit à reculons, puis referma la porte derrière elle en laissant son offrande tiède, couleur d'or, au pied du *Prince heureux*.

Sur le chemin de l'école, Frieda croisa plusieurs *Trümmerfrauen* en tablier et fichu sur la tête, elles partaient en ville trier des montagnes de gravats pour en faire des tas de briques et de pierres récupérables en échange d'un bol de soupe, d'une miche de pain et de quelques tickets de rationnement, si elles avaient de la chance. Nombre d'entre elles portaient des pelles, et quelques rares plaisantaient, contentes d'avoir du travail. Frieda aurait préféré être avec elles. Elle avait cessé d'aller régulièrement à l'école à l'été 1943, quand les bombardiers britanniques avaient détruit pratiquement toutes les écoles de la ville. Mais aujourd'hui, les Britanniques avaient rouvert l'ancien hôtel de ville et divisé une vaste pièce, à l'aide de cloisons de contreplaqué, en plusieurs « salles de classe ». Comme le secteur débordait de réfugiés, les enfants étaient trop nombreux pour l'espace disponible et beaucoup devaient s'asseoir à même le sol froid.

En dépit de ces difficultés et du manque de fournitures essentielles – papier, crayons et manuels scolaires – les Britanniques avaient fait de l'éducation des enfants allemands une priorité absolue. C'était une véritable obsession. Après leur avoir ôté les poux de la tête, ils avaient entrepris de leur réformer l'esprit : ils leur apprenaient que le Führer (qu'ils appelaient cavalièrement par son prénom) et le national-socialisme étaient des maux qu'il fallait éradiquer de la surface de la terre. Ils parlaient de démocratie, posaient des questions pour déterminer ce que les enfants savaient ou non, et étaient abasourdis par leur ignorance. Même si le maître, Mr Groves, les appelait tous par leur prénom et s'efforçait d'être aimable, choisissant de s'asseoir au centre de la classe au lieu de se mettre debout devant eux, Frieda trouvait les leçons humiliantes. Elle avait décidé de ne répondre à aucune des questions qui étaient posées, même quand elle connaissait la réponse.

En arrivant près de l'hôtel de ville, Frieda vit le portail fermé et des enfants rassemblés sous une pancarte qui avait été accrochée sur le mur de brique. « École fermée sur ordre de la Commission de contrôle alliée en Allemagne » indiquait l'avis, en allemand. Quelques soldats de la police militaire tommy battaient la semelle et trois camions militaires bâchés étaient garés le long des grilles. Un capitaine s'adressa en allemand aux enfants :

— Ceux qui ont moins de treize ans peuvent rentrer chez eux ; les plus âgés qui sont assez costauds peuvent aider au déblaiement des décombres. Vous serez payés en bons de nourriture, vous aurez droit à un repas et on vous reconduira ici avant la nuit.

Des cris de joie s'élevèrent et tous les enfants en âge – mais aussi un grand nombre qui visiblement ne l'étaient pas – se dirigèrent vers les camions en partance pour les champs de ruines. Impossible de résister à la perspective d'un repas aujourd'hui et peut-être demain. Frieda avait pris un petit-déjeuner relativement copieux et pouvait compter sur un repas à son retour, mais elle préférait être dehors plutôt qu'à la maison ; elle suivit la troupe affamée et grimpa à l'arrière d'un des camions. Le garçon assis à côté d'elle, quatorze ans environ, était un vétéran de la « corvée de gravats ». Pendant qu'ils roulaient en bringuebalant vers le quartier d'Altona, à l'ouest de la ville, il se vantait de ses exploits :

— C'est pas si mal, tu sais. J'ai trouvé un collier et je l'ai échangé contre un poulet. Et ils nous servent un bon repas. La dernière fois, on a eu du pain et de la soupe avec de la chair à saucisse.

— De la vraie saucisse ? demanda un autre garçon. D'habitude, c'est de la viande de chien. Ou pire encore.

— Oui, de la vraie ! *Bierwurst, Bratwurst, Rindswurst, Jagdwurst, Knipp, Pinkel, Landjäger…*

Il énumérait tous les types de saucisses lentement et respectueusement, avec gourmandise aussi, édifiant devant eux toute une charcuterie. Les yeux déjà agrandis des enfants leur sortaient de la tête en pensant au banquet qui les attendait.

Vingt minutes plus tard, ils sautèrent à terre pour se retrouver dans les décombres d'Altona, un quartier totalement rasé par endroits, si bien que le regard portait au-delà de St Pauli jusqu'aux entrepôts et aux canaux miraculeusement intacts de la cité portuaire. Une armée de femmes formaient une chaîne humaine, se passant les gravats de main en main, et certaines parurent contrariées de voir arriver les enfants : « Regardez ces petits rats qui viennent nous voler nos rations. »

Frieda prit place dans la chaîne. La personne qui lui passait les briques était un jeune homme qui devait avoir dix-sept ans et semblait indifférent à l'agitation environnante. Il se dégageait de lui une énergie langoureuse, une force paisible, il était élégamment vêtu d'une veste bleue à laquelle il ne manquait aucun bouton. En lui tendant les gravats, elle se surprit à chantonner un ancien chant des Jeunesses (« Nous poursuivrons notre marche, même si tout s'effondre, car aujourd'hui l'Allemagne nous entend mais demain, c'est le monde entier qui nous entendra. La Grande Guerre a causé la ruine du monde, le diable peut bien en rire, nous le reconstruirons ! »)

Au troisième couplet, elle sentit la main chaude du jeune homme se poser sur son poignet.

— Attention, jeune fille ! l'interrompit-il sans lâcher des yeux les gardes tommies. Il y en a qui peuvent reconnaître ce que tu chantes.

— Je m'en moque, répondit-elle, en éprouvant un sentiment de puissance et de libération d'avoir dit cela au séduisant jeune homme à la belle veste.

Il la jaugea du regard.

— Tu n'es pas trop jeune pour être fusillée, tu sais. Quel âge as-tu ?

— Seize ans, mentit-elle.

À quelques mètres de là, deux troufions anglais échangeaient une blague et fumaient en surveillant le travail d'un œil distrait.

— Pauvres crétins, dit-elle. Ils se croient les maîtres ici.

Il éclata de rire.

— C'est nous qui faisons le boulot. Eux, ils rigolent et se la coulent douce. En l'occurrence, c'est nous les crétins.

Frieda piqua un fard : son bluff n'avait pas marché avec lui. Elle recommença à passer les briques sans piper mot. La proximité du jeune homme était agréable. Elle sentait sa sueur épicée et admirait ses avant-bras musculeux et glabres. Chaque fois qu'il lui tendait une brique, elle entrapercevait une cicatrice, peut-être une tache de naissance, sur la face interne de son bras. Cela ressemblait au nombre 88. Il remarqua qu'elle l'observait et s'arrêta aussitôt pour baisser sa manche.

— Hep là ! La blondinette ! s'écria brusquement un des troufions, en faisant sursauter Frieda. Arrête de lambiner ! *Schnell !*

Le jeune homme boutonna sa manche et se remit au travail. Peu après, il la surprit en train de le regarder, hésitante mais curieuse.

— Je m'appelle Albert. Et toi ?

— Frieda.

— Frieda, répéta-t-il.

Elle n'avait jamais aimé son nom, ni son diminutif,

Fredie, mais sur les lèvres d'Albert, elle trouvait qu'il avait quelque chose de neuf, de majestueux même.

— J'aime bien ce nom-là. Un nom bien de chez nous, ajouta-t-il.

Son admiration l'enveloppait comme une couverture douillette.

— Ça veut dire… demoiselle.

En entendant cela, il lui prit la main et la serra poliment.

— C'est bien ce que tu es. Une gente demoiselle allemande.

Un cri s'éleva quelque part dans la chaîne – « Cadavre ! » – et tout le monde s'arrêta pour tourner la tête vers la femme qui avait crié et s'était à présent écartée de sa découverte. D'autres femmes la rejoignirent et se mirent à sortir davantage de briques pour révéler un bras squelettique qui émergeait des ruines, main tournée et ouverte dans un geste de supplication. Les femmes s'activèrent plus fébrilement encore, comme si la vie d'un homme était encore en jeu ; quelques secondes plus tard, elles avaient réussi à dégager le reste du squelette, puis un second, allongé sur le premier, le plus petit des deux, dans une posture de copulation. Cette découverte d'archéologie intime réduisit au silence les femmes qui la contemplaient.

Frieda se détacha de sa file pour aller voir de plus près. Elle regardait fixement les amants morts figés dans leur ultime étreinte, et se sentait étrangement attirée et non horrifiée comme les autres.

— C'est bon, vous autres. Reculez. Allez, on n'est pas au cinéma, merde !

Deux Tommies s'avancèrent et éloignèrent les curieux avant d'aller jeter un coup d'œil à leur tour. L'un d'eux écarta les jambes au-dessus du petit creux qui servait de tombe au couple et se pencha pour regarder.

— Pas mal, de partir comme ça. Une dernière partie de jambes en l'air et rideau !

— On dirait qu'ils s'en donnent encore à cœur joie, répondit son copain, et ils éclatèrent de rire avant de se rendre compte qu'ils avaient encore un public qui les observait. Allez, vous autres. On se remet au boulot !

Frieda était incapable de bouger. Elle avait les yeux rivés sur les alliances au doigt des squelettes. Au moins ils étaient morts ensemble, en même temps. Pas comme ses parents. Le Tommy qui se tenait toujours au-dessus du trou avait vu les bagues, lui aussi. Il se pencha pour les enlever et cassa un doigt dans sa hâte, puis il leva les alliances pour vérifier leur teneur en or avant d'en donner une à son compagnon.

— Ça s'emporte pas dans la tombe, dit-il avant d'empocher la bague. Emballez-moi ces ossements ! lança-t-il aux femmes, en allemand.

Frieda reprit sa place dans la chaîne à côté d'Albert, les yeux embués de larmes. C'étaient moins des larmes de compassion pour ce couple qu'un trop-plein de mépris pour les responsables de leur mort ; et pour la perte de sa propre mère, dont le corps n'avait jamais été retrouvé.

*

— Il me faut davantage de lumière ici. J'aimerais que vous me déplaciez ça. Heike ? Les plantes vertes ?

Rachael gesticula en direction des fâcheux feuillages qui emplissaient l'une des baies vitrées et qui, selon elle, masquaient la lumière dont elle avait un besoin si criant après des mois au pays de Galles, dans un intérieur exigu et bas de plafond. Orangeries mises à part, et sans compter l'éternel aspidistra, Rachael n'avait encore jamais vu autant de verdure au cœur même d'une maison. Peut-être qu'en Allemagne, le *summum* du bon goût c'était de mettre des plantes partout, mais elle ne pouvait pas les supporter.

Heike se dirigea vers la première de ces importunes, un yucca d'un vert cireux qui rappelait le plastique, et se baissa pour la prendre. Elle hésita et leva les yeux vers Rachael en pointant un doigt tremblant vers la porte pour s'assurer une fois de plus que c'était bien le souhait de sa maîtresse.

— Oui. Mettez-les ailleurs. Je vous remercie.

Rachael compensait son ignorance de la langue allemande par une prononciation exagérée et, sans le vouloir, elle avait insisté sur le mot « vous », ce qui avait fait sourire la domestique. Heike avait sorti le yucca de la pièce en pouffant, toute rougissante d'avoir ri. C'était sans doute plus une marque de nervosité que de rébellion, mais Rachael était agacée par les gloussements de son employée, comme si ce qu'elle lui demandait témoignait d'une singularité qui lui était étrangère.

Rachael commençait à s'affirmer sur le territoire de sa nouvelle maison et ses déclarations aussi brèves que limpides auraient assurément reçu l'aval du Premier ministre Attlee. Et si ses lacunes linguistiques et son manque d'habitude avec la domesticité l'amenaient à parler plus sèchement qu'elle n'en avait l'intention, il importait néanmoins qu'elle s'affirmât dès le départ et posât les limites qui allaient leur permettre de vivre sous le même toit. Cependant, ni la vaisselle et les verres fournis par l'armée britannique ni les meubles changés de place ne pourraient lui faire oublier qu'elle vivait dans la maison d'un autre, qu'elle dormait dans le lit d'un autre, qu'elle allait et venait dans l'espace d'un autre. À la vérité, les changements dont elle était l'initiatrice – enlever les plantes, draper un voile pudique sur le nu de l'entrée, remplacer les chaises de la salle à manger par les sièges en rotin de la cuisine – ne faisaient qu'affirmer plus encore le caractère de la maison. En passant d'une pièce à l'autre, Rachael croyait entendre les murs chuchoter avec un mépris moqueur : *Tu n'es pas chez toi ici et tu ne le seras jamais.*

On aurait dit que cette belle assurance s'insinuait chez les domestiques ; en dépit de leur déférence manifeste, de leurs révérences et hochements de tête mécaniques, ils la considéraient, elle en était certaine, comme une usurpatrice. Elle était tout à la fois une ingénue et une parvenue, surtout aux yeux de l'ombrageuse Greta, toujours bouche cousue, la plus ancienne au service de la famille Lubert, celle dont la loyauté remontait le plus loin. Les regards intimidants, dépités, qu'elle adressait à Rachael semblaient ceux d'un serviteur royal qui aurait vu passer plusieurs reines dont aucune n'était parvenue à égaler la première. La maison, Rachael le sentait, était encore sous l'emprise, sous le charme, de son ancienne maîtresse dont la présence éclatait dans l'attitude des domestiques. Leurs hésitations, leur perplexité face à certaines instructions masquaient mal ce qu'ils pensaient vraiment : *Notre madame n'aurait jamais fait les choses comme cela.*

Lorsque Rachael fit pour la première fois le tour de la maison, elle s'était d'emblée trouvée en conflit avec les lieux. Il n'y avait pas que les plantes vertes : les meubles et presque tout l'aménagement intérieur lui faisaient horreur. Elle se savait en présence d'une certaine forme d'excellence, mais ce n'était pas un style qu'elle pouvait aimer ni même envier. Et tout en appréciant le volume des pièces et leurs proportions, la décoration minimaliste l'intimidait au lieu de lui procurer une sensation de liberté. Elle avait envie de lumière et d'espace, mais elle avait aussi besoin de choses confortables, familières. Si on lui avait demandé de décrire le décor, elle l'aurait qualifié de

« moderne », un terme péjoratif dans sa bouche. Les chaises, par exemple, semblaient avoir été réduites à leur fonction élémentaire, elles n'avaient ni charme ni confort – qualités que Rachael estimait indispensables pour un siège. Il en était de même pour les dessertes, les lampes, les tables. Elle ne leur trouvait rien de joli ou de gai, rien non plus de chaleureux. Tout dans cette maison semblait avoir quelque chose d'étudié, d'un peu froid et sans âme. Il y avait trop de choses susceptibles de heurter le regard d'une bourgeoise du pays de Galles élevée parmi les meubles de bois sombre d'époque victorienne, les cheminées où brûlait le charbon, les pianos droits, les sages gravures de châteaux et les inoffensifs dessins botaniques. Seul le salon, avec son ottomane et son piano Bösendorfer plaqué d'ébène, ressemblait un tant soit peu à une pièce où elle pouvait avoir envie de s'asseoir ; il lui suffisait peut-être de faire enlever l'étrange siège qui trônait dans un coin, et de le remplacer par le petit canapé tout simple qui se trouvait dans la chambre principale, pour qu'elle commence à se sentir un peu plus chez elle.

Rachael observa plus attentivement la chaise longue à tubulure chromée. Était-ce vraiment fait pour s'asseoir dessus ? Cela ressemblait à un siège destiné à de douloureuses interventions chirurgicales. Peut-être n'était-ce pas une chaise, peut-être était-ce un objet d'art. À moins que ce ne fût les deux. C'était ça la réponse, sans doute. Qu'importe l'idée qui était derrière, ce siège lui déplaisait.

— Vous devriez l'essayer.

Elle se retourna pour trouver Herr Lubert, inexplicablement vêtu d'un bleu de travail, un grand trousseau de clés dans une main. Il avait l'air chiffonné, les cheveux en bataille rebiquant sur le côté comme s'il avait dormi dessus alors qu'ils étaient mouillés. Lewis plaquait toujours ses cheveux gominés en arrière, il les entretenait pour qu'ils soient aussi propres, aussi luisants que le ceinturon de son uniforme. L'allure d'adolescent désinvolte de Lubert s'apparentait à celle d'un déserteur ou d'un artiste cherchant à tout prix à se distinguer.

— C'est une Mies van der Rohe. L'esthétique de la construction ?

Rachael était tellement interloquée par son apparence – son accoutrement, ses cheveux, son aisance – qu'elle n'entendit pas un seul mot.

— La chaise, expliqua Lubert. Ça vaut la peine de l'essayer. On dit que c'est l'une des plus confortables jamais inventées.

— On dirait… tout à fait le contraire.

Lubert sourit, d'un air un peu trop culotté, un peu trop familier.

— Ah. C'est une remarque intéressante. Son concepteur cherchait à éliminer toute « ornementation superflue » ? C'est l'expression juste ?

Rachael en était encore à se demander comment se comporter dans cette scène. Quelle était la conduite adéquate ? Que pensait-elle de cette réponse ? Pourquoi portait-il un bleu de travail ? Quant à son anglais… cet homme parlait anglais avec tellement de naturel qu'elle devait sans cesse se rappeler qu'il était allemand et qu'il ne fallait en aucun cas fraterniser avec lui, sauf pour discuter de modalités pratiques indispensables. En attendant, il continuait à faire la conversation tout seul.

— Il appartenait à l'école du Bauhaus. Ils voulaient simplifier les choses, poursuivit Lubert. Revenir au fonctionnel. C'était ça, leur philosophie.

— A-t-on besoin de philosophie pour concevoir une chaise confortable ? questionna Rachael qui s'étonna elle-même, estimant que la question était assez abrupte pour mettre un point final à cette conversation embarrassante qui n'avait que trop duré.

Le visage de Lubert s'illumina.

— Mais tout est là ! Derrière chaque œuvre d'art, derrière chaque objet, il y a une philosophie !

Elle devait mettre fin à cette discussion qui établissait un très mauvais précédent pour leurs futurs rapports. Les limites précises qu'elle avait prévues et qu'elle avait d'ailleurs commencé à poser, étaient déjà franchies.

Herr Lubert lui tendit le trousseau de clés.

— En tant que maîtresse de maison, ces clés vous reviennent. Il y en a une pour chaque pièce, chacune avec son étiquette.

Rachael prit les clés. « Maîtresse de maison ». Elle n'avait pas le sentiment de l'être, et ne se croyait pas non plus capable de jouer ce rôle avec conviction.

— J'espère que vous avez bien dormi, Frau Morgan, ajouta-t-il.

Choisissant d'entendre dans cette banalité sans malice une familiarité déplacée, Rachael décida de faire preuve d'autorité.

— Herr Lubert, je tiens à être d'emblée très claire avec vous : je ne suis pas à l'aise avec cette situation – que nous partagions la maison – et je juge bon de ne m'entretenir avec vous que de questions indispensables. Montrons-nous courtois, bien sûr, mais il n'est pas judicieux que nous… que nous fassions semblant d'être amis alors que cela n'est pas… pas utile… dans la situation actuelle. Nous devons établir des lignes de démarcation claires.

Lubert hochait la tête en écoutant ce discours péremptoire, mais il n'avait pas l'air le moins du monde convaincu et, à la grande surprise de Rachael, il continua de sourire avec la plus grande désinvolture.

— Je ferai de mon mieux pour ne pas être trop cordial, Frau Morgan, répondit-il, avant de s'incliner et de quitter la pièce.

*

— *Guten Morgen, alle.*

— *Guten Morgen*, monsieur le gouverneur. *Guten Morgen, Herr Oberst.*

— *Es ist... kalt*, ajouta Lewis en se frottant le haut des bras de ses mains gantées.

Tout le monde en convint. Il faisait vraiment très *kalt.*

Depuis peu, Lewis avait décidé de s'arrêter pour dire bonjour aux Allemands qui se pressaient devant les grilles du quartier général – une ancienne bibliothèque réquisitionnée – du district de Pinneberg. Ils étaient aujourd'hui plus nombreux que d'habitude. Le froid était visible dans la buée de leur haleine, et la foule, d'ordinaire docile, paraissait plus turbulente ; avec l'hiver qui approchait, il devenait urgent de trouver une place dans l'un des camps pour personnes déplacées.

Il distribua ses salutations matinales, un petit signe de tête pour les femmes, un sourire pour les enfants et un salut pour les hommes. Les enfants gloussaient, les femmes faisaient la révérence tandis que les hommes le saluaient en retour en agitant les documents qui, espéraient-ils, leur donneraient accès à un lit. Par cet échange de politesses, Lewis tentait de leur faire comprendre que tout irait bien, qu'on s'occupait du retour à la normale. Et pourtant, l'haleine fétide des affamés qui avait donné lieu à la remarque cruelle du commandant Burnham et qui ne faisait plus grimacer Lewis, à force d'entraînement, lui rappelait, d'une manière désagréable, que plus d'un an après le début de l'occupation, ils n'arrivaient toujours pas à satisfaire aux besoins les plus élémentaires de la population.

Une fois dans l'enceinte, Lewis se promit de faire

enlever les barbelés qui entouraient les bureaux. Il ne savait pas au juste à quoi servait cette clôture, mais, à en croire la Commission de contrôle, il fallait se protéger contre toutes sortes de dangers : les membres de la Werwolf, ces fabuleux combattants qui refusaient la victoire alliée ; les jeunes sauvageons, ces charognards qui pillaient les ruines ; les femmes allemandes, ces prédatrices malsaines qui faisaient la chasse à l'homme. Et puis on racontait que les animaux s'étaient échappés du zoo de Hagenbeck quand celui-ci avait été bombardé, et qu'ils rôdaient toujours dans les faubourgs de la ville. En fait, l'administration alliée s'était si bien barricadée que les Britanniques avaient pris la place des animaux du zoo et les autochtones celle des visiteurs ébahis qui grimaçaient devant ces créatures venues d'ailleurs, inquiètes derrière leurs barbelés.

Le capitaine Wilkins était à son bureau, plongé dans la lecture d'un manuel.

— Bonjour, Wilkins.

— Bonjour, mon colonel.

— Que lisez-vous là ?

— Ça s'intitule « *Le caractère allemand* », c'est signé par le brigadier W.E. van Cutsem. Les gars de la Commission tiennent à nous rafraîchir la mémoire. Ils veulent que nous comprenions ce qu'il y a de dangereux dans la personnalité allemande avant de remettre le pays en état de marche. L'auteur fait une remarque intéressante. Écoutez ça : « Sans nécessairement s'extérioriser, la haine est là, elle couve sous la surface des choses, prête à resurgir avec toute la férocité de l'amertume. Prenez garde : voilà un peuple qui refuse de reconnaître qu'il a été vaincu. »

Lewis était resté debout, retardant le moment où il allait se sentir émasculé de se retrouver assis derrière un bureau. Il regarda son jeune second en dissimulant mal son exaspération.

— Wilkins. Depuis quand êtes-vous ici ?

— Quatre mois, mon colonel.

— Et vous avez parlé à combien d'Allemands ?

— Nous ne sommes pas vraiment autorisés à leur parler, mon colonel…

— Mais vous leur avez certainement parlé. Vous les avez vus. Vous en avez rencontré, non ?

— Oui, mon colonel, un ou deux.

— Et qu'est-ce que vous ressentez quand vous croisez ces gens-là ?

— Pardon ?

— Vous avez peur ? Vous avez l'impression qu'ils vous haïssent ? Vous pensez, tiens, voilà des gens à deux doigts de l'insurrection ? Un peuple qui n'attend plus qu'un signal pour nous renverser ?

— Difficile à dire, mon colonel.

— Eh bien essayez. Essayez de le dire. Vous avez vu les gens devant les grilles ? Quand vous regardez ces pauvres diables décharnés avec leur teint cireux, ces gens qui s'aplatissent devant vous, qui cherchent désespérément un toit et de quoi manger, vous vous dites vraiment : Bon sang, c'est vrai, il faut que je leur rappelle qu'ils ont été vaincus ?

Wilkins tenta de marmonner quelque chose, mais Lewis n'attendait pas de réponse.

— Je n'ai pas rencontré un seul Allemand qui trouvait difficile de se savoir vaincu, Wilkins. Selon moi, il n'y en a pas un seul qui ne l'ait accepté avec satisfaction, et même un certain soulagement. La seule vraie différence qui existe entre eux et nous, c'est qu'ils se sont fait baiser sur toute la ligne, et qu'ils le savent. C'est nous qui mettons trop longtemps à nous adapter à cet état de fait.

— Bien, mon colonel.

Wilkins reposa le fâcheux manuel et saisit un document moins sujet à caution. Il avait l'air presque blessé. Son supérieur lui parlait aujourd'hui avec une dureté de ton qui ne lui était guère habituelle.

Lewis fit aussitôt un signe d'excuse. Il s'était exprimé avec une totale franchise, mais il y était allé beaucoup trop fort, avec des mots aiguisés par l'irritation et la déception accumulées depuis l'arrivée de Rachael. Il ne dormait pas bien du tout et avait beau se dire, et dire à sa femme, que c'était parce qu'il devait partager un lit (après des mois à pouvoir étendre ses jambes dans les lits des hôtels réquisitionnés), la vérité c'était que leurs retrouvailles n'avaient pas conduit à l'accomplissement espéré. Il avait cru qu'elle accueillerait son nouveau cadre de vie avec le même enthousiasme qu'elle avait montré pour leur première maison de Shrivenham, cette location triste et terne. Elle avait fait preuve de souplesse autrefois pour s'adapter aux changements de circonstance, mais ici, à Hambourg, elle paraissait n'avoir goût à rien et trouvait tout rébarbatif. Y compris lui-même. Michael représentait pour elle un sujet d'accablement plus grand qu'il ne l'avait prévu et, non content de faire à ce propos une erreur de jugement, il avait aggravé les choses en choisissant mal ses mots, puis en ne disant plus rien. Ici, au travail, il savait parler avec éloquence, émotion et conviction ; avec Rachael, il se sentait malhabile, sans voix. Et, deux semaines après l'arrivée de sa femme, ils ne s'étaient toujours pas « offert un moment ».

Rien de tout cela n'était la faute de Wilkins, ni son affaire, évidemment.

— Je vous conseille de sortir davantage, Wilkins. Rencontrez des gens. C'est le meilleur antidote contre ces âneries de théoriciens. Même si l'emplacement de notre QG ne facilite pas les choses, vous avez besoin de voir la réalité en face dans les quartiers est, à quelques kilomètres d'ici. Fraternisez. C'est un ordre.

— Bien, mon...

On frappa à la porte et la tête ronde et réjouie du capitaine Barker apparut dans l'ouverture. Il balaya la scène du regard, capta l'atmosphère et décida de ne pas faire un pas de plus.

— Ces dames attendent que vous les receviez, mon colonel.

— Très bien, Barker. Merci. Combien sont-elles ?

— J'en ai finalement sélectionné trois, mon colonel.

— Et comment vous y êtes-vous pris ?

— J'ai choisi les plus jolies, mon colonel.

Lewis s'autorisa un sourire. La zone britannique était sans doute devenue un havre pour les laissés-pour-compte – coloniaux privés d'emploi se hâtant de quitter l'Inde, opportunistes, fonctionnaires ratés et policiers inactifs – mais de temps à autre, une perle sortait du lot. Et Barker en était assurément une, travaillant d'arrache-pied à tout ce qu'il entreprenait sans jamais en avoir l'air. Il ne courait pas après de petits avantages matériels et ne cherchait pas non plus à fuir un échec essuyé ailleurs ; il disait être venu en Allemagne pour faire changer les choses et semblait dépourvu des préjugés ou des manières onctueuses qui étaient la marque d'un si grand nombre de jeunes officiers en poste. Pareille probité brillait au milieu du fumier, et donnait à Lewis l'espoir de pouvoir travailler à quelque chose.

— Est-ce qu'elles parlent bien anglais ?

Barker lança un coup d'œil dans le couloir, pour indiquer que les candidates pouvaient entendre.

— Toutes le parlent couramment, répondit-il. Pour les départager, je leur ai demandé de donner les noms d'un maximum d'équipes de football. Il y en a une qui a cité Crewe Alexandra.

— Vous croyez que les méthodes de recrutement

du Renseignement sont aussi sophistiquées que les vôtres ?

— Eux, ils auraient choisi les moches.

Crewe Alexandra était la première. Quand elle entra, Lewis se leva pour l'inviter à s'asseoir en face de lui, puis il écarta les dossiers qui lui bouchaient la vue. Avec son chapeau à rebords et sa robe de velours, elle ressemblait à une suffragette issue de l'aristocratie, une impression curieusement renforcée par ses gros godillots. Elle avait un visage aux traits larges et anguleux, des yeux d'animal sauvage d'une intensité extraordinaire qui transperçait Lewis. Il avait la curieuse sensation de l'avoir déjà rencontrée quelque part et, bien que ce ne fût pas le cas, il en rougit comme si cette pensée témoignait d'une émotion inconvenante. Se ressaisissant, il parcourut le rapport que Barker avait hâtivement dactylographié.

— Ursula Paulus. Née le 12 mars 1918. À Wismar ?

— Oui, c'est exact.

Depuis la guerre, il était beaucoup plus difficile de deviner l'âge des gens. Les privations, séparations, deuils ajoutés à une alimentation carencée depuis tant d'années avaient fait vieillir tout le monde, les femmes plus particulièrement : rides profondément marquées, cheveux grisonnants clairsemés ou blanchis du jour au lendemain. Lewis devinait une plus grande expérience de la vie, davantage de sagesse et de souffrance qu'il n'était usuel chez une femme de 28 ans.

— Vous venez de l'île de Rügen ?

— Oui.

— Comment êtes-vous arrivée jusqu'à Hambourg ?

— J'ai marché, répondit-elle en baissant les yeux sur ses godillots. Excusez-moi, je n'ai pas encore pu trouver d'autres souliers.

— Ma décision ne va pas dépendre d'un détail

vestimentaire, Frau Paulus. Où avez-vous appris à parler anglais ?

— Je l'enseignais sur l'île, dans une école primaire.

— Vous n'aviez pas envie de rester à Rügen ?

Elle secoua la tête, et Lewis comprit :

— Les Russes.

— Ils ne traitent pas les Allemandes avec beaucoup d'égards.

— C'est une litote.

— Ça veut dire… un euphémisme ? demanda-t-elle pour s'assurer qu'elle employait le mot juste.

Lewis confirma d'un signe de tête. En voilà une qui comprenait vite.

— Vous parlez russe ?

— Un petit peu.

— Cela pourrait être utile. Si les Soviets arrivent à leurs fins, nous pourrions tous nous retrouver à parler russe.

Lewis jeta un nouveau coup d'œil sur les notes de Barker.

— Je vois que vous avez servi dans la base navale de Rostock pendant la guerre. Que faisiez-vous ?

— J'étais… sténographe, comme vous dites.

— Parlez-moi de votre mari. A-t-il du travail ?

— Il est mort au début de la guerre.

— Je suis navré… je vois ici que vous êtes mariée…

— Eh bien, oui, je le suis toujours… Jusqu'à ce que je me remarie.

Lewis fit un geste pour s'excuser.

— Je comprends. Feu votre mari servait dans la Luftwaffe.

— Feu… vous voulez dire, mort ?

— Oui.

— C'est exact. Il est mort en France, dans les premières semaines de la guerre.

— Je suis navré, répéta Lewis en levant la main. (Il

agitait la jambe avec impatience.) Bon, Frau Paulus. Il y a des centaines de vos compatriotes qui sont candidates à ce poste d'interprète. Pourquoi devrais-je vous choisir ?

— Il faut bien qu'une femme ait de quoi manger, répondit-elle avec un curieux sourire.

Sa franchise fit sourire Lewis à son tour. Il se pencha rapidement pour vérifier quelque chose dans les dossiers des deux autres candidates, mais c'était juste pour la forme. Sa décision était prise. Il lui fallait recevoir les deux autres, même si aucune ne pourrait le faire changer d'avis. Certes, l'attitude de Lewis s'expliquait en partie par le besoin pressant de s'atteler à la tâche et par le fait qu'il détestait rester assis derrière un bureau, cependant il n'en demeurait pas moins vrai que Frau Paulus l'avait convaincu avant même qu'il ait pu juger de ses compétences linguistiques ou de son aptitude pour le poste. Il avait besoin d'être entouré de gens qui rayonnaient de cette sorte de grâce naturelle. Et il avait envie d'en savoir plus sur ces souliers – d'où ils venaient, les routes qu'ils avaient empruntées, les aventures qu'ils avaient connues. Il se voyait déjà – dans quelque temps, en voiture peut-être – lui poser des questions à ce sujet, et apprendre comment elle avait marché de Rügen jusqu'à Hambourg pour échapper aux Russes. Il tendit le bras pour prendre un questionnaire dans l'un des cartons qu'on venait de lui apporter, et le lui remit.

— Vous devez compléter ce formulaire, c'est obligatoire. Veuillez excuser l'ineptie de certaines questions.

Il sortit ensuite quelque chose d'un tiroir de son bureau : un carnet de bons d'achat des forces armées britanniques. Il en déchira deux et les lui tendit en disant :

— Servez-vous-en pour acheter une paire de chaussures.

Elle hésita à les prendre, comme si elle doutait de ses intentions. Il la mettait peut-être à l'épreuve.

— Prenez-les, insista Lewis. L'interprète du gouverneur se doit d'être chaussée pour la circonstance.

À ces mots, Ursula perdit toute contenance. Elle poussa un soupir qu'elle semblait retenir depuis très longtemps puis, tendant les bras au-dessus du bureau, elle saisit la main du colonel pour la serrer très fort entre les siennes et le remercia en allemand, spontanément, avant de se reprendre et de lui dire, en anglais :

— Merci, mon colonel. Merci.

*

« Tommy, Yankee, Français, Popov,
Tommy, Yankee, Français, Popov,
Jour après jour, ils nous piquent tout,
Et jour après jour, on en a ras le bol
Des Tommy, Yankee, Français, Popov,
Tommy, Yankee, Français, Popov ! »

Les sauvageons chantaient la ritournelle, ils l'entonnaient tout doucement pour aller *crescendo* jusqu'à éructer « Popov ! » à la fin. Ils chantaient moins par bravade que pour ne plus penser au froid qui les envahissait. Cette fois, ils n'allèrent pas plus loin que la deuxième reprise.

Ossi, assis sur une valise, lança un recueil de cantiques au feu. Les flammes s'élevèrent aussitôt, passant du vert au bleu puis à l'orange, et les gamins se rapprochèrent du foyer au centre du cratère de bombe afin de profiter un peu de sa faible chaleur. Ossi réfléchissait à ce qu'il avait à dire. Ils étaient las de bouger, bouger sans cesse, et pourtant c'était ce qu'ils allaient devoir faire.

L'église abandonnée leur avait servi de refuge depuis qu'ils avaient quitté le zoo de Hagenbeck où ils avaient vécu pendant trois mois, sans être repérés, dans une grotte située sous le rocher artificiel de l'enclos aux singes. Les maisons de Dieu en ruine offraient un asile sûr, mais elles avaient toutefois leurs limites. La bombe avait ouvert un grand trou dans le toit de la *Christuskirche* et creusé dans la nef un cratère de la taille d'une voiture. Cette énorme cavité se prêtait naturellement à y faire un feu, et les sauvageons n'avaient pas lésiné sur les bancs d'église en chêne. Depuis la brutale arrivée du froid, ils s'étaient mis à brûler les livres, en commençant par les textes sacrés. Le papier, c'était bien pour allumer le feu mais c'était un piètre combustible, il brûlait vite et clair sans donner beaucoup de chaleur. Dans l'ancienne bibliothèque universitaire, Dietmar avait trouvé les œuvres complètes de Walter Scott, qu'il avait rapportées dans une brouette, mais ils avaient tout brûlé en quelques heures. Un million de mots pour réchauffer cinq enfants le temps d'une seule nuit ! Maintenant, il ne restait plus rien pour alimenter le feu. Ossi regardait les dernières pages d'actions de grâces s'élever en poussières noircies vers la voûte et se décida à passer à l'action. Il tapa dans ses mains.

— Écoutez-moi. Demain, nous partons pour l'Elbchaussee. Il y a des maisons au bord du fleuve, c'est là qu'habitent les Tommies, ceux qui ont beaucoup de galons. Des maisons avec des pelouses qui descendent jusqu'à l'eau ; avec une salle de bains pour chacun. Tommy prend toutes les belles maisons, mais il les occupe pas toutes. Des fois, il met une pancarte dehors marquée « Réquisition », mais ça reste vide jusqu'à l'arrivée de la famille. Et des fois, ils viennent pas et la maison reste vide et ils oublient qu'il y a personne dedans. Berti en a trouvé une, il dit qu'on va pouvoir s'installer bientôt.

— Je me plais bien ici, dans la maison de Dieu,

déclara Otto. On est en sécurité ici. Et il y a personne pour nous commander.

— On peut plus rester là, insista Ossi. Vous m'empêchez de dormir tellement vous claquez des dents. On va aller s'installer chez un banquier plein aux as avec des fauteuils, des lits et des robinets en or. On aura chacun sa baignoire. On pourra mettre assez d'eau pour en avoir jusqu'aux genoux. Pas comme à Hammerbrook, où on entendait le vieux Langermaid péter dans son bain à côté. Et puis, quand on aura trouvé une maison, on ira arnaquer tous ces réfugiés de Pologne et de Prusse qui croupissent dans les camps. Ces pauvres types sont tellement à bout qu'ils feraient n'importe quoi. Ils cherchent tous des papiers, du travail, de quoi bouffer. On peut faire un trafic juteux avec eux. Dans pas longtemps, on sera millionnaires et on pourra s'acheter notre maison à nous au bord du fleuve.

— Et si on trouve pas de maison vide ? demanda Otto.

— Eh bien, on ramassera les miettes des Tommies les mieux lotis, répondit Ossi avec impatience. Tu marches avec nous ?

Ernst hocha la tête.

— Siegfried ?

Siegfried leva la main.

— Dietmar, tu marches aussi ?

Dietmar n'écoutait pas. Il passait les doigts sur la frise sculptée d'un retable tombé à terre qui représentait la vie de Jésus en quatre tableaux : nativité, baptême, crucifixion et résurrection. Il caressait le granit blanc, cherchant à déchiffrer l'histoire racontée dans la pierre froide. Il portait un gilet de sauvetage gonflé et équipé d'un sifflet et d'une lampe de poche, et se servait de cette dernière pour étudier la sculpture de plus près. Le panneau, qui s'était détaché de l'autel lors de l'explosion, s'était fendu en deux en s'écrasant au sol. Ossi avait besoin de l'accord de Dietmar. Même si la tempête de feu lui avait brûlé la cervelle, et qu'il était enclin à divaguer en boucle, Dietmar restait utile. Il avait l'air plus vieux que les autres et savait bien s'orienter dans la ville.

— Didi ?

Dietmar était toujours plongé dans l'observation de l'œuvre religieuse.

— Ça représente quoi ? demanda-t-il en suivant du doigt la silhouette de Jésus.

— C'est Jésus-Christ, répondit Otto. Le sauveur du monde.

Il s'ensuivit un silence mi-respectueux, mi-circonspect.

Dietmar braqua sa pâle lumière sur la scène du baptême.

— Pourquoi est-ce qu'il a un oiseau sur la tête ? demanda-t-il en se balançant d'avant en arrière. Pourquoi il a un oiseau là ?

Il fallait que Dietmar obtienne une réponse et c'était important qu'Ossi, en tant que chef de bande, lui en donne une. Ossi considéra la colombe qui planait au-dessus de la tête du sauveur à demi immergé. Des bribes de récits plantés par sa mère dans son esprit se combinèrent pour former une réponse.

— Jésus vivait dans un bateau avec tout plein d'animaux, mais il aimait beaucoup les oiseaux. Les moineaux surtout.

Dietmar contemplait à présent Jésus sur la Croix et s'en trouvait très agité.

— Pourquoi est-ce qu'ils le tuent? demanda-t-il. Pourquoi est-ce qu'ils le tuent ?

— Du calme, Didi ! C'est pas pour de vrai.

— Pourquoi est-ce qu'ils le tuent ? Pourquoi ?

— C'était un juif, répondit Siegfried.

— C'était un juif, c'était un juif, répéta Dietmar, ce

qui parut l'apaiser un moment. C'était un juif. Il parlait aux animaux. Il vivait sur un bateau.

— Mon père m'a donné un prénom germanique, pas un nom chrétien, remarqua Siegfried. Il disait que les chrétiens étaient des faibles.

— Tommy, c'est un chrétien ? demanda Ernst.

— Tommy croit à la démoquerie. Et au roi de Vindzor, décréta Ossi, catégorique.

Il avait envie de passer à autre chose.

— Assez de bla-bla biblique maintenant ! cria-t-il d'une voix qui se brisa d'impatience.

À cause des fumées et des poussières respirées durant les bombardements incendiaires, il avait maintenant des poumons fragiles et une curieuse petite voix râpeuse. Tommy avait totalement anéanti sa maison et brûlé vif ses voisins, et pourtant il tirait un avantage inattendu d'avoir inhalé les cendres de ces morts-là : un grognement rauque qui, à l'évidence, incitait les gamins à filer doux et poussait les adultes, amusés ou effarés, à se montrer généreux avec lui. Il se jucha sur sa valise pour prendre la parole.

— Je sais, mieux que n'importe lequel d'entre vous, ce que les anges exterminateurs de Tommy ont fait quand ils ont déclenché leur tempête de feu. Je l'ai vu, les yeux m'ont pratiquement bouilli dans le crâne en regardant ça. Il me reste des images et j'ai même pas besoin de me payer une place au *Einplatz* pour les voir. Je vois les murs des maisons tomber avec les tableaux encore accrochés dessus, je vois un piano traverser les airs et voler en éclats dans un grand *cling-clang*, je vois des pages de livres. Tout est dans ma tête. Parfois les images apparaissent en plein milieu de la journée – alors que je leur ai rien demandé. Mais j'ai pas envie de les voir. On peut aller en voir d'autres maintenant. Comme *Henry V* et *Le Magicien d'Oz*. Et Tommy est pas si mauvais que ça. D'accord, il conduit de grosses voitures qui valent rien, mais il a des trucs bien à partager. On n'a pas besoin de faire semblant d'être heureux, comme avant. Debout, assis, saluer à longueur de journée. Maintenant, on peut dire ce qu'on veut sans qu'un sbire nous dénonce ou nous fasse sauter la cervelle. Ça s'appelle la « démoquerie ». Et Tommy se moque de tout. Même des couilles du Führer.

Ernst éclata de rire, mais les autres échangèrent des regards. Même aujourd'hui, c'était pousser le blasphème un peu trop loin.

Ossi sauta de sa valise et se redressa.

— Je traîne pas plus longtemps ici. Allons-y.

— Je veux pas partir, dit Otto. J'aime bien la maison de Dieu.

— Écoute, Otto, reprit Ossi. Reste, fais comme tu veux, mais nous, on va se trouver un manoir avec une vache de baignoire et un lit tellement moelleux que tu te croiras déjà au paradis. J'en ai ma claque des trous dans le sol. Marre des zoos et des églises. Bientôt, on pourra vivre aussi bien que le Kaiser.

Otto était pratiquement mûr pour se laisser convaincre par la prophétie d'Ossi.

Ce dernier piétina les dernières braises du feu pour les éteindre.

— Qui part avec moi ?

Ernst se mit debout le premier.

— Allons prendre un bain, merde, dit Siegfried en mettant son bonnet.

Dietmar leva enfin les yeux du retable et reprit la nouvelle antienne :

— Allons prendre un bain, merde.

CHAPITRE CINQ

Tandis que l'automne cédait la place à l'hiver, Rachael avait le sentiment que les jours, de plus en plus courts, traînaient en longueur. Avec Lewis qui travaillait dur toute la journée et des domestiques pour exécuter les tâches dont elle se chargeait d'habitude, il lui restait trop de temps libre avec trop peu à faire. Comme s'il avait anticipé cette situation, Lewis avait encouragé sa femme à se remettre au piano. « Je suis triste de ne plus t'entendre jouer », lui avait-il dit, en ajoutant que cela lui « ferait du bien ». Il avait toujours sincèrement admiré sa façon de jouer, mais aveuglé par sa loyauté, il la croyait meilleure pianiste qu'elle ne l'était en réalité. Elle-même savait bien qu'il souhaitait surtout qu'elle cesse de ruminer des « pensées inutiles ». Alors, tous les matins, pendant qu'Edmund prenait son cours particulier avec Herr König, le professeur que Lewis avait trouvé dans l'un des camps de réfugiés, Rachael s'asseyait devant le Bösendorfer.

On aurait pu penser que c'était une aubaine pour elle d'avoir un si bel instrument à sa disposition, mais les choses étaient loin d'être aussi simples que cela. Elle n'avait pas touché un piano depuis la mort de Michael. Son fils aîné s'était montré un élève très compétent, et c'est à lui qu'elle associait l'instrument dans son souvenir. Il avait coutume de traîner autour du vieux Norbeck (un piano droit que Lewis s'était saigné pour acheter avec son maigre salaire de subalterne), en lui demandant sans cesse d'interpréter le lugubre *Roi des aulnes* de Schubert, avec la répétition de cette note menaçante d'une tragique intensité. Le chant racontait l'histoire de ce petit garçon malade qui chevauche avec son père en le suppliant d'aller plus vite, car il se croit poursuivi par le Roi des aulnes venu lui ôter la vie.

Rachael avait commencé par quelque chose de léger qu'elle connaissait par cœur : *La fille aux cheveux de lin*, de Debussy. Elle était parvenue à la moitié du morceau quand elle s'arrêta. Les réminiscences étaient trop douloureuses. Elle posa le front sur le bord du couvercle et tenta de se ressaisir. Elle avait besoin de jouer autre chose. Comment Lewis avait-il formulé cela le premier jour, à l'hôtel Atlantique ? « Ce pays a besoin d'un chant nouveau. » Elle se précipita pour chercher de la musique dénuée d'associations personnelles dans le tabouret de piano. Le petit coffre était rempli de partitions : un prélude de Bach (trop connu), un nocturne de Chopin beaucoup plus ardu qu'il n'en avait l'air (trop mélancolique) et même sa sonate favorite de Beethoven, la dernière (trop difficile). Sur la première page de chaque partition, il y avait une signature inscrite à l'encre : « C. Lubert ». Si l'ancienne maîtresse de maison avait joué tout ce qui portait sa griffe, elle avait dû être bien plus qu'une musicienne de salon. On ne s'attaquait pas à ce genre de morceaux pour se distraire, à moins de posséder une technique remarquable. Cette observation piqua au vif la curiosité de Rachael et aussi son esprit de compétition. Elle se prit aussitôt à imaginer Claudia Lubert assise au piano, dans ce salon, en train de jouer (évidemment) la *Sonate n° 32* de Beethoven, si délicate et complexe, devant un public qu'elle se figurait représenter la haute société allemande – bohèmes, artistes, poètes et architectes côtoyant des militaires de haut rang. Bien entendu, dans ce tableau idéalisé, la rivale fantasmée était parfaite ; Claudia Lubert était une pianiste hors pair, toute d'harmonie et de passion retenue. Et d'une grande modestie quand il s'agissait de recevoir les applaudissements d'un public conquis. Rachael se représentait la scène dans les moindres détails, hormis le visage de son héroïne.

Elle finit par choisir une petite pièce de Schumann intitulée *Warum?* Elle ne la connaissait pas, mais elle déchiffrait bien et apprenait vite. Dans la maison paternelle, le vieux piano droit lui avait ouvert aisément, et sans bourse délier, de vastes horizons. Elle aurait pu en faire une profession, mais le mariage, les enfants et la guerre l'avaient cantonnée à l'accompagnement musical de chants de Noël ou d'anniversaires ou à de rares récitals de salon à l'occasion de cocktails. Le morceau lui parut intéressant. Il était suffisamment lent et aérien pour lui permettre de s'y frayer un chemin sans difficulté et, une fois qu'elle se fut familiarisée avec le fil mélodique, elle se trouva en présence d'une composition d'une grande force de séduction renforcée par les silences. Elle avait l'impression de découvrir un petit lac très profond et elle s'y plongea, répétant le morceau sans relâche, comme une écolière assidue préparant d'arrache-pied un examen. Elle était résolue à maîtriser la pièce pour finir par se perdre en elle. Pour la première fois depuis des mois, elle avait le sentiment que les choses avaient un sens. Jouer lui avait procuré un remède inattendu : cela ne l'avait pas simplement empêchée de ruminer des pensées inutiles, elle était parvenue à s'oublier elle-même.

*

Une après-midi, lors de la première semaine de novembre, Rachael décida de travailler son piano pendant une heure avant le retour de Lewis. En s'approchant du salon, elle entendit quelqu'un jouer – mal – son « nouveau morceau ». Elle entra dans la pièce pour trouver Herr Lubert, en bleu de travail, penché au-dessus du clavier, qui s'escrimait à jouer la pièce de Schumann avec l'application d'un homme dont la détermination n'a d'égal que son manque de talent. Il jouait avec balourdise en mettant beaucoup trop de pédale. Et son visage habituellement séduisant était défiguré par l'effort.

— Herr Lubert ?

Il s'appliquait tellement qu'il ne l'entendit pas.

Rachael se plaça tout contre l'instrument et répéta son nom, en haussant le ton.

— Herr Lubert !

Lubert sursauta et leva les mains en signe d'excuse. Il se leva d'un bond en raclant le tabouret de piano sur le parquet, et rabattit le couvercle sur le clavier.

— *Bitte verzeihen Sie mir*, Frau Morgan. (C'était la première fois qu'elle l'entendait parler allemand.) J'aurais dû vous demander la permission. Pardonnez-moi, Frau Morgan.

Rachael ne savait pas quoi dire et, gênée, profita de la seconde de silence qui suivit pour remettre de l'ordre dans sa coiffure.

— Je me suis toujours mis au piano une demi-heure par jour, ajouta-t-il. Une vieille habitude… ça a la vie dure.

Elle songea à corriger cette faute d'expression, mais elle n'avait aucune envie de l'encourager. Lubert, en revanche, poursuivait comme à l'accoutumée :

— Je joue très mal, même si je travaille beaucoup.

C'est horrible, je sais. Mais ça m'aide… je ne joue pas pour m'améliorer. Juste pour… pour me souvenir et pour oublier. Je vous ai entendue, vous jouez très bien. Votre fils me dit que vous êtes une excellente pianiste.

Lors de leurs rares et brefs échanges, elle avait senti que Herr Lubert essayait de l'appâter avec des questions et, bien que démangée par l'envie de répondre, elle se retranchait derrière les lignes de leur traité initial.

— Je croyais que nous nous étions mis d'accord de respecter certaines limites, Herr Lubert.

— Oui, je regrette. J'avais l'intention de venir vous en parler d'abord. Mais je suis rentré plus tôt de l'usine aujourd'hui, à cause des troubles. J'avais besoin d'oublier cette journée et, finalement, c'est moi qui ai oublié. Je vous demande pardon, Frau Morgan.

Il la regarda alors en fronçant les sourcils, d'un air qui hésitait entre l'insolence et la curiosité. Elle n'aurait su le dire.

Une fois de plus, ce fut lui qui s'engouffra dans le silence de son interlocutrice.

— « Morgan ». Je me suis demandé si c'était un nom courant en Angleterre ?

— C'est un nom gallois, répondit-elle en mordant à l'hameçon.

— Le pays de Galles, dit-il d'un air songeur. On dit que c'est un petit mais très beau pays.

— Bien assez grand pour être bombardé.

Comme c'était embarrassant de se retrouver prise au piège dans ce rôle, l'un des nombreux qu'elle détestait jouer : la mère éplorée, l'épouse indifférente et maintenant l'occupante désobligeante. Ce dernier était celui qui lui coûtait le plus, d'ailleurs Lubert n'avait pas l'air très convaincu et n'en tenait aucun compte. Il hocha la tête avec indulgence et repoussa la pique en la laissant rougir de sa propre méchanceté et de la bonne grâce dont il faisait preuve.

— Je verrai avec le colonel Morgan si vous pouvez faire usage du piano, dit-elle en se montrant aussi conciliante que possible.

— Merci, Frau Morgan… j'en serais très reconnaissant, répondit-il avec un sourire qui semblait exprimer une sincère gratitude.

— Votre femme jouait, je vois ? s'enquit Rachael en montrant les partitions signées.

— Claudia avait de nombreux talents… Elle…

Lubert s'interrompit brutalement, désarçonné d'avoir mentionné sa femme. Il avait baissé la garde, son effronterie s'était évaporée.

— Elle n'avait pas l'oreille musicale. C'est sa mère qui était pianiste.

Rachael accueillit la nouvelle avec soulagement, mais, en mettant fin à l'illusion d'une épouse en tous points parfaite, Lubert excita plus encore sa curiosité. Il avait une façon de parler d'elle avec une lueur dans les yeux, en cherchant ses mots…

— Je m'interrogeais sur le titre de ce morceau, *Va-rum ?* Ça veut bien dire « Pourquoi ? »

La prononciation, tout autant que la question, représentait une concession. Jusqu'ici, elle s'était obstinément refusée à prononcer le W allemand comme un V.

— C'est impossible à traduire littéralement. Ça signifie « Pourquoi ? » mais avec l'idée de « Pourquoi est-ce arrivé ? Pour quelle raison ? » Voilà à peu près à quoi ça correspond, je pense.

— C'est… un joli morceau de musique.

— Oui, sublime.

Rachael marqua son assentiment d'un hochement de tête. C'était une musique divinement belle. Cependant, pareille à une voyageuse soudain consciente de s'être aventurée trop loin en territoire inconnu, Rachael retrouva le nord et se reprit.

— J'en parlerai au colonel Morgan, dit-elle avec un petit signe de tête avant de se retirer.

*

Edmund passait la main sur le dos des livres rangés dans la bibliothèque, des univers entiers au bout de ses doigts. Il ne cherchait rien à lire – toucher les ouvrages lui suffisait pour le moment –, il prenait simplement la mesure de son nouveau territoire. Avec ses vastes pièces mystérieuses, ses meubles futuristes et ses rencontres imprévisibles, la maison lui fournissait toutes les histoires et les aventures dont il avait besoin. En fait, c'était moins une maison qu'un décor de théâtre animé, monté pour une pièce dont il était l'acteur principal. Et alors que sa mère s'y déplaçait comme une doublure paralysée par le trac, Edmund, accompagné de son acolyte, Cuthbert, déambulait de pièce en pièce comme le héros d'un roman d'aventure.

Dans cette histoire, Frieda était manifestement l'adversaire et sa conduite, loin de l'horrifier, ne faisait que la rendre plus fascinante encore à ses yeux. Le souvenir de leur toute première rencontre sur les marches – cette chose entraperçue qu'il ne comprenait pas mais qui lui donnait envie d'en voir davantage – l'attirait au pied de l'escalier des Lubert. L'offrande du pot de chambre avait des allures de mise en garde, mais c'était aussi une invite. Cela aurait dû le dégoûter, l'alerter d'un danger (il se demandait s'il devait parler à ses parents du comportement de la jeune fille), toutefois il savait que cela l'entraînait dans une direction intéressante, comme on franchit un ravin sur un pont branlant pour atteindre une jungle luxuriante pleine d'odeurs et de bruits mystérieux. Même le pipi de la jeune fille sentait le mystère ; il avait fait un curieux petit bruit quand Edmund avait versé le contenu du pot de Delft dans la cuvette des W.-C.

— Tu cherches un livre précis ?

Herr Lubert, toujours en bleu de travail, était passé par la bibliothèque pour se rendre au salon. Si Frieda était l'adversaire d'Edmund, le sémillant Herr Lubert se révélait un allié inattendu. Il ne possédait apparemment aucun des traits de caractère allemands décrétés dans le guide. Il n'était ni hautain ni fier, juste aimable et plein d'assurance, il n'était ni grave ni mélancolique, mais d'humeur légère ; quant à son expression – ses yeux pétillants, ses narines frémissantes et le coin de ses lèvres relevé – le rire n'en était jamais loin. À dire vrai, au cours des dernières semaines, Edmund s'était rendu compte qu'il aimait bien cet Allemand. Il avait l'air sincèrement intéressé de tout savoir sur le pays de Galles (« À quoi ressemble ce pays ? »), sur leur vie pendant la guerre (« Est-ce que ton père est resté absent longtemps ? »), il avait même demandé si sa mère trouvait sa place (« J'espère qu'elle arrive à se sentir chez elle ici. »). Et il connaissait plein de choses. La dernière fois qu'il l'avait croisé dans le hall, Herr Lubert lui avait appris que les soldats de plomb en tunique rouge avec lesquels il jouait sur l'escalier étaient des répliques miniatures des troupes envoyées en Amérique par le roi anglo-germanique George III pour combattre la rébellion.

— J'étais juste en train de regarder, répondit Edmund. Ils sont tous en allemand ?

— La plupart, oui. Mais il y en a quelques-uns en anglais, des livres d'enfant surtout. Tu peux lire tout ce qui te plaît ici. Et, si tu cherches bien, tu trouveras un cabinet secret.

Herr Lubert prit des airs de conspirateur, jeta un coup d'œil par-dessus son épaule pour s'assurer qu'il n'y avait personne, puis fit courir un doigt sur les ouvrages de la deuxième étagère pour s'arrêter au milieu, sur l'un d'eux. Il le sortit et montra la page de couverture à Edmund. Un dessin au fusain représentait quatre silhouettes sur un chariot bringuebalant, fuyant on ne sait quel désastre, avec le titre *Vom Winde verweht*.

— *Autant en emporte le vent*, dit-il. C'était le préféré de ma femme.

Il s'interrompit et resta un moment triste et songeur. Cela rappela à Edmund les moments d'absence de sa mère, mais Herr Lubert ne tarda pas à se ressaisir et poursuivit.

— Nous avons vu le film au début de la guerre. Elle l'a trouvé moins bien que le livre, et nous nous sommes disputés. Mais moi, j'ai adoré. Clark Gable : « Je n'en ai rien à foutre ! »

Edmund ne connaissait pas la citation, mais cela lui plaisait d'entendre Lubert prendre l'accent en disant « foutre » avec tant de classe et un plaisir si évident.

— Tu l'as vu, ce film ?

— Ma mère, oui, répondit Edmund. Elle a été le voir avec ma tante.

— C'est un film terriblement exaltant. Ta mère me fait un peu penser à Vivien Leigh, l'actrice. Bref. Regarde ce vide, là.

Il désigna l'espace vide sur l'étagère, glissa la main au fond et en retira une boîte bariolée pleine de cigares cubains. Il la remit en place et rangea le livre.

— Ne dis rien à personne. Même ma femme ne connaissait pas cette cachette. Les hommes ont besoin d'avoir leurs secrets.

*

Plus tard, Edmund était en train d'aider sa mère à faire l'inventaire de la vaisselle. Elle était enfin arrivée, avec un mois de retard, et s'étalait sur la table de la salle à manger, pareille à la maquette d'une ville futuriste. Il venait juste de finir de compter le service de table céladon, et sa mère avait été impressionnée, troublée même, de l'entendre compter jusqu'à douze en allemand avec tant d'assurance. Elle vérifiait les couverts, soulagée de n'avoir pas à accepter la proposition de Herr Lubert l'autorisant, dans l'intervalle, à se servir de sa belle ménagère en argent massif.

— Mère ? Elle est comment, Vivien Leigh ?

— Vivien Leigh ?

— Est-ce qu'elle est jolie ?

— Pourquoi me demandes-tu cela ?

— Parce que Herr Lubert trouve que tu lui ressembles.

Edmund partageait cette confidence dans l'espoir d'adoucir l'attitude maternelle envers l'ancien maître de maison, mais bizarrement Rachael rougit et se hérissa. Peut-être Vivien Leigh était-elle laide.

— Quand as-tu, ou plutôt, pourquoi as-tu parlé à Herr Lubert ?

— Il me montrait juste des choses.

— Quel genre de choses ?

— Euh… des jouets, des livres.

— Ce n'est pas bien de l'encourager, Edmund. Ça complique encore la situation si tu es trop familier avec lui.

— Il a l'air très gentil pourtant, il…

— Ce n'est pas parce que quelqu'un a l'air gentil qu'il l'est vraiment, répondit Rachael. Tu dois faire attention à ne pas trop parler avec lui, ni avec sa fille. Cela va créer des rancœurs.

Edmund hocha la tête. Il n'allait certainement pas parler de ses démêlés viscéraux avec Frieda. Si sa mère trouvait l'affabilité de Herr Lubert déplacée, les farces douteuses de la fille la feraient exploser à coup sûr.

— Est-ce que je peux aller jouer au jardin ?

— D'accord mais ne t'éloigne pas trop. Et mets un chandail. Il fait froid dehors.

*

En sortant, Edmund tomba sur Heike qui s'efforçait de passer d'un étage à l'autre sur la pointe des pieds. « *Guten Morgen, kleines Mädchen* », lui lança-t-il en dévalant l'escalier, content de tester son vocabulaire tout neuf. Il aimait bien la précision des mots allemands, ils claquaient agréablement à l'oreille quand on les réunissait dans une phrase.

Heike esquissa une révérence avant de reprendre son ascension, la mine réjouie par on ne sait quoi.

Edmund traversa l'orangerie et sortit par la porte-fenêtre. Il courut sur la pelouse jusqu'au grand massif de rhododendrons qui marquait naturellement les limites de la propriété. Le bosquet faisait trois fois sa taille, il était assez vaste pour contenir tout un monde, c'était un enchevêtrement de vieux bois dessinant des sentiers. Sa floraison tardive, à peine sur son déclin, était encore assez luxuriante pour évoquer une jungle et Edmund, tel un Pizarro ou un Cortés, s'enfonça sous son couvert en repoussant les branches avec son épée imaginaire, totalement perdu dans sa chimère, jusqu'au moment où il se heurta à un grillage – la limite érigée par les hommes.

Un pré mal entretenu s'étendait devant lui, bordé d'un côté par le fleuve, il lui rappelait combien ils étaient protégés des terribles séquelles de la guerre, si près d'eux pourtant. Au fond du champ, alternance de broussailles et de terre à nu, des étables et des cabanes à poules servaient maintenant d'abris de fortune. À quelques pas de là, Edmund distinguait des silhouettes, des enfants semblait-il, rassemblées autour d'un petit feu. Au milieu du pré se tenait un âne pelé, immobile, au ventre distendu.

Edmund sauta par-dessus la clôture et s'avança pour voir l'animal de plus près. Même à son approche, l'âne resta complètement inerte, la queue basse. Son cou était couvert de plaies et il semblait avoir du mal à tenir sa tête ; ses os saillaient comme prêts à percer son cuir fatigué. « Pauvre baudet », dit Edmund qui eut les larmes aux yeux de voir l'animal si mal en point, si abattu. Ses larmes l'étonnèrent. Il n'en avait pas versé, même à la mort de son propre frère, et voilà qu'il pleurait pour la plus misérable des créatures, allemande par-dessus le marché – encore qu'il ne fût pas sûr qu'un animal eût une nationalité. Il plongea la main dans sa poche pour en sortir un morceau de sucre qu'il avait pris dans la cuisine, profitant de ce que Greta était à l'étage. Il le mit sous le museau de l'âne, et n'obtint pas le moindre frémissement en réponse.

— *Mein Mittagessen !*

Edmund se retourna pour voir qui avait crié et vit s'approcher à grands pas un garçon à la dégaine invraisemblable, en robe de chambre et chapeau de Cosaque, qui s'adressait à lui en allemand d'une voix cassée, rocailleuse. D'autres enfants le suivaient à quelques mètres.

— *Finger weg !* hurla le gamin.

Il parlait sur un ton agressif, mais Edmund ne se sentait pas menacé. Son attitude avait quelque chose de comique, d'étudié même : c'était un genre qu'il se donnait aux yeux de sa bande.

— *Das ist mein Mittagessen !* répéta-t-il, et Edmund retira sa main.

Les autres enfants vinrent se placer derrière leur chef chapeauté qui tournait à présent autour d'Edmund en reniflant l'air environnant. Ils portaient tous un assemblage de vêtements disparates qu'on aurait crus dénichés dans le vestiaire d'une troupe de vaudeville. Edmund eut soudain l'impression de détonner dans ses habits parfaitement ordinaires – souliers de cuir marron, grandes chaussettes en laine, short gris, chemise à carreaux et chandail à encolure en V – et la bande se mit à faire cercle autour de lui pour le toucher. L'un d'eux, un garçon équipé d'un gilet de sauvetage gonflé, alla jusqu'à se baisser pour caresser l'embout poli du soulier du jeune Anglais avant de lui donner un petit coup dans les côtes. Ils ressemblaient aux émissaires d'une ancienne civilisation venus établir le contact avec un extraterrestre pour s'assurer qu'il s'agissait d'un être vivant.

— *Englisch ?* s'enquit le chef.

— Oui, répondit Edmund, et ils s'immobilisèrent tous en l'entendant parler.

— Oui ! répéta le chef en s'efforçant d'imiter l'accent d'Edmund.

— Oui ! reprirent en chœur les sauvageons.

— Bordel à culs, capitaine ! s'exclama brusquement le garçon.

Edmund était sidéré de l'entendre proférer ces grossièretés interdites. Il réprima son envie de rire.

— Putain de merde d'enculés de salauds et cons ! Espèces de foutus crétins de Boches tas de sales cons !

Le gamin balançait les jurons comme autant de grenades. Puis il pointa le doigt sur Edmund pour l'inviter à reprendre, voire à corriger, sa prononciation.

— Toi, Tommy… Tu fais : « Putain de merde ! » À toi.

— Putain de merde, dit Edmund, ravi de répéter et de recueillir un chœur de « putain de merde » en écho.

— Pu-tain-de-mer-de ! Putain-de-merde. Encore, *bitte* ! demanda le chef qui avait à cœur d'avoir un accent parfait.

— Putain de merde, redit Edmund. Putain de merde et… pipi et caca et… enculé !

— Pipi *und* caca ! Pipi *und* caca ! *Und* enculé !

Edmund hocha la tête, approuvant la prononciation. L'échange culturel semblait se passer à merveille, et tout le monde se détendit. Le chef était aux anges, mais le garçon en gilet de sauvetage avait envie d'autre chose que de jurons et continuait à tourner autour du jeune Anglais, passant la main sur le chandail en pure laine qu'il lorgnait avec convoitise en marmonnant des paroles inaudibles.

— Didi ! *Lass ihn in Ruhe !* aboya le chef en pointant le doigt sur Gilet de sauvetage, qu'il chassa du geste.

Mais Gilet de sauvetage était incapable de s'arrêter, ou bien il n'avait pas entendu, car il se mit à tirer sur le chandail d'Edmund et ce dernier eut beau chercher à lui faire lâcher prise pour se dégager, le misérable s'accrochait désespérément au lainage en le déformant. Alors, sans être bien certain de ce qu'il allait faire, Edmund attrapa le garçon par les épaules en saisissant le dos de son gilet de sauvetage, puis il le souleva de terre avec une aisance qui le sidéra et l'exalta tout à la fois. Il le tint quelques secondes en l'air et le fit tournoyer avant de le reposer au sol en le repoussant d'un seul et même mouvement. Dès que Gilet de sauvetage eut touché terre, il se rua sur Edmund avec un grognement sourd et, de ses doigts crochus aux ongles sales et fendillés, il se mit à lui griffer la figure. Les autres enfants formèrent un cercle autour d'eux en criant et même en rugissant pour les encourager. Gilet de sauvetage attrapa Edmund par le cou et tenta de lui immobiliser la tête dans une clé de bras, mais il n'avait aucune force, rien qu'une énergie nerveuse vite dissipée. Edmund n'eut aucun mal à reprendre le dessus et plaqua son adversaire au sol avant de lui bloquer la poitrine sous son genou. Gilet de sauvetage se tortillait comme un ver en crachant, mais sans atteindre le jeune Anglais. Autour d'eux, les gamins déchaînés hurlaient « *Bring ihn um! Bring ihn um! Bring ihn um!* » Alors Edmund s'aperçut qu'ils ne criaient pas pour soutenir leur copain mais que c'était lui qu'ils encourageaient, avec force gestes pour qu'il achève son adversaire. Gilet de sauvetage cessa de se débattre. Épuisé ou résigné, il restait étendu là, dans l'attente de ce que son vainqueur lui infligerait. « *Bring ihn um! Bring ihn um! Bring ihn um!* » réclamaient les enfants, et Edmund n'eut pas besoin de traduction pour comprendre. Le chef fit un pas en avant et tendit un bâton à l'Anglais pour qu'il assène le coup fatal. Edmund le prit par politesse, sans aucune intention de s'en servir. Au contraire, il souleva son genou pour libérer son adversaire, puis recula quand celui-ci s'éloigna à quatre pattes sous les acclamations de ses soi-disant amis.

Le chef considéra Edmund avec une admiration teintée d'amusement en le voyant épousseter son short.

— Gentil Tommy, dit-il. Gentil Tommy, putain de merde. *Ich heisse Ossi.*

— Edmund, répondit-il en lui tendant la main.

Ossi regarda la main tendue, mais ne la serra pas. Puis il se mit à converser avec quelqu'un.

— *Mutti. Er ist in Ordnung. Er ist ein guter Tommy. Er wird mir helfen.*

Il eut l'air d'attendre une réponse, l'assentiment de quelque mentor invisible ; il tendit l'oreille puis, ayant apparemment reçu le conseil attendu, il hocha la tête et s'adressa à Edmund :

— Gentil Tommy, apporte des cibiches.

Il tira sur une cigarette imaginaire en pointant le doigt sur sa poitrine.

— Cibiches, répéta-t-il en se frottant l'estomac

d'avance, puis il désigna les étables près desquelles des silhouettes allaient et venaient autour du feu. Tu apportes. *Das ist mein Haus.*

Puis il tourna la tête vers les buissons qui marquaient les limites de la villa Lubert et demanda :

— *Ist das dein Haus ?*

Edmund, incapable d'expliquer la subtilité de la situation, se contenta de hocher la tête et de répondre dans son sabir anglo-germanique :

— *Das ist* ma maison.

*

Lewis écoutait d'une oreille distraite quand, au dîner, Rachael aborda la question de Lubert et du piano.

— Qu'en penses-tu ? Faut-il lui permettre de jouer ? Je ne suis pas sûre, vraiment. Ça risque de compliquer les choses.

— Et pourquoi ça ? demanda Lewis.

— Je ne sais pas, cela pourrait être mal interprété. Je ne veux pas être mesquine, non plus. Mais si nous laissons faire ce genre de chose, c'est la porte ouverte à tout. Peut-être vaut-il mieux pour nous tous que nous restions chacun chez soi. Chaque chose à sa place. Je ne sais pas.

Je ne sais pas. L'expression servait de préfixe et de suffixe à toutes les réflexions de Rachael. L'indécision était en passe de devenir son signe distinctif. Lewis n'aidait pas, cependant. Se montrait-il seulement attentif ? Elle voyait bien qu'il était préoccupé. Préoccupé par ceux qui subissaient l'occupation. Le cerveau de son mari était divisé en deux zones, la plus importante des deux, et de loin la plus intéressante, étant la zone de son travail, avec ses indispensables subdivisions. Tout allait bien pour lui tant que l'autre zone – la zone familiale habitée par sa femme, Edmund, les Lubert, les domestiques – se débrouillait toute seule sans qu'il eût à y contribuer. Elle aurait dû lui poser des questions sur sa journée, c'était plus important que cette histoire de piano, elle le savait bien ; mais pour une fois, elle avait envie qu'il s'intéresse à son domaine à elle, aussi trivial fût-il.

— Qu'en dis-tu ?

— Libre à toi, ma chérie. Je ne vois pas où serait le mal.

Rachael l'observa. Était-ce uniquement son caractère conciliant qui s'exprimait là ? Devinant qu'il cherchait à esquiver la question, elle insista :

— À ton avis, quel serait le meilleur moment ? Le matin, avant qu'il parte travailler ? Ou bien l'après-midi ? Le soir, ce n'est sans doute pas une bonne idée.

Lewis posa ses couverts pour montrer qu'il réfléchissait.

— Autorise-le à jouer une demi-heure, à un moment de la journée qui te convient.

Rachael savait ce qu'il était en train de faire : il jouait au tennis avec une partenaire qui avait besoin de recevoir des leçons et non d'être battue à plate couture. Il aurait pu lui envoyer un retour fulgurant, mais comme il ne voulait pas la mettre hors jeu, il ne frappait pas trop fort et renvoyait des services bien propres qui atterrissaient là où il fallait pour que l'échange puisse se poursuivre. C'était sa façon à lui de ne pas prendre part au jeu.

Rachael se demanda pourquoi c'était si compliqué. Elle avait quitté Lubert, contente de lui permettre de jouer. C'était bien le cas, non ? En outre, elle savait parfaitement que Lewis n'y verrait aucun inconvénient. Elle aurait pu donner son accord sur-le-champ sans avoir à importuner son mari, alors pourquoi cette comédie ? Pourquoi lui demander de résoudre des problèmes dérisoires de piano et de plantes vertes alors qu'il s'occupait de gens qui avaient besoin de vêtements et de nourriture ? Elle savait que sa démarche n'était pas raisonnable, mais c'était plus fort qu'elle.

— Très bien, j'informerai Herr Lubert qu'il peut jouer… tous les après-midi, donc. À quatre heures. Pendant une demi-heure, non, mettons une heure.

Le dire suffit à lui donner le sentiment d'une extraordinaire réussite.

— Bon, voilà qui est réglé, dit Lewis non sans un certain soulagement.

Ils continuèrent à manger tous les trois en silence. Lewis termina le premier et disposa son couteau et sa fourchette à midi sur son assiette, puis se tamponna la bouche avec sa serviette damassée.

— Ça fait plaisir de voir que tu mets ta marque dans cette maison, dit-il en tapotant son accoudoir. Ces sièges-là sont plus confortables que ces machins en cuir.

Il marqua son approbation en faisant couiner sa chaise en rotin. En vérité, elle n'avait pas changé grand-chose, mais elle ne releva pas.

— Comment ça se passe avec le personnel ? s'enquit-il, manifestement pour se faire pardonner.

— Ils continuent de me regarder comme s'ils ne comprenaient pas un mot de ce que je dis.

— Pourquoi ne te joins-tu pas aux leçons d'Ed ? Histoire d'acquérir quelques bases ?

— Oh ! ils me comprennent parfaitement bien, je crois. Ils le font exprès, c'est tout. J'ai parfois l'impression qu'ils se moquent de moi.

Lewis s'abstint de tout commentaire. Il se tourna vers son fils, qui jouait avec ses petits pois.

— Et comment ça va avec Herr König ? *Sehr gut ?*

Rachael se versa un verre d'eau pour étancher son

dépit, puis commença à empiler les assiettes avant de se rappeler que cette tâche incombait à une autre.

Edmund, qui avait terminé son repas, mettait en scène ses propres batailles : les pois atterrissaient dans la sauce pour former une tête de pont avant de poursuivre leur pénétration dans la purée.

— *Sehr gut, Vater.*

— Ça fait seulement un mois que tu es ici et ta prononciation est déjà meilleure que la mienne, dit Lewis en riant.

— Pourquoi est-ce que j'apprends l'allemand si on n'a pas le droit de leur parler ? demanda Edmund.

— Mais tu peux leur parler, Ed, et je t'y encourage. Mieux nous nous comprendrons, plus vite nous parviendrons à remettre les choses en ordre ici.

— Combien de temps faudra-t-il ?

Cette fois, Lewis se tourna vers Rachael. Il avait besoin de peser soigneusement sa réponse.

— Les optimistes parlent de dix ans, les pessimistes de cinquante.

— Donc pour toi, j'en suis sûre, il en faudra cinq, dit-elle.

Lewis concéda un sourire : elle le connaissait trop bien.

— Alors, Ed, as-tu déjà réussi à parler à Frieda ?

— Elle est plus âgée que moi, répondit-il en secouant la tête.

— On devrait peut-être faire une partie de canasta ou de bataille un de ces soirs. Ou bien regarder un film avec le Pathéscope.

Heike entra avec un plateau pour débarrasser. La domestique agissait avec sa vivacité coutumière, anxieuse de repartir au plus vite, pareille à une hirondelle venue voler du grain à la barbe du fermier.

— Délicieux, Fräulein Heike, dit Lewis en allemand.

— Tu es délicieuse Fräulein Heike, répéta Edmund en allemand, sans se rendre compte de sa faute.

Heike pouffa, fit une révérence et se hâta d'enlever les assiettes en s'arrêtant devant Rachael, qui avait laissé la moitié de son repas.

— *Sind Sie fertig*, Frau Morgan ?

D'un geste, Rachael lui signifia qu'elle pouvait débarrasser.

Edmund regarda la bonne déposer les assiettes sur le monte-plats. Heike donna alors un petit coup sur la corde et les assiettes descendirent à la cuisine comme emportées par une main invisible.

Rachael attendit que Heike soit partie pour prendre la parole.

— Tu as vu ? C'est ce que je te disais, elle ricane.

— Elle est anxieuse, c'est tout. Elle a la frousse de commettre une erreur et de perdre sa place. Tout Allemand qui travaille est sur des charbons ardents.

— Pourquoi faut-il que tu prennes tout le temps leur défense ?

Lewis haussa les épaules, ce qui, pour lui, correspondait presque à une manifestation de désespoir. Il sortit son étui à cigarettes, l'ouvrit et en offrit une à Rachael.

Elle en avait envie, mais elle refusa.

— J'en prendrai une plus tard.

Lewis tapota le bout de sa cigarette, la porta à ses lèvres, l'alluma et tira une longue bouffée, rejetant la fumée par le nez d'un air détendu.

Les grincements de poulie du monte-plats signalèrent l'arrivée du dessert.

— Est-ce qu'il monte tout en haut, jusque chez les Lubert ? demanda Edmund.

— Je ne veux pas que tu t'amuses avec, Ed, dit Rachael. Ce n'est pas un jouet.

Edmund hocha la tête puis demanda :

— Est-ce qu'on aura des domestiques quand on rentrera en Angleterre… comme chez tante Clara ?

— Il va falloir être très riche maintenant pour se payer des domestiques, répondit Lewis.

— Mais les Lubert en ont, et il travaille en usine.

— Ça, c'est juste en attendant qu'il soit blanchi. Une fois qu'il aura son certificat, il pourra reprendre son cabinet d'architecte.

— Blanchi ? s'étonna Rachael.

— De… de tout lien avec le régime nazi.

— Ça n'a pas déjà été fait ?

— C'est une simple formalité, j'en suis sûr.

— Eh bien, je croyais que tu t'en étais assuré avant.

— Lubert est propre, ne t'inquiète pas.

— Mais tu n'en as pas la preuve.

— Barker a vérifié tous ses antécédents. Je ne lui aurais jamais permis de rester ici s'il y avait eu le moindre soupçon. Enfin Rachael, je t'en prie.

Edmund décida de saisir l'occasion pour dire bonne nuit. Il valait mieux que les adultes restent entre eux pour ce genre de conversation.

— Puis-je sortir de table ? demanda-t-il.

— Oui, bien sûr, répondit Rachael.

Edmund embrassa sa mère ; son père lui ébouriffa les cheveux.

— Ne fais pas trop de bêtises, lui dit-il.

*

En quittant la pièce, il entendit ses parents reprendre leur dispute, reconnaissant aux modulations de leur voix tantôt la supplique, tantôt la justification. Cette scène conjugale lui offrait la couverture idéale. Il monta chercher Cuthbert dans sa chambre, prit un crayon et du papier dans son bureau et emporta le tout sur le palier, près de la chambre de ses parents. Il souleva la trappe coulissante du monte-plats, révélant la corde qui pendait dans un coin du conduit desservant les trois étages de la maison. Il tira un coup sec et, quelques secondes plus tard, l'appareil remonta de la cuisine. Il posa alors Cuthbert sur le plateau et griffonna un message qu'il glissa sous le bonnet à poils du grenadier.

— Trouvez un maximum de sucre, capitaine, et rapportez-le au camp.

— C'est réglo ça, mon colonel, vous êtes sûr ?

— Soyez chic, Cuthbert, faites-moi confiance. On se retrouve au sous-sol à 20 heures tapantes. Et ne vous faites pas pincer par les adultes en chemin.

— À vos ordres, mon colonel.

Edmund tira sur la corde et Cuthbert commença à descendre. Le garçon referma la trappe et fila vers la cuisine sur la pointe des pieds en prenant garde de rester sur le tapis pour étouffer le bruit de ses pas.

En bas, dans la cuisine, il trouva Heike, rouleau à pâtisserie à la main, en train de reprendre une chanson diffusée à la radio et interprétée en anglais par une femme à la voix rauque et à l'accent étranger dont Heike imitait le timbre grave avec un plaisir manifeste.

— *Guten Abend*, Fräulein Heike.

La bonne, surprise, poussa un petit cri, puis, comme si on l'avait découverte en train d'écouter une émission ennemie, éteignit le poste et s'essuya les mains sur son tablier.

— *Guten Abend*, Herr Edmund.

Edmund se dirigea aussitôt vers le monte-plats. Il souleva la trappe, saisit le billet confié à Cuthbert et le tendit à Heike. Elle y jeta un coup d'œil et dit à voix haute :

— *Zucker ?*

— *Bitte.*

Heike fit mine de désapprouver, mais elle était

contente de rentrer dans son jeu. Elle partit chercher du sucre dans le garde-manger et revint avec trois morceaux qu'elle posa sur une assiette puis, toujours complice, elle mit l'assiette sur le plateau à côté du soldat de chiffon. Edmund donna ses ordres à Cuthbert :

— Rapportez les vivres au camp, capitaine.

— Oui, mon colonel.

Il tira sur la corde, referma la trappe, remercia Heike et remonta quatre à quatre pour accueillir le petit héros. En arrivant sur le palier du premier, il fit coulisser la trappe mais le plateau n'était pas là. Il tira de nouveau sur la corde et attendit sans qu'il ne se passe rien. Il tira une troisième fois. Toujours rien. Il se risqua à passer la tête dans le conduit pour regarder en bas et ne vit rien que du noir. Se tordant le cou pour jeter un œil au-dessus, il constata que le plateau s'était arrêté au dernier étage, chez les Lubert. Herr Lubert avait peut-être intercepté la marchandise et pensé que le sucre lui était destiné. Aucune importance. Edmund était heureux que les Lubert en profitent. Ils avaient besoin de calories. Il sortit la tête du conduit, tira une dernière fois sur la corde et, là, le plateau se mit à descendre. La corde vibra et le plateau s'immobilisa lentement en grinçant. Dès qu'il l'aperçut, avant même qu'il ne se fût arrêté devant la trappe, Edmund vit qu'il y avait un problème : Cuthbert n'avait plus de tête. Il souleva le soldat décapité pour l'examiner. Il découvrit une fente béante d'où s'échappaient de la laine blanche et du kapok jaune. La tête avait peut-être été coincée dans l'appareil – elle ne tenait plus très bien – et arrachée dans la montée, mais cela ne semblait pas très plausible d'un point de vue mécanique. C'est alors qu'Edmund remarqua que le sucre avait disparu.

*

Lewis prenait son temps pour se déshabiller, il attendait un signe de Rachael lui permettant d'espérer que, ce soir, ils feraient l'amour. Debout en pantalon dans la pièce qui leur servait de vestiaire, il déboutonnait sa chemise, un bouton après l'autre, s'interrompant ici pour inspecter sa manchette, feignant là de repérer un fil décousu, s'éternisant pour laisser à sa femme le loisir de donner le signal. Il fut un temps où cette danse subtile était superflue, où elle prenait l'initiative aussi souvent que lui, où demander était chose aisée ; mais maintenant cette affaire-là exigeait de Lewis qu'il fût capable d'interpréter et de comprendre les nuances d'un dialecte qu'il n'avait pas parlé depuis plus d'un an.

Il ôta sa chemise et resta torse nu. C'était rare qu'ils fassent l'amour une fois qu'ils étaient prêts à aller au lit. S'il se mettait trop vite en pyjama, elle y verrait le signal de fermer boutique pour la nuit. Il fallait saisir l'occasion au moment où ils se déshabillaient, ou juste avant, quand l'un des deux, et généralement lui, suggérait qu'ils « s'offrent un moment ». Cela rendait les choses plus difficiles en hiver, car Rachael était frileuse et, passé les premières années de mariage, elle ne traînait pas longtemps avant d'enfiler sa chemise de nuit. Même si la chambre était bien chauffée – d'ailleurs la température de la maison tout entière faisait oublier le froid du dehors –, il devait se lancer avant que l'atmosphère ne se refroidisse trop entre eux. Il l'avait irritée en prenant la défense de la petite bonne, puis en révélant que Lubert n'était pas officiellement blanchi, mais sa décision était prise. L'abstinence avait assez duré. Il devait passer à l'action.

Assise à sa coiffeuse, en combinaison, elle relevait ses cheveux d'une main et se démaquillait de l'autre. Lewis la regardait procéder à ce nettoyage rituel, tourmenté par la joliesse de ses bras nus et de ses épaules graciles.

— Est-ce que nous allons…

La voix de Lewis se perdit dans un murmure.

Dans l'un des petits tiroirs de la coiffeuse, Rachael venait de trouver un collier de grenats qui tintaient et étincelaient à la lumière de sa lampe de chevet.

— Ce devait être à… à elle.

Elle posa les pierres fraîches contre son cou, puis les recueillit dans la paume de sa main en les soupesant.

— Elles sont jolies.

— Chérie ? Tu ne crois pas que le moment est venu de… ?

Il l'avait dit avec plus d'aplomb que d'habitude. N'avaient-ils pas fait vœu autrefois d'honorer mutuellement leurs corps ? Il était prêt à le lui rappeler si elle le rejetait maintenant.

Rachael reposa le collier et jeta un coton usagé dans la corbeille à papier.

— Est-ce que tu as ce qu'il faut ?

Elle avait parlé d'un ton neutre, sans laisser transparaître ni désir ni dégoût, et pourtant cela suffit. Il se sentit aussitôt émoustillé. Éperdu, il se mit à fouiller dans son nécessaire pour trouver les préservatifs remis, avec les paquets de cigarettes, à tous les hommes envoyés en Allemagne. De quoi satisfaire tous les appétits d'un soldat.

Lewis vit Rachael, toujours en combinaison, se glisser sous les draps. Rien dans ses gestes ne suggérait le moindre émoi, mais il s'en moquait. Il détacha un des six préservatifs puis s'avança vers le lit, son érection butant déjà contre le tissu de son pantalon. Il s'assit sur le lit, dos tourné à sa femme dans l'espoir qu'elle n'avait rien remarqué, puis il enleva ses chaussettes et s'efforça de calmer son excitation.

Rachael se pencha en travers du lit pour attraper l'étui à cigarettes de Lewis.

— Est-ce que tu as pensé à moi quand tu fumais ? demanda-t-elle.

— Soixante fois par jour.

— Ne te crois pas obligé de dire ça.

— Mais c'est vrai, j'ai compté. Nous sommes restés séparés pendant 32 000 cigarettes.

— Et quand tu pensais à moi, tu pensais à quoi ?

— Le plus souvent ? Il lui répondit en toute sincérité : À maintenant.

Rachael le dévisagea, étonnée :

— Tu l'as préparé ?

Il déchira l'emballage métallique avec ses dents et sortit le condom qu'il posa sur l'oreiller avant d'ôter son pantalon et ses sous-vêtements. Rachael reposa l'étui à cigarettes puis se redressa pour faire glisser sa combinaison par-dessus sa tête. Ce geste insignifiant et entraperçu suffit à l'enchanter. Pudique, il se coula sous les draps car il se sentait vulnérable, peu sûr de lui. Allongée sur le flanc, elle lui faisait face, appuyée sur un coude. Lorsqu'ils étaient nus, elle reprenait toute l'assurance de Lewis à son compte. C'était comme s'il avait perdu du galon pour redevenir simple soldat tandis qu'elle accédait au grade de maréchal des logis.

Elle ramassa la capote.

— Veux-tu que je te la mette ?

Lewis était incapable de répondre. Il hocha la tête, mais quand elle avança la main vers lui sous les draps, il lui saisit le poignet et l'attira à lui pour l'embrasser. Il fallait qu'il ralentisse les choses. Il était emporté par son désir. Ils s'embrassèrent, mais les lèvres de Rachael demeurèrent closes. Elle se dégagea pour reprendre sa tâche, tirant sur le caoutchouc pour enfiler la protection. Lewis, couché sur le dos, la laissait faire en s'efforçant de concentrer son attention sur les moulures du plafond, n'importe quel subterfuge pour éviter d'atteindre l'orgasme trop tôt, mais le simple contact mécanique des mains fraîches de Rachael fut plus qu'il ne lui en fallait et il éjacula avec un sanglot de plaisir mêlé de soulagement et de désespoir.

— Ah ! Je suis venu trop vite, excuse-moi.

— Ce n'est pas grave.

— Excuse-moi, répéta-t-il.

— Tu es descendu trop tôt, à Fratton.

— J'étais à peine monté en voiture.

Le manque de déception manifeste de Rachael ne faisait qu'ajouter au sien. Il était contrarié. Sa discipline et sa patience naturelles lui avaient fait défaut quand il en avait eu le plus besoin. Et Fratton, dernière gare avant Portsmouth, évoquait le souvenir d'un temps où leur désir l'emportait toujours sur la raison.

Il attrapa la petite serviette à portée de main pour s'éponger.

— Ça faisait trop longtemps. Je n'ai plus l'habitude de…

— Ce n'est pas grave, dit Rachael en lui caressant le front.

— Je…

— Chut. C'est parfaitement normal.

— Mais toi, alors ?

— Ne t'inquiète pas pour moi.

— Tu es sûre ?

— Oui, tout va bien. Mais j'ai froid, dit-elle en s'asseyant pour tirer sa chemise de nuit de sous l'oreiller.

Lewis se redressa pour s'asseoir au bord du lit, oubliant déjà sa déconvenue. Cette satisfaction-là, aussi brève fût-elle, valait mieux que rien. Elle l'avait libéré d'une tension qui le tourmentait depuis plusieurs semaines. Une fois en pyjama, lorsqu'il se retrouva sous les draps et eut éteint la lumière, son esprit avait déjà rejoint la zone où il pouvait agir avec compétence, en toute confiance : là où il était responsable des besoins simples d'un millier d'Allemands anonymes et du redressement d'un pays.

*

Longtemps après que Lewis se fut endormi, Rachael resta couchée sur le côté gauche, comme à son habitude, attentive aux battements de son propre cœur. Elle gardait les yeux fixés sur les pierres qui luisaient sur sa table de chevet à la faveur du rideau entrouvert. Elle décida de rendre le collier à Lubert aussi vite que possible, poussée autant par la curiosité que par son sens de la propriété. En vérité, elle avait envie d'en savoir plus sur la femme qui avait porté ce bijou. Le collier avait fait naître dans son esprit une série de scènes mirifiques dont Frau Lubert était la vedette. Aussi gracieuse et élégante que fût cette Frau fantasmée, son visage demeurait flou, impersonnel, un assemblage de chic cosmopolite. Rachael voulait donner des traits à cette femme. Elle ressentait pratiquement le besoin d'en avoir une image mentale afin de pouvoir l'effacer ensuite. Peut-être Lubert réglerait-il la question en lui montrant une photographie. Ou bien autre chose. Sous couvert de gentillesse et d'honnêteté, elle pourrait en finir avec un sujet qui la tarabustait depuis son arrivée dans cette maison.

*

— Alors, où est-ce que tu habites ? demanda Albert à Frieda.

Ils attendaient le camion à la fin d'une longue journée passée à déblayer les ruines d'une école dans le quartier de St Pauli. Frieda avait travaillé dur sans broncher. Grâce à Albert, ce qui lui avait d'abord paru être une punition humiliante était désormais une tâche qu'elle attendait presque avec plaisir.

— Sur la Chaussee, près de Jenischpark.

— Dans une des grosses maisons ?

Elle hocha la tête, ne sachant pas si c'était une bonne ou une mauvaise chose.

— Tu es d'une famille riche, alors ?

— Plus maintenant, répondit Frieda en haussant les épaules.

— Mais tu habites encore là ?

Elle hocha de nouveau la tête, gênée par ce feu de questions ; elle craignait surtout d'avoir à expliquer sa situation actuelle.

— Je n'habite pas loin, dit-il.

— Où ça ? demanda-t-elle, soulagée de voir que sa position sociale ne l'avait pas rebuté.

— Je te montrerai si tu veux.

Les déblayeurs entassés à l'arrière du camion venaient des classes moyennes de Hambourg auxquelles se mêlaient les travailleurs migrants, des traîne-misère arrivés du front de l'Est. Les femmes, cheveux rassemblés en chignon au sommet de la tête et enveloppées dans les pardessus trop grands de leurs défunts maris, ressemblaient à des poissonnières de Landungsbrücken. Elles sentaient tout aussi fort, au demeurant. Les hommes, d'âge mûr à l'exception d'Albert, étaient fort peu nombreux. Tous, sans distinction, serraient très fort les bons alimentaires reçus en paiement de leur journée de labeur et qui représentaient l'unique objet de leur ambition.

Frieda était assise à côté d'Albert, cuisse contre cuisse ; ils écoutaient le chœur des lamentations qui s'élevait autour d'eux. Les récriminations du jour étaient menées par un homme manifestement épuisé mais désireux de révéler son vrai métier.

— C'est impossible de ne pas avoir froid avec ce

boulot-là. Au début on transpire tellement on a chaud, et puis la sueur vous colle à la peau et alors on se gèle.

— Au moins ils nous payent, remarqua l'une des femmes.

— J'ai une profession, moi, je suis dentiste. Je ne suis pas taillé pour ce genre de boulot.

— Qu'est-ce que ça a de si extraordinaire d'extraire les dents ? lui rétorqua-t-elle. Magda, elle, est femme de général. Et moi, j'étais présentatrice radio à l'auditorium.

Le dentiste, gris de poussière et de découragement, avait assez de volonté pour se plaindre mais pas assez pour discuter. Il fallait de l'énergie pour cela.

— Oh moi, ce que j'en dis, marmonna-t-il.

Un grand gaillard, au cheveu presque aussi rare que la barbe, plongea alors la main dans sa poche pour en sortir un paquet de sucettes, ces gros bonbons colorés montés sur bâtonnet que les Britanniques avaient apportés. Il les tenait à bout de bras comme un bouquet de tulipes naines.

— Pas fameuses pour les dentiers, hein Steytler ? Mais parfaites contre ton haleine de chacal et pour tromper nos estomacs. Tu peux téter ça pendant une heure en y allant doucement, dit-il en mettant la sucette dans sa bouche avec une gourmandise non dissimulée.

— Alors vas-y, partage-les, lui intima l'épouse de général, accoutumée à être obéie.

— Suffit d'y mettre le prix, fanfaronna le Prussien.

— Tu n'as pas honte ? dit Magda en secouant la tête.

— J'ai une famille à nourrir. Ces bons alimentaires ne suffisent pas. J'ai même pas assez d'argent pour m'éclairer. Chaque fois que je mets des sous dans le compteur, c'est autant que je ne dépense pas pour manger.

— Vaut mieux rester dans le noir que d'avoir faim, remarqua l'ancienne présentatrice radio.

— Pas besoin d'avoir faim si t'acceptes de voler un peu par-ci, par-là. Même l'évêque de Cologne a dit qu'il n'y avait pas de mal à voler du charbon pour rester en vie. C'est le onzième commandement.

— Ils nous obligent à nous conduire comme des criminels, dit le dentiste.

— Ils nous prennent déjà pour des criminels.

— Moi je n'en suis pas un, j'ai la conscience tranquille, poursuivit le dentiste.

— Enfin, on est tous dans le même bateau, remarqua le Prussien. Ils ne peuvent pas tous nous mettre en prison.

— Garde ton mea-culpa pour toi, rétorqua le dentiste. Je ne suis coupable de rien d'autre que d'avoir fait mon devoir. Les dents et les caries sont les mêmes pour tous, peu importe qui vient se faire soigner. Je dois respecter le serment d'Hippocrate.

Tout le monde éclata de rire.

Frieda avait envie de remettre cet imbécile à sa place et s'apprêtait à parler quand Albert posa la main sur son bras, comme il l'avait fait une première fois quand elle avait chantonné devant les Tommies rigolards. Il lui lança un coup d'œil complice. *Ils n'en valent pas la peine*, semblait-il dire. Et elle se sentit électrisée par cette alliance qui se formait entre eux.

— Cette marque… sur ton bras. C'est de naissance ?

— Pas ici, répondit-il avec un regard lui interdisant de poursuivre.

Sans prévenir, il se leva et frappa deux grands coups sur le flanc du camion avec le plat de la main pour demander l'arrêt. Le chauffeur s'exécuta et les deux jeunes gens sautèrent à terre. Ils étaient arrivés au village de Blankenese, à quelques kilomètres de la villa Lubert, à l'endroit où l'Elbchaussee s'incurvait vers les terres en s'éloignant du fleuve. Le soleil se couchait sur la petite ville de Stade, sur l'autre rive, et embrasait le paysage.

— Ne marche pas à côté de moi, dit Albert à Frieda en remontant le col de sa veste pour dissimuler son visage. Reste derrière, garde tes distances.

— C'est loin d'ici ?

Albert partit sans répondre. Il marchait tellement vite qu'elle se prit à penser qu'il cherchait à la semer ; elle devait courir de temps à autre pour ne pas le perdre de vue.

Dans cette plate campagne, l'ancien village de pêcheurs de Blankenese se distinguait par sa colline escarpée. Avec ses vieilles chaumières et quelques villas neuves blotties contre son flanc, il ressemblait à un bourg médiéval. Frieda venait souvent là avec sa mère avant la guerre pour voir les bateaux qui sillonnaient l'Elbe, elles s'arrêtaient dans une taverne de bateliers où l'on jouait l'hymne national de chacun des navires étrangers qui remontaient jusqu'à Hambourg. Aujourd'hui, le seul bateau en vue était un imposant croiseur britannique. Des gros nuages gris, lourds de neige, s'apprêtaient à recouvrir le village d'un manteau féerique.

Albert gravit la colline, Frieda à quelques pas derrière lui, curieuse de savoir où il habitait. Il bifurqua enfin pour pénétrer dans le jardin d'une petite maison au toit de chaume. Il suivit le sentier jusqu'à la porte d'entrée en jetant des regards à droite et à gauche, puis il fit le tour de la chaumière pour lorgner à travers les vitres couvertes de givre. En s'avançant sur les dalles de pierre de l'allée, Frieda pensa à Hänsel et Gretel perdus dans les bois et tombant sur la maisonnette en pain d'épice. S'embrouillant dans les contes de fées, elle s'imagina Albert en prince venu l'éveiller d'un long sommeil pour la soustraire à un père qui, par bonheur, n'était finalement pas son vrai père.

— Ça fait longtemps que tu habites ici ? demanda-t-elle en le suivant à l'intérieur.

— Non, pas trop.

La chaumière était remplie de tapis, de coussins et de grandes cotonnades. Albert recouvrit un fauteuil d'un lourd kilim puis s'assit pour défaire ses bottes.

— C'est la maison d'un médecin militaire, le commandant Scheibli. Ils l'ont mis dans un camp pour personnes déplacées en attendant son certificat de dénazification.

Frieda remarqua une photographie prise dans le désert, où l'on voyait le médecin assis dans un side-car, lunettes poussiéreuses sur le nez et coiffé d'un casque peint d'une croix rouge. Il portait la Croix de fer autour du cou.

— Tu connais un héros de guerre ? s'étonna Frieda en prenant la photo pour mieux la regarder.

— Je ne le connais pas. Je lui emprunte juste sa maison un moment. Si les Anglais peuvent le faire, pourquoi pas nous ?

— Ils vont peut-être le mettre en prison, si c'est un héros.

— Quand les Anglais vont découvrir qu'il a combattu aux côtés de Rommel, ils le relâcheront. De toute façon, je ne peux pas rester ici. Il y a trop de gens qui m'ont vu aller et venir. Et j'ai déjà trouvé une autre maison. Plus près de chez toi, sur la Chaussee.

— Nous serons voisins, alors.

Albert hocha la tête puis demanda :

— Bon… et comment se fait-il que tes parents soient si riches ?

— Mon père est architecte et… la famille de ma mère avait des liens avec les chantiers navals.

— Blohm & Voss ? s'écria Albert, les yeux brillants.

Elle hocha la tête.

— Et ça ne les ennuie pas de te voir traîner dehors ?

— Ma mère est morte. Quant à mon père… je me fous de ce qu'il pense.

— Il ne va pas partir à ta recherche ?

— Il travaille à l'usine Zeiss toute la journée. Je peux faire ce que je veux.

Albert enleva ses bottes. Puis il se remit debout et se dirigea vers le coin cuisine pour chercher de quoi alimenter le poêle. Le seau à charbon était vide et le panier à bois aussi. Balayant la pièce du regard, il repéra un trépied en bois sculpté qui traînait dans un coin. Il s'en empara et le mit en pièces en le jetant violemment à trois reprises sur le sol de pierre.

— Ça me démangeait de mettre ce tabouret au feu.

Il enfourna les débris dans le poêle et l'alluma. Il remplit ensuite une grande casserole d'eau et la mit à bouillir dessus.

— Et comment se fait-il que tu sois restée dans ta maison ? Je pensais que les Tommies avaient pris les plus belles.

Frieda s'épluchait les ongles et commença à expliquer d'un ton vindicatif, en s'échauffant de plus en plus, comment ils en étaient venus à partager leur maison avec une famille anglaise. Elle lui parla de la curieuse décision du colonel qui leur avait permis de rester alors qu'il aurait pu – et même dû – les mettre dehors ; de l'épouse du colonel, qui parlait toute seule et tremblait en vous serrant la main ; et de leur jeune garçon qui s'amusait avec sa maison de poupée à elle et se baladait partout avec un soldat de chiffon. À mesure qu'elle lui décrivait la situation, Frieda voyait Albert se raidir et son intérêt se faire plus vif.

— Qu'est-ce qu'il fait, ce colonel tommy ?

— C'est le gouverneur de Pinneberg. Je ne sais pas ce qu'il fait, il n'est pratiquement jamais là, répondit

Frieda. C'est une honte, il se déplace dans le même genre de voiture que le Führer.

Elle avait ajouté ce détail pour l'impressionner, mais Albert avait l'air pensif, intrigué par ce qu'elle venait de lui apprendre.

— C'est lui, le gouverneur ? lui redemanda-t-il en arpentant la pièce.

Elle hocha la tête, sans pouvoir dire s'il était content ou horrifié par cette nouvelle.

— C'est bien. C'est très bien.

Frieda se sentit comblée d'aise. L'humiliation de la réquisition prenait soudain un sens. Albert lui donnait le sentiment qu'elle avait beaucoup à lui offrir. Il repartit vers la casserole et vérifia si l'eau était assez chaude. Puis il ôta tous ses vêtements et resta en caleçon. Il n'y avait rien de superflu chez lui, ni dans ses gestes ni dans son corps. Aux yeux de Frieda, il était parfait. Jusqu'à sa cicatrice en forme de 88.

— Tu ne m'as pas encore dit ce que c'était, remarqua-t-elle.

Il toucha son bras puis regarda la jeune fille.

— C'est le symbole du mouvement de résistance. Ceux qui n'ont pas encore accepté la défaite. Tiens.

Il tendit le bras pour qu'elle puisse toucher. Du doigt, elle suivit le premier huit, puis le second, et sentit le bourrelet de chair laissé par la cicatrice.

— Comment as-tu fait ça ? demanda-t-elle.

Albert se dirigea vers le buffet et sortit un paquet de cigarettes du tiroir.

— Avec ça.

Il en alluma une et, après avoir tiré une longue bouffée, il l'offrit à Frieda. Elle la prit, la plaça gauchement entre ses lèvres, et inspira. Elle recracha aussitôt la fumée en toussant et Albert éclata d'un rire curieusement aigu, un rire non pas d'homme, mais de petit garçon.

— Pas trop ! Vas-y doucement, comme ça.

Il reprit la cigarette pour lui montrer comment faire.

— Juste un petit peu, dit-il en tirant rapidement une bouffée avant de la lui rendre.

Elle la garda en main sans la quitter des yeux. Elle la tenait comme un magicien qui s'apprête à exécuter un tour. Sûre d'avoir capté l'attention d'Albert, elle retourna alors la cigarette pour en diriger le bout incandescent vers sa paume grande ouverte, puis lentement, elle la rapprocha comme si elle voulait l'écraser dans sa main.

Albert intervint avant que Frieda n'accomplisse son geste.

— Faut pas gaspiller ça, c'est précieux.

Frieda sentit monter les larmes. Tantôt elle était sa gente demoiselle allemande, tantôt une petite bécasse.

Albert lui présenta le dos de ses mains.

— Tu les vois ?

Frieda regardait sans savoir ce qu'il allait faire.

— Tu vois quoi ? insista-t-il.

Il se rapprocha d'elle afin qu'elle puisse voir sa peau et ses ongles. Elle se taisait, de peur de dire une bêtise. Chez lui, à l'abri du regard des autres, Albert n'était plus ce jeune homme attentif mais quelqu'un de beaucoup plus autoritaire. Il laissait transparaître une émotion contenue, refoulée en lui.

— Tu vois ces ongles ?

Les ongles d'Albert, comme ceux de Frieda, étaient encore noirs d'avoir creusé toute la journée. De l'ongle de son pouce, il détacha la saleté collée sous celui de son majeur et la lui mit sous le nez : cendre et grains de poussière amalgamés.

— La poussière de notre ville. Les cendres de notre peuple. Regarde ça, dit-il en déposant un peu de saletés dans le creux de sa main. Les restes d'une jeune fille allemande. Tu les vois ?

Puis, ayant rassemblé les « restes de la jeune fille allemande » dans sa paume, il porta la main à ses lèvres et lécha la poussière, la mêlant à sa salive avant de déglutir. Il racla ensuite encore un peu de saletés sous ses ongles et tendit sa paume à Frieda.

— Les cendres de jeunes Allemands innocents qui ne sauront jamais ce que nous savons, qui ne verront jamais ce que nous voyons.

Frieda lui prit la main pour lécher « les cendres de jeunes Allemands innocents » et les avala. Albert saisit alors la jeune fille par les poignets. Il l'attira à lui, lui ouvrit les mains, puis fit courir un doigt sur la face interne de son bras en effleurant sa peau blanche et délicate jusqu'au creux du coude.

— Tu ne peux pas aider l'Allemagne si tu te fais mal, lui dit-il. Vu l'endroit où tu habites, tu peux être très utile – à la cause. Nous avons besoin de choses à vendre sur le marché noir : cigarettes, médicaments, bijoux, vêtements. On prend tout ce qui a de la valeur. Tu peux nous aider ?

Elle hocha la tête et demanda :

— C'est qui, « nous » ?

— La résistance. Tu les rencontreras bien assez tôt.

— Vous êtes nombreux ?

Brusquement, il lui souleva le menton, l'embrassa en lui fourrant sa langue dans la bouche et elle sentit le goût âcre des débris de leur journée de labeur. On l'avait déjà embrassée et touchée avant – en colonie de vacances, dans la moiteur d'une cabane en rondins où l'on encourageait les filles et garçons des Jeunesses hitlériennes à faire chambre commune afin d'explorer les « saines joies de l'existence » – mais cette fois c'était différent. Cet été-là, celui qui lui avait enfoncé les doigts dans le corps était un gamin, et plusieurs de ses camarades avaient tenu à regarder tandis qu'elle restait allongée là sans rien ressentir. Comparé à ce garçon-là, Albert était un homme.

— Il faut que tu me donnes des renseignements sur le colonel. Si c'est lui le gouverneur, il doit savoir des choses.

Elle acquiesça.

Après ce baiser, elle aurait accepté de passer en zone russe s'il le lui avait demandé.

Il l'attira à lui.

— Mais il ne faut parler de moi à personne, tu as compris ?

Il la serrait douloureusement fort et arborait une expression effrayante.

— Oui.

— Je n'existe pas. Répète !

— Tu n'existes pas.

— Bien, dit-il avec un sourire en la relâchant.

Il partit chercher quelque chose dans la poche de son manteau resté sur le dossier d'une chaise. Cela ressemblait à un tube de pastilles. Il en prit une qu'il avala avec un verre d'eau. Puis il se mit à faire les cent pas dans la pièce avant de s'asseoir sur le bras d'un fauteuil, les jambes agitées d'un tremblement nerveux. Il semblait avoir perdu tout sang-froid.

— Pourquoi prends-tu des médicaments ?

— Ça m'aide à rester éveillé.

Albert eut soudain l'air apeuré, meurtri. Dans un premier temps, Frieda refusa d'y croire : cela ne correspondait pas à l'idée qu'elle se faisait de lui, il s'en trouvait diminué à ses yeux en tant qu'homme. Mais cela éveillait aussi en elle un autre sentiment. Avançant la main vers son visage, elle lui caressa le front comme le faisait sa mère quand le grondement des bombardiers l'empêchait de s'endormir et qu'elle avait peur de mourir dans son sommeil. « Que se passera-t-il si je meurs au beau milieu d'un rêve ? » demandait-elle. Et sa mère lui répondait toujours : « Ils ne te feront pas de mal. » Elle se surprit alors à répéter ces mots en effleurant le visage d'Albert.

— Ils ne te feront pas de mal.

Le jeune homme tressaillit, ne sachant comment accueillir ce geste, pareil à une créature qui ne connaît pas les caresses. Il la laissa recommencer avant de s'éloigner brusquement en marmonnant qu'il devait aller se laver. Les caresses étaicnt impuissantes à apaiser le mal inconnu qui le tourmentait.

*

Les Morgan étaient assis dans le hall, devant la cheminée, et jouaient à la bataille quand Herr Lubert parut sur l'escalier ; deux ou trois marches plus haut se tenait une Frieda qui n'en menait pas large.

— Veuillez me pardonner cette intrusion, dit Lubert, la mine sévère.

— Herr Lubert, fit Lewis en se levant. Nous parlions justement de… nous étions en train de dire, n'est-ce pas, chérie ?… que vous pourriez vous joindre à nous un soir pour jouer et regarder un film aussi, peut-être. Y aurait-il un problème ?

Lubert hocha la tête, il attendait Frieda. Elle se tenait derrière lui, juste hors de son champ de vision, ce qui l'obligea à se retourner.

— Nous sommes venus pour… Frieda est venue… pour vous présenter des excuses.

Rachael posa son regard sur la jeune fille : elle se tenait les yeux baissés, un bras le long du corps, l'autre fermement agrippé à son poignet, et se grattait nerveusement la peau.

— Pour quelle raison ? demanda Lewis.

— Ceci, répondit Lubert en exhibant la tête de Cuthbert.

— Vous l'avez trouvée ! s'écria Edmund.

— Frieda ? fit Lubert en s'écartant d'un pas pour céder la place à sa fille.

Au bout d'un long et pénible silence, que Rachael brûlait de combler en déclarant que ce n'était assurément rien de très grave, Frieda parla.

— *Es tut mir leid*, dit-elle d'une voix presque inaudible.

— En anglais ! lui ordonna sèchement Lubert. Il y avait quelque chose de contraint et de maladroit dans son attitude.

— Je vous demande pardon, se reprit Frieda.

Pour Rachael, ce fut une surprise d'entendre Frieda parler anglais, et bien qui plus est.

— Merci de l'avoir dit, Frieda, fit Rachael.

— N'oublie pas Edmund, insista Lubert.

— Je te demande pardon, répéta la jeune fille en regardant Edmund.

— Ce n'est rien. Ça n'a pas vraiment d'importance, répondit celui-ci.

— Au contraire, Edmund, détrompe-toi, reprit Lubert en agitant la tête de Cuthbert. Cette poupée t'appartient.

— *Das gehört mir !* cria Frieda, puis elle tourna les talons et quitta la pièce pour grimper l'escalier quatre à quatre.

— *Komme hierher*, Frieda ! hurla Lubert après sa fille, en ayant l'air de vouloir la pourchasser.

— Herr Lubert, intervint Rachael. Je vous en prie. Elle en a déjà assez dit. Nous avons accepté ses excuses.

— Ah ! fit Lubert découragé en lançant les bras en l'air. Ma fille est pleine de… de rage et de colère. Je suis navré…

— Herr Lubert, je… nous sommes touchés que

Frieda ait présenté ses excuses, l'affaire est close, dit Lewis. Ce doit être encore plus difficile pour elle.

— Tous ces ennuis… dit Lubert. Nous devrions peut-être partir, et aller vivre chez ma belle-sœur, à Kiel.

— Ce n'est pas nécessaire, déclara Rachael avec fermeté. Donnez-la moi, ajouta-t-elle en tendant la main pour que Lubert lui remette la tête du soldat décapité. Je vais réparer ça.

— Je vous en remercie, dit Lubert en s'inclinant devant Rachael. (Puis, prenant congé du colonel, il fit involontairement claquer ses talons avant de se tourner vers Edmund pour ajouter :) Toutes mes excuses pour ce regrettable incident. Je te promets que rien de tel ne se reproduira plus.

CHAPITRE SIX

— Vous aimez ma coiffure ? Dites-le franchement.
— Oui.
— Vous ne trouvez pas que j'ai l'air d'un caniche ?
— Non, ça vous va bien.
— Humm. Qu'entendez-vous par là, Rachael Morgan ? C'est un drôle de compliment. Je ressemble à une grosse dame pomponnée, c'est ça ? Qu'importe. Ma coiffeuse – Renate – me dit que c'est du dernier cri. « À la Katharine Hepburn. » Elle a des dents atroces, elle chante des airs populaires américains avec un accent effroyable, mais c'est une véritable virtuose du bigoudi. Vous devriez faire appel à elle.
— Vous croyez ?

Susan Burnham s'interrompit pour lancer à Rachael un regard faussement furibond.

— Évidemment que je le crois. Regardez-vous, on dirait un jardin mal entretenu. Vous ne vous mettez pas en valeur. N'oubliez pas que nous avons de la concurrence. Les Allemandes sont deux fois plus nombreuses que les hommes dans cette ville. Nous devons protéger nos petits maris chéris à leurs corps défendant. Leur faire tourner la tête… du bon côté !

Sur ce, Mrs Burnham exécuta un salut de revue

militaire olé olé et Rachael s'entendit rire comme elle le faisait si rarement, d'un grand rire de sorcière qui ne semblait pas émaner d'elle – Lewis lui avait toujours dit qu'il était tombé amoureux d'elle pour cette raison-là, entre autres.

Rachael eut beaucoup d'autres occasions de rire durant les vingt minutes de trajet jusqu'au NAAFI, le magasin réservé aux familles britanniques au centre de Hambourg. Elles étaient assises à l'arrière, dans la voiture de Mrs Burnham, une petite auto aux allures de coccinelle. C'était l'un des derniers modèles de Volkswagen et tout le monde voulait en conduire une, ce qui lui valait le surnom d'« automobile de l'occupation ». On y était aussi mal assis que sur un banc d'église et, comme elle était aussi bruyante qu'un bimoteur, les deux femmes devaient crier pour s'entendre, mais cela les amusait.

Cette sortie ressemblait plus à une expédition qu'à une virée pour aller faire des courses. Susan Burnham plaisantait de tout, de la voiture (« Un drôle d'engin avec le moteur dans le coffre, elle me fait penser à un insecte mais ça me plaît bien ») aux détails intimes de sa vie conjugale (« On n'arrête pas depuis qu'on est arrivés, de vrais lapins »), et il s'en fallut de peu qu'elle ne décrive l'acte sexuel lui-même.

— Je ne sais pas ce qui se passe, ça doit être l'air d'ici. Vous ne trouvez pas ? Moi je sens vraiment une différence, comme si nous avions la permission d'en prendre à notre aise. C'est franchement libérateur.

En dépit de la vulgarité manifeste de Mrs Burnham, Rachael était heureuse de lui accorder le bénéfice du doute. Elle était assurément grossière, mais elle avait le cœur sur la main ; elle était grivoise, mais elle disait franchement ce que les autres pensaient tout bas ; en outre, si elle semblait déterminée à grimper dans l'échelle sociale, elle se montrait également prête à renoncer à son ascension. Et rien ne lui échappait.

— Et vous deux, alors ? Vous avez rattrapé le temps perdu ?

Rachael lança un coup d'œil au chauffeur – un jeune homme à peine plus âgé que Michael, avec le même duvet de cheveux sur la nuque que son fils défunt. Il avait dû rougir jusqu'aux oreilles sous sa casquette de chauffeur de tram.

— Aucune inquiétude pour Erich, il ne comprend pas un mot, n'est-ce pas, Erich ?

— *Bitte*, Frau Burnham ?

— Ce n'est rien, ne faites pas attention.

Mrs Burnham se pencha devant Rachael pour se faire les lèvres dans le rétroviseur, son ample poitrine ballottant au gré de ses contorsions pour se voir. Erich jeta un regard dans l'étroit miroir avant de détourner les yeux en remuant nerveusement les mains sur le volant.

— Alors ? Comment ça s'est passé ?

— Je n'ai rien à en dire.

— Allons, allons, Rachael Morgan, pas de ça Lisette. Tante Susan a besoin de savoir.

— Sincèrement…

— Rien du tout ?

— Non, pas vraiment. Et comment vous débrouillez-vous avec le personnel ?

— Oh ! non, non, non. Vous ne vous en tirerez pas aussi facilement avec moi. Ce n'est pas bien, Rachael. N'avez-vous plus aucun désir ?

Rachael n'avait tout simplement jamais eu à parler de sa vie sexuelle. Le Dr Mayfield lui-même, avec ses idées bizarroïdes sur les névroses, les manies et la libido, n'avait pas abordé la question. Elle avait toujours pensé que le sexe, tout comme la religion, était un sujet dont il ne fallait pas parler, même avec son partenaire.

— C'est quoi le problème, au juste ?

Rachael secoua la tête en tentant de visualiser le problème. Elle ne voyait rien d'autre que les discrètes moulures du plafond de leur chambre, les abat-jour plissés et Lewis en train de déchirer l'emballage du préservatif.

— À dire vrai, nous ne nous sommes pas beaucoup vus. Il travaille…

— Très dur, oui, je sais. Ils en sont tous là, non ? Il vous faut prendre les devants. Vous ne pouvez pas vous contenter d'attendre le bon moment.

Rachael sentit un nœud se former dans sa gorge.

— Susan… je préférerais ne pas en parler.

— Ah, évidemment. C'est toujours gênant qu'un acte si naturel et agréable vous mette dans un tel embarras. C'est important, pourtant. Aussi important que tout ce que font nos chers et tendres. Et d'ailleurs, ça les aide à mieux faire leur travail.

— Cela devrait rester de l'ordre de la vie privée.

— Je ne suis pas d'accord. Nous devrions en parler beaucoup plus. Dans un mariage, une vie sexuelle réussie a des répercussions bien plus grandes que vous ne l'imaginez. Si les hommes avaient consacré autant de temps et d'efforts à faire l'amour qu'à chercher à conquérir le monde, nous aurions évité Dieu sait combien de guerres, j'en suis convaincue. Ce sale nabot de Hitler aurait dû se dégoter une femme, une vraie, au lieu de cette traînée de secrétaire. Staline allait aux putes. Mussolini avait des maîtresses en pagaille – pourtant qui sait ? En fin de compte, ceux qui ont gagné la guerre étaient des hommes mariés qui avaient une vie sexuelle régulière, j'en suis sûre !

La théorie de Mrs Burnham fit sourire Rachael tout en suscitant malgré elle une série d'images insolites : Hitler en pyjama, Staline dans les bras d'une Caucasienne replète, Mussolini et sa maîtresse pendus par les pieds en place publique, leurs cadavres molestés, couverts de meurtrissures…

— Vous allez bientôt m'accuser de déclencher une guerre !

— Tant que nous resterons amies, je m'obstinerai à vous poser la question. Et à mettre mon nez partout. J'en fais mon devoir. Keith me dit qu'ils vont rencontrer ce socialiste mal fagoté la semaine prochaine. Shaw ? Lewis y sera aussi, j'imagine ?

— Il m'a dit que des journées importantes l'attendaient. Mais il ne me confie pas grand-chose. Il préfère laisser son travail à la porte.

— Avez-vous donné votre accord sur le choix de son interprète ?

— Le faudrait-il ?

— J'ai tenu à ce que Keith choisisse la plus laide de toutes et, bigre, elle est vilaine à faire peur. Demandez à Lewis de l'inviter bientôt à prendre un thé, comme ça vous pourrez la voir de près. Et si elle a le moindre charme, faites-la renvoyer.

L'idée qu'une autre puisse poursuivre Lewis de ses assiduités était étrangement réconfortante. En effet, s'il y avait une chose dont Rachael était certaine, c'était que son mari ne tomberait jamais dans ce genre de panneau.

— Vous devriez prendre davantage les choses en main. Je ne laisserais jamais Keith me rembarrer en me disant : « J'ai des journées importantes. » Qu'ont-elles de si important qu'il ne puisse rien m'en dire ? Renseignez-vous, que diable, et ne le lâchez pas tant qu'il ne vous aura pas répondu. Ah çà oui, je tiens à savoir ce qui se passe et je finis toujours par l'obtenir. C'est avec moi que Keith a appris la plupart de ses techniques d'interrogatoire, vous savez.

— Est-ce qu'il aime son travail ?

— Il le fait très bien, à ce qu'on me dit. Il a beaucoup de patience, c'est très important, je pense. Personnellement, je ferais une très mauvaise examinatrice.

— Vous lui dites tout ?

— Tout ce qu'il a besoin de savoir, répondit Mrs Burnham avec un clin d'œil avant de refermer son tube de rouge à lèvres et de se caler de nouveau sur la banquette avec un claquement de lèvres. N'ayez aucune inquiétude, vos secrets seront bien gardés. Il est incapable de me tirer les vers du nez.

Cela n'avait rien de rassurant. Rachael n'avait rien partagé qui portât à conséquence et pourtant elle avait l'impression d'en avoir trop révélé sur elle, et sur Lewis, en laissant les choses beaucoup trop sujettes à toutes sortes de conjectures.

— Nous n'avons pas de secret. Tout va bien entre nous. Tout ira bien.

À ces mots, Susan Burnham posa sur Rachael le regard d'un adulte sur l'enfant qui vient d'annoncer leur prochain voyage dans la lune.

*

Le NAAFI était situé dans un bâtiment à deux étages, parfaitement intact, non loin des rives de l'Alster. En chemin, elles passèrent devant l'opéra, dont l'auditorium avait été bombardé, et le cinéma Astra qui passait *Henry V* avec Laurence Olivier en anglais l'après-midi, et *Heinrich V* avec le même acteur, en allemand, le soir. D'ailleurs, deux affiches côte à côte en attestaient.

— Une heure, Erich, dit Mrs Burnham quand la voiture s'arrêta devant le magasin. *Zurück in einer Stunde.*

Dans la rue, il y avait un petit groupe d'Allemandes

avec des panneaux autour du cou. Rachael pensa d'abord à une manifestation, mais, en se rapprochant, elle s'aperçut que chaque panneau comportait la photographie d'un homme – mari, fils ou bien frère –, une courte biographie, l'adresse de la personne à contacter et une demande d'informations pressante au sujet du disparu. Rachael fut attirée par le visage d'un homme sur l'affiche de la première du groupe. Il s'appelait Robert Schloss et avait occupé un poste de trésorier. Il était coiffé d'une inoffensive casquette de fonctionnaire en toile et portait de petites lunettes cerclées. Quelque chose dans son menton et son air ouvert lui rappelait Michael. Rachael eut soudain envie de tout savoir sur Herr Schloss. Il fallait joindre…

— *Bitte ?* s'enquit la femme, pleine d'espoir. *Haben Sie ihn gesehen ?*

Rachael releva les yeux sur le visage de la femme. Son élégant chapeau était retenu par un foulard noué sous le cou, ce qui en rabattait les bords comme une coiffe et lui donnait l'air d'une bergère. Il émanait d'elle un espoir aussi fou que désespéré, comme si Rachael avait pu détenir des renseignements sur son mari disparu et était venue spécialement lui annoncer la bonne nouvelle.

— *Haben Sie ihn gesehen ?* répéta-t-elle.

Rachael sentit Mrs Burnham la prendre par le coude.

— Bien sûr qu'elle ne l'a pas vu ! *Lassen Sie sie in Ruhe !* lança Mrs Burnham en chassant l'éplorée d'un geste pour qu'elle les laisse tranquilles avant d'ajouter à l'oreille de Rachael : N'oubliez pas qu'elles en ont après nos hommes.

Puis elle l'entraîna jusqu'à une petite porte anonyme sur le côté du bâtiment, en passant devant ce qui aurait dû être l'entrée principale du magasin. Il fallait vraiment connaître pour entrer par là. La devanture avait été obscurcie pour qu'on ne puisse pas voir à l'intérieur.

— Ils ont peur que les Allemands se sentent encore plus privés s'ils voient dedans, expliqua Mrs Burnham. Si vous voulez mon avis, le remède est pire que le mal.

Rachael en convenait. En fait, cette vitrine excitait la curiosité des passants. Masquer la devanture, loin de tirer un voile pudique sur ce qui était en vente, laissait croire que les marchandises étaient hors de portée de la plupart des gens et qu'en dépit des vigoureux démentis de la Commission de contrôle, il existait dans la zone une économie à deux vitesses : une pour les autochtones et une autre pour les forces d'occupation.

— Vous voulez savoir ce que je pense, au fond? poursuivit Mrs Burnham. Je pense que la Commission cherche à faire croire aux Allemands que nous sommes plus riches que nous le sommes en réalité. Le pays des forces d'occupation se doit de paraître riche et puissant, c'est une question d'honneur.

Une fois dans le magasin, ce cynisme sonnait davantage comme une vérité. Ce n'était pas parce que les Britanniques se sentaient gênés par l'abondance de marchandises qu'ils avaient masqué la devanture, mais parce qu'ils avaient honte d'avoir si peu de choses. Si les Allemands avaient pu voir ce qu'il y avait à l'étalage, ils auraient été étonnés de constater combien la pénurie était grave, et sans doute inquiets de voir que le pays qui administrait le leur était à peine en mesure de se bricoler un repas digne de ce nom.

— La seule chose qui me console d'avoir à faire mes courses ici, c'est de savoir que j'ai davantage de choix que ma sœur à East Sheen. Le pain est rationné maintenant en Angleterre. Le pain! Non mais, c'est pas croyable! On n'en était même pas arrivés là pendant la guerre.

Il y avait du gin, bien sûr. Du sol au plafond :

Gordon's, London Dry, Booth's. Les grandes marques familières étaient là, c'était rassurant, la production ne semblait pas souffrir des problèmes que connaissaient les autres fabricants. Les produits de première nécessité pouvaient bien se faire rares, les excitants qui avaient fait leurs preuves durant l'empire continuaient de couler à flots. C'était tout sauf un hasard. Le gin, tout commissaire, général ou gouverneur de Sa Majesté le savait bien, apportait une note de raffinement jusque dans les avant-postes les plus sinistres et n'avait pas son pareil pour remonter le moral de ses serviteurs les plus abattus.

Ce fut vers l'étalage de gin que Mrs Burnham entraîna Rachael au pas de charge.

— Keith se plaint que, sans tonic, ça a un goût de paraffine, mais faute de grives, on mange des merles. Dieu sait quand on reverra du tonic en magasin. Enfin, tant qu'on a du vermouth, on peut mettre du gin dedans. Et tant qu'on a de l'Angostura bitters, on peut faire un *pink gin*, et rien qu'avec du sirop d'orange, on a ce qu'il faut pour un gin orange : gin, sirop et un trait d'eau ! Personne n'y trouve à redire. Avec ces cocktails-là, on va pouvoir survivre jusqu'à ce que ces jolies bouteilles de tonic refassent leur apparition. En attendant ce jour béni, montrons-nous inventifs. Regardez comme c'est bon marché ! Quatre shillings la bouteille ! Pas de doute, ils veulent nous inciter à boire et à recevoir un maximum. Bon, on ne va pas les décevoir. D'ailleurs, je pense qu'il est grand temps que l'épouse du gouverneur donne sa première réception.

Sur ce, Mrs Burnham attrapa quatre bouteilles par le goulot et les fourra dans son sac.

Le personnel chargé du magasin ne faisait aucun effort pour présenter les marchandises. Les boissons et les produits alimentaires étaient simplement posés tels quels, dans leurs cartons, et rangés par catégories.

Rachael trouvait cette présentation austère étrangement apaisante. Elle n'avait jamais vraiment aimé faire les courses et trouvait moins angoissant d'avoir des allées entières consacrées à un seul produit. Cela simplifiait la tâche et donnait un petit côté futuriste à ce magasin. Et le fait d'avoir à régler chaque produit avec les bons de l'armée ou avec les fausses pièces octogonales en carton ajoutait encore à l'impression que c'était « pour de faux ».

Autour d'elle, les Britanniques, des femmes pour la plupart, faisaient leurs courses dans un état proche de l'hystérie. Beaucoup s'étaient habillées comme pour aller au théâtre. Rachael aussi avait fait un effort pour l'occasion, elle avait choisi un twin-set en laine un tantinet plus élégant que nécessaire et, vue de l'extérieur, elle se fondait complètement dans la multitude des lainages et des nylons et les effluves de parfums et de talc. Pourtant, elle ne se sentait toujours pas à sa place et ce n'était pas seulement le changement de pays, ni même une question de « fragmentation du moi » ainsi que l'avait diagnostiqué le Dr Mayfield. Elle avait toujours détesté faire les courses.

— Prête pour l'étage au-dessus ?

Mrs Burnham montra du doigt l'ascenseur qui transportait les clients du rayon Alimentation du premier étage au rayon Vêtements et Jouets du second. C'était un pater-noster à cabines ouvertes. Rachael, qui n'avait jamais vu pareil engin, hésita quand elle s'en approcha, craignant de se trouver coincée dans l'entre-deux des cabines qui montaient et descendaient sans fin. Elle prit place à côté d'un jeune garçon, radieux d'être venu en courses avec maman et qui faisait rouler sa petite auto sur la paume de sa main.

— Elle est jolie, cette voiture. Où l'as-tu trouvée ?

— Ici, à l'étage. C'est une berline Lagonda, répondit le gamin en montrant fièrement son jouet à Rachael. Et aujourd'hui je vais avoir la voiture du Grand Prix d'Auto Union. Ils ont tous les nouveaux modèles ici.

Rachael, qui n'avait pas songé une seule fois à Edmund ce matin, pensa aussitôt à lui en train de prendre sa leçon avec le squelettique Herr König, lequel était assez intimidant, et elle se fit des reproches. Elle ne prêtait plus assez attention à son fils et, même si elle tentait de se convaincre que l'espace de liberté dont il profitait ainsi compensait le manque d'affection et d'attention dont il souffrait peut-être, elle lui avait beaucoup trop laissé la bride sur le cou. Si elle n'y prenait pas garde, elle allait le perdre. Aiguillonnée tout à coup par cette pensée, elle monta au second et acheta une Lagonda avant de rejoindre, presque en courant, la voiture qui l'attendait.

— Attention au verglas ! l'avertit Mrs Burnham avant de lui rappeler où était le coffre. De l'autre côté ! Le moteur est devant.

Rachael tendit à Erich le sac lourdement rempli de gin, whisky et cigarettes, mais garda le cadeau destiné à Edmund.

— Et si on s'arrêtait au Carlisle Club pour prendre un café ? Et acheter un magazine ?

— À vrai dire, Susan, j'aimerais bien rentrer… à la maison, répondit Rachael, elle-même surprise par le choix de ses mots.

— Soit. Voyons un peu ce palace qui est le vôtre.

En passant devant la gare de Dammtor, elles remarquèrent que les épouses éplorées étaient encore là, agglutinées devant la sortie. Des centaines d'hommes, engoncés dans d'épais vêtements et débarquant de divers coins du pays, se frayaient un passage dans cette foule. Les femmes se hissaient sur la pointe des pieds et tendaient le cou en cherchant à repérer leur mari disparu dans le flot de réfugiés qui se déversait des trains. Rachael vit un homme s'élancer pour étreindre l'une d'elles. Il tomba à genoux et embrassa sa photo suspendue au cou de son épouse, puis il se releva, souleva la femme par les hanches et la fit tournoyer plusieurs fois en l'air.

— C'est par ici que ça se passe ! s'écria Mrs Burnham.

Pourtant, si elle croyait avoir surpris Rachael en train de se retourner, attendrie, sur une scène antipatriotique, elle se trompait. Cela n'avait rien à voir avec de la compassion ; c'était de l'envie. Envie suscitée par ce couple emporté dans leur tourbillon. Si Lewis avait été porté disparu, se serait-elle postée dans le froid glacial à la sortie des gares, un panneau autour du cou, dans l'espoir de le retrouver ? Il n'y avait rien de moins sûr.

*

— *Ich heisse Edmund. Ich bin english.*

— *Engländer*, corrigea gentiment le squelette.

— *Engländer. Ich heisse Edmund. Ich bin Engländer.*

— Votre accent est excellent.

Le squelette frissonna et s'efforça de n'en rien montrer en joignant pieusement les mains pour les frotter l'une contre l'autre. Edmund n'était pas dupe mais, par pitié et aussi par respect, il fit mine de ne pas s'en apercevoir, tout comme il feignait de ne pas remarquer l'haleine méphitique de son professeur. La pièce était aussi bien chauffée que le reste de la maison – la mieux chauffée de tout Hambourg et sans doute de toute la zone d'occupation britannique – et pourtant Herr König ne quittait pas son manteau durant la leçon, comme s'il voulait emmagasiner la chaleur, ou faire fondre le morceau de glace logé au fond de lui. Il guignait sur la part de gâteau que Heike lui avait apportée. D'ordinaire, la bonne servait une fois la leçon terminée, mais aujourd'hui elle était venue plus tôt et avait posé l'assiette sur le guéridon, et le gâteau lui avait fait de l'œil toute la matinée.

— Voulez-vous votre gâteau maintenant ? demanda Edmund. *Kuchen ?*

Dans un souffle, Herr König murmura en allemand :

— Grands dieux, oui, avant d'ajouter en anglais, plus distinctement : Merci.

Edmund alla chercher l'assiette et le verre de lait puis les posa devant son professeur. Celui-ci vida le verre d'un trait, jusqu'à la dernière goutte. Il le reposa et lécha sa moustache blanchie en tirant discrètement le bout de sa langue. Il mangea ensuite le gâteau qu'il tenait précautionneusement à deux mains, telle une souris, puis il plongea l'index dans le verre pour humecter son doigt et y coller les dernières miettes, semblables à de la limaille sur un aimant, en une dernière bouchée. Quand il eut terminé, l'assiette de König était aussi propre que si un chien l'avait léchée.

Le père d'Edmund ayant dit que l'homme avait été directeur d'école à Kiel et qu'il excellait dans tous les domaines – un véritable esprit universel –, Edmund trouvait curieux que son professeur fût si malingre et dépenaillé. Il avait l'air trop vieux, trop faible pour un directeur ; et il n'y avait pas grand-chose dans son apparence qui suggérât l'autorité ou l'érudition. Cependant, au bout de quelques heures passées en sa compagnie, Edmund commençait à apprécier le choix paternel. Herr König avait autant de connaissances en mathématiques qu'en histoire ou en littérature anglaise. De plus, il se comportait avec la prudence d'un animal sauvage. De même qu'il n'avait pas un gramme de graisse sur le corps, il s'exprimait sans rien de superflu : tout ce qu'il disait semblait filtré, épuré. Tout cela, ajouté à l'évocation d'un passé plus respectable, lui donnait une dignité empreinte de retenue.

— Jetons un œil sur l'atlas.

L'atlas marquait la fin de la leçon et permettait à König de donner à son élève un condensé d'histoire et de géographie en allemand. Edmund partit chercher le vieil ouvrage et l'ouvrit sur le planisphère. König demanda au garçon de nommer les couleurs des pays qu'il lui désignait ; il plaça d'abord le doigt sur le Canada.

— *Rosa.*

Les États-Unis d'Amérique.

— *Grün.*

Le Brésil.

— Euh… *Gelb* ?

— Bien.

Sur l'Inde.

— *Rosa.*

Sur Ceylan.

— *Rosa.*

L'Australie.

— *Rosa.*

— *Warum sind sie rosa ?* demanda König.

— Ils sont tous roses parce qu'ils font partie de l'Empire britannique.

— Bien, vous apprenez vite.

— Mon père dit que l'empire va rétrécir maintenant, à cause de la guerre. Il dit aussi que nous n'avons plus d'argent et que ce sont l'Amérique et l'Union soviétique qui sont les plus puissants.

— Cet atlas va beaucoup changer. Il ne sera plus aussi rose que cela.

Edmund se demandait ce que Herr König pensait vraiment des Britanniques et de leur empire. Était-ce par politesse qu'il lui en montrait toute l'étendue ? Était-ce un hasard si le doigt du professeur ne s'était pas posé sur un Japon brun, une Italie jaune et, plus flagrant encore, une Allemagne bleue ? Et pourtant, même si ses frontières avaient été réduites aux termes du traité de Versailles, l'Allemagne s'étalait là, plaque tournante au cœur de l'Europe. Il était surprenant que seule une poignée de pays dans le monde – le Tanganyika, le Togo, la Namibie – soient eux aussi colorés en bleu.

— Est-ce que Hitler était jaloux de notre empire ?

La question eut un effet immédiat sur König : il se raidit, se redressa et fit saillir les tendons de son cou, tandis que son cerveau cogitait à toute allure.

— Je ne suis pas autorisé à parler de ces choses-là, répondit-il.

Edmund comprit à demi-mot.

— N'ayez pas peur, ma mère n'est pas là.

König gardait le silence, très mal à l'aise.

— Est-ce parce que vous attendez d'être lavé ? demanda Edmund.

— Vous voulez dire « blanchi », corrigea König. Les Allemands n'aiment pas parler de ce temps-là.

— Mais vous étiez directeur d'école. Vous n'avez rien à craindre, non ? Vous allez avoir votre certificat de blancheur ?

— Je l'espère.

— Vous aurez un *Persilschein* ?

— Vous connaissez ce mot-là ?

— Mon ami me l'a appris.

— Il est allemand ?

Edmund hocha la tête et ajouta :

— Il dit que la seule chose qui intéresse les Allemands, c'est un *Persilschein*.

König se frotta de nouveau les mains, comme s'il cherchait à essorer quelque chose.

— C'est vrai. Pour être comme le linge, sans aucune tache, la blancheur Persil.

— Il y a des gens qui les achètent au marché noir. Un certificat coûte quatre cents cigarettes.

— Vous êtes très bien renseigné, Edmund.

— Je pourrais peut-être en obtenir un pour vous ?

Herr König leva les mains.

— *Nein.* Je dois suivre la procédure… régulière, comme tout le monde.

Naturellement. König était directeur d'école et, en tant que tel, il devait respecter les règles.

— Vous redeviendrez directeur d'école, alors ?

Pour la première fois, Herr König se fit songeur. Il posa son regard sur l'atlas, et sur la grande nation verte de l'autre côté de la mer bleue.

— Mon frère m'a invité en Amérique. Il a émigré là-bas après la Grande Guerre. Il a inventé une machine qui permet de traire les vaches plus vite, et maintenant il conduit une Buick et vit dans une maison au bord d'un lac privé. Dans le Wisconsin. C'est un état presque aussi grand que l'Allemagne. Il me dit que tout est plus grand en Amérique. Les vaches, les repas, les voitures. Sa Buick a un insigne sur le capot : des cornes de taureau.

Edmund était prêt à faire le voyage lui-même.

— Vous allez partir, alors ?

Herr König contempla l'atlas. Il posa le doigt sur le Wisconsin.

— C'est trop tard pour moi maintenant.

— Pourquoi ?

— Je vais bientôt avoir soixante ans.

Pour Edmund, tous les adultes de plus de quarante ans se fondaient indistinctement en une seule catégorie. Il n'était pas à même de comprendre la subtile différence entre les aspirations et les ambitions d'un homme tout juste âgé de quarante ans, encore en pleine forme, et celles d'un homme de bientôt soixante au bord du déclin, il n'avait pas idée de la baisse de vitalité ni des petits maux qui freinent le cours de l'existence. König avait l'occasion de partir en Amérique. Pourquoi l'âge l'en empêcherait-il ?

— Mais vous aurez le même âge en restant en Allemagne.

König sourit sans ouvrir la bouche mais en émettant de petits sifflements par les narines.

— Est-ce parce que c'est trop cher ?

— Toutes ces questions ! Un vrai petit *Fragebogen*. Non, mon frère est prêt à me payer la traversée.

— Bon… Vous pourriez partir, alors ?

Edmund frissonnait de plaisir en imaginant son professeur en route vers l'Amérique et en se voyant jouer un rôle dans cette traversée de l'Atlantique qui propulsait son professeur vers une nouvelle vie. Mais König semblait penser qu'il en avait assez dit. Il changea de position sur sa chaise et se redressa dans une attitude plus autoritaire.

— C'est… c'est compliqué, dit-il en refermant l'atlas pour mettre un terme à toute nouvelle interrogation.

Edmund comprit que ses questions s'arrêtaient là. Dès qu'un adulte employait ce mot, on ne pouvait pas aller plus loin.

La pendule sonna midi, brisant le malaise du moment.

— C'est l'heure, annonça Herr König avec soulagement. Demain, nous étudierons la population et les ressources. Je vous ferai travailler sur les grands nombres.

— Merci, monsieur, ça me plairait bien.

Herr König sortait généralement par la porte de service, mais la neige s'était accumulée devant et Richard n'avait pas encore eu le temps de dégager un passage. En l'absence d'adulte, Edmund raccompagna son professeur jusqu'à la porte d'entrée, où celui-ci passa un bon moment à arrimer son chapeau sur sa tête à l'aide d'un foulard en procédant avec le même soin méticuleux de rongeur qu'avec le gâteau. Une bourrasque d'air froid s'engouffra dans le hall par la porte ouverte en faisant voleter des flocons de neige. König demanda à Edmund de refermer rapidement derrière lui pour ne pas laisser perdre la précieuse chaleur, mais on ne sait pourquoi le garçon la tint entrebâillée. Le vent soufflait si fort qu'il aurait dû la claquer violemment au dos de son professeur, or il n'en avait aucune envie. Il la retint donc en s'appuyant dessus pour résister à la force du vent et regarda Herr König s'éloigner. Celui-ci avançait à petits pas, tel un homme marchant sur la glace et s'efforçant de ne pas glisser, pareil à une tache grisâtre de plus en plus petite dans un monde d'une blancheur Persil.

Edmund se précipita à l'étage, dans la chambre de ses parents, pour chercher des cigarettes. En fouillant dans les vestes de son père, il trouva son étui vide. Son père n'avait pas encore refait le plein ; cependant l'attention d'Edmund fut immédiatement attirée par les deux photographies retenues par l'élastique. La première était une photo de sa mère, assise sur une plage du Pembrokeshire où, avec son frère, ils avaient construit un barrage de sable contre les flots ; la seconde, glissée juste derrière, était un cliché écorné représentant Michael dans leur jardin d'Amersham. Ce fut un choc de voir son frère qui avait l'air si vivant, avec son pull de cricket à torsades et son petit sourire narquois comme s'il échangeait une plaisanterie avec la personne qui le prenait en photo, et qui ne pouvait être que leur mère. En un éclair, Edmund revit la veillée funèbre, sa mère en train de s'essuyer le nez dans leur jardin de Narberth, son père trop préoccupé par les autres pour se soucier de ses propres émotions et se préparant déjà à repartir à la guerre, et lui-même s'efforçant d'empêcher les larmes de rouler sur ses joues parce qu'il ne voulait pas que ses cousins le voient pleurer. Edmund éprouvait maintenant dans son corps la même sensation de vases communicants, comme si l'eau de son ventre montait dans sa poitrine jusqu'à son nez pour lui remplir les yeux. Mais ce n'était pas pour Michael. C'était pour lui-même. Il n'y avait pas de photo de lui dans l'étui à cigarettes. Et pourquoi son père n'en avait-il pas ? Peut-être y en avait-il une dans son portefeuille. Peut-être n'en avait-il pas besoin parce que lui était toujours vivant. Fallait-il qu'Edmund connaisse une mort spectaculaire pour avoir sa photo dans cette galerie d'intimes ? Edmund s'imagina toutes sortes de morts plus belles et plus héroïques les unes que les autres – dans un incendie, à la guerre, dans une tempête de neige – cependant que sa mère répétait inlassablement en fond sonore les notes *staccato* du *Roi des aulnes* et que son père fouillait dans une boîte à chaussures pour choisir un cliché en souvenir de son pauvre Edmund, avant de le découper aux dimensions de son étui à cigarettes.

Edmund referma l'étui et le replaça dans la poche intérieure de la veste en respirant l'odeur masculine et boisée de son père. Il aimait son père de façon toute simple ; il aimait sa mère, naturellement, mais les sentiments qu'il éprouvait pour elle tenaient plutôt du dédale comparé à la voie bien droite qui menait à l'affection paternelle. D'une certaine manière, c'était plus facile d'aimer quelqu'un qui n'était pas là.

L'étui glissa dans la poche intérieure de la veste pour s'y loger à la perfection et le garçon renouvela plusieurs fois son geste. Puis, reprenant sa quête de tabac, il fouilla dans la trousse de toilette de son père. Elle sentait l'eucalyptus et le savon antiseptique et contenait un peigne en écaille, un linge humide et la médaille d'Ordre du Service Distingué. Edmund sortit la croix d'émail blanc bordée d'or pour la regarder de plus près. Que faisait-elle donc là ? C'était assurément un sacrilège de garder une telle décoration dans un endroit si ordinaire. Elle aurait dû être rangée dans une boîte garnie de velours ou, mieux encore, épinglée en permanence au revers du pardessus paternel, comme les médailles arborées par les soldats russes, même quand ils partaient au combat. La médaille, gravée à la date de sa remise – mai 1945 –, était pendue à un ruban rouge et bleu taché d'une auréole faite par le petit bout de savon collé dessus. Edmund décolla le savon et tint la médaille contre sa poitrine. Il s'apprêtait à se congratuler pour son action héroïque quand un cri perçant venu du rez-de-chaussée le fit courir aux abris.

*

Mrs Burnham parcourait la maison à la manière d'une bourrasque en provoquant, dans l'atmosphère, des tourbillons qui en modifiaient la température. Rachael, qui regrettait d'avoir laissé libre cours à une telle force, suivait dans son sillage en priant le ciel que Herr Lubert ne soit pas déjà rentré.

— On commencera ici, déclara-t-elle en réquisitionnant les lieux pour ses propres fantasmes. Nous secouerons la neige de nos manteaux puis nous irons nous réchauffer devant la cheminée. Nous prendrons deux ou trois verres de *pink gin*. Ou bien de vin chaud. Les Thompson seront en retard. C'est de naissance, ils trouvent que ça fait chic. Je vous conseille de leur dire de venir plus tôt. Nous bavarderons de plein de choses sans importance. Bien sûr, tout le monde vous complimentera sur la maison en cherchant tant bien que mal à masquer sa jalousie. Ensuite, nous passerons tranquillement dans le… (Sachant instinctivement où aller, elle franchit la porte à double battant.) Mince alors ! C'est une vraie salle de billard ! Regardez-moi ces tableaux ! Ce ne sont pas les vôtres, j'imagine. Mais qu'est-ce que ça peut bien être ? s'exclama-t-elle en regardant la toile comme si elle allait se faire mordre. De l'art moderne. Je n'y comprends rien. N'empêche, Keith a l'œil pour ces trucs-là. Bon, je disais. Nous passerons… par ici… (les portes de la salle à manger, déjà grandes ouvertes)… et dans… Ah, voilà qui est mieux. Eh bien, j'ai sous-estimé la liste des invités, à ce que je vois. On peut tenir à combien autour de cette table, seize au moins ? Et si vous invitiez le maréchal de l'air et son épouse ? Ils ont un certain penchant pour le luxe. Donc. Le dîner sera servi. Cinq services ? S'il vous plaît, pas de choucroute, ça sent la pauvreté et les bistrots. Enfin, bref. Nous ne couperons pas à la discussion sur la situation chez nous, au pays. Il y en a un qui parlera des Russes. Bla-bla-bla. Et un autre qui parlera de la pénurie d'essence. Bla-bla-bla. Au moment du dessert – c'est moi qui m'en charge –, le gin, enfin ce qu'on aura bu, commencera à se faire sentir. Keith aura viré au violet. Il se sera querellé avec quelqu'un et il sera temps pour les hommes de… Non ! Il faudrait peut-être chambouler les conventions et laisser ces messieurs rester ici pendant que nous nous retirons.

Elle ouvrit la porte cintrée d'un coup sec et pénétra dans la plus jolie pièce de la maison, si jolie qu'elle ne parvint pas à le reconnaître :

— Mmm. Oui, ça ira. Un piano. Excellent. Nous serons assez éméchés pour pousser quelques airs d'opérette. Nous laisserons Diana lancer ses trémolos en faisant semblant de croire qu'elle a une voix magnifique. Vous chantez, j'imagine ? Et vous jouez aussi ? Bien. Nous pourrions jouer aux charades.

Elle s'interrompit pour regarder par la fenêtre, vers le portail :

— C'est la fille ?

Frieda remontait l'allée d'un pas décidé. Dans la

neige, avec ses tresses, elle avait l'air d'une enfant sortie d'un conte de Grimm, proie facile pour les loups et les sorcières.

— Elle rentre tôt aujourd'hui.

— Oh ! là là, ces nattes ! Vous devriez la confier aux mains de Renate.

En tournant son regard vers Frieda, Rachael se reprocha de n'y avoir pas pensé elle-même. Elle se promit d'offrir à la jeune fille une séance avec la coiffeuse lors de sa prochaine visite.

Mrs Burnham plissa les yeux pour un dernier instantané avant de se retourner pour achever son passage en revue :

— Enfin, bref, nous pourrons prendre nos digestifs ici, je suppose – à moins que… Ah. Et si nous revenions dans… (Elle revint sur ses pas pour se retrouver dans le hall d'entrée, devant la cheminée, et achever son circuit dans un grand élan d'enthousiasme.) Et voilà ! Retour à la case départ. C'est ici qu'il faudra servir le pousse-café. Nous pourrons contempler les dernières braises, après quoi… les voitures viendront nous chercher à trois heures. Je n'ai rien oublié ?

— Vous avez mis la barre un peu haut, Susan.

— C'était juste la générale. Ce sera beaucoup mieux, le grand soir.

— Je ne suis pas sûre de pouvoir œuvrer avec autant de… d'efficacité.

— Sottises. Vous êtes une femme intelligente. Et vous avez du personnel.

Rachael acquiesça, soulagée que les domestiques aient échappé à cette tornade.

— Vous avez parlé de difficultés avec eux, non ?

— J'ai du mal à leur donner des instructions.

— Il faut vous affirmer. Leur montrer que vous avez l'habitude des domestiques. Ils s'en rendront compte, sinon, et ils vous en voudront.

— C'est déjà le cas, je crois bien.

La porte des cuisines était ouverte, elles entendaient en bas le bruit de petits pas pressés. Rachael ferma la porte :

— La cuisinière, surtout, ajouta-t-elle.

— Il faut leur faire comprendre qui commande. C'est mieux pour tout le monde.

Susan Burnham poursuivait son inventaire de la pièce.

— Et la famille ? Comment ça se passe avec eux ? Mais où est-ce qu'ils mangent ?

— Ils ont une cuisine au dernier étage. Il y a un monte-plats.

— Vous vous fréquentez ?

— Pas vraiment. Ed a brisé un peu la glace.

— À votre place, je leur imposerais de rester chez eux.

Rachael avait déjà décidé de ne rien dire de l'incident avec Cuthbert ; Susan Burnham trouverait le moyen de le monter en épingle pour y voir un assassinat, ni plus ni moins. En moins d'une semaine, tout le secteur serait au courant.

— Ah, regardez ça, dit Mrs Burnham en remarquant le vide au-dessus de la cheminée. C'est lui qu'ils ont enlevé, je vois.

Rachael suivit le regard de Mrs Burnham : un rectangle de papier peint aux couleurs d'origine, l'emplacement d'un tableau qui n'était plus là.

— Qui ça, lui ?

— Le Führer. Ils l'avaient sûrement accroché là. Les maisons allemandes sont pleines de ces grandes traces plus foncées au mur. Sauf que la plupart des gens sont assez malins pour les dissimuler. N'ayez pas l'air si stupéfaite. Ils en avaient tous un portrait. Keith appelle ça la « tache indélébile ».

Rachael regarda la tache et s'imagina sans peine le tableau. Pourquoi ne l'avait-elle pas remarquée avant ?

— Enfin, Keith lui-même serait capable de passer sur quelques ombres grises pour pouvoir vivre dans un palace pareil.

— Herr Lubert n'avait rien à voir avec le parti nazi, à ce que je sache.

— Ah, évidemment, ils affirment tous la même chose.

Parcourant la pièce du regard, elle souligna sa démonstration d'un grand geste :

— Vous croyez qu'il est possible de posséder tout cela sans se compromettre ? Une famille allemande riche et puissante a nécessairement eu affaire avec le régime.

Rachael avait le sentiment que Mrs Burnham reprenait là les jugements de son mari.

— Ils n'ont pas été mêlés à cela, j'en suis certaine.

— Oh ! allons donc, Rachael. C'est sans doute chrétien d'avoir une bonne opinion des autres, mais ne soyons pas naïves.

Rachael ne nourrissait pas ce genre de soupçon envers Herr Lubert. Après tout, si elle avait donné raison à Mrs Burnham, elle aurait eu l'air d'une idiote, Lewis serait passé pour un dangereux imbécile et il leur serait devenu impossible de rester dans cette maison.

— Ils ne peuvent pas tous être coupables, Susan, répondit-elle en reprenant les mots de son mari. Sincèrement, je ne crois pas qu'il ait été impliqué.

— Ma chère, ils ont tous été impliqués. La question est simplement de savoir à quel point.

CHAPITRE SEPT

— Gentil Tommy. Tommy, bon chrétien. Mode vie anglais, j'aime. Roi et reine Vindzor, j'aime. Démoquerie, j'aime. Dominion Nouvelle-Zélande, je connais. Je veux aller dans dominion. Tu aides moi partir, Tommy ?

— File, sale petit morveux.

— Gentil Tommy. London, je connais. T'as le Ritz. Et la zentrale de Battersee.

— Mais écoute-moi ça ! Du balai. Ouste ! *Schnell !*

— Toi *sprechensiedeutsch* bien, Tommy.

— *Schnell !*

— Pas les Popov. Pas Staline. Je veux mode vie anglais.

— Tu devrais être à l'école. *Schule ?*

— Pas *Schule*. Pas *Haus*. Pas *Mutti*. Cibiches, Tommy. S'te plaît. T'as pour moi ? Ma *Mutti ist* morte.

— La mienne aussi. Dégage maintenant. Arrête de me casser les pieds.

— Ah… *Ich glaube ich werde… ohnmächtig.*

— Eh oh ! Déconne pas ! Fais pas ça !

Ossi perdit connaissance et s'écroula au pied du garde, son corps atterrit avec un crissement dans l'épaisse couche de neige fraîche. Étendu là, dans son manteau de fourrure, il avait l'air d'un renard qu'on venait d'abattre. Le soldat qui montait la garde à l'entrée du QG britannique ne quitta pas son poste et s'efforça de prendre un air résolu, les yeux fixés droit devant lui, sans prêter attention au gamin. Mais une femme qui poussait un landau rempli de pommes de terre s'arrêta juste devant le petit corps étendu sur le trottoir. Elle regarda le garde impassible et, d'un coup de menton, lui indiqua le gamin.

— *Schämen Sie sich, Soldat!* lança-t-elle comme un reproche, pour lui faire honte.

D'autres civils allemands commençaient à s'agglutiner autour d'elle. Voulant éviter que les choses ne dégénèrent, le soldat posa son fusil contre la guérite, se pencha sur Ossi – en s'accroupissant pour éviter de se mouiller les genoux – et le saisit par le col pour le redresser et l'asseoir.

— Allez, p'tit gars. Réveille-toi, dit-il en lui tapotant les joues avec ses gants glacés. Regarde-moi ça, comment t'es fringué ? T'as l'air d'une foutue vedette de music-hall.

Ossi papillonna des cils et joua sa grande scène du délire, bien rôdée :

— Mr Attlee. *Danke.* Roi George. *Danke.* Soldat tommy. *Danke.* Cibiches. Cibiches pour Ossi, cibiches pour du pain. Tommies bons chrétiens, donner cibiches.

Le soldat tira un paquet de cigarettes de sa poche de poitrine et en sortit ostensiblement quelques-unes pour les donner au gamin.

— Tiens, prends ça, p'tit gars, dit-il en lui offrant non pas une, ni deux, mais trois cigarettes.

Satisfait d'avoir joué le bon Samaritain, le soldat se redressa, comptant presque sur quelques applaudissements, mais quand il releva la tête, il n'y avait plus personne.

— Allez, tire-toi maintenant, sale mioche.

En échange de ses compliments délirants sur la culture anglaise, Ossi reçut trois cigarettes et quatre mots à ajouter à son répertoire de jurons déjà bien fourni. « Tire-toi. Sale mioche ! » Il répéta la phrase tout en s'époussetant et en marchant d'un pas vif sur Ballindamm en direction de l'Alster, son aumône chèrement gagnée serrée contre lui. Au regard de ce que lui rapportaient habituellement la mendicité et les rapines, c'était un bien maigre butin. Toute la journée, il avait écumé magasins et hôtels réquisitionnés par les Tommies autour des bassins de l'Alster en quête de nourriture et de marchandises, répétant sans aucun succès son numéro à la gloire de la culture anglaise, ponctué par son évanouissement. Les femmes des Tommies qui faisaient leurs courses dans les magasins du NAAFI semblaient insensibles à ses compliments sur leur coiffure ou leur chapeau, et l'accès aux poubelles généralement abondantes de l'hôtel Atlantique était désormais interdit. Lorsqu'il avait quémandé des restes sur les marches du Victory Club – « Hé, Yankee, qu'est-ce tu fais là ? Emmène-moi en Amérique, Yankee » – l'Américain l'avait chassé d'un coup de pied aux fesses en lui disant : « Dégage ! »

Ossi en vint à se demander si c'étaient ses vêtements qui n'allaient pas. Aujourd'hui, sa tenue était cosmopolite en diable : bonnet d'aviateur en cuir doublé, manteau de fourrure de femme avec robe de chambre en soie par-dessus, et bottes de cheval trois fois trop grandes pour lui. Il avait trouvé le manteau à la distribution hebdomadaire de vêtements de l'Armée du salut et les bottes, à la Croix-Rouge. Peut-être était-il trop bien habillé pour émouvoir l'occupant, mais, dans ce froid et avec ses poumons fragiles, pas question d'être moins couvert. Ossi rangea les cigarettes dans sa trousse à crayons. Trois cigarettes pour une journée de travail. Avec un peu de chance, il les échangerait contre une miche de pain, mais cela ne suffirait pas à calmer Berti, qui se montrait toujours plus exigeant ces derniers temps. Il ne se contentait plus de cigarettes ou de médicaments, il voulait des papiers et des laissez-passer ; des trucs vraiment difficiles à obtenir, et qui coûtaient cher. Ossi allait devoir trouver Herr Hokker au centre d'information et troquer sa montre pour satisfaire Berti.

À peu près tout ce qu'Ossi savait de la culture britannique, il l'avait glané en se rendant dans l'élégant centre d'information construit en plein cœur de la ville, juste à côté du *Rathaus*. Le maire, *Bürgermeister* Petersen, l'avait inauguré pendant l'été avec un grand discours sur l'amitié et l'éducation. « *Die Brücke* – le pont – avait été construit pour que les visiteurs allemands fassent connaissance avec les institutions phares et les grandes réalisations du Royaume-Uni », avait déclaré le *Bürgermeister*. Le centre comprenait une vaste salle de lecture, une galerie d'exposition, une salle de visionnage et une bibliothèque de prêt. L'endroit était toujours plein à craquer. Les Allemands se montraient avides d'informations sur le monde extérieur dont ils ignoraient tout, et curieux d'en savoir davantage sur le mode de vie britannique. Cependant, s'ils étaient assurément heureux d'approfondir leur connaissance des fleuves anglais ou des droits des femmes, ce dont ils avaient vraiment envie, c'était de s'asseoir au chaud quelque part où rafler un bon alimentaire ou deux. N'importe quel Allemand sensé le savait : ces ponts-là étaient des lieux d'échange de biens matériels autant que culturels.

Ossi plongea la main dans la poche douillette de son manteau de fourrure et vérifia sa montre. C'était une Holdermann & Sohn, et pourtant il n'était pas fâché de s'en débarrasser. Il l'avait prise dans la poche d'une personne déplacée, trouvée morte dans la cage d'escalier d'une maison d'Altona. Cela ne semblait pas juste que la montre eût continué son tic-tac après que le palpitant de son propriétaire se fut arrêté. À l'instar des ongles qui poussaient encore alors que l'âme s'était envolée, il y avait là quelque chose de déloyal. En outre, elle avançait de vingt minutes par heure. Le dateur indiquait mardi, alors qu'on était lundi ; à ce rythme-là, on arriverait en 1950 avant la fin du mois.

Il faisait une chaleur étouffante dans le centre bondé. Ossi, saisi par le changement de température, fut pris d'un étourdissement. Difficile de voir ce qui était présenté dans la salle d'exposition avec cette foule compacte qui se pressait pour chercher la chaleur et consulter gratuitement les journaux. Une affiche pour le récent *Frauenclub* anglo-allemand annonçait un débat intitulé « Voyage du Caire à Jérusalem, présenté par une certaine Mrs T. Harry », ainsi que la visite prochaine du grand poète anglais T.S. Eliot, qui donnerait une « conférence, en langues allemande et anglaise, sur l'unité de la culture européenne ». Ossi s'arrêta pour observer la photographie du poète au menton autoritaire, se demandant si c'était un homme ou une femme. À côté, une autre affiche signalait un film intitulé *Le Royaume-Uni y arrivera* suivi d'une séance de diapositives sur le peuple pathan à la frontière indo-afghane.

Hokker était assis à sa place habituelle et lisait les journaux anglais ; ils étaient glissés dans des chemises et accrochés à des chaînes pour que personne ne les vole. L'homme passait la plupart de ses journées ici. Il n'avait pas besoin de sortir puisque le monde venait à lui. C'est par lui que s'écoulait l'essentiel du marché noir de Hambourg. Toutes les petites et grandes rivières de ce sale trafic convergeaient vers Hokker.

Ce type-là était capable de vous dénicher à peu près tout – à condition d'y mettre le prix.

Ossi se fraya un passage à travers la foule pour arriver jusqu'à lui. Avec son manteau et son feutre noirs, l'homme ressemblait à un croque-mort. Plongé dans la lecture du journal, il suivait chaque ligne du doigt. Les bords de son chapeau, posé à côté de lui sur le bureau, retenaient un peu de neige fondue.

— Salut, Herr Hokker ! Que se passe-t-il aujourd'hui au pays de Tommy ?

Hokker ne releva pas la tête. Il était très concentré et remuait les lèvres tout en se faisant la lecture en anglais.

— Ossi Leitmann. La situation n'est pas brillante chez les Tommies.

— Ah bon ? Qu'est-ce qu'y se passe ?

— Tommy n'est pas content de payer pour cette occupation. Tommy se demande pourquoi il faudrait donner à manger aux Allemands quand il n'a pas de quoi se nourrir lui-même.

Herr Hokker aimait bien montrer qu'il parlait anglais et savait traduire. Avant de conclure un marché, Ossi cherchait toujours à lui faire lire quelque chose ; cela lui permettait généralement de payer deux ou trois cigarettes de moins en échange de ce qu'il voulait.

— Ce froid n'aide pas, remarqua Hokker.

— Otto dit qu'il va durer mille ans, hasarda Ossi. Pour nous punir de tout ce que nous avons fait. Il n'y aura pas de cerisiers en fleur à Stade. Pas de pommes dans le verger. Pas de soleil aux fenêtres. Pas de baignades nus dans l'Alster. Rien qu'un millier d'années de neige et de glace. Vous en pensez quoi, Herr Hokker ?

— Ça en prend le chemin. Tous les fleuves d'Allemagne sont gelés. Même le Rhin.

Hokker se lécha le doigt d'un air important pour tourner les pages du journal.

— Regarde-moi ça, on est célèbres. On est en page sept du *Daily Mirror* anglais : une photo de Hambourg.

Ossi resta sans voix. Là, en plein milieu du quotidien anglais, on voyait Hammerbrook, le quartier résidentiel entièrement rasé où il avait vécu. C'est là qu'il avait vu les vitres fondre, les routes bouillonner et une femme se faire arracher ses vêtements par un souffle thermique invisible. Il pouvait de nouveau entendre ce souffle – comme un orgue d'église dont on jouerait toutes les notes en même temps. Il voyait tomber les paillettes de cendre rouges, les portes brûler comme des cercles de feu que les lions du cirque traversent d'un bond. Sorbenstrasse. Mittelkanal. Les gens pris au piège de l'asphalte en fusion. Les cheveux de Mutti en feu ! Les cervelles dégoulinant le long des nez et des tempes éclatées. Les corps, pareils à des mannequins de couturière, recroquevillés et réduits de moitié. « *Bombenbrandschrumpffleisch* », c'est le nom qu'on leur avait donné. « Chairs rabougries par les bombes incendiaires ».

— Mutti...

— Ça va, mon gars ?

Ossi ferma les yeux et les rouvrit aussitôt pour faire disparaître ces images. Il regarda encore la photo de son vieux quartier anéanti. Le plan d'un nouvel ensemble de logements figurait en surimpression.

— Ils vont le refaire à neuf pour nous ? demanda-t-il.

— C'est pour que Tommy vienne habiter là. Ils vont évacuer tous ceux qui restent pour construire ça. Le titre annonce : « 160 millions par an. Pour apprendre aux Allemands à nous mépriser ».

— C'est quoi, ça ? demanda Ossi en montrant un dessin qui représentait un couple de Britanniques devant une maison en ruine ; l'homme disait : « Partons vivre en Allemagne. Il paraît qu'ils ont de grandes et belles maisons là-bas. »

— C'est une plaisanterie. Ils disent que ça va mieux en Allemagne qu'en Angleterre.

— Tommy est dingo. Il se moque de tout.

— Bon. Que veux-tu aujourd'hui, Ossi Leitmann ?

Ossi posa la montre sur le *Daily Mirror* et, tel un prestidigitateur, Hokker la fit disparaître sous son chapeau.

— Que veux-tu en échange ?

— Vous l'examinez pas ?

— Je l'ai vue. C'est une bonne montre. Une marque allemande de qualité.

— J'ai encore besoin de médicaments et d'un laissez-passer de chauffeur de camion.

Hokker dévisagea Ossi.

— Ce sont des choses difficiles que tu me demandes là.

Il souleva alors le chapeau pour regarder la montre. Il la ramassa et la porta à son oreille. Tant qu'il ne l'écoutait pas trop longtemps, il ne se rendrait compte de rien.

— Elle appartenait à mon père, dit Ossi.

Hokker le considéra d'un œil sceptique.

— Je ne connais personne à Hammerbrook qui pouvait posséder une montre comme celle-ci.

— Et le laissez-passer, alors ?

Hokker décrocha quelque chose d'entre ses dents et l'examina. Cela ressemblait à un morceau de lard. Il le remit distraitement dans sa bouche.

— La montre ne m'intéresse pas. Personne n'a envie de savoir l'heure ces jours-ci. Le temps ne veut rien dire quand c'est l'heure zéro. Pas de temps pour l'heure.

— Mais la montre vaut bien quelque chose.

Hokker plongea la main à l'intérieur de son manteau et posa trois coupons alimentaires sur son journal.

Ossi secoua la tête. Tommy l'avait ignoré toute la journée et maintenant Hokker essayait de le flouer.

— Dix.

L'homme éclata de rire et souleva son chapeau pour révéler la montre, libre à Ossi de la reprendre.

— C'est trois ou rien.

Ossi considéra les bons. Un pour du pain, un pour du lait et des œufs et le dernier pour de la margarine. Il allait devoir affronter Berti, trouver une excuse de plus, mais, dans sa tête, il préparait déjà son petit-déjeuner du lendemain.

Hokker poussa les trois bons vers le gamin.

— Prends-les. Une montre n'est pas comestible.

*

Lewis se rasait, debout devant le miroir ; il s'efforçait de ne pas réveiller Rachael et nettoyait la lame de rasoir du bout de l'ongle au lieu de la tapoter sur le bord du lavabo. Toutes les salles de bains de la maison étaient en marbre moutarde et or, il n'arrivait pas à s'y habituer. Chaque fois qu'il se rasait, il se faisait penser à un officier de l'armée des Indes jouissant des fastes d'un *nabab.* La pensée de sa propre bienveillance, qui l'avait conduit à autoriser les autochtones à rester chez eux, ne suffisait pas à lui ôter le sentiment d'être un arriviste parmi tant d'autres.

Une fois rasé, il se tamponna le visage et remit de l'ordre. Derrière le verre à dents, les petits sachets de préservatifs réglementaires étaient presque au complet. En trois mois, un seul avait servi. C'était un bien triste record. Lewis les avait laissés là avec le vague espoir que Rachael les remarquerait en faisant sa toilette et que cela lui donnerait envie d'améliorer la performance. C'était un moyen aussi ridicule que détourné d'envisager leurs rapports sexuels, cela manquait autant d'efficacité que de fair-play. Mais Lewis avait perdu confiance et ne pouvait plus jouer franc-jeu avec elle. (En fait, quand il fouillait dans sa mémoire pour retrouver les moments où il s'était montré direct dans ce domaine, il se souvenait uniquement du temps où il la courtisait, lorsqu'il lui avait annoncé sans détour qu'elle serait Mrs Morgan avant la fin de l'année.) Lewis pensait que la perte d'appétit sexuel dont souffrait sa femme était, comme ses migraines et sa tendance à traîner au lit, un autre symptôme de son état, auquel il avait donné, pour faire bref et par euphémisme, le nom de « blues de l'après-guerre ». Il se disait qu'avec le temps, les choses s'amélioreraient. Du moins l'espérait-il, et il avait beaucoup trop à faire pour proposer autre chose.

Rachael dormait, couchée sur le côté, en faisant de petits bruits secs avec la langue et les lèvres, le visage agité de mouvements convulsifs, sans doute dûs à ses rêves. Le Dr Mayfield avait estimé que le sommeil était chez elle à la fois symptôme et remède, pourtant Lewis eût préféré la voir plus active. Sa seule philosophie, s'il en avait une, était : ne jamais rester désœuvré.

La bonne nouvelle, c'était qu'elle avait accepté une nouvelle virée dans Hambourg avec Susan Burnham. Lewis avait rencontré l'épouse du commandant une seule fois, au mess des officiers; même si c'était une vraie fouine, elle avait un humour cinglant et participait à toutes sortes d'activités culturelles et sociales. Lewis se réjouissait de tout ce qui pouvait permettre à Rachael de sortir de la maison.

Il opta pour le manteau du front russe; c'était l'un des rares vêtements qui protégeaient son corps sec contre les rigueurs d'un hiver qui battait déjà des records. On signalait que la mer du Nord était gelée à Cuxhaven et que des gens traversaient la Baltique pour fuir la zone russe. Il regarda dans le tiroir de la commode, là où il cachait ses cigarettes ; est-ce qu'il fumait davantage pour compenser sa frustration ? La réserve était déjà bien entamée. Il en prit soixante comme d'habitude, en se promettant de réduire sa consommation à vingt d'ici à Noël – ne fût-ce que par solidarité avec la population pour qui les cigarettes équivalaient à du pain. Il posa de nouveau les yeux sur Rachael, songea à l'embrasser sur le front, mais préféra s'abstenir. Au lieu de cela, il sortit de la chambre à pas feutrés en la laissant à ses rêves et en osant souhaiter qu'il y figurait.

Même dans la neige, la voiture était aussi stable et rassurante qu'un cuirassé fendant les mers. Lorsque Schröder avait quitté son poste à cause d'une ancienne blessure de guerre qui le faisait de nouveau souffrir, Lewis aurait dû lui trouver un remplaçant, mais il éprouvait un trop grand plaisir à conduire. La Mercedes avait pris une place importante dans son quotidien : c'était une sorte de cloître itinérant, bien chauffé, dans lequel il avait tout loisir de méditer. Sitôt au volant, ses pensées s'éclaircissaient et il retrouvait son assurance.

Dehors, le paysage apportait l'apaisement : le ciel, débarrassé des nuages plombés, lourds de neige, était d'un bleu aussi net qu'un uniforme d'infirmière en chef. Le soleil, très bas sur l'horizon, faisait étinceler toutes choses et l'épais tapis neigeux évoquait la blancheur douillette et cotonneuse des draps d'hôpital. C'était très beau, mais rageant. Le ministre allait en retirer une fausse impression. En arrivant par une journée comme celle-ci, un visiteur pouvait à juste titre croire que Hambourg était sur la voie d'un remarquable redressement. La neige dissimulait le traumatisme, telle une couverture qui uniformisait tout, recouvrant indistinctement les morceaux de métal hérissés et les briques éclatées sous un jour nouveau, plein d'espoir. Cela tombait mal pour une visite guidée censée apporter la preuve que la vie était affreusement grise et pénible au milieu des ruines allemandes.

Lewis franchit les portes à tambour de l'hôtel Atlantique et traversa le hall d'entrée, où l'on avait accroché un portrait du duc de Wellington, transformant ainsi l'endroit en une petite succursale de Whitehall. Le ministre se rendrait à peine compte qu'il avait quitté l'Angleterre.

Ursula se réchauffait devant la grande cheminée. Elle était d'une élégance discrète, vêtue d'un haut en tricot, d'une jupe à chevrons et de chaussures noires à semelles compensées. Elle s'était coiffée comme il seyait à une interprète de la Commission – cheveux tirés et relevés derrière les oreilles –, mais au lieu d'atténuer sa beauté, cela la mettait en valeur : l'arc des sourcils, le long cou d'antilope. Lewis se surprit à la complimenter maladroitement.

— … *Schön.*

Ce n'était pas tout à fait le mot juste, mais il s'était mis à parler avant de savoir quel terme il voulait employer. « *Lieblich* » aurait sans doute été plus adapté, cependant il n'était guère convenable de lui demander de corriger un compliment qui lui était adressé.

— Merci.

— Désolé pour le retard… *Die Strassen sind eisig.* C'est juste ? *Eisig* ?

— C'est bien ça. Verglacées.

Depuis qu'Edmund avait posé une question à son père dans un allemand d'une grande précision, Lewis tenait à faire des efforts et à s'exprimer aussi souvent que possible dans cette langue avec Ursula. Il se sentait honteux devant son fils.

— Il n'y avait pas de trams aujourd'hui.

— *Eine schlechte Reise ?*

— Non, ça allait. J'ai un manteau bien chaud et la marche était agréable. Tenez, voici le programme de la journée.

Ursula remit à Lewis une feuille de route dactylographiée. Il la parcourut rapidement, notant en en-tête le titre complet du ministre Shaw.

— Je me suis trompée ?

— Non… *Nein. Ist. Perfekt.* Mais c'est Kensington, pas Kensingtown.

— Ah ! s'exclama Ursula, visiblement contrariée par son erreur. Elle relut à voix haute : Ken-zing-tonn. Excusez-moi.

— Ce n'est rien. C'est une erreur compréhensible. Personne ne s'en souciera. *Ist der Minister schon hier ?*

— Oui, il est au salon.

— Espérons que c'est un des nôtres.

— Un des nôtres ?

— Et non pas « un des leurs ». Espérons qu'il est de notre côté, c'est ça que je veux dire. Un type bien.

Ursula lui signala qu'il avait quelque chose au menton en posant le doigt sur le sien.

— Vous avez du sang.

Lewis se toucha le menton et ramena quelques gouttes de sang.

— Ça m'apprendra à vouloir me raser sans savon. Pitoyable effort d'économie. (Il se lécha le doigt pour colmater l'entaille avec sa salive.) Ça saigne toujours ? demanda-t-il.

Ursula sortit un mouchoir de sa poche et attendit qu'il l'autorise à tamponner la blessure. Lewis tendit le menton, en souhaitant qu'il n'y ait ni général ni *Bürgermeister* qui choisisse de passer par là à ce moment précis.

— *Bitte.*

Ursula soigna maternellement la coupure, et elle eut beau procéder avec le plus grand détachement, ses soins n'en firent pas moins rougir Lewis. De près, elle sentait le linge propre.

— Voilà. Maintenant vous êtes prêt à rencontrer le ministre de Kensing-ton.

Elle recula d'un pas, sensible à la gêne de Lewis.

— Merci. *Auf in den Kampf ?*

— *Auf in den Kampf*, acquiesça-t-elle.

Et tous deux s'en allèrent vers le grand salon, « au combat ».

*

Les hommes se tenaient par petits groupes enfumés de deux ou trois, dans un grand brouhaha de voix. C'était un sacré rassemblement : le général Sturtees était venu, accompagné d'autres gros bonnets de la Commission ; le rondouillard *Bürgermeister* Petersen était là aussi, un gros cigare cubain à la bouche tel un Churchill germanique ; et Vaughan Berry, le chef de la Commission, avait l'air tendu du fonctionnaire consciencieux. Shaw était facilement repérable : l'un des deux seuls hommes en civil, il était entouré d'une clique de solliciteurs, tous avides de tirer un maximum de la visite du député.

Lewis expliqua rapidement à Ursula qui était qui.

— Le grand mince est le général Sturtees. Mon grand patron. Et le vôtre aussi.

— L'un des nôtres ?

Lewis sourit. Elle apprenait vite. Il secoua la tête.

— L'homme en costume de banquier ?

— C'est le chef de la Commission.

Vaughan Berry était l'autre homme en civil. Lewis tenait Berry en haute estime. L'homme avait fait parler de lui en refusant de porter l'uniforme bleu marine de la Commission, parce que cela lui rappelait la tenue des gardes de l'ARP[1].

— L'un des nôtres, précisa Lewis.

— Et celui qui est en train de parler au ministre ?

Lewis se hérissa. C'était le commandant Burnham et, à en juger par les apparences, il était déjà en train de rallier le député à sa cause. Lewis se reprochait de ne pas être arrivé avant que Burnham ait eu l'occasion d'influencer le député. Shaw avait l'air d'un homme qui s'évertuait à résoudre un cas de conscience difficile : la mine songeuse, menton dans la main et tête penchée comme quelqu'un qui cherche à ne rien oublier de ce qu'on lui dit.

— Le commandant Burnham. Du Renseignement.

— L'un des leurs, dit Ursula sans avoir besoin de demander.

Au petit déjeuner, Lewis se retrouva assis en face de Burnham et d'un Américain, le général Ryan Caine, venu voir comment les British se débrouillaient et parler des conditions de vie dans sa zone. Caine arborait la coupe en brosse favorite des militaires américains, y compris des généraux trois étoiles, semblait-il. Cela lui donnait une allure jeune et virile, mais sa peau marquée de taches brunes témoignait de séjours sous des climats plus ensoleillés et d'une vie déjà bien remplie. On percevait chez lui l'aisance d'un homme qui se plaisait en Allemagne et aussi la suffisance tranquille d'un homme en visite chez ses pauvres cousins en difficulté.

— Il serait peut-être temps de lâcher du lest sur les lois de fraternisation, non ? Il paraît que, dans votre zone, le seul fait de parler à une Allemande équivaut à du racolage.

1. Air Raid Précautions, l'organisation dédiée à la protection des civils contre les raids aériens.

— À mon avis, les Allemands préfèrent une séparation nette, pour le moment.

— Vous savez, à Francfort, nous avons déjà institué une cérémonie spéciale pour les mariages civils entre militaires américains et citoyennes allemandes. Ça, c'est un moyen très simple d'intégration dans une société, dit Caine en dévorant Ursula des yeux. S'il vous vient l'envie de vous installer dans une zone plus accueillante, Fräulein…

Ursula ne parut aucunement émue par la proposition, nota Lewis avec plaisir.

— La zone britannique connaît bien d'autres problèmes, mon général.

— Ah ça, vous pouvez le dire.

Un serveur apporta le petit-déjeuner à l'assiette : œufs, saucisses, bacon, moitiés de tomates grillées, champignons, oignons, boudin noir, foie.

— Vous êtes peut-être fauchés, mais ça ne vous empêche pas de bien recevoir, remarqua Caine. (Il se fit plus sérieux :) Vous ne croyez pas qu'il est temps de laisser les Allemands reprendre les rênes ? Il faut agir vite. Si nous ne prenons pas garde, ils vont penser que les Soviets offrent des perspectives plus intéressantes. Il faut relancer le commerce. Débloquer les capitaux nécessaires. Nommer un dirigeant. Leur donner des moyens… Il est question d'un plan destiné à fournir une aide massive à l'Allemagne – et à l'Europe tout entière. C'est en discussion à Washington en ce moment même. Nous avons tous besoin d'une Allemagne forte.

— Mais d'abord nous avons besoin d'une Allemagne propre, mon général, remarqua Burnham.

Caine coupa un morceau de foie et l'enfourna dans sa bouche.

— Mais naturellement, répondit-il. D'abord éradiquer ces salopards. Veuillez me pardonner, Fräulein.

D'un léger sourire, Ursula indiqua qu'elle était plus amusée qu'offensée.

Lewis avait mangé la moitié de son œuf et une tranche de bacon, mais la conversation lui nouait l'estomac. Il brûlait d'envie d'intervenir. Il lança un coup d'œil aux autres convives. De Billier, en pleine discussion avec Sholto, était trop loin pour entendre. Shaw, en revanche, assis de l'autre côté d'Ursula, avait prêté l'oreille :

— J'ai bien aimé ce que vous avez dit tout à l'heure, commandant : « On ne peut pas construire une maison sur des fondations pourries. »

Lewis se sentit découragé. Il avait déjà entendu la formule, mot pour mot, dans la bouche de Wilkins. Et maintenant Burnham entretenait la rumeur, il l'avait sûrement placée dans la conversation avant de passer à table. C'est ainsi que des préjugés sans aucun fondement finissaient par forger une opinion définitive, laquelle débouchait sur des mesures politiques.

— Les Allemands ont connu douze années d'ignorance et d'illettrisme, déclara Burnham, encouragé par le ministre. Cela a fait d'eux des animaux. Nous pourrons commencer à reconstruire leur psychisme une fois que nous aurons restauré la loi et rebâti les infrastructures essentielles, mais d'ici là, nous devons rester vigilants. La gentillesse est un luxe que nous ne pouvons pas nous permettre.

Burnham battit des cils en regardant Lewis.

— Vous croyez qu'il y a un risque d'insurrection ? demanda Shaw en orientant la conversation sur un sujet que Lewis voulait éviter.

— Le chaos qui règne dans le pays et l'afflux massif de personnes déplacées offrent une couverture idéale à tout nazi qui souhaite se refaire une virginité.

— Vous avez le questionnaire, suggéra Caine.

— Le questionnaire est utile, mais nous sommes

obligés de le remanier un peu, il nous faut creuser davantage dans le passé des gens pour parvenir à la vérité. Nous avons besoin de plus de personnel pour traiter tous les dossiers en retard. Mais nous avons aussi besoin d'un meilleur service de renseignement pour débusquer les vrais criminels. Il ne s'agit pas seulement de distinguer les moutons des chèvres. Les chèvres sont devenues moutons et les moutons des loups. Ou des Werwolf, plutôt.

Ils s'y laissèrent tous prendre.

— Vous avez des « loups noirs » ici ? demanda Caine.

— Un de nos convois a été attaqué la semaine dernière par deux insurgés. Ils ont renversé une cargaison de gin.

— Ils savent vous frapper là où ça fait mal, lança malicieusement Caine.

— Des insurgés ? s'étonna Lewis. Ou des gens en quête de nourriture ?

— Les deux gars que nous avons arrêtés avaient l'air plutôt bien nourris, rétorqua Burnham. Tous deux étaient apparemment convaincus que Hitler était bien vivant et qu'il allait revenir nous flanquer une bonne dérouillée. Quand je leur ai fait remarquer que le Führer était mort, l'un d'eux m'a demandé des preuves, en précisant que les Russes n'avaient jamais présenté de corps.

— « Qu'on me montre le corps ! » s'exclama Caine. Comme si le Führer était Jésus-Christ en personne !

— Cette dernière poche de résistance a surtout valeur de propagande, monsieur le ministre, dit Lewis, résolu à détruire le mythe et à ramener la conversation sur les questions importantes.

Mais Burnham les avait tous mis dans sa poche.

— Ils portaient tous les deux le 88 tatoué sur l'avant-bras, poursuivit Burnham. Une brûlure.

— 88 ? s'étonna le ministre.

— C'est un code. La huitième lettre de l'alphabet, vous voyez.

Shaw compta à voix haute.

— H. HH ?

Burnham acquiesça. Il voulait que le ministre le dise.

— *Heil Hitler ?*

Lewis sentit qu'il fallait absolument intervenir.

— Sottises. On peut voir ces 88 peints sur les murs et les ruines dans toute la ville. Cela montre juste à quel point les gens sont désespérés, pour songer à revenir à cette époque-là.

— Peut-être qu'il y a des Allemands qui n'ont toujours pas compris la leçon ? suggéra Caine.

— Il faut montrer que justice est faite, dit Shaw. Au pays, la population l'exige.

— J'ose penser qu'il vaut mieux que justice soit réellement faite plutôt que d'en donner simplement l'apparence.

— Vous n'êtes pas un homme politique, colonel. Dans ma partie, l'apparence constitue les neuf dixièmes de la vérité.

— Pourchasser quelques rares fanatiques n'est pas la première de nos priorités, repartit Lewis qui avait du mal à se contenir.

Il avait remarqué qu'Ursula gardait le silence tandis que les hommes disséquaient son pays.

— Quelles sont donc nos priorités, selon vous ? demanda Shaw.

Lewis se redressa et posa les mains à plat sur la table.

— Vous ne pouvez pas faire accepter la démocratie à une population divisée et qui meurt de faim. Si nous offrons aux gens de quoi se nourrir, si nous les logeons, si nous réunissons les familles, si nous leur donnons du travail, alors nous n'aurons rien à craindre. Mais, à l'heure actuelle, il y a des millions d'Allemands parfaitement aptes qui ne peuvent pas travailler à cause du processus de « dénazification ». Des familles entières sont toujours séparées. Des milliers de gens sont encore dans des camps d'internement.

— Très juste.

Shaw hocha la tête d'un air songeur. Mais cette litanie de « si » était beaucoup moins passionnante que les histoires de Werwolf.

— Vous avez une grande sympathie pour les autochtones, colonel, remarqua le général Caine. C'est pour cela qu'on vous surnomme « Lawrence de Hambourg » ?

Burnham était certainement à l'origine de cette indiscrétion.

— Peut-être devriez-vous expliquer au ministre et au général le compromis que vous avez instauré dans votre maison, mon colonel ? suggéra Burnham. (Il se tourna vers Shaw et Caine.) Le colonel Morgan innove une nouvelle forme de relations anglo-allemandes.

Lewis avait toujours envié cette capacité qu'avaient les gars du Renseignement à parler franchement en présence de généraux et de ministres sans se soucier de la hiérarchie, néanmoins Burnham mettait à rude épreuve le penchant égalitaire de Lewis. Et maintenant le commandant orientait la conversation comme bon lui semblait.

À contrecœur, Lewis se retrouva en train d'expliquer à la tablée comment il en était venu à partager une maison avec une famille allemande. Un long silence réprobateur s'ensuivit. Ce qui, dans un premier temps, avait semblé un geste d'humanité paraissait, à présent, presque scandaleux.

— Alors ça, c'est de la fraternisation, colonel, dit Caine.

— Je me le demande. Cela n'exacerbe-t-il pas un certain ressentiment ? demanda Burnham sur un ton parfaitement mesuré. Je me dis que ces gens-là préféreraient peut-être être avec leurs compatriotes ? Dans les camps ?

La tablée se tourna vers Lewis, dans l'attente de sa réponse.

— Dans des baraques Nissen ? À moitié morts de froid ?

Il savait qu'il ne respectait pas le discours officiel en disant cela, mais il fallait que cela se sache.

— Ils sont plutôt confortablement logés, à ce qu'on m'a dit, répondit Shaw. Ils ont du chauffage. Et de quoi manger. C'est plus que n'en a aujourd'hui la moitié de la population anglaise.

— Je pense que, si nous avions le choix, la plupart d'entre nous sauterions sur l'occasion de rester chez nous, dit Lewis.

— Eh bien, espérons que la bouche que vous avez nourrie ne reviendra pas vous mordre, colonel, conclut Shaw.

Lewis en avait déjà trop dit, il voyait que le général de Billier était irrité de l'avoir entendu critiquer ouvertement les efforts britanniques devant le ministre. Il allait attendre la visite de la ville pour montrer à Shaw comment les choses se passaient réellement dans les camps.

*

Lubert, assis dans l'atmosphère rance de la salle d'attente du centre d'interrogatoire, cherchait désespérément ce qui – sa nationalité mise à part – pouvait bien l'incriminer aux yeux du Renseignement britannique.

Le centre avait établi ses quartiers derrière le lac

Binnenalster, dans l'ancienne école des Beaux-Arts. La dernière fois que Lubert y était venu, c'était en 1937, en compagnie de Claudia, pour voir les œuvres de Böcklin, l'un des rares artistes allemands de valeur que le régime n'avait pas catalogués comme « dégénérés ». Hitler avait acheté huit de ses œuvres, disait-on. Après leur visite, Claudia et lui s'étaient violemment disputés à ce sujet : elle appréciait chez Böcklin son message clairement moral; lui trouvait que c'était précisément là ce qui posait problème chez cet artiste. Elle avait traité Lubert de « snobinard », incapable de voir l'art en tant que tel, et lui avait été jusqu'à l'accuser de populisme; mais leur dispute ne se fondait pas tant sur l'art que sur le régime.

Il se répétait qu'il n'avait rien à craindre. Comme tous les Allemands y avaient été encouragés, il avait fait sa prise de conscience – *Besinnung*. Cela faisait partie d'un processus qui leur permettait de reconnaître une participation dans les terribles crimes commis par leur nation. L'idée d'une culpabilité collective lui déplaisait, néanmoins il n'était pas de ces hommes du passé qui accusaient les alliés d'être responsables de toutes les souffrances actuelles de l'Allemagne; et il n'éprouvait pas le moindre regret de voir pendus les accusés de Nuremberg. Il avait rempli le *Fragebogen* – les 133 questions qui allaient décider de son avenir professionnel – beaucoup plus facilement qu'il ne l'avait escompté. En fait, c'était difficile de voir comment les alliés espéraient identifier les vrais coupables grâce à ce document. Les questions étaient simplistes et trop superficielles. Il en avait relevé une ou deux bizarres qui l'avaient fait rire, mais, dans l'ensemble, il avait rempli ce formulaire avec assurance, la conscience tranquille. Il avait même pris plaisir à l'exercice qui consistait à « se souvenir de qui il était ».

On appela son nom, et il se dirigea vers la salle d'interrogatoire. Juste avant d'entrer, il respira profondément en se rappelant qu'il ne devait pas se montrer combatif, qu'il devait rester humble et poli. À en croire la rumeur, les Britanniques ne trouvaient pas suffisamment d'Allemands de la « mauvaise couleur » et leurs interrogatoires s'étaient nettement durcis.

Ses deux examinateurs étaient assis derrière un bureau de chêne. Celui qui fumait lui fit signe de venir s'asseoir. L'autre ne leva pas la tête, il resta plongé dans l'examen de ses documents, et Lubert reconnut, à l'encre verte et à l'affreuse écriture pleine de boucles, qu'il s'agissait de son propre questionnaire. L'homme tournait les pages, revenant sans arrêt en arrière au fil de sa lecture, comme s'il avait relevé une incohérence. Il y avait quelque chose qui clochait, ou qui manquait. Si ce long silence théâtral était destiné à créer un malaise, c'était réussi. Lubert était énervé avant même qu'ils aient commencé.

— Herr Lubert ? dit le premier homme.

— Oui.

— Je suis le capitaine Donnell, et voici le commandant Burnham, chef du Renseignement. Nous conduirons cet interrogatoire en anglais et en allemand, en fonction de nos besoins. Si nos informations sont exactes, vous parlez couramment anglais.

— Oui.

Le commandant persistait à ne pas regarder Lubert mais considérait toujours le questionnaire, ou plutôt certaines des réponses de Lubert, d'un air perplexe. Lorsqu'il prit la parole, il s'exprima d'une voix grave et douce, dans un allemand irréprochable.

— Vous avez de la chance, Herr Lubert.

Lubert n'en disconvint pas. Il attendit, sachant que l'homme aux longs cils allait passer sa « bonne étoile » à la loupe.

— Vous avez survécu à la guerre sans aucune séquelle. Trop jeune pour la première. Trop âgé pour la seconde. Vous vivez toujours dans votre maison. Vous n'avez pas été dépossédé de vos biens. Vous avez un propriétaire bienveillant.

Lubert avait envie de contester la question des biens, mais il se tint coi.

Burnham leva la tête, et Lubert le regarda. Les yeux de cet homme étaient bien trop beaux pour être ceux d'un examinateur. Il chercha à y voir un peu de bonté.

— J'en suis reconnaissant, répondit-il, en anglais, pour contrebalancer les choses.

— Ah oui ? répondit Burnham en baissant son regard vers le questionnaire pour l'ouvrir à la page qui semblait l'indisposer.

— Je relève une certaine ingratitude de ton dans quelques-unes de vos réponses. Voire du dédain.

C'était une critique recevable. Il n'avait jamais aimé répondre aux questions, surtout celles qu'il estimait inopportunes. Cela éveillait en lui son esprit de contradiction.

— Il y avait une question sur les soldats de plomb, je crois… Je ne voyais pas où était le rapport.

— Il a fallu beaucoup de temps et de soin pour établir ces questionnaires.

— Oui, mais… je ne voyais pas le rapport avec les soldats de plomb.

— Avez-vous joué aux petits soldats ?

— Vous allez arrêter tous les hommes qui ont joué aux petits soldats ?

Lubert n'avait pas pu se retenir.

— Herr Lubert, un ton insolent pourrait vous mettre dans une catégorie dans laquelle vous ne souhaiteriez pas vous retrouver. Avez-vous joué aux petits soldats, oui ou non ?

— Oui. Comme tous les petits garçons.

— Bien. C'est tout ce que je voulais savoir. Burnham cocha la case vide. Et puis il y a cela, aussi…

ajouta-t-il en posant le doigt sur une autre question, avec une grimace qui marquait sa perplexité : Question R. iii. Que signifie cette réponse-là ? Si toutefois je peux appeler ça une réponse ? Cela ressemble à… à une manière facétieuse de répondre à une question particulièrement sérieuse.

Lubert savait avoir affaire à un homme intelligent. Il savait que Burnham savait pourquoi il avait répondu comme il l'avait fait : parce qu'il s'agissait d'une question ridicule. Sur le moment, il avait dû la relire : avait-elle été mal traduite ou était-ce un test ? Il avait finalement décidé qu'elle trahissait simplement la bêtise d'un fonctionnaire de Whitehall ou de Washington. Et que, par conséquent, elle ne méritait pas qu'il y réponde sérieusement.

— Eh bien ?

— Ils ont sans doute cru poser une bonne question, mais… ce n'est pas sérieux. Ou alors, c'est qu'ils n'avaient aucune idée de ce que cela a pu être pour…

— La question est tout à fait sérieuse, Herr Lubert. « Les bombardements ont-ils affecté votre santé et celle de votre famille ? » Si vous désirez reprendre une pleine activité professionnelle, il faut que nous soyons sûrs que vous ne souffrez pas de troubles psychologiques. Répondre avec des points d'exclamation n'est guère l'indice d'un esprit stable.

— Je pense que les bombardements ont affecté la santé de mon épouse, commandant. Elle a péri, avec 40 000 autres personnes, en juillet 1943. Le jour où cette ville a été ravagée par la tempête de feu déclenchée par les Britanniques.

Burnham resta impassible, mais il eut l'air content que Lubert évoque le sujet.

— Parlons un peu de votre épouse. Pour un architecte, vous vivez dans un luxe certain. Vous possédez une collection d'œuvres d'art. Signées de maîtres comme Léger, Nolde. L'argent venait d'elle, je présume ?

— Elle était d'une famille riche, oui.

— Et comment cette fortune avait-elle été acquise ?

— C'étaient des commerçants.

— Ils faisaient commerce de quoi ? Et avec qui ?

— De tout. Ils possédaient plusieurs chantiers navals.

— Des chantiers navals qui ont servi au transport d'armes nazies ?

— À partir de 1933, ils ont transporté ce qui leur était imposé.

Il aurait pu lui faire remarquer qu'un grand nombre de ces navires naviguaient entre l'Allemagne et l'Angleterre, mais le commandant ne pouvait pas l'ignorer.

— Il s'agit donc d'une collection d'œuvres d'art acquises grâce au commerce nazi ?

Comme ces mathématiques-là étaient faciles : une équation qui se terminait nécessairement par : « égale coupable ». Les nombres et fractions qui vous permettaient d'obtenir ce résultat n'avaient aucune importance.

Lubert secoua la tête.

— Hambourg a continué à commercer comme à son habitude. Nous n'avions aucune affiliation avec le parti. Il n'y a que le frère de Claudia…

— Oui, dit Burnham en se référant à la page correspondante. Martin Fromm.

Lubert n'avait même pas voulu écrire le nom de son beau-frère, ni sa fonction : *Gauleiter*. Il n'y avait pas de place sur la page pour entrer dans le détail des ambitions de cet homme, ni pour évoquer la consternation de la famille lorsqu'il avait adhéré au parti.

— Penchons-nous sur une autre question. Question F. iii. « Avez-vous espéré la victoire de l'Allemagne ? »

Vous avez écrit : « Je voulais que la guerre se termine vite. »

— Évidemment. Comme tout le monde.

— Vous vouliez que l'Allemagne en sorte victorieuse ?

— J'étais, et je suis toujours, nationaliste, mais cela ne fait pas de moi un nazi.

— Vous finassez. En 1939, un nationaliste était un nazi.

— Je n'ai jamais voulu la guerre.

— Parlez-moi de votre fille.

L'homme avait le chic pour vous déstabiliser. Lubert se sentit perdre pied.

— Que voulez-vous savoir ?

— Eh bien, j'imagine qu'elle a dû être affectée par les bombardements. Par la perte de sa mère ?

— Elle est… elle reste en colère. (Pour la première fois, Lubert était sur la défensive, hésitant.) Et… et elle a trouvé très difficile de devoir partager la maison avec une famille anglaise.

— En colère ? À cause de l'occupation ?

— Parce qu'elle a perdu sa mère.

— Elle faisait partie des Jeunesses hitlériennes.

Lubert avait failli ne pas le mentionner, mais le fait était là.

— C'était obligatoire, à partir de 1936.

— Vous ne l'en avez pas empêchée ?

— Nous… ma femme et moi… étions en désaccord là-dessus. Je ne voulais pas qu'elle en fasse partie… mais nous n'avions pas le choix, en fin de compte. Cela me donne mauvaise conscience. Mais refuser aurait été considéré comme une trahison. Avec des conséquences bien pires pour nous.

— Pourtant un homme de conscience aurait opté pour la prison, n'est-ce pas ?

— Vous semblez résolu à me trouver coupable de quelque chose, commandant.

— Votre culpabilité n'est qu'une question de degré à mes yeux, Herr Lubert. Mon travail consiste à en déterminer la couleur, la nuance. Alors dites-moi... cela m'intrigue : comment pouvez-vous supporter de vivre avec votre ancien ennemi ?

— Ils sont très courtois avec nous.

— Et votre fille, elle prend ça comment ?

— Elle est... ça la rend maussade.

— Comment cela s'exprime-t-il ?

— Disons qu'elle... elle ne se rend pas compte de... du privilège que nous avons d'être encore chez nous.

— Et pourquoi en serait-il autrement ? Après ce qui est arrivé à sa mère. Que fait-elle maintenant, avec la fermeture des écoles ?

— Elle participe au déblaiement.

— Quand vous voyez tous ces gravats, vous devez vous demander quel peut bien être l'intérêt de l'architecture, Herr Lubert. Êtes-vous certain de vouloir reprendre votre ancien métier ?

— Je ne sais pas faire grand-chose d'autre. J'aimerais – il chercha le mot juste – m'engager dans la reconstruction. Je fais un piètre ouvrier d'usine.

— Vous regrettez le temps où vous construisiez des villas de vacances pour les dignitaires du parti ?

Il est vrai qu'il avait bénéficié à l'époque d'un afflux de commandes pour des résidences de villégiature – y compris un « petit palais » pour Harold Armfeld, le fabricant d'armes –, mais il y avait très peu de travail dans le domaine civil.

— Après 1933, les opportunités n'étaient pas très nombreuses. Je suis issu d'une école d'architecture dénigrée par le parti, ce qui n'aidait pas.

Burnham se reporta à une autre page du *Fragebogen*.

— Vous regrettez le passé ?

— Ma femme est la seule chose que je regrette, commandant.

— Vous ne regrettez pas le bon vieux temps ?

— Je ne sais pas ce que vous entendez par là. Après 1933, l'Allemagne est devenue une prison pour la plupart d'entre nous.

Burnham se cala sur son siège, ouvrit un tiroir et en sortit une pile de photographies. Il les jeta sur le bureau et les étala comme un jeu de cartes.

— Était-ce une prison comme celle-ci ?

Il saisit la photo d'un prisonnier juif squelettique. Puis il en prit une autre. Et une autre encore. Sans jamais lâcher Lubert des yeux pour voir comment il réagissait. Lubert avait vu ces clichés-là dans les premiers mois de l'après-guerre, affichés aux murs pour que tous les Allemands en prennent connaissance. Il les contempla d'un air las avant de détourner les yeux.

— Quels que soient les désagréments que vous ayez pu subir, Herr Lubert, je vous conseillerais de ne jamais comparer votre situation à celle-ci.

Burnham reprit le questionnaire pour se pencher sur la dernière question, à la dernière page. Question J.

— Je note que vous n'avez rien écrit à la rubrique : « Avez-vous des remarques complémentaires ? » Avez-vous quelque chose à ajouter maintenant ?

Lubert regarda le commandant en s'efforçant de prendre un air aussi contrit et affable qu'il lui était possible et répondit :

— Non, je ne pense pas, commandant.

*

— Pourquoi avez-vous accroché cela sans me le demander ?

— Il y avait un tableau là. Il avait laissé une trace. J'ai cru que vous aimeriez…

— Eh bien, vous avez fait erreur.

Rachael attendait dans le hall d'entrée et faisait les cent pas dans la pièce. Elle lui avait adressé la parole en le regardant dans les yeux, droite comme un I, comme une gouvernante intransigeante cherchant à discipliner un élève récalcitrant. Lubert venait de franchir la porte d'entrée. Il avait faim, il avait froid, il était en colère. Après son interrogatoire, il était parti travailler pour découvrir que l'usine avait été fermée. Les Britanniques prétendaient que c'était à cause du mauvais temps, mais tout le monde savait que c'était pour empêcher que la contestation ne dégénère. Son camarade Schorch distribuait des tracts devant le portail. Les ouvriers préparaient un grand rassemblement, ils voulaient encourager les travailleurs de la zone britannique à se mettre en grève pour protester contre le démantèlement des usines. « N'oublie pas de quel côté tu es, Lubert », lui avait-il marmonné en lui remettant le tract. Lubert en avait assez qu'on lui dise quoi faire.

Il leva les yeux vers le tableau qu'il avait demandé à Richard de mettre au mur ce matin. Il l'avait choisi avec grand soin, en tenant compte des sensibilités provinciales des Morgan : rien de trop osé, rien de trop abscons. Il avait d'abord opté pour le charmant paysage de Liebermann, mais il n'était pas assez grand pour masquer la trace laissée par le portrait. La *Femme à demi nue* de von Carolsfeld était, à son avis, juste ce qu'il fallait : d'une élégance tout en retenue, l'œuvre avait les dimensions voulues et elle rehaussait la pièce. C'était un tableau d'une facture exceptionnelle, digne de la place d'honneur dans n'importe quelle maison, n'importe où dans le monde. Il fallait être inculte pour se formaliser d'un tel tableau ; inculte, ou alors pudibond.

— C'était l'un des grands maîtres de la peinture allemande du XIXe siècle.

— Peu m'importe, répondit Rachael en croisant les bras, refusant de céder à la douceur radieuse de la jeune fille au mur.

— Vous n'aimez pas ce tableau ?

— La question n'est pas là.

Était-ce la nudité ? se demanda Lubert. C'était une peinture qui frisait l'érotisme, mais avec tant de délicatesse et de retenue qu'elle ne pouvait offusquer personne. Il fut soudain saisi par l'envie irrépressible de mettre Rachael dans le plus grand embarras possible, de la faire rougir de honte, de la remettre à sa place.

— Vous auriez sans doute préféré des paysages de campagne. Une scène de chasse ? Ou peut-être un personnage tout habillé ?

En disant cela, il avait l'impression d'être un grand frère méprisant qui fait la leçon à sa petite pimbêche de sœur. Et d'ailleurs, cela le réjouissait.

Rachael détourna la tête en se sentant rougir. Mrs Burnham avait raison : les Allemands étaient des gens arrogants, et elle avait permis à celui-ci de prendre beaucoup trop de hauteur.

— Herr Lubert, je n'aime vraiment pas le ton que vous…

Mais Lubert ne pouvait pas s'arrêter.

— J'aimerais savoir pourquoi vous n'aimez pas ce tableau. C'est une peinture tellement sincère. Elle n'a rien de – je ne sais pas comment dire cela en anglais – *unschicklich* : qui cherche à choquer. Mais enfin, regardez cette femme. C'est une peinture merveilleuse. Je pensais que vous sauriez l'apprécier. Que vous étiez une femme de goût. (Il s'interrompit pour renforcer son petit effet.) J'ai dû me tromper.

La remarque mit le feu aux poudres.

— Qu'insinuez-vous par là ? Je vois bien qu'il s'agit d'une belle peinture. Je n'accepte pas vos sous-entendus. Vous ignorez tout de mes goûts, de ce que je suis.

— Vous avez raison, répondit-il.

À la fin d'une longue journée pleine de contrariétés, il trouvait cette conversation très divertissante.

— Comment pouvez-vous avoir idée de mes préférences ? De mes goûts ou de mon avis sur l'art ? Vous ne savez rien de moi, vous ne savez pas d'où je viens.

— C'est bien là le problème ! s'exclama-t-il, emporté par une folle témérité. Comment pouvons-nous commencer à nous comprendre alors que nous ne savons rien de nos passés respectifs ?

— C'est justement votre passé qui m'inquiète, Herr Lubert.

L'allusion éveillait une autre résonance. Elle leva les yeux vers le tableau – ou plutôt vers l'emplacement occupé par le nouveau tableau.

— C'était un portrait de *lui*, n'est-ce pas ?

Lubert restait sans voix, abasourdi par le mépris, l'incrédulité que cette question suscitait en lui.

Elle respirait bruyamment et se mit à hocher la tête.

— C'était bien ça, alors ? Un portrait du Führer, ajouta-t-elle en se gardant de prononcer le nom honni.

Lubert éclata d'un rire qui claqua avec une légèreté qu'il était loin de ressentir.

— Alors ? demanda-t-elle en le poussant dans ses retranchements, sûre de l'avoir piégé. Était-ce un portrait du Führer, oui ou non ? Vous en aviez tous un, ou presque. J'aimerais savoir, c'est tout.

Ce soupçon ne pouvait pas venir d'elle, il lui semblait appris par cœur.

Elle ne résista pas à lui lancer un dernier affront.

— Vous me décevez, Herr Lubert. Je croyais que vous aviez plus de discernement que cela.

L'esprit de contradiction de Lubert l'incitait à ne pas répondre. Mais elle faisait montre d'une ignorance si provocatrice qu'il n'y résista pas.

— Regardez autour de vous, Frau Morgan. Regardez

le mobilier, les livres. Regardez… les partitions dans le tabouret de piano. Des œuvres de Mendelssohn et de Chopin, deux compositeurs interdits par le parti. Faites un tour dans la bibliothèque. Vous trouverez des livres de Hesse, de Marx, de Fallada – des livres qui auraient dû être brûlés. Et regardez les œuvres d'art. Je vous les montrerais si je vous savais intéressée – des œuvres bannies voilà treize ans. De l'art dégénéré. Comme ce bois de Nolde, dit-il en montrant la gravure épurée d'un chalutier au mur de la première volée de marches. Rien que de l'art non germanique. De l'art de juifs bolcheviks. Des artistes qui ne pouvaient ni travailler ni vendre, parce que le Führer ne les trouvaient pas à son goût.

Lubert se mit à tourner dans le hall en adressant sa tirade aux murs.

— Je sais qu'il faut trouver un coupable. Ça doit être plus facile d'avoir un coupable. Je suis sûr que vous trouvez pratique… de lui donner un visage. Mais est-ce que vous me croyez vraiment capable de mettre cet homme-là à la place d'honneur… alors que c'est à cause de lui, à cause de ses raisonnements stupides, qu'on a interdit et brûlé ces choses-là ? C'était un vandale. Il n'avait qu'un *credo*, détruire – et pas simplement les œuvres d'art, mais les familles, les gens. Et aussi les villes, les pays – jusqu'à Dieu en personne ! Il ne laisse après lui que la mort et les ruines.

Lubert s'immobilisa pour reprendre souffle.

Rachael avait besoin de bouger. Elle détourna les yeux du scandaleux portrait et se pencha vers la cheminée. Elle se mit à triturer la grille à l'aide du tisonnier ; sa main tremblait.

— Vous en avez dit assez, je pense, Herr Lubert.

— Non, je ne crois pas. (En fait, il venait de trouver son angle d'attaque.) Vous avez raison, nous ne savons rien l'un de l'autre. Vous ignorez tout de moi. Mon passé. Mon présent. Mon avenir. Oui, parfaitement, j'envisage un avenir. Oui, moi, tout Allemand que je suis !

Rachael reposa le tisonnier. Elle croisa les bras pour cacher sa main tremblante.

— Vous vous prétendez troublée par mon passé, mais en réalité je crois que c'est le vôtre qui vous trouble. Je n'en sais pas grand-chose, si ce n'est ce qu'Edmund m'a raconté. Mais au moins ai-je essayé de m'en faire une idée. De voir ce qu'il y avait sous la surface des choses.

— Qu'est-ce qu'Edmund vous a raconté ?

— Il m'a parlé de votre fils, Michael. De votre… chagrin. Il dit que vous étiez plus gaie, avant. À l'en croire, vous plaisantiez, vous chantiez. Il dit que je vous aurais trouvée plus sympathique si je vous avais connue à cette époque. Et que vous n'êtes plus celle que vous étiez.

Lubert voyait bien, à sa respiration haletante, que ces paroles étaient douloureuses à entendre.

— Et j'ai de la peine pour vous : parce que vous avez perdu un fils, que vous êtes loin de votre pays, que vous trouvez difficile de vivre sous le même toit que votre ancien ennemi et parce que votre mari n'est pas souvent là. Je trouve plus facile de croire que vous n'êtes pas qu'une femme pleine d'amertume et de préjugés. Vous avez votre propre douleur. Je l'ai vue dans vos yeux, je l'ai entendue quand vous étiez au piano. Mais il y en a d'autres comme vous. Réveillez-vous ! Vous n'êtes pas la seule.

Il se tenait en face d'elle.

— Vous en avez dit assez, Herr Lubert. Arrêtez-vous.

— Qu'allez-vous faire ? Me mettre dehors ? Ce n'est pas ce qui vous ferait plaisir ? Eh bien, soit. Laissez-moi vous faciliter la tâche.

Lubert la saisit par les épaules et l'embrassa. Il manqua sa bouche de peu, ce fut un baiser brutal, rapide. Il se redressa et s'attendait à recevoir une gifle, le cou légèrement tendu en avant, le visage offert.

— Voilà. Je l'ai fait, dit-il sans être tout à fait certain de ce qu'il venait de faire.

La gifle attendue ne vint pas. Rachael se détourna et toucha le coin de ses lèvres.

Il ne contrôlait plus ses pensées. L'adrénaline circulait à flots. Il fallait qu'il s'en aille avant de faire pire encore. Il s'éloigna à reculons, les mains en l'air.

— Je vais m'en aller, dit-il. Je vais faire nos bagages. Je suis sûr que c'est ce que vous voulez.

Il se tourna et fit quelques pas vers l'escalier.

— Non, Herr Lubert, dit-elle, d'une voix étonnamment calme. Cela n'est vraiment pas nécessaire.

Lubert avait posé une main sur la balustrade et un pied sur une marche.

— Je... je n'aurais pas dû vous accuser ainsi. Je vous ai provoqué. C'était un malentendu. Restons-en là.

Il ne se retourna pas. Au bout d'un long silence, il se contenta de tapoter le poteau d'escalier en signe d'acceptation et monta les marches jusqu'à son appartement.

*

Edmund faisait rouler sa petite voiture sur l'étroit tapis du palier, route qui menait de la maison de poupée à la source d'approvisionnement en cigarettes, et retour. Il entendait les sonorités des mots qui montaient d'en bas – « oublier », « passé », « tableau » – vaguement conscient du ton courroucé, mais trop concentré sur sa mission pour capter le sens de la conversation. Si une domestique ou une mère était passée par là, elle n'aurait rien vu d'autre qu'un petit garçon tout à fait normal occupé à jouer avec sa nouvelle auto ; mais pour Edmund, c'était une ruse destinée à cacher le jeu bien plus important qui l'occupait à présent.

Il sentait encore le parfum de sa mère sur la voiture quand il la fit rouler dans sa chambre. Elle avait fait plein de chichis pour lui offrir ce jouet : elle l'avait prié de venir s'asseoir sur ses genoux, lui avait pris le visage dans les mains et lui avait déposé un baiser sur le front avant de lui remettre le cadeau. Elle lui avait dit que c'était un cadeau de Noël avant l'heure, en ajoutant que cela n'empêcherait pas le père Noël de lui en apporter d'autres. Elle semblait vouloir lui faire plaisir à tout prix, ce qui l'avait mis un peu mal à l'aise.

— Je sais que je ne te l'ai pas beaucoup montré, mais j'ai envie que tu saches que… que je t'aime, avait-elle dit.

Formulée ainsi, la déclaration paraissait jeter un doute au lieu d'apporter une preuve. Comme la force de gravité ou l'oxygène, Edmund avait toujours considéré cet amour comme un fait acquis.

Cependant, il était content de son auto. Même si ce n'était ni le bon modèle ni la bonne taille, la Lagonda était maintenant le plus bel accessoire de son petit théâtre miniature de la villa Lubert. Si les fabricants de Dinky Toys pouvaient se décider à sortir une Mercedes 540K, la réplique serait parfaite. Il avait même une poupée de Richard le jardinier, reconnaissable à sa pelle en carton. En garant la voiture devant la maison de poupée, Edmund envoya Richard décharger les courses, pendant que son propre double allait chercher les vraies cigarettes. Il vérifia que toutes les poupées étaient à leur place : maman au piano, dans le salon, Lubert debout à côté d'elle, Greta et Heike dans la cuisine, Frieda au grenier et papa de l'autre côté du tapis jardin, occupé à sauver l'Allemagne, puis il fit courir sa poupée jusqu'à la chambre principale avec les deux gros paquets. Edmund se retourna pour tendre l'oreille. Sûr que personne n'approchait, il déplaça les meubles d'un côté de la pièce et souleva le petit tapis persan. Il y avait huit paquets là-dessous ; avec les deux qu'il venait d'apporter, il avait réuni les deux cents cigarettes qu'Ossi lui avait demandées. C'était la ration mensuelle d'un militaire, une fortune pour un orphelin. Le moment était venu de larguer cette cargaison au-dessus du pré, toundra enneigée, pour les garçons sans mère.

*

Dans le pré, la neige était vierge ; Edmund était content d'être le premier à la marquer de ses pas, ravi d'entendre crisser ses bottes en caoutchouc et de constater qu'elles étaient juste assez hautes pour ne pas se remplir de neige. Au loin, il apercevait un grand feu dont la colonne de fumée noire s'étirait jusqu'au point de contact entre ciel et terre, le nuage gris si bas qu'il se mêlait au sol et oblitérait l'horizon. Un ruban noir, dernier vestige du fleuve, brisait l'omniprésente blancheur. Les eaux, dévorées par le froid intense, s'étaient rétrécies en gelant depuis les berges sur plusieurs centaines de mètres, il ne restait par endroits que quelques petits ruisseaux qui couraient entre des archipels glacés. Dans un méandre du fleuve, aujourd'hui entièrement pris par les glaces, un voilier se trouvait prisonnier, proue en l'air, poupe coincée dans une onde froide et figée. La force du courant encore libre avait fait basculer des blocs de glace qui dressaient leurs pointes ici et là, évoquant pour Edmund les photos des étendues polaires inconnues que Robert Scott avait parcourues au cours de sa mortelle traversée. Au milieu du fleuve, là où l'eau coulait toujours, des barges de glace, pareilles à des corbillards, dérivaient lentement vers la mer. Une bande de corbeaux s'était posée sur l'une d'elles. Mère Nature ne faisait rien pour que ces oiseaux-là vous inspirent pitié, et pourtant Edmund fut ému en les voyant. Ils avaient trop froid pour voler avec leurs plumes toutes gonflées d'air, ils semblaient avoir renoncé à leurs cris de charognards et s'être résignés à se laisser emporter vers le large.

Edmund se rapprocha du camp, le sac de papier brun du magasin calé sous le bras, certain que ses largesses lui vaudraient le respect et une place de choix dans le cœur des sauvageons. Ossi et sa petite troupe étaient rassemblés autour du feu, plus près des flammes qu'il ne paraissait humainement possible. L'un des garçons alimentait le brasier avec des morceaux de bois de l'ancien poulailler. Les cahutes étaient moins nombreuses qu'avant : la remise avait disparu, de même que l'étable. Apparemment, les sauvageons avaient brûlé la moitié de leurs logements. Ossi était assis sur sa valise comme un vieil homme qui attendait un train très en retard ; il était aussi immobile qu'une statue. L'un des gamins le ramena à la vie d'un coup de coude.

— Gentil Tommy.

Ossi se leva d'un bond, adressa un salut aux flammes puis, se tournant vers Edmund qui s'avançait à sa rencontre, il fit le tour du feu sans s'éloigner du cercle de chaleur, le visage fendu d'un sourire de dément extasié.

— Edmund, dit-il en savourant sa prononciation. Qu'est-ce t'apportes ?

Edmund était arrivé au bord du foyer boueux. La chaleur avait fait reculer la neige et créé un cercle de gadoue brune d'un bon mètre de large dans lequel les sauvageons se tenaient sans ciller, comme s'ils s'étaient habitués à l'intensité de la température.

— Qu'est-ce t'apportes ? redemanda Ossi. Qu'est-ce t'apportes ? Qu'est-ce t'apportes ? répétait-il en claquant des dents à la fin de la phrase.

— Des cibiches.

Edmund tendit le sac à Ossi, mais il fut obligé de se retourner pour se protéger le visage de la chaleur. En voyant la marchandise, Ossi, d'enfant rempli d'espoir, se mua en professionnel de la contrebande. Plongeant la main dans le sac, il en sortit un paquet de Player's, le renifla puis vérifia que le film de Cellophane était intact. Bien. Les cigarettes étaient aussi fraîches que des œufs du jour. Un paquet neuf lui permettait de mieux marchander. Ossi leva le paquet en l'air en annonçant : « Player's. Célèbres cigarettes. »

Sous l'effet de la chaleur, la Cellophane commença à brunir en se boursouflant.

— *Gut* cibiche, dit Edmund. Player's.

— Bonnes cibiches Tommy, putain, dit Ossi.

Il fit passer le paquet de main en main, ce qui donna lieu à une bordée de jurons approbateurs. Le gamin auquel Edmund avait si facilement fait mordre la poussière se tenait un petit peu à l'écart, observant la scène d'un air indifférent. Edmund profita de ce moment de grâce pour montrer qu'il ne lui en voulait pas. Il prit un paquet dans le sac que tenait Ossi et l'offrit à son ancien adversaire. Le gamin résista quelques secondes avant de s'avancer pour le prendre, la nécessité l'emportant sur la fierté.

Cela ne sentait pas seulement le feu de bois. Quelque chose cuisait : un animal rôtissait sur une broche. C'était difficile de dire quoi, exactement : il n'avait plus ni tête ni pieds ; c'était plus gros qu'un cochon mais plus petit et plus maigre qu'une vache. En tout cas, ça sentait bon. Ossi prit Edmund par le bras et l'entraîna vers la chose en train de rôtir. Il préleva un petit morceau sur la hanche de l'animal et le lui tendit. La viande était noire et croustillante.

— *Was ist los ?*

Il y eut des petits rires bêtes, et Edmund pensa qu'ils se moquaient de son mauvais allemand.

— *Esel*, déclara Ossi.

Edmund savait dire « cochon », « chien », « vache » et « lion » en allemand, mais ce mot-là ne lui disait rien. Peut-être était-ce une autre façon de dire « bœuf ». Ne voulant pas vexer son hôte, il mit la viande dans sa bouche et se mit à mâcher.

— Tommy aime ? demanda Ossi.

Edmund mâchait, tous les yeux fixés sur lui dans l'attente de sa réaction. La viande était dure, elle avait une saveur qu'il ne reconnaissait pas. Cela ressemblait à du bœuf, mais en moins fort. Toutefois, elle était tellement cuite qu'il était impossible de savoir.

— *Ich liebe*, déclara-t-il finalement, sans être tout à fait certain d'exprimer sa pensée, mais cela semblait être la bonne réponse.

— *Tommy liebt Esel !* s'écria Ossi.

Alors tout le monde éclata de rire et l'acclama avec force gestes d'approbation et, pour une raison obscure, des « hi-han ». Edmund eut l'impression qu'il venait de vivre une sorte d'initiation. Puis il se rappela qu'il avait d'autres choses à partager. Il mit la main dans la poche de son manteau et en sortit un mouchoir noué aux quatre coins. Il chercha alors un endroit où le poser. Ossi lui montra sa valise, qu'il posa à plat par terre pour servir de table.

— *Muttis Haus*, dit-il.

Edmund posa le mouchoir sur la valise et les gamins se bousculèrent pour former un cercle autour de lui. Il défit les nœuds et déplia le tissu pour révéler une montagne de morceaux de sucre étincelants. À cette vue, tous les gamins poussèrent un cri de surprise, comme devant un tour de magie. Ne sachant pas s'ils savaient ce que c'était, Edmund en prit un morceau qu'il tint à la lumière. Le sucre scintilla de mille feux.

— Du sucre, dit-il en tendant le morceau à Ossi, qui le fourra aussitôt dans sa bouche.

Ossi le garda un moment, sans bouger les lèvres, avant de l'écraser sous ses molaires. Il grimaça de douleur. Une bouillie de salive sanguinolente se mit à couler aux commissures de ses lèvres. Il farfouilla dans sa bouche à la recherche de quelque chose, puis sortit le triangle ensanglanté d'une dent jaune pourrie. Il fit une grimace pour que tout le monde puisse voir, puis il considéra la dent au creux de sa paume noire marbrée de rose. Il referma la main dessus et l'empocha. Edmund se demanda ce qu'il allait bien pouvoir en faire. Elle était irrécupérable, et la petite souris n'allait sûrement pas venir la chercher dans le taudis où vivait Ossi. À supposer qu'elle vînt encore récompenser les petits Allemands : elle devait sûrement les avoir mis au bas de sa liste – après les Italiens et les Japonais, en toute dernière position.

Ossi se baissa, ramassa un peu de neige et la plaqua sur sa gencive encore pleine de sang. On entendit crier : « *Mann auf dem Fluss !* »

Tous se retournèrent, et là, se dirigeant vers eux sur la glace du fleuve, ils aperçurent un homme mince, sans âge à cette distance, mais qui marchait clairement dans leur direction d'un pas élastique, avec détermination ; une détermination transmise au petit groupe qui se mua en un troupeau fébrile. S'ils n'étaient pas sûrs de le reconnaître, ils avaient tous l'air de savoir celui qu'ils n'avaient pas envie de voir.

— *Tsss. Ist er es ?*

— *Nein.*

— *Ich kann ihn nicht erkennen.*

La silhouette continuait d'avancer sur la glace et, l'espace d'un instant, la vibration de l'air qui montait du feu donna l'impression qu'il marchait sur l'eau.

Seul Ossi restait imperturbable.

— C'est Berti, tas de crétins.

— Il va pas être content. On a presque rien chapardé, dit Siegfried.

La silhouette atteignit la berge et gravit le talus. L'homme se tenait plus droit et ses foulées s'allongèrent lorsqu'il passa de la glace à la neige puis, quand il traversa le pré noir et gris, la petite lueur orange d'une cigarette brilla dans la terne atmosphère hivernale.

— C'est juste Berti. J'ai ce qu'il veut, répéta Ossi, mais il était évident que, sous ses airs bravaches, il se préparait à une entrevue difficile.

Edmund avait mal au cœur d'anxiété. Il avait envie de partir à toutes jambes se réfugier chez lui, mais c'était trop tard.

— Ed-mund !

Ossi avait la tête dans sa valise. Il en avait à peine soulevé le couvercle, dissimulant son contenu. Il sortit un bonnet de Cosaque qu'il lança à Edmund en pointant le doigt sur sa tête.

— Pas parler.

Edmund enfila le bonnet et se plaça à l'arrière de la bande ; il avait les pieds gourds dans ses bottes en caoutchouc, et le bonnet, raidi par le gel, était aussi dur qu'un casque et sentait le diesel.

De près, ce Berti n'avait pas l'air très inquiétant – il n'était pas beaucoup plus vieux que les autres garçons, ni beaucoup plus grand, perdu dans un manteau bien trop ample pour lui. Pourtant, lorsqu'il pénétra dans l'orbite du foyer, les gamins s'étaient blottis les uns contre les autres, tremblants et silencieux. Et lorsque, instinctivement, le troupeau recula, Edmund se sentit poussé vers le feu. Ossi, qui continuait d'afficher une indifférence feinte, resta seul. Et ce fut vers lui que Berti s'avança, sans prêter attention à ce qu'on lui offrait, remarquant à peine la présence des autres. Il lui demanda quelque chose à voix basse. Ossi lui tendit alors un papier puis se mit à bredouiller pendant que l'autre l'examinait. Berti ne laissa paraître ni joie ni déplaisir. Il plia soigneusement la feuille et la glissa dans son manteau.

— *Was hast du für mich ?*

La question mit en branle tout un répertoire de mouvements – Ossi haussait les épaules, hochait la tête, suppliait – puis, d'un signe du pouce par-dessus l'épaule, il désigna un complice imaginaire qui l'avait laissé tomber. En plein milieu de sa petite gigue – même Edmund trouvait qu'il ressemblait à un vermisseau qui se tortillait –, Berti imposa le silence à Ossi en lui saisissant le visage d'une main. Le geste, si violent, si proche, déclencha un afflux d'adrénaline chez Edmund. Il eut soudain envie de vomir.

Libéré et oubliant cet accès de brutalité sur-le-champ, Ossi se changea en maître d'hôtel, montrant à Berti l'animal embroché comme s'il lui indiquait la meilleure table d'un restaurant. Berti s'approcha de l'animal. Il l'examina un moment puis se tourna vers Ossi et les autres gamins. Il avait l'air encore plus en colère.

— *Wir essen Esel während die Engländer Kuchen essen !*

Une fois de plus, ce mot. *Esel*. Et quelque chose sur les Britanniques qui mangeaient du gâteau.

Ossi tenta de distraire Berti avec une nouvelle ruse, il agitait ce qui ressemblait à un tube de médicaments. Il avait l'air d'un dompteur faisant claquer son fouet pour obliger le fauve à sauter d'un tabouret à l'autre en traversant le cercle de feu sans lui laisser le temps de se souvenir qu'il était avant tout une bête sauvage.

— *Berti, schau mal, was wir für dich haben! Pervitin!*

Berti s'empara du tube et avala aussitôt deux comprimés. Ossi frappa alors dans ses mains, donnant à ses compagnons le signal de vider leurs poches. Otto déposa par terre un plateau d'église pour recevoir les aumônes. Les autres sauvageons lancèrent dedans tout ce qu'ils avaient récolté, un bien maigre butin d'objets hétéroclites : cachets contre les maladies vénériennes, préservatifs, morceaux de sucre. À contrecœur, Ossi ajouta presque tout ce qu'Edmund avait apporté.

— *Wo hast du den Zucker gefunden ?*

Personne ne répondit.

Ossi bafouilla quelque chose à propos d'hôtels, mais Berti n'aima pas ça. Il attrapa Dietmar et lui coinça la tête dans une clé de bras, puis il approcha le bout incandescent de sa cigarette à quelques centimètres de sa paupière. Dietmar gémit en sentant la cigarette lui roussir les cils.

Edmund avala la remontée acide de son estomac. Des gouttes d'urine chaude lui brûlèrent la cuisse. Il voulait dire à Berti d'arrêter, mais il avait trop peur pour parler, même s'il se savait en partie responsable de cette torture. Que ferait son père ?

— Arrêtez ! S'il vous plaît… arrêtez !

Les mots d'anglais mirent immédiatement un terme à l'agression. Berti relâcha Dietmar et le petit groupe se fendit pour ouvrir un passage de Berti à Edmund.

— Il est avec nous, Berti, dit Ossi. Il nous apporte des cibiches… et il nous a donné du sucre. C'est un bon Tommy.

Un jet d'urine trempa le caleçon d'Edmund et coula le long de son pantalon jusque dans ses bottes. La chaleur lui apporta un réconfort passager, mais il avait les jambes en coton : même s'il l'avait voulu, il n'aurait jamais pu courir. Il pensa de nouveau à son père. Cela ne ressemblait pas à la mort héroïque qu'il avait imaginée. S'ils le trouvaient, ils verraient la tache jaune sur la neige. Les héros médaillés ne pissaient pas dans leur culotte. Edmund Morgan : Repose en Pisse.

Mais, pour une raison inconnue, Berti ne bougeait pas. Il restait là et réfléchissait. Puis il s'entretint à voix basse avec Ossi tout en jetant des coups d'œil sur Edmund. Finalement, il se tourna vers lui, l'air méfiant, se pencha vers le plateau et ramassa un paquet de Player's.

— Apporte des cibiches, dit-il en anglais. Ici. Toutes les semaines.

— Oui…

— Sinon je te fais ça, ajouta-t-il en amenant sa cigarette contre son œil. À toi.

— Gentil Tommy, dit Ossi en s'adressant à Edmund. Apporte cibiches… ici… demain *und* – il fit un grand geste dans l'air pour indiquer le passage d'une semaine à l'autre – *und* semaine après.

Edmund hocha la tête de toutes ses forces.

Alors Berti ramassa les morceaux de sucre et les jeta au feu. Ils atterrirent sur le grillage à poules au milieu des flammes et Ossi poussa un petit cri étranglé puis sauta dans le brasier pour les récupérer ; mais la chaleur était trop intense et, d'un seul et même mouvement, il bondit en arrière, telle une grenouille, et se retrouva par terre, les pans de son manteau en feu. Les autres se moquèrent de lui en le voyant se rouler dans la neige pour éteindre les flammes.

Berti rafla le reste du butin des sauvageons puis il pointa le doigt sur Edmund et ensuite vers la villa Lubert. Edmund n'avait pas besoin de comprendre précisément le sens, l'intention lui suffisait. Alors, obéissant, il s'éloigna du jeune homme qui le fixait avec tant de férocité et, avec des jambes alourdies par la peur et qui se dérobaient sous lui, il trébucha avant de se mettre à courir.

*

À Hammerbrook, les baraques Nissen étaient flanquées d'une épaisse couche de neige et leurs fenêtres, toutes dorées dans la lumière des lampes à kérosène, donnaient l'impression rassurante d'un village paisible et confortable.

— « Il est né le divin enfant », chantonna le ministre en reconnaissant la mélodie.

Il marchait à la suite de Lewis sur le sentier déneigé entre les baraques pour rejoindre les gens qui attendaient au point de distribution.

Comme Lewis l'avait prédit, la neige incessante des deux derniers jours avait vidé les rues de leurs manifestants et tout le monde était rentré se mettre à l'abri. Jusque-là, ce que le ministre avait vu pendant sa visite témoignait d'une situation certes difficile mais brillamment gérée : même dans les usines, les protestataires avaient déposé leurs pancartes et ici, au camp, où Lewis avait espéré confronter Shaw (et le photographe du journal *Die Welt* qui l'accompagnait) à d'irréfutables scènes de pauvreté, les associations caritatives étaient à pied d'œuvre. La Croix-Rouge, la Quaker Society et l'Armée du salut étaient présentes, leurs fanfares jouaient des chants de Noël tandis que d'autres bénévoles distribuaient de la soupe et des colis de nourriture aux personnes déplacées qui faisaient la queue.

— Je suis heureux de voir que vous nourrissez ces gens, colonel, dit Shaw.

— Vingt personnes sont mortes de faim ce mois-ci, monsieur le ministre. Et cela ne fera qu'empirer. Sans ces colis, ces gens ne survivraient pas. L'Allemagne ne peut pas subvenir à ses besoins.

— Mais les terres alentour sont riches, dit le ministre.

Pendant ce temps, le photographe cherchait le bon angle.

— Ce sont les Russes qui tiennent la corbeille à pain, mais ils ne partagent pas, répondit Lewis, bien conscient que Shaw n'écoutait que d'une oreille. La ville est approvisionnée par des terres qui se trouvent maintenant en zone russe mais ils n'acceptent de nous donner des céréales que si nous démantelons davantage d'usines. Résultat, 90 % de la nourriture en zone britannique est importée. Ce sont deux millions de tonnes de denrées alimentaires, monsieur le ministre. Et les bateaux ne passent déjà plus dans les glaces. Si nous démantelons, les Allemands n'auront plus de travail. D'ailleurs, beaucoup ne peuvent pas travailler tant que le processus de dénazification ne les a pas blanchis. C'est un cercle vicieux.

Shaw hocha pensivement la tête mais Lewis se dit qu'il avait donné trop d'informations à la fois : un tir dispersé au lieu d'un coup dans le mille.

— Monsieur le ministre, intervint le photographe, si vous pouviez vous mettre derrière la table ? Je voudrais vous prendre en train de remettre un colis.

Pour Leyland, l'officier britannique responsable de la surveillance du journal *Die Welt*, la consigne était simple : montrer les Anglais sous leur meilleur jour, aux côtés de la population allemande dans l'épreuve. Il avait déjà quelques images flatteuses dans la boîte : Shaw engoncé derrière un petit pupitre auprès de trois écolières allemandes souriantes, studieusement penchées sur l'image des Maisons du Parlement dans un livre d'histoire (« Les enfants allemands apprennent les rudiments de la démocratie ») ; Shaw au *Welt*, près d'une rotative (« Les Allemands renouent avec la presse libre »). Mais « le ministre distribue des colis de nourriture aux Allemands reconnaissants » serait assurément la photo du jour, montrant tout à la fois la compassion et l'efficacité des Britanniques, faisant taire les critiques adressées à la Commission de contrôle alliée et consacrant Shaw dans son rôle d'homme d'action. Celui-ci connaissait son affaire : poser une question, serrer la main, prendre l'air concerné.

Shaw salua en allemand une vieille femme et se pencha bien bas pour lui remettre le paquet. La femme le prit en faisant la grimace et partit sans dire un mot, insensible à cet étalage de générosité. Le photographe appuya sur le déclencheur. Manquait la gratitude. Il lui fallait une scène de gratitude. Une femme, son enfant sur la hanche, se présenta à son tour. Leyland zooma. D'une main gantée, Shaw esquissa une sorte de bénédiction sur l'enfant et lui tendit le colis, tel un saint Nicolas en civil. Le photographe s'accroupit et saisit l'image.

Un jeune homme crasseux qui les avait suivis depuis leur arrivée lança au ministre :

— *Tommy, gib uns mehr zu essen, sonst werden wir Hitler nicht vergessen !*

Lewis connaissait ce slogan. Une femme qui volait du charbon à la gare de Dammtor le lui avait crié et, une autre fois, un jeune garçon, au marché aux oies.

Leyland dit à l'homme de circuler et s'excusa auprès de Shaw de cette outrecuidance.

— Mais qu'a-t-il dit ? demanda le ministre à Ursula.

— Il a dit : « Tommy, donne-nous plus à manger sinon nous n'oublierons pas Hitler. »

Shaw, loin de se vexer, parut plutôt satisfait. Cette

provocation lui donnait l'occasion de prouver quelque chose.

— Demandez-lui ce qu'il veut dire exactement.

Ursula traduisit la question du ministre et le jeune homme répondit sans hésitation, avec un mépris cinglant.

— Il dit que la vie était meilleure sous Hitler qu'aujourd'hui. Qu'elle n'a jamais été pire, même durant les derniers jours de la guerre.

Le photographe, probablement inquiet pour son confortable emploi, dit au jeune rebelle de se calmer. Mais Shaw voulait apparemment comprendre. Il se tourna à nouveau vers Ursula.

— Demandez-lui s'il est reconnaissant d'être à nouveau libre.

Tout en répondant, l'homme désigna une baraque et l'interprète traduisit :

— C'est ça, la liberté ? C'est mon troisième camp depuis la fin de la guerre. La Belgique, Cologne et maintenant, ici. Ça fait neuf mois que je n'ai pas vu ma femme. Pourquoi ? Parce que je me suis battu pour mon pays ?

— Comment pourrait-on améliorer la situation ? demanda le ministre.

L'homme marmonna une réponse.

Ursula réprima un sourire mais baissa les yeux.

— Qu'a-t-il dit ?

— Oh ! il est en colère, c'est tout, fit-elle en essayant de protéger l'homme contre lui-même plutôt que Shaw de ses insultes. C'est son estomac qui parle.

Mais Shaw voulait montrer qu'il n'avait pas peur de l'affrontement.

— Qu'il se sente libre de dire ce qu'il pense. Je ne m'en offusquerai pas. Allons, de quoi s'agit-il ?

Ursula hésitait. Du regard, elle chercha l'assentiment de Lewis.

— Il me semble important que le ministre sache ce qu'il a dit.

— Il a dit : « Arrêtez de nous traiter comme des criminels » et… « Rentrez en Angleterre ».

— J'ai l'impression que c'était plus fort que cela…

Lewis, s'efforçant de ne pas sourire, fit signe à Ursula de traduire fidèlement.

— Il a dit quelque chose comme : « Foutez le camp d'ici. »

*

Lewis reconduisait Ursula chez elle. Ressassant les choses qu'il aurait voulu dire à Shaw, il ne faisait guère attention à la route.

— Merci, dit la jeune femme.

— De quoi ?

— D'avoir essayé de dire des choses difficiles.

— J'en ai dit bien trop peu. Je n'ai pas été clair du tout. C'était l'occasion de faire bouger les choses. Il va rentrer à Londres et personne ne saura à quel point la situation est grave, ici.

— Vous êtes sévère avec vous-même.

— Je suis un crétin. J'ai raté le coche.

— Vous ne pouvez pas tout faire.

Cela pouvait s'entendre comme un reproche. Devant eux, un camion avait été abandonné en travers de la route, les roues avant sur le trottoir, les traces de l'accident déjà gommées par la neige. En le contournant, Lewis entrevit une silhouette qui sautait de la cabine en serrant contre elle quelque chose. Il fit comme si de rien n'était.

— Vous n'êtes pas forcé de me raccompagner jusqu'à ma porte.

— Pas question de vous laisser marcher par ce temps.

— Mais vous n'habitez pas du tout dans cette direction.

— J'insiste.

Le puissant chauffage de la Mercedes enveloppait les jambes de Lewis et commençait à gagner tout son corps. Le sang se remettait à circuler et le bout de ses doigts le picotait. Dans l'habitacle se mêlaient des odeurs de laine mouillée, de tabac et des vêtements d'Ursula.

— Ce surnom qu'ils vous donnent, Lawrence de Hambourg ? C'est flatteur ou pas ?

— Cela dépend dans la bouche de qui.

C'était une invention de Barker et, à l'époque, Lewis n'en avait pas été mécontent : cela flattait secrètement sa vanité.

— C'est en référence à T.E. Lawrence. Vous savez, Lawrence d'Arabie ?

Ursula n'en avait pas entendu parler.

— Un lieutenant de l'armée britannique, un original, qui était en poste en Égypte pendant la Première Guerre mondiale. Il connaissait très bien les indigènes, les Bédouins. Il a écrit *Les Sept Piliers de la sagesse*. C'est un peu ma bible. Je l'emporte partout avec moi. Barker m'appelle Lawrence, parfois. On l'aura entendu, au bureau.

— Dites-m'en plus, le personnage m'intéresse.

— Il avait sans cesse maille à partir avec les autorités militaires. Il prenait toujours le parti des Arabes. Il était détesté parce qu'il préférait les indigènes à ceux de son propre camp. Je vous prêterai le livre. C'est un exemplaire signé. J'ai rencontré Lawrence, une seule fois, brièvement. À une réception de l'armée.

— Comment était-il ?

— Il donnait l'impression de vouloir être ailleurs.

— Et donc, vous, vous préférez les autochtones ?

— C'est ce qu'on me reproche souvent. Même ma femme est de cet avis.

À présent, les pneus crissaient doucement dans la poudreuse et les vibrations dans le volant diminuaient. À l'évocation de Rachael, les mains de Lewis se crispèrent.

— Je trouve qu'elle est très courageuse de partager la maison… avec la famille allemande. Peu de gens en feraient autant.

Lewis lui donnait raison mais il ne lui serait pas venu à l'idée de dire que Rachael était courageuse.

— Réussit-elle à… se sentir chez elle ?

Se sentir chez elle. Oui, c'était bien cela le problème !

— Je crois que cela va venir. Elle ne se… Elle a été assez mal. Cela lui a pris du temps de surmonter la perte de notre fils aîné.

Lewis avait évoqué la mort de Michael après avoir appris qu'Ursula aussi avait perdu un proche. Cela les mettait à égalité : la mort d'un mari face à la mort d'un enfant. Mais il ne s'était pas appesanti et n'avait pas l'intention de le faire.

— Pour moi, ce serait très difficile. De vivre avec quelqu'un qui a été mon ennemi. Et que je considère responsable de la mort de mon fils. Et puis, que mon mari témoigne maintenant de la sympathie pour cet ennemi. Très difficile.

Comment faisait-elle, avec aussi peu d'informations, pour comprendre la situation, et si vite ?

— Oui, mais elle doit…

Lewis se tut. Il s'avançait trop.

— Elle doit ?

— Elle… J'espérais qu'avec le temps… elle tournerait la page.

— Comment cela ? Le temps n'y fait rien.

Lewis ne trouva rien à répondre à cela.

— La mort d'un fils est une blessure inguérissable, dit Ursula.

Lewis expira profondément ce qui eut pour effet d'embuer le pare-brise. Il tendit le bras pour l'essuyer avec son gant.

— Quel temps ! soupira-t-il.

La jeune femme comprit le signal.

— Excusez-moi. Cela ne me regarde pas.

— Non, non, ne vous excusez pas.

Il y eut un silence.

— Vous avez un autre fils, n'est-ce pas ?

— Oui.

— Quel genre de garçon est-ce ?

À la pensée d'Edmund, Lewis sourit. Cet enfant faisait sa joie, mais il se sentait coupable de trop peu le connaître.

— C'est… un gentil garçon.

Brusquement, le volant lui échappa et se mit à tourner tout seul dans un sens, puis dans l'autre, comme si un fantôme ivre était à la manœuvre. Le temps que Lewis reprenne le contrôle, la voiture glissait déjà en un tête-à-queue étrangement lent et élégant. Plutôt que de tenter de résister, il la laissa traverser la route et s'arrêter d'elle-même. Il s'entendit dire « Accrochez-vous ! » et, d'un bras de fer, il plaqua Ursula contre son siège. La voiture vint se planter doucement, silencieusement, dans une profonde congère. Bien que la Mercedes fût à l'arrêt, il maintenait toujours la jeune femme et se retint un instant d'enlever son bras.

— Je ne sais pas ce qui s'est passé, dit-il, le volant s'est mis à…

Son bras restait en place, protection inutile. Figé, il attendait de voir comment elle allait réagir. Elle se dégagea lentement.

— Désolé. C'était…

— Tout va bien, colonel. Banale erreur de conduite.

La voiture était complètement bloquée dans l'épaisse couche de neige. Lewis décida d'accompagner Ursula à pied jusque chez elle puis de se rendre au club des officiers sur le Jungfernstieg, de se faire conduire chez lui et de demander au service de dépannage de récupérer la voiture quand ce serait possible. Il avait un besoin urgent d'une cigarette. Même la réserve, dans l'accoudoir du siège, était vide.

— Je vous accompagne.

— Ce n'est vraiment pas nécessaire, colonel.

— J'y tiens.

Ils remontèrent le Neuer Steinweg désert, dans les vieux quartiers intacts de la ville. Honteux de son geste déplacé, Lewis avait tendance à marcher un peu trop vite.

Rachael l'avait toujours taquiné de sa naïveté à l'égard du beau sexe. Loin de son foyer, une fidélité sans faille avait été sa meilleure défense et lui avait permis de traverser des situations que d'autres avaient trouvées trop tentantes. Chez ses camarades, l'infidélité était monnaie courante et, la plupart du temps, on choisissait de fermer les yeux. Mais lui n'avait jamais connu ces tentations qui s'emparaient souvent d'hommes parfaitement rationnels et les détruisaient parfois. Il avait fini par se demander si c'était lui qui avait un problème. Un soir, à Brême, Blackmore, son second de l'époque, l'avait traité de « lavette » et de « curé ». C'était pendant les premières semaines de paix et les festivités ayant tourné à l'orgie, des pelotons entiers s'accouplaient avec des filles allemandes. Il avait dû intervenir pour que le capitaine, jeune marié, ne remette pas tout en question à cause d'une *barmaid*. « Quelle foutue lavette vous faites, Morgan ! Un vrai curé ! » avait-il lancé tandis que Lewis, sur le pas de la porte, attendait que son second se rhabille. « Enfin, regardez-la ! Comment pouvez-vous résister ? Ça ne vous fait pas envie ? » La fille était dans le lit, une jambe par-dessus le drap, alanguie, elle dormait d'un profond sommeil. Sa chair douce et laiteuse s'offrait aux regards. Pourtant, non, cela ne lui faisait pas envie. Et ce n'était pas, comme le croyait Blackmore, qu'il avait du sang de navet ou qu'il était particulièrement inhibé. Non, son épouse était la seule femme qu'il regardait avec les yeux du désir. Mais là, en voyant Ursula sauter comme une gazelle pour éviter de s'enfoncer dans la neige, il se demandait s'il était vraiment immunisé. Des détails, petits gestes, regards fugaces, toutes ces choses auxquelles il ne pensait être sensible que chez Rachael lui sautaient aux yeux. C'était comme si on lui avait donné des lunettes pour corriger une myopie qui l'aurait affecté toute sa vie. Qu'en penserait Rachael si elle pouvait les observer ? Verrait-elle en lui un officier britannique qui se conduisait en gentleman ou un mari posant les premiers jalons d'une aventure ? Ce que penserait Blackmore, et à vrai dire une bonne partie des hommes du QG, il le savait bien. Mais *lui-même*, comment se voyait-il ? Raccompagnait-il tout bonnement son interprète ou sa galanterie cachait-elle des intentions inavouables ? Ce froid lui tournait la tête et semblait éveiller la bête en lui.

Ils arrivèrent à un petit immeuble de six étages, face à une belle maison ancienne. Ursula cherchait ses clés dans son sac.

— C'est l'appartement de ma tante.

Ah, bien sûr. Elle vivait avec sa tante. C'est pour la rejoindre qu'elle avait cherché à gagner Hambourg en fuyant les Russes.

— Je vous aurais volontiers invité à boire un café mais c'est une cancanière.

— Ne vous inquiétez pas, je n'y comptais aucunement.

— Merci de m'avoir raccompagnée. À demain, au bureau, si le temps le permet.

— Oui. Si le temps le permet.

Rachael était au lit et rejouait en boucle son escarmouche avec Lubert, mot pour mot, jusqu'à l'instant du baiser. Si elle en avait été stupéfaite, elle ne lui en tenait pas rigueur. Il y avait quelque chose de touchant dans ce baiser posé un peu à côté des lèvres et dans ce mouvement de recul du petit garçon qui craint la gifle. Elle s'était surprise à décider très vite d'une trêve et pourtant, depuis, elle n'avait pas eu un instant de paix. Elle voulait savoir pourquoi il lui avait parlé d'elle, de son passé, de son deuil, de son couple. Il avait décrit sa situation avec beaucoup de justesse, et cela l'avait troublée. Elle avait mis un moment à reconnaître qu'elle avait le sentiment d'être comprise.

« Je vous aurais appréciée davantage si je vous avais rencontrée alors… vous n'êtes plus tout à fait vous-même. » « Plus tout à fait toi-même », Lewis le lui avait répété bien des fois depuis la mort de Michael. Et Edmund avait dû l'entendre. De la part de son mari, ce n'était pas une critique, plutôt un encouragement, mais ce qui était implicite c'était le désir, l'espoir qu'elle redevienne tout simplement la femme facile à aimer qu'elle avait été. La femme d'avant la bombe, celle qui n'avait pas à se demander si elle était bien « elle-même », si elle était heureuse ou si elle avait envie de faire l'amour. Mais il n'y avait pas de retour possible. Cette innocence était perdue. La bombe l'avait défaite et elle ne voyait pas comment elle pourrait redevenir cette femme-là. Si Lewis ne comprenait pas cela, il ne pourrait jamais l'aider. Lorsqu'elle lui avait demandé : « Qu'est-ce que tu aimais en moi, avant ? » il lui avait simplement répondu : « Mais je t'aime, Rach, c'est comme ça. Je ne peux pas dire pourquoi. » Pour qu'elle guérisse, il fallait que quelqu'un lui dise pourquoi.

Elle étendit le bras à côté d'elle. La place de Lewis était vide et fraîche et, bien qu'elle se fût habituée à avoir le lit pour elle toute seule, son corps chaud lui manquait. Au lieu de cela, sa main rencontra le pyjama, bien plié sous l'oreiller, confirmation de son absence. Elle en reconnut le tissu, le cordon à la taille. La première année de leur mariage, ils s'étaient couchés nus, même l'hiver. Il n'y avait aucune barrière entre eux, aucune gêne. Bien sûr, ils avaient alors l'énergie de la jeunesse et la liberté que donne un passé limpide mais, avec le temps, ils étaient devenus de plus en plus frileux. Et puis, la mort de Michael avait jeté sur elle un lourd manteau de deuil dont elle se demandait si elle pourrait un jour se débarrasser.

Elle s'assit dans le lit. Quelque part dans la maison il y avait de la lumière. Les rideaux en laissaient passer un rai qui éclairait une lame du plancher. Elle alluma sa lampe de chevet. Elle eut très envie de se préparer un lait chaud, une habitude qu'elle avait prise pendant la guerre, en l'absence de Lewis.

Elle prêta l'oreille aux bruits de la nuit. Rien. On n'entendait que les claquements des radiateurs. Elle finit par sortir du lit et alla regarder par le rideau entrouvert. La lumière venait d'en bas. Peut-être Lewis était-il de retour et s'octroyait-il un dernier verre. Elle enfila ses pantoufles et sa robe de chambre et décida d'aller voir.

Dans la cheminée du hall luisait une unique braise orange. Elle leva les yeux sur la jeune fille nue, objet de la dispute, et s'exaspéra de s'être laissé influencer par Mrs Burnham. Quelque chose en elle appréciait cette peinture, elle la trouvait douce, belle, inoffensive, réalisée avec la plus grande délicatesse. Peut-être insisterait-elle pour que Herr Lubert lui raconte l'histoire du tableau. Et puis elle lui demanderait de lui raconter son histoire à lui.

La lumière du salon était allumée et, en entrant, elle s'attendit à voir Lewis sirotant un whisky sur la chaise-longue Mies van der Rohe. Mais la pièce était vide.

Elle s'approcha de la baie vitrée donnant sur la pelouse qui descendait jusqu'au fleuve. Quelques lumières brillaient sur la rive opposée et la neige tombait sans discontinuer. Rachael regardait vers l'Elbe, qu'elle devinait couler, là-bas, en direction d'une Angleterre de plus en plus difficile à imaginer.

Quelque chose traversait la pelouse. C'était un animal de la taille d'une biche ou d'un très gros chien mais trop bas sur pattes pour être l'un ou l'autre et doté d'une épaisse queue en panache, longue comme le bras. Elle éteignit la lumière pour mieux voir et là, se déplaçant tranquillement sur le tapis de neige, apparut un grand chat noir – pas un chien, pas une biche, un chat – assez gros pour être un léopard ou même une petite lionne, languide, indifférent. Il n'avait rien à faire dans ce jardin et pourtant il semblait parfaitement à l'aise, comme en son habitat naturel.

— Attends, dit Rachael. Reviens.

Elle voulait que le chat s'arrête pour s'assurer qu'elle n'avait pas rêvé. Elle voulait qu'il s'immobilise pour montrer qu'il se savait découvert ; qu'il se tourne vers elle et la regarde, que ce regard soit parlant, complice. Mais l'animal continua son chemin et se fondit dans la nuit.

CHAPITRE HUIT

Lubert et Frieda dînaient d'un œuf à la coque et de pain noir tartiné de margarine Petersen et Johannsen. Lubert s'émerveillait de la capacité de l'être humain – qui était aussi la sienne – à s'adapter à des situations difficiles et à revoir ses exigences à la baisse. Même au pire moment, dans la terrible dernière année de guerre, un tel repas aurait été jugé bien maigre ; maintenant, il en savourait chaque bouchée. Jusqu'à la visqueuse margarine Petersen qui lui semblait bonne.

— Frieda, tu veux bien me passer la margarine ?

Frieda fit glisser le beurrier sur la table et continua à tremper du pain dans son œuf. Elle se tenait le dos voûté. Elle avait quelques boutons sur le front, ses mains et ses cheveux étaient encore gris de la poussière des gravats. Son silence durant les repas était devenu si naturel que Lubert avait pris l'habitude de lire – ce qui eût profondément déplu à Claudia et était un signe de plus que l'influence de son épouse s'effaçait. « Stefan, restez avec nous ! » lui disait-elle au cours d'un repas pendant lequel, physiquement présent, il s'était absorbé dans la lecture d'un journal. « Les chamailleries des hommes de ce monde ont-elles vraiment plus d'intérêt que moi ? »

Déployé sous son assiette, *Die Welt* était ouvert à la page d'un article consacré aux Allemands vivant dans les camps de la zone britannique. Depuis son téméraire baiser à Frau Morgan, il s'attendait plus ou moins à recevoir un avis d'expulsion. Bien qu'elle lui eût tout de suite pardonné, il avait l'impression que les choses n'en resteraient pas là. Peut-être ressemblait-il à sa fille plus qu'il ne voulait l'admettre. Tous deux étaient têtus et impulsifs. Et, comme elle, il éprouvait rarement de remords.

— J'ai vu quelqu'un qui essayait de rentrer chez Petersen, l'autre soir, dit-il à Frieda. (La pensée de sa femme le poussait à faire un effort pour communiquer avec sa fille.) J'allais intervenir et puis je me suis dit, non, autant qu'elle serve à quelqu'un, c'est un scandale, toutes ces maisons vides. Cela n'a pas de sens.

Frieda continuait à manger sans le regarder.

— Pauvre Petersen, dit-il.

Il se fit une autre tartine de margarine. Prendre ses repas dans la petite cuisine de Greta n'était qu'une déchéance relative comparée au fait de devoir vivre dans une baraque comme son voisin. Le roi de la margarine avait jadis possédé une Rolls, un cheval de course et un énorme voilier avec lequel il sillonnait l'Elbe, tel un amiral von Spee au petit pied. Sa demeure avait été la première de la Chaussee à être confisquée, en même temps que son bateau, ses voitures, son cheval et sa fierté ; non seulement il avait subi l'humiliation d'être relogé au camp de Hamm mais, neuf mois plus tard, sa maison restait vide, les Anglais avaient omis de réaffecter sa propriété.

— Comment se passent les déblaiements ?

— C'est dur.

— Ta mère serait fière de toi.

— Je te rappelle qu'elle est morte.

— Je n'oublie pas, Fredie. Comment pourrais-je

oublier ? Je l'ai cherchée pendant des mois parce que je ne voulais pas admettre qu'elle était morte. Maintenant, j'ai accepté.

Dans ses tentatives pour communiquer avec sa fille, il tombait assez vite sur une strate rocheuse impénétrable, fondement de toute sa colère. On frappa à la porte et il fut dispensé de creuser plus avant.

— Entrez !

Il s'attendait à voir Heike.

C'était Rachael. Lubert se leva aussitôt, plus par nervosité que par politesse. Le couperet allait sûrement tomber. C'était, lui semblait-il, la première fois qu'elle montait à leur étage. Peut-être le colonel l'attendait-il en bas, pour lui parler. Ils échangeraient quelques phrases sur le temps puis l'Anglais le provoquerait en duel.

— Frau Morgan.

Rachael jeta alentour un regard que le respect voulut rapide, évalua leur cadre de vie, l'humble petite cuisine et fit la comparaison avec l'espace dans lequel elle vivait.

— J'ai trouvé ceci dans un tiroir, dit-elle, et je me suis dit que je devais vous le rendre.

Elle lui tendit le collier de grenats de Claudia.

Lubert le prit et, sentant le poids des pierres qui cliquetèrent doucement, il fut brusquement traversé par un souvenir. Il avait offert ce collier à Claudia dans les premiers temps de leur relation et avait craint qu'il ne supporte pas la comparaison avec ses bijoux de famille. Mais sa joie manifeste l'avait aussitôt rassuré. Comme il l'avait espéré, le prix des choses n'avait pas beaucoup d'importance pour elle.

— Merci, Frau Morgan. C'est à toi que cela revient, Frieda.

Il donna le collier à sa fille qui l'enfouit dans la poche de son tablier sans mot dire.

— Je me demandais aussi, dit Rachael en se tournant vers la jeune fille, si vous, Frieda, aimeriez vous faire coiffer. Nous avons… Une coiffeuse vient demain à domicile.

Rachael regarda Lubert pour qu'il traduise.

— Fredie, dit-il en allemand, Frau Morgan a la gentillesse de te proposer de te faire coiffer. Cela te dirait ?

— Ma coiffure ne va pas ?

— Si, mais… c'est agréable, non ? Pour une jeune fille… et c'est un gentil geste.

Rachael semblait consciente de la gêne de Frieda.

— Mais seulement si vous en avez envie… Elle n'a pas besoin de me donner sa réponse maintenant, ajouta-t-elle à l'attention de Herr Lubert. Si elle décide de venir, Renate sera là en fin d'après-midi…

Lubert trouvait Rachael très changée. Comme débarrassée d'une épaisse carapace.

— Merci. Frieda ?

— *Danke.*

Un merci marmonné, mais un merci quand même.

*

Le Squelette était en retard, constatait Edmund. C'était peut-être à cause de la neige bien que, jusque-là, cela n'eût pas arrêté Herr König. Cela pouvait aussi être un problème de santé, ses poumons fragiles qui, disait-il, l'avaient empêché de s'engager dans la Wehrmacht. Pourtant, ces derniers temps, il avait bonne mine, il était moins cadavérique, ce n'était plus le vieillard de leur première rencontre. Le gâteau et le verre de lait que Heike lui apportait, ajoutés aux barres de chocolat que le garçon lui glissait dans son sac, l'avaient un peu remplumé. Il avait même évoqué des projets pour l'avenir.

Edmund surveillait l'allée, s'attendant à voir la silhouette noire se découper sur la blancheur du paysage. Il avait hâte que son professeur arrive. C'était leur dernière leçon avant Noël et il avait une surprise pour lui : il allait lui offrir les 400 cigarettes qui lui permettraient d'acheter un *Persilschein*, un certificat de dénazification, qui ferait de lui un homme libre. Il pourrait alors s'envoler pour le Wisconsin, rejoindre son frère, l'homme à la Buick aux cornes de taureau. Après avoir d'abord refusé la proposition d'Edmund, Herr König avait changé d'avis et déclaré que si le « Robin des bois de Hambourg » pouvait l'aider à passer en Amérique, il en serait très reconnaissant (à condition de ne rien dire à personne). Flatté d'être comparé au héros anglais, Edmund s'était surpassé. Livrer des cigarettes aux sauvageons s'était révélé assez facile et deux raids avaient suffi pour réunir ce dont le professeur avait besoin. Le lot de 400 cigarettes – transporté dans la sacoche de médecin qu'il utilisait pour ses jouets – se trouvait à présent au pied de la chaise vide de Herr König.

Heike fit son apparition avec une part de gâteau et un verre de lait; le professeur n'était toujours pas arrivé.

— Bonjour, Edmund.

— Bonjour, Heike.

L'allemand d'Edmund progressant, les deux jeunes gens s'étaient mis à badiner en toute familiarité. Ils s'amusaient à reprendre la faute d'allemand que le garçon avait faite.

— Comment allez-vous, aujourd'hui ?

— Aujourd'hui, je vais très bien.

— Vous êtes une Fräulein délicieuse.

— Et vous, un garçon délicieux.

Elle posa le plateau sur la table basse.

— Où est Herr König ?

D'un haussement d'épaules, Edmund laissa entendre qu'il n'en savait rien.

Heike alla à la fenêtre, frôlant le sac qui contenait le cadeau magique. Elle se mit à imiter König, croisant les mains comme de petites pattes, plissant la bouche et le nez en un museau de rongeur.

— Il est peut-être resté dans son terrier.

Edmund eut un petit rire coupable. Il se sentait un peu déloyal vis-à-vis de son précepteur. Heike furetait dans la pièce et son regard tomba sur le livre du garçon.

— Qu'est-ce que c'est que ça ?

C'était la traduction allemande des *Voyages de Gulliver* que Lubert lui avait prêtée et que son professeur lui faisait lire à haute voix. Edmund montra à la jeune fille son illustration favorite : Gulliver ligoté par les Lilliputiens. Heike la contempla, fascinée.

— Lisez-m'en un peu, ordonna-t-elle.

Edmund ouvrit le livre au hasard et lut avec assurance dans un allemand parfait :

— « Ceci me fit méditer sur les jolies peaux de nos dames anglaises, dont la beauté vient de ce qu'elle est à notre échelle et que leurs défauts ne peuvent être perçus qu'à travers des verres grossissants. L'expérience prouve alors que le teint le plus lisse et le plus blanc apparaît grossier, rugueux et d'une vilaine couleur. »

— C'est vrai que ce sont les dames anglaises qui ont la plus belle peau, dit Heike. Votre mère, par exemple, elle a une peau magnifique.

Edmund hocha la tête bien qu'il n'eût jamais rien pensé de la peau de sa mère et qu'il fût bien incapable de faire une comparaison entre les femmes anglaises et allemandes.

Heike examinait la sienne dans le miroir accroché au-dessus de la cheminée, tournant la tête d'un côté et de l'autre, se tapotant les joues pour les rosir, cherchant des défauts inexistants.

— Les messieurs me complimentent souvent sur ma peau. Certains disent qu'elle est douce comme une pêche. Vous trouvez que j'ai une peau de pêche, Edmund ?

Edmund n'était pas sûr du mot « pêche » mais il comprit lorsque Heike fit celle qui mord dans un fruit.

— Vous aimez ma peau ?

Edmund haussa les épaules.

— Grossier petit Anglais ! dit-elle. Vous ne croyez pas que j'aie des admirateurs ?

Encore un mot qu'Edmund ne connaissait pas. Mais Heike, en veine de confidences, poursuivit.

— Mon Josef est parti pour le front de l'Est. Il n'est jamais revenu. Je devrais peut-être me trouver un Anglais. Vous croyez qu'un mari anglais ce serait bien pour moi ? Qu'est-ce que vous en pensez, Edmund ?

Est-ce qu'elle le demandait en mariage ? Il haussa les épaules de plus belle.

Heike pointa sur lui un doigt faussement menaçant.

— Pas touche au gâteau de Herr König !

Elle refit sa mine de rongeur et quitta la pièce.

Edmund regarda le plateau du goûter qui ne lui faisait aucunement envie. Il le rendait surtout triste. Chaque fois que venait le moment où Herr König attaquait son gâteau et son verre de lait, Edmund tournait systématiquement la tête ou se plongeait dans son livre. En partie par politesse – il lui semblait que c'était un moment intime qu'il fallait respecter –, mais aussi parce que le rituel du précepteur, sa mastication bruyante, sa façon de rassembler les miettes et de lécher ses lèvres blanches de lait le révulsaient aussi violemment que le raclement des ongles sur un tableau noir.

Le tic-tac de la pendule, amplifié dans le silence,

finissait par scander « Kö-nig, Kö-nig ». Au bout de quelques minutes, Edmund posa son livre et alla à la fenêtre.

— Kö-nig, Kö-nig, Kö-nig, où êtes-vous ?

Aucun signe du professeur. En revanche, la Mercedes de son père apparut au portail et s'engagea dans l'allée comme un navire noir se frayant un chemin dans les glaces de l'Antarctique. Le colonel n'était jamais à la maison dans la journée. Il partait après le petit déjeuner et lorsqu'il revenait, le soleil était couché ; on aurait pu le prendre pour quelque animal nocturne. Que faisait-il ici, si tôt ? Peut-être avait-il trouvé Herr König sur sa route.

Mais son père sortit seul de la voiture, se pencha à l'intérieur et prit sa serviette et un dossier. Puis au lieu de monter aussitôt les marches, il resta immobile, contemplant la maison comme s'il cherchait la solution d'un problème complexe. Il laissa échapper un profond soupir qui se matérialisa en un grand nuage dans l'air froid. Il gravit lentement le perron et passa la porte d'entrée, ses pas de plus en plus audibles au fur et à mesure qu'il s'approchait du bureau. Edmund prit conscience du sac qui contenait son butin, mais il était trop tard pour le cacher. Son père était déjà sur le pas de la porte.

— Bonjour, Ed.

— Bonjour, père.

Le colonel esquissa un sourire. Il ferma la porte et vint s'asseoir sur la chaise du professeur, il alluma une cigarette et rejeta la fumée. Ses mouvements étaient d'une précision caractéristique mais en même temps complètement naturels. Edmund les connaissait par cœur : sa façon de se mordre la lèvre supérieure après avoir exhalé la fumée, de frotter le dos de sa main en écartant le pouce. Il avait plaisir à observer son père, qui était plus facile à imiter que sa mère, plus complexe, plus changeante. Mais aujourd'hui, il était plus grave qu'à son habitude. Soupçonnait-il quelque chose ? Il s'était rarement mis en colère contre lui. Il avait été absent si longtemps que c'était sa mère qui s'était presque exclusivement chargée de son éducation. Edmund ne se souvenait pas que son père l'eût jamais réprimandé. Pourtant, cette fois, il sentait venir un reproche.

— Est-ce que tu vas bien ?

Edmund hocha la tête en signe d'assentiment.

— Bon. C'est bien.

Son père ne semblait pas fâché, plutôt avoir quelque chose de difficile à dire. Le garçon se souvint tout à coup du jour où il l'avait fait asseoir pour « parler un peu ». C'était après la mort de Michael et leur échange avait été à peu près le suivant :

— Est-ce que ça va ?

Hochement de tête.

— Bon. C'est bien. Eh bien, si tu veux… si tu as besoin de parler… de quoi que ce soit… fais-le-moi savoir.

Haussement d'épaules. Hochement de tête. Cela n'avait pas été plus loin.

Aujourd'hui, son père le regardait presque de la même façon.

— J'ai bien peur que Herr König ne vienne pas, dit Lewis. Il ne viendra plus. Il a des ennuis.

— C'est ma faute, balbutia Edmund.

— Qu'est-ce qui est ta faute ?

— Je lui ai conseillé d'aller en Amérique.

Son père ne parut pas comprendre.

— Je… je voulais l'aider. À refaire sa vie.

Les cigarettes formaient à présent un paquet de culpabilité si énorme qu'il allait sans doute mettre le feu au sac ou le rendre transparent. Le père suivit le regard de son fils.

— Il y a quelque chose dans le sac ? Quelque chose pour Herr König ?

Edmund fit oui de la tête.

Lewis se pencha, cigarette aux lèvres, yeux plissés pour se protéger de la fumée, et l'ouvrit.

— Mère a dit que tu voulais fumer moins. J'ai pensé que tu n'avais pas besoin de toutes ces cigarettes.

Lewis examina le butin.

— Je me demandais où elles étaient passées.

— Il lui en fallait 400 pour un *Persilschein*.

— 400 ?

— C'est 400 pour le certificat, 200 pour une autorisation de sortie du pays, 500 pour une bicyclette.

— Comment sais-tu tout cela, Ed ?

Son père semblait amusé, presque admiratif.

— Par... mes amis. Ceux qui vivent de l'autre côté du pré. Les garçons sans mère.

— Eux aussi, tu les as aidés ?

Edmund se voûtait de honte, sa voix s'éteignait. Son « oui » fut presque inaudible. Ces deux derniers mois, il avait probablement livré à Ossi plusieurs douzaines de paquets.

— Je n'ai fait que suivre ton exemple.

Lewis écrasa sa cigarette dans le cendrier en onyx posé sur le bureau.

— C'est bien de donner. Mais ce n'est pas bien de voler, Ed. Même si c'est pour aider les gens. Tu aurais dû m'en parler.

Edmund acquiesça. Il lui était pénible de décevoir son père. Il frottait ses ongles de pouce l'un contre l'autre pour cacher son émotion. Il évitait de regarder son père de peur de se mettre à pleurer. Il ne fallait pas qu'il pleure.

— En tout cas, c'est une bonne chose que tu n'aies pas donné ces cigarettes à Herr König. Ce n'était pas l'homme que nous pensions. Il n'était pas directeur d'école. Il faisait partie de la police spéciale des nazis.

— Mais il ne pouvait pas combattre. À cause de ses poumons. Il respirait mal, à chaque leçon je l'entendais. Il n'aimait pas Hitler. Il ne voulait même pas en parler.

— Non.

— Mais… je ne comprends pas. Tu es sûr ? Il n'avait pas l'air d'un mauvais homme.

— On ne peut pas juger les gens à leur mine, Ed. Parfois… le mal… est profondément enfoui.

Le cœur d'Edmund chavirait dans sa poitrine. Même si son professeur avait commis des crimes ignobles, il était triste à l'idée de ne pas le revoir, à l'idée que l'homme ne referait pas sa vie au Wisconsin. Cela, c'était pire que d'avoir été trompé.

— Que va-t-il lui arriver ?

Son père se frotta le dos de la main.

— Il va probablement aller en prison.

Le gâteau et le lait, abandonnés sur leur plateau, formaient un triste tableau. Son précepteur ne boirait jamais ce lait, ne mangerait jamais ce gâteau. Edmund se mit à tripoter la couverture des *Voyages de Gulliver.*

— Alors, tu es gros-boutien ou petit-boutien ?

Edmund haussa les épaules. Il savait que son père faisait allusion à l'épisode des *Voyages* où ceux qui ouvraient leur œuf par le bout rond et ceux qui l'ouvraient par le bout pointu se faisaient la guerre, mais il ne pouvait répondre sur le même ton.

— Nous pourrions demander à Herr Lubert de te donner des leçons. Au moins jusqu'à ce que nous ayons trouvé un autre professeur.

Edmund essayait de se remémorer tous les moments passés avec Herr König pour retrouver des indices qui lui auraient échappé et le voir comme le criminel qu'il était.

— Non, il n'avait pas l'air d'un mauvais homme, répéta-t-il.

— Moi aussi, je pensais que c'était quelqu'un de bien. Je me suis trompé. Mais cela ne signifie pas qu'il ne faut pas faire confiance aux gens. Il faut parfois accepter que les gens soient mauvais pour pouvoir les aider. Même s'ils abusent de notre confiance.

— Je regrette d'avoir pris ces cigarettes.

Lewis hocha la tête.

— Que vas-tu en faire ? demanda Edmund.

— Eh bien, les fumer, peut-être.

— Est-ce que je peux les donner à… mes amis ? Ils les troquent contre de la nourriture.

— C'est au camp qu'ils devraient aller chercher à manger. Où vivent-ils, tes amis ?

— Je ne sais pas trop. Ils bougent beaucoup.

— Ils sont orphelins ?

Edmund fit oui de la tête.

— Combien sont-ils ?

Son père semblait plus curieux que fâché.

— Six ou sept, je crois.

Comme souvent lorsqu'il réfléchissait, Lewis faisait tressauter sa jambe. Il ne lâchait pas le sac des yeux. Finalement, il le poussa vers Edmund.

— Veille à ce qu'ils ne dépensent pas tout d'un coup.

*

Rachael achevait le dernier carton indiquant la place des invités lorsque Lewis entra dans la salle à manger. De son écriture fluide elle traça le nom du commandant Burnham puis plia le carton et le posa sur le siège, à côté d'elle.

— Qu'est-ce que tu en penses ? demanda-t-elle.

— Très joli. Cela te va très bien.

— Je parlais de la table mais, merci quand même. (Elle effleura ses boucles.) J'ai demandé à Renate de faire une séance de coiffure générale. Après moi, elle s'est occupée de Heike. Puis de Frieda. Mais Frieda, il a fallu la convaincre.

— Herr Lubert a dû être très reconnaissant.

— Oui.

— C'est le genre de choses qui sont très positives. Je suis sûr que Frieda s'en souviendra.

Rachael avait été émue de voir Renate poser les mains sur les épaules de Frieda, lui parler gentiment pour qu'elle se détende, défaire ses tresses serrées et lisser ses longs cheveux en disant : « Oh ! là, là, quelle chevelure ! On dirait Veronica Lake. »

— Ça y est, lança Rachael, en faisant un pas en arrière.

À son tour, Lewis examina la table qui était dressée pour huit personnes et où rien ne manquait : le service Wedgwood céladon, fourni par l'armée, le candélabre en argent qui lui venait de sa mère (seule pièce d'argenterie familiale), les sets représentant des scènes londoniennes et, *summum* du luxe, les verres en cristal de Lubert. Pour quels toasts avait-on levé ces verres ? Quels visages joyeux s'y étaient reflétés ? C'était rassurant que Rachael se soit remise à fabriquer ces petits cartons. Les femmes avaient droit à une fleur peinte sous leur nom, les hommes à des épées ou à des fusils entrecroisés.

— C'est splendide, dit-il, chassant la pensée que, près d'eux, certains mouraient de faim.

D'ailleurs c'était lui qui avait eu l'idée de ce dîner. C'était un défi lancé à Rachael, et elle l'avait relevé. Cette tâche semblait l'avoir ranimée et, en la regardant faire, Lewis sentit frémir en lui une flamme ancienne.

— Susan veut absolument être à côté de toi. Donc moi, je serai à côté du commandant. Je mets Mrs Eliot au milieu, à côté de ton capitaine Thomson, de l'autre côté de Burnham. Tu penses qu'ils vont s'entendre ?

— Comme larrons en foire.

— Tu ne vas pas te lancer dans une discussion avec lui, Lewis ? Susan m'a dit que vous n'étiez pas tout à fait sur la même longueur d'onde.

— Je me conduirai impeccablement.

— Tu peux parler de tout, de cricket, du temps, de politique même. Mais pas du travail. Ça, on oublie. S'il te plaît, Lew, fais-le pour moi.

Quelque chose en elle avait changé : depuis la tempête de neige, elle assumait son rôle de maîtresse de maison. Le personnel était aux ordres et n'en était que plus efficace. Elle allait régulièrement prendre le café avec l'« équipage », comme s'étaient baptisées les dames arrivées ensemble sur le *SS Empire Halladale*. Et les mots tendres faisaient à nouveau partie de son vocabulaire.

— Est-ce que ça va ? J'ai l'impression que quelque chose cloche.

Rachael avait commencé à mettre les marque-places sur les assiettes à salade mais s'était arrêtée en chemin.

— Sur les assiettes ou sur les sets ?

— Peu importe.

— Non, c'est typiquement ce qu'une épouse de gouverneur doit savoir. Celia ne manquera pas de critiquer. Sur quoi m'a-t-elle reprise, l'autre jour ? Ah, oui. J'ai dit « Comment ? » et elle : « On dit, pardon. » Rachael imita la voix retentissante de Mrs Thomson. Et une autre fois, à propos d'un menu de dîner : « Ce n'est pas une soupe, ma chère, c'est un potage. »

Elle se mit à déplacer les cartes et à les poser sur les sets. Lewis fit de même pour la sienne, remarquant qu'elle lui avait donné son set favori représentant les troupes défilant sur le Mall. Sa carte était ornée de deux fusils croisés, minutieusement peints.

— Tu m'as donné des armes à feu…

— Tu préférerais une fleur ?

Cette taquinerie s'accompagnait d'un regard en coin, presque aguichant.

— Bon, voilà. Qu'en penses-tu ? Franchement ?

— Je trouve cela (il chercha un terme plus fort que « splendide ») absolument magnifique.

Il lui prit l'épaule et eut la surprise de sentir sa main rejoindre la sienne et la serrer tendrement. Il savait qu'il ne percerait jamais tous les mystères d'une femme comme Rachael mais, en l'occurrence, il n'avait pas besoin d'un spécialiste du décryptage.

— Tu viens ?

— Il faudra faire vite.

— Et Ed ?

— Il est consigné dans sa chambre.

— Pourquoi ?

— Il est rentré tard de jouer avec des garçons du quartier. Tout va bien. On a eu une petite conversation. Il devra monter plus tôt pendant une semaine.

Heike entra, fit une courbette, les yeux baissés, consciente d'interrompre un moment d'intimité.

— *Bitte*, téléphone, Herr Morgan.

— Merci, Heike.

Lewis attendit que la jeune femme ressorte.

— Qui cela peut-il être ? questionna Rachael.

Lewis soupira. Il savait que le téléphone, branché sur une ligne de l'armée, transmettait des messages émanant d'un seul lieu : son QG. Et d'une seule sorte : urgente.

— Tu ne prends pas l'appel ?

Il se sentait comme écartelé entre le lourd cheval du devoir et le fringant pur-sang du désir.

— Va. Je te rejoins tout de suite.

Quelques minutes plus tard, il trouva Rachael, vêtue

d'un simple slip, devant le miroir de la salle de bains, en train d'essayer un collier sur ses seins nus.

— Ferme notre porte à clé, dit-elle.

Il tira la porte mais ne tourna pas la clé.

— Il y a un problème ? demanda-t-elle.

— Il y a eu une émeute à l'usine.

— Oh !

— Il y a des morts.

— Mais… Lewis, tu ne peux pas partir maintenant, les invités vont arriver dans une heure à peine.

— Je suis désolé, ma chérie. J'essaierai d'être de retour… avant la fin de la soirée.

Elle laissa glisser le collier dans le lavabo et se couvrit la poitrine du bras droit.

— Eh bien, va. Va sauver l'Allemagne, dit-elle avec une lassitude qu'il connaissait bien, plus résignée que contrariée.

Puis, dissimulant toujours ses seins, elle le congédia d'un geste et lui tourna le dos.

*

Rachael accueillit ses invités en robe à sequins bleu canard et décolleté profond qui, avant la guerre, lui avait toujours valu un succès sans partage. Ses cheveux remontés en chignon mettaient en valeur sa nuque et l'ovale de son visage ; son collier de lapis-lazulis attirait l'attention sur ses autres avantages. Elle avait choisi cette tenue pour faire taire ses idées noires et se montrer au mieux de sa forme, parfaitement capable de mener à bien cette soirée sans son mari. Elle avait trente-neuf ans. Sa vie n'était pas finie.

Susan Burnham s'avoua battue avant même d'avoir ôté son manteau.

— Rachael Morgan, vous nous damez le pion à toutes ! s'écria-t-elle en lui tendant une charlotte au sherry dans une lourde coupe en verre. Il y a assez d'alcool là-dedans pour enivrer un régiment. Et rappelez-moi de reprendre ma coupe.

— Vous me faites penser… à une héroïne de Tolstoï, dit Mrs Eliot.

— Je prends cela pour un compliment, Pamela. Et vous, vous êtes ravissantes, l'une comme l'autre.

Tandis que ses hôtes donnaient leur manteau à Richard, elle annonça d'un ton léger :

— Il y a eu un incident. Lewis vous prie de l'excuser et espère être de retour pour le dessert. Ou bien faut-il dire « entremets », Celia ?

— Tout dépend de ce que vous avez prévu de nous servir, décréta la ministre de l'Étiquette, insensible à l'ironie.

Rachael avait décidé que l'on ne commenterait pas l'absence de Lewis plus que nécessaire. Elle laissa passer une salve d'exclamations – « Quel dommage ! », « Oh ! le pauvre ! », « C'est une déception ! » – puis invita tout le monde à se grouper autour de la cheminée où Heike attendait avec les cocktails. Dès que les Eliot, les Thomson et les Burnham eurent commencé à siroter leur gin-bitter et à porter des toasts à l'« équipage du *Halladale* », Lewis fut presque oublié.

— Eh bien, dit Rachael en levant son verre, nous voilà réunis encore une fois, à l'équipage !

— À l'équipage, reprit le chœur.

— C'est drôle, je vois tout cela en rose, maintenant, dit Mrs Eliot. Et sur le moment j'avais un tel mal de mer !

— C'est une bonne chose que tu ne sois pas sur le bateau aujourd'hui, dit le capitaine Eliot, la mer est gelée.

— Le mois de décembre le plus froid jamais enregistré, déclara le capitaine Thomson. À Camberley, personne ne se souvient d'un hiver aussi rude. Des congères de trois mètres dans le Kent. Moins 20 dans le Devon.

— Là-bas, au moins, ils ont du chauffage. Et à manger, remarqua Mrs Eliot.

On pouvait compter sur elle, la conscience du groupe, pour les ramener à la dure réalité de l'Allemagne.

— À l'école, l'encre a gelé dans les encriers. Et hier, j'ai vu un garçon qui fouillait dans nos poubelles et léchait une boîte de riz au lait vide. Il portait une robe de chambre et ses pieds étaient enveloppés dans des sacs. C'était pitoyable.

Mrs Burnham soupira.

— Pourrions-nous passer ne serait-ce qu'une soirée sans penser à la misère du monde, Pamela ?

— Je suis sûre que ce ne sera pas difficile pour vous, Susan, fit Rachael en lui lançant un regard qui signifiait : *Ce soir, c'est moi qui donne le ton.* Puis, sans transition, à Mrs Eliot : Comment marche votre groupe, Pamela ? Le groupe de discussion ?

Mrs Eliot avait trouvé un exutoire logique à son besoin d'activisme dans un des nombreux groupes de femmes que Rachael s'était soigneusement abstenue de rejoindre. Créé par l'aumônier du district, le colonel Hutton, ce cercle anglo-allemand avait pour but d'inciter les Allemands à s'exprimer librement en public.

— Il a de plus en plus de succès. Même si je les soupçonne presque tous de venir pour les biscuits gratuits et le local bien chauffé. Au début, ils sont un peu raides, et puis, sous l'effet du thé, ils se détendent. Nous avons eu quelques conversations épatantes, et même des désaccords. Une fois, c'était formidable, nous avons évoqué les différences de caractère entre les Anglais et les Allemands. Et la semaine dernière, le thème était « La place d'une femme est-elle à la maison ? »

— Ça dépend de la maison, intervint Susan sans chercher à cacher combien ces « sornettes humanitaires » l'exaspéraient.

Mais le sujet intéressait Rachael. Mrs Eliot avait su tirer un parti positif de son émotivité et cela semblait lui faire du bien.

— Continuez, Pamela.

— Ils n'ont pas l'habitude de débattre, ni de se déclarer contre l'opinion majoritaire. Mais ils s'y mettent. Pour les jeunes, c'est plus difficile. Dans les jeux, ils sont à l'aise. Mais dans les discussions, c'est autre chose. La plupart ont perdu leurs illusions ; ils sont méfiants, on dirait qu'ils n'ont plus d'espoir. (Rachael pensa à Frieda.) Le colonel Hutton s'efforce de leur montrer qu'ils ont un avenir. Qu'il y a un sens et un but à la vie.

— Oui : manger et boire, et non se casser la tête sur le sens de la vie, dit Susan, décidément très combative.

— Ne faites pas attention, Pamela, dit Rachael en prenant la carafe de gin des mains de Heike. Un autre gin-bitter, messieurs ?

Lewis avait le don de savoir quand resservir à boire et Rachael s'était promis de ne laisser personne avec un verre vide. Les deux capitaines, absorbés dans leur conversation sur les exploits des deux batteurs Erdrich et Compton lors de la saison de cricket qui venait de s'achever, n'avaient besoin de rien. Le commandant, par contre, un peu à l'écart, faisait tourner dans sa main un verre presque vide. Rachael le lui remplit d'autorité.

— Quelle chance de faire enfin votre connaissance, commandant. Susan parle beaucoup de vous.

Pourtant, l'homme était bien différent de ce que les propos de Mrs Burnham et de Lewis lui avaient laissé imaginer. Elle s'était attendue à un idéologue froid, ennuyeux et sans humour dans son obsession à purger la zone britannique du virus nazi. Elle constatait avec étonnement que cet homme brun, au physique levantin, semblait timide, presque mal à l'aise. La modestie dont il faisait preuve – mais qui pouvait être de façade – démentait sa réputation. Peut-être Lewis se trompait-il sur lui.

— Je vois que vous avez dissimulé la trace.

Susan Burnham, immanquablement, avait remarqué le nouveau tableau accroché au-dessus de la cheminée.

— Oui.

— C'est sûrement mieux que ce qu'il y avait avant.

— Ce n'était pas… ce que nous pensions.

— Vous lui avez demandé ?

— Il en a été très… blessé.

— Et vous l'avez cru ?

— Certainement.

Rachael ne souhaitait pas s'appesantir. Elle frappa dans ses mains et dit :

— Et si nous passions à table ?

Mrs Burnham, plissant les yeux, s'exclama :

— Mrs Morgan, vous vous montrez sous un jour nouveau, ce soir.

Heike servit le premier plat, une soupe à l'oignon bien relevée pour laquelle on complimenta aussitôt la cuisinière. On causa à bâtons rompus jusqu'au moment du plat principal où Rachael décida de se consacrer à son voisin, le commandant Burnham. Jusque-là, il s'était peu mêlé aux bavardages mais, dans le dialogue, il se montrait extrêmement attentif.

— Ça doit être grave, pour que Lewis n'ait pas pu attendre demain.

Rachael hésita. Qu'était-elle censée savoir, ou dire ? Comme la plupart des épouses de militaires, elle avait l'habitude de n'évoquer ni manœuvres ni missions. Tout naturellement, elle resta dans le vague.

— Tout ce qui se passe dans son district lui tient à cœur, répondit-elle.

— Vous voulez dire qu'il sacrifie son quotidien à notre avenir ?

L'ironie était subtile. Elle répondit sur le même ton.

— Ce qui est certain, c'est qu'il se bat dans la paix aussi énergiquement qu'il s'est battu dans la guerre.

— D'une certaine façon, la paix est plus difficile. L'ennemi est moins aisé à reconnaître.

— Lewis n'aime pas le mot « ennemi ». Il l'a rayé de son vocabulaire. Mais il pardonne plus facilement que moi.

— Il a peut-être moins à pardonner que vous.

Lewis lui avait dit un jour que le pardon était leur meilleure arme. Et bien qu'elle fût d'accord, du moins en théorie, Burnham exprimait là ce qu'elle avait toujours pensé sans pouvoir le dire, à savoir qu'il était plus facile pour Lewis de pardonner parce qu'il avait vécu le deuil de loin. Elle répondit, se citant elle-même :

— Je ne crois pas que cela se mesure.

Mais elle ne souhaitait pas se laisser entraîner dans cette direction.

— Susan m'a prévenue que vous étiez un bon investigateur. Que donne le questionnaire ? Vous permet-il de détecter les criminels ?

— Il est trop facile de s'y dérober. C'est pourquoi je tiens à interroger autant de gens que possible. Il n'y a rien de plus efficace que de les regarder dans les yeux.

— Et vous lisez la vérité dans leurs yeux ?

Burnham regarda Rachael dans les yeux et les siens, pareils à ceux d'un tigre aux iris jaunes et aux longs cils, étaient d'une beauté désarmante.

— Ceux qu'on imaginerait coupables, par leur comportement ou leur histoire, ne le sont pas, le plus souvent. J'ai interrogé un ex-colonel, cette semaine, il voulait se lancer dans les affaires. C'était le Prussien typique, autoritaire, agressif, sans remords. Haïssant les Latins. Habitué à faire ses quatre volontés. Mais il méprisait Hitler et les nazis. Comme beaucoup de militaires prussiens d'ailleurs. L'homme était propre. Les gens que je veux rencontrer, qu'il faut que je rencontre, ce sont ceux qui se débrouillent pour ne pas répondre au questionnaire. Les Allemands haut placés peuvent se permettre de ne pas travailler. Ils ont des relations, ou les moyens. Alors ils se dispensent des formalités.

— Vous en avez rattrapé beaucoup ?

— Pas suffisamment. On a fait environ trois mille prisonniers.

— Cela paraît beaucoup.

— Pas si l'on considère qu'un million de questionnaires ont été remplis.

— À combien voudriez-vous arriver ?

Burnham plaça son verre devant la flamme d'une bougie dont le cristal réfracta la lumière.

— Ce n'est pas une question de chiffre, Mrs Morgan.

L'espace d'un instant, Rachael comprit ce qu'on pouvait ressentir sous le feu de ce regard. Il lui semblait que, pour Burnham, il ne s'agissait pas seulement de bien faire son travail. Même s'il s'exprimait calmement, sans passion, elle sentait qu'il cherchait à refouler une violence intérieure. Elle soupçonnait que sa motivation n'était pas aussi rationnelle qu'il voulait le faire croire.

— Qu'est-ce qui vous a fait choisir l'investigation ?

Le commandant reposa ses couverts et se tapota les lèvres avec sa serviette.

— C'est vous maintenant, Mrs Morgan, qui me soumettez à un interrogatoire.

Rachael se mit à rire.

— Pardonnez-moi, c'est seulement que cela… m'intrigue de savoir pourquoi vous avez choisi précisément cette mission.

En homme habitué à décider du rythme et de la direction de la conversation, Burnham se versa du vin, indiquant que celle-ci avait assez duré.

— Fameux, ce vin du Rhin.

Rachael en resta là et, jusqu'à la fin du plat principal, on parla des mérites de la cuisine allemande comparée à l'anglaise, sujet vite monopolisé par Mrs Thomson. Heike était en train d'enlever les assiettes lorsque Mrs Eliot fit remarquer que Lewis n'était toujours pas rentré. Elle exprima l'espoir que tout aille bien pour lui et proposa un toast « au gouverneur de Pinneberg ».

Rachael n'avait parlé d'un éventuel retour de Lewis que pour minimiser son absence, mais elle n'avait pas cru un seul instant qu'on le verrait à ce dîner. Elle s'avisa tout à coup qu'elle n'avait pas pensé à lui de toute la soirée. Elle s'était sentie plutôt libérée d'être seule à la manœuvre et alla jusqu'à penser que sa forme était peut-être due à l'absence de son mari. Était-elle plus à l'aise sans lui ? En levant son verre, elle eut l'impression qu'elle ne buvait pas à son époux mais à quelque fonctionnaire anonyme et sans visage.

— Et maintenant, un toast à notre hôtesse, dit le capitaine Eliot. Un repas de tout premier ordre, Mrs Morgan. À Rachael !

— À Rachael !

— C'est l'œuvre de Greta, la cuisinière, je n'y suis pour rien.

— Mes compliments à elle aussi, alors.

— Ils lui seront transmis. On verra si elle les accepte. Elle résiste énergiquement à toutes mes tentatives pour être courtoise.

— La nôtre est épouvantable, dit Mrs Burnham. Elle fait toutes sortes de manières. « Che zuis de la haute zoziété. » Cela dit, nous avons découvert qu'elle n'invente rien. Je n'y croyais pas, jusqu'à ce qu'elle me montre ses bijoux et là, Seigneur !

Elle écarta son étole pour montrer, amarrée à sa poitrine, une broche ornée d'une topaze de la taille d'une noix.

— Trois cents cigarettes et une bouteille de Gilbey's !

Admirative, Mrs Thomson s'exclama :

— Mon Dieu, c'est ravissant !

— Eh bien, Keith a arrêté de fumer. Il nous restait quelques paquets. Et puis, on fait ce qu'on peut pour aider. Elle avait l'air enchantée.

Rachael eut un frisson en voyant la pierre et en songeant que la cuisinière avait dû se séparer d'un bijou de famille. Susan Burnham était d'humeur acerbe, ce soir. Quelque chose semblait la contrarier : peut-être le fait de n'être pas tout à fait le centre de l'attention ?

— Lorsqu'on parle des gens de la « haute société », c'est une façon de désigner les fabricants d'armes, n'est-ce pas ? Le capitaine Eliot s'adressait au spécialiste de la dénazification, lequel était en train de vider un plein verre de vin.

— Si c'était aussi simple, nous n'aurions qu'à convoquer tous les individus à particule de ce pays.

— Et le vôtre, Rachael, votre homme « de la haute », comment se comporte-t-il ?

Elle lança sa question d'une voix forte, pour être entendue de tous et ainsi forcer Rachael à répondre.

— Il y a des moments difficiles, mais je trouve que ça va aussi bien que possible.

— Faites-nous profiter des moments difficiles !

Rachael botta en touche.

— Ce sont des choses vraiment banales. Comment se répartir la vaisselle. Qui utilise la porte de service. Des détails de ce genre.

— Comment faites-vous pour vivre sous le même toit, c'est ce que je me demande ? dit Mrs Thomson.

Elle posait la question sur le ton de qui demande des nouvelles d'un malade en phase terminale.

— Moi cela me perturberait trop.

— On s'arrange. Comme vous l'avez dit, Pamela, c'est nous qui sommes les privilégiés.

D'un mouvement vif de sa serviette, Rachael fit signe qu'on allait passer à autre chose.

— Je pense que c'est le moment de notre petit concert.

Tout le monde se regroupa autour du piano. Un album de chants de Noël se trouvait déjà sur le lutrin et, à peine assise, Rachael se lança dans une joyeuse interprétation de *La Marche des Rois* puis attaqua sur le même rythme *Vive le vent*. À chaque refrain, le commandant se mettait en devoir de répandre la Bonne Nouvelle en tapant à contretemps sur la caisse du Bösendorfer et en vociférant. Tout le monde étant plus ou moins éméché, son état ne choquait pas mais Rachael trouvait cela inquiétant : le changement était brutal, l'homme courtois et fin avec lequel elle s'était entretenue à table se conduisait comme un rustre. Elle tenta de redresser la barre avec *Venez, jolis bergers*, puis de calmer le jeu avec *Douce nuit* que Burnham voulut absolument chanter en allemand en accentuant les paroles de façon caricaturale pour un effet qu'il jugeait comique.

— Du Gilbert et Sullivan, maintenant ? proposa le capitaine Thomson.

Il avait trouvé l'édition complète reliée en cuir sur le piano et ouvrit le volume à la chanson *The Pirates of Penzance*.

— Celle-ci est faite pour vous, mon commandant.

Burnham posa son verre et se redressa. Rachael sentait son haleine avinée et eut l'impression que cette violence qu'il refoulait menaçait d'éclater. Il chantait juste, sans aucune timidité, presque agressivement.

« Je suis le parfait modèle du major mirifique.
Sur le bout des doigts je connais la musique,
Tous les rois d'Angleterre, les combats historiques,
De Marathon à Waterloo, en ordre catégorique… »

Rachael avait ralenti pour lui permettre de suivre mais, incapable de tenir la cadence effrénée des vers humoristiques, il finit par se contenter de faire « la, la, la » en tapant de plus en plus fort sur le piano. Au milieu du dernier couplet, les vibrations envoyèrent un vase au tapis.

— Oups ! fit Burnham.

Rachael se leva pour constater les dégâts : le vase s'était brisé en quatre.

— Keith ! s'exclama Susan.

— Toutes mes excuses, dit Burnham. Ça doit pouvoir se recoller.

— Ce vase n'est pas à moi, commandant. Il fait partie de la maison.

— Ah, bon. Tout va bien, alors !

Il rit et, à la consternation de Rachael, tout le monde l'imita.

Elle ramassait les morceaux lorsque la porte s'ouvrit. Un instant, elle crut que Lewis était de retour mais c'était Herr Lubert.

Lubert avait l'air de quelqu'un qui avait fait, ou s'apprêtait à faire, quelque chose de terrible. Il avait une coupure profonde au-dessus des sourcils, où le sang, à peine coagulé, brillait. Tout son corps tremblait, sa respiration était haletante. Immobile, il les fusillait du regard tel un prophète déboulant en pleine orgie.

— Herr Lubert ? s'exclama Rachael, à la fois pour

que ses invités sachent qui il était et pour prévenir tout geste malheureux. Est-ce que ça va ? Vous saignez.

Le regard de Lubert allait du vase à Burnham. Ses narines se dilataient ; ses épaules et sa poitrine se soulevaient comme s'il s'apprêtait à empoigner le piano pour le jeter à la tête du major.

— Désolé pour le vase, mon vieux, dit Burnham, je suis sûr que, contrairement à la coquille de Humpty Dumpty[1], ça se recolle !

Rachael lança à Susan Burnham un regard lui enjoignant d'intervenir.

— Allons, viens, Keith, dit enfin celle-ci. Je crois que cela suffit comme ça.

— Hein ? Allez, encore une chanson. Herr Lubert pourrait peut-être chanter avec nous ?

Et il se remit à tambouriner au rythme de l'air qui lui trottait encore dans la tête.

— Je vous prie de ne pas taper comme cela sur le piano, dit Lubert, les poings serrés, en fusillant Burnham du regard.

Il ne l'avait pas quitté des yeux depuis qu'il avait passé la porte.

Le commandant était encore assez lucide pour réagir et il frappa un grand coup sur le piano, à en faire vibrer les cordes.

— Apprenez que ce piano est réquisitionné, Herr Lubert. Ce qui signifie qu'il est la propriété de la Commission. Et par conséquent, qu'il m'appartient.

Certaine que Lubert allait en venir aux mains, Rachael alla poser les morceaux du vase sur le piano

1. Allusion au personnage en forme d'œuf d'une comptine anglaise qui dit : « Humpty Dumpty sur un muret perché / Humpty Dumpty par terre s'est écrasé. / Ni les sujets du roi ni ses chevaux / ne purent jamais recoller les morceaux. »

et vint se placer entre les deux hommes. Elle s'adressa directement à Lubert et lui dit calmement :

— Nous avons tous un peu trop bu.

Lubert la regarda, ses poings se desserrèrent. Il jeta un dernier regard à Burnham et sortit de la pièce en murmurant : « *Sie ekeln mich an !* »

— Oh ! oh ! s'écria le commandant, vous avez entendu ? « Vous me dégoûtez », il a dit que nous le dégoûtons. C'est *nous* qui dégoûtons ce monsieur !

Il se retourna vers Rachael, s'attendant à ce qu'elle exige des excuses sur-le-champ et prenne une sanction.

— Je crois que c'est à toi que cela s'adressait, Keith, dit son épouse.

Cette fois, elle le prit par le bras et le poussa vers la sortie.

— C'est l'heure d'aller dormir, ajouta-t-elle.

— Mais voyons, je suis le parfait modèle du major mirifique… protesta-t-il.

La soirée était finie. Ce n'était pas la conclusion que Rachael avait prévue – il n'y aurait ni jeu de cartes ni charades autour du feu de bois – mais elle voulait que tout le monde s'en aille aussi vite que possible. Sa seule pensée était d'aller retrouver Lubert. Les invités se retirèrent poliment, dans un concert de compliments, de remerciements et d'excuses. Dix minutes plus tard, elle referma la porte sur une Mrs Eliot désolée, qui espérait que tout s'arrangerait et que Rachael rejoindrait le groupe anglo-allemand où, qui sait, elle amènerait peut-être Herr Lubert.

Rachael allait monter au deuxième étage lorsqu'elle entendit un gémissement. Herr Lubert était assis dans un fauteuil devant le feu, plié en deux, la tête dans les mains et les mains devant les yeux. Le bruit de sa respiration faisait penser à celui des vagues sur une plage de galets.

*

— Stefan ?

Il ouvrit un œil – l'autre était à présent complètement fermé – et, en regardant entre ses doigts, il vit les hanches de Rachael moulées dans sa robe à sequins.

— Vous souffrez beaucoup ? demanda-t-elle.

Il sentit sa main sur son épaule et leva la tête pour lui montrer sa blessure. Elle tressaillit devant la profondeur de l'entaille.

— Comment est-ce arrivé ?

Il aurait voulu dire : j'ai manqué me faire tuer par une pancarte qui disait « Laissez vivre l'Allemagne ! » mais les mots ne lui venaient pas et parler faisait mal ; il se contenta donc de grogner.

— Laissez-moi m'occuper de cela, dit-elle, je reviens tout de suite.

Dans un cliquetis de sequins, elle monta chez elle pour chercher de quoi le soigner. Il replongea la tête dans ses mains. Il sentait l'odeur de la plaie et le goût métallique du sang. Les événements de cette fin de journée se mirent à défiler à toute allure dans sa tête. Il se rappelait les pancartes et les banderoles. « Les Allemands veulent travailler », « Bevin, stop au démantèlement », « Laissez vivre l'Allemagne ! » Il ne s'était joint au mouvement que contraint et forcé par ses compagnons de travail. Non seulement il craignait pour son blanchiment, mais il détestait la foule dont l'impulsivité et la violence latente l'inquiétaient et éveillaient en lui des sentiments misanthropiques. Mais, en l'occurrence, cette pauvre foule était bien inoffensive et il avait fini par se convaincre qu'il valait mieux être dans le froid aux côtés de ses camarades que bien au chaud dans la maison que la complaisance d'un Britannique lui avait permis de ne pas quitter. Schorsch avait fait un discours fort habile, en appelant au fair-play des Britanniques et à leur propre sens de l'humour : oui, la dérision était une bonne chose, oui, il était possible de faire un pied de nez aux autorités – très nouveau pour eux après des années de totale soumission. Ils avaient même chanté l'hymne national, stoïques plutôt que provocants, et sans l'hystérie de l'ère révolue. Un peuple retrouvait sa voix. Et puis, tout à coup, un klaxon, le vrombissement d'un moteur : une voiture officielle cherchait à s'approcher des grilles de l'usine. Les protestataires commencèrent à se ranger mais un ou deux d'entre eux se mirent à taper sur le toit du véhicule pour exprimer leur frustration. Puis un jeune homme s'appuya des deux mains sur la carrosserie et se mit à la secouer, bientôt rejoint par d'autres qui semblaient beaucoup s'amuser et firent tant et si bien que ses roues quittèrent le sol. Lubert vit qu'à l'intérieur, le visage de l'officier était passé de la colère à la peur. Les jeunes hommes, qui ne semblaient pas mesurer leur force, finirent par renverser la voiture. Elle se coucha sur le flanc, projetant l'Anglais contre le plafond, son visage sur la vitre. La scène eut été presque comique s'il n'avait été évident que quelque chose de terrible allait se produire. Des coups de fusil retentirent. Au premier, la foule s'immobilisa. Au second, tout le monde s'enfuit dans la même direction, comme un troupeau de moutons, sous la morsure des balles. Lubert fut littéralement porté par le mouvement. Quelque chose l'avait frappé au front mais il continuait à avancer. Pendant quelques centaines de mètres, il n'eut même pas à se servir de ses jambes. Et puis un genou heurta violemment sa tempe et il vit trente-six chandelles. Il était à quatre pattes et il lui fallut un certain temps pour comprendre que les taches rouges sur fond de blanc étaient celles de son propre sang.

Rachael redescendit avec des compresses, des bandages et du désinfectant.

— Montrez-moi.

Debout devant Lubert, elle lui souleva doucement le menton pour mieux voir la plaie.

— Il faut désinfecter. (Elle approcha un repose-pieds et s'assit face à lui. Elle imbiba une compresse de teinture d'iode.) Cela va faire mal, prévint-elle.

Lubert tressaillit de douleur.

— Que s'est-il passé ?

Il avait des images en tête mais il ne parvenait pas à les verbaliser tant sa tête le faisait souffrir.

— Ils… oh !…

— Ne vous inquiétez pas.

Rachael maintint la compresse d'une main en se penchant en avant. La brûlure intense du désinfectant arracha un gémissement à son patient et il s'accrocha à son bras. Ils restèrent ainsi un moment et, malgré la douleur, ou à cause de la douleur, il lui tint le bras le plus longtemps possible et elle n'en fut pas gênée. Au bout d'un moment, elle ôta la gaze pour examiner la plaie.

— Je crois que c'est propre. Maintenant, je vais mettre cela…

Elle posa sur la blessure une nouvelle compresse imbibée de teinture d'iode et la maintint à l'aide d'une bande. En passant derrière lui pour faire le tour de sa tête, son ventre lui frôla le visage. Après un second tour, elle fixa le bandage avec une épingle de nourrice.

— Voilà. Vive les cours de secourisme des Guides. Ça va ?

— Ça pique. Mais je vous remercie.

— Je suis désolée de la conduite du commandant. Il était ivre.

— Merci d'être intervenue. On courait droit à l'incident diplomatique.

Leurs visages étaient tout près l'un de l'autre. Elle voyait les rides autour de ses yeux et y lisait une tristesse qu'elle n'avait jamais remarquée auparavant. Elle imagina qu'elle l'embrassait et comprit en même temps qu'elle en avait envie et que c'était possible. Une main sur le pansement, l'autre effleurant sa joue, elle l'embrassa doucement sur les lèvres. Son geste vint se substituer à son intention comme en un palimpseste. Elle laissa sa bouche sur la sienne assez longtemps pour que leurs souffles se mêlent. Elle s'attendait à des mines, à des clôtures électriques, à des alarmes et à l'aveuglante lumière des projecteurs, mais rien. Elle pénétrait librement en terrain inconnu sans que quiconque l'arrête. C'était aussi facile que cela.

— Je préfère ce baiser-ci à l'autre.

Rachael ouvrit les yeux et reprit conscience de son environnement.

— Cela… fait-il partie d'un plan d'expulsion ? demanda l'Allemand.

— C'est… un baiser qui dit « merci ».

— Merci de quoi ?

— De m'avoir réveillée.

CHAPITRE NEUF

Les rampes de l'usine éclairaient une neige saccagée où gisaient des pancartes, pareilles à des cadavres de cigognes. Le véhicule de service renversé, centre de la scène de crime, avait été entouré d'un cordon de sécurité. À l'arrière-plan, dans la pénombre, des policiers allemands semblaient ne pas savoir où se mettre. Quant à Lewis, devant les décombres de l'émeute, il avait l'impression de perdre le peu de contrôle qu'il avait encore sur la situation.

Le policier militaire qui avait donné l'ordre de tirer – un certain commandant Montagu – lui relatait l'enchaînement des événements mais ses explications ne changeaient rien au fait qu'une connerie monumentale avait été commise et cela alors que lui, Lewis, était de service.

— L'officier approchait des grilles lorsqu'il a été assailli par une foule déchaînée. Elle s'en est prise à la voiture. Nous avons procédé à un tir de sommation mais ils ont continué jusqu'à ce qu'elle se renverse. Heureusement, ils n'ont pas pu s'en prendre à l'officier, elle s'est couchée sur le côté.

Montagu faisait son rapport d'un ton mécanique.

Lewis attendit en vain qu'il aille jusqu'au bout de son récit.

— C'est alors que vous avez ouvert le feu sur des civils sans armes, compléta-t-il.

— Nous n'avions pas le choix, mon colonel.

— Ce sont les morts qui n'ont pas le choix, commandant. Et il y en a trois, bon sang !

Lewis fit le tour de la voiture et s'arrêta devant des taches de sang qui maculaient la neige. Les roues en l'air, la Volkswagen ressemblait encore plus à un coléoptère.

— Ils l'auraient lynché, si nous les avions laissé faire.

— En êtes-vous si sûr ?

— Sans aucun doute, mon colonel. Ces gens étaient comme fous et nous pensons qu'il y avait parmi eux des éléments subversifs. Des individus venus exprès pour mettre la pagaille. Peut-être des gens de la Werwolf, mon colonel.

— Oh ! je vous en prie ! Avez-vous procédé à des arrestations ?

Montagu se rengorgea et marmonna impatiemment :

— Nous en interrogeons six.

— Des enfants, j'imagine ?

Récemment, la police militaire avait été vivement critiquée pour avoir arrêté plus d'une centaine d'enfants pour vol de charbon. La presse s'en était fait l'écho, mais en changeant l'âge des enfants.

Lewis ramassa une pancarte qui disait : « Donnez-nous les outils et nous achèverons l'ouvrage. » Il la fit lire à Montagu.

— Vous savez qui ils citent, je suppose ?

Sous le feu des questions, Montagu commençait à perdre patience.

— Vous auriez fait la même chose – si vous aviez été là.

Lexis envoya valser la pancarte.

— D'un côté nous leur offrons la démocratie et de l'autre nous les punissons quand ils l'exercent.

*

Barker conduisait Lewis à une réunion urgente chez son supérieur, le général de Billier.

— Le commandant a raison, dit Lewis. J'aurais dû être là. Ou au moins mettre davantage d'hommes en renfort.

— La manifestation devait être pacifique, mon colonel. Le syndicat nous l'avait certifié. Ces primates ont perdu les pédales. Ce n'est pas votre faute.

— Ça sent la mise à pied, cette réunion.

— J'en doute, mon colonel.

— Pour quelle autre raison serais-je convoqué chez de Billier en pleine nuit ?

— Il aura reçu un nouveau whisky et il veut vous le faire goûter.

Lewis ne put s'empêcher de sourire. Le général était grand amateur de whisky, connu pour choisir ses hommes selon leur capacité à faire la différence entre un *blended* et un *single malt*.

— Ils ne peuvent pas vous mettre à pied. Vous êtes un des rares à comprendre pourquoi nous sommes ici. À mon avis, il s'agit d'autre chose.

— Contrairement à ce que vous pensez, Barker, je suis loin d'être indispensable.

S'il semblait décliner le compliment, secrètement, il l'appréciait et le gardait en réserve pour les moments de doute. Dans l'armée, on vous gratifiait rarement d'un simple « Bon boulot ! » Toute félicitation était généralement contrebalancée par quelque reproche. Cette réticence n'était pas seulement militaire, c'était, selon Lewis, une particularité très anglaise. Cela s'expliquait par un mélange de pudeur et de réalisme qu'il reconnaissait en lui-même, mais aussi par la crainte que l'autre ne « prenne la grosse tête ». C'était une des raisons, se plaisaient à dire les Anglais, pour lesquelles ils étaient plus rétifs à la dictature que leurs voisins du continent.

— J'en ai quasiment fini avec le registre, mon colonel.

— Quel registre ?

— Le registre des personnes disparues. Vous savez ? Celui que vous m'avez demandé.

Fracas de vaisselle brisée. Combien Lewis avait-il lancé d'assiettes chinoises tournant sur leur baguette, avant de les oublier ? L'idée de recenser les « portés disparus » – les victimes de bombardements dont on n'avait pas retrouvé le corps – et d'en comparer la liste avec celle des personnes se trouvant encore à l'hôpital, dans les centres de soins, les couvents ou les maisons de convalescence, était une de ses initiatives, mais des questions plus urgentes l'avaient reléguée au second plan.

— Ça m'était complètement sorti de la tête. J'espère que vous n'avez pas passé trop de temps là-dessus ?

— Oh ! j'y ai consacré toutes mes journées, mon colonel. Mais je vais bientôt pouvoir comparer les deux listes. Accordez-moi encore quelques semaines.

— Et l'autre rapport ? Celui qui concerne les objets de valeur ?

— Cela hérisse pas mal de gradés. Ma promotion n'est pas pour tout de suite.

— Tant mieux.

Lewis pensait cela très sincèrement. D'abord parce qu'il avait besoin de Barker. Ensuite parce qu'il était persuadé que plus on montait en grade, plus on perdait sa motivation. On se retrouvait à des postes prestigieux pour lesquels on n'était pas fait et où ses talents restaient en friche. Selon lui, il valait mieux « garder les mains dans le cambouis ».

*

Dès qu'il entra dans le bureau du général, Lewis se vit offrir un siège, un whisky et une cigarette ; le temps ne semblait donc pas aux reproches. La présence de Berry, le chef de la Commission de contrôle alliée, suggérait que Barker avait peut-être raison : ce n'était pas une sanction que son supérieur avait en tête.

— Vous connaissez le chef de la Commission ?

— Oui, mon général. Nous nous sommes rencontrés brièvement lors de la venue du ministre.

Lewis appréciait Berry. Sa mission était impossible, et impopulaire, or il la menait avec courtoisie et dignité. Berry serra chaleureusement la main de Lewis.

— Bonjour, colonel. C'est vous, l'homme qui partage sa maison.

— Ce n'est pas ma maison, commissaire. Mais c'est vrai, nous la partageons.

— Les conseillers allemands disent grand bien de vous.

— Et c'est justement pour cela – de Billier s'interrompit pour allumer la cigarette de Lewis – que vous êtes ici ce soir. Pour votre capacité à comprendre ceux d'en face.

Lewis s'assit en songeant qu'aux condamnés aussi on offrait une dernière cigarette. S'ils lui ciraient les bottes à ce point, c'était évidemment qu'ils avaient l'intention de lui confier quelque saloperie de mission. De sa place, par la fenêtre qui se trouvait derrière le général, il voyait la pleine lune si clairement qu'il en distinguait les cratères. C'était peut-être là qu'on allait l'envoyer.

— J'ai laissé tout mon capital de sympathie à l'usine Zeiss, mon général.

— Ce qui est arrivé ce soir est regrettable, commença de Billier, mais ce n'est qu'un aspect d'un problème bien plus vaste. Dans toute la zone, le démantèlement est un vrai casse-tête. Il y a eu des manifestations à Cologne, à Hanovre, à Brême. Et dans la Ruhr. Cela crée des tensions énormes, exacerbées par le froid et le manque de nourriture. Les Allemands commencent à nous haïr. Ils persistent à penser que nous voulons faire du pays une gigantesque exploitation agricole et que nous détruisons leurs chantiers navals pour avantager Belfast et Clyde.

— Le fait est que nous avons anéanti une industrie navale de premier ordre, et en parfait état de marche.

— Dans le cas de Blohm & Voss, c'était une erreur. Nous le savons, maintenant. Notre stratégie évolue vite. Presque de mois en mois. Il y a un an c'était démilitariser. Puis dénazifier. Puis réduire le potentiel industriel. Puis tout simplement nourrir les gens. Maintenant il est clair pour tout le monde – sauf pour les Français et les Russes – qu'il nous faut une Allemagne forte. On est tombés d'accord pour fusionner notre zone avec la zone américaine. Dès le début de l'année prochaine, ce sera la bizone. Et, qui sait, lorsque les Français auront une idée plus saine de leur place dans l'univers, la trizone. Mais plus le temps passe, moins les Russes semblent prêts à renoncer à leur zone. Et plus nous tarderons à démanteler l'industrie lourde, moins ils le seront.

Le général avait à peine évoqué les événements de la soirée ; il était clair qu'il n'y reviendrait pas. Pour lui, ce n'était qu'une petite secousse face aux heurts tectoniques entre nations. Lewis se sentit presque déçu. L'idée d'une mise à pied ne lui avait finalement pas paru si terrible que cela.

— Il nous reste une chance d'éviter l'échec

diplomatique total avec la Russie. Il faut avant tout respecter l'accord de Potsdam sur les réparations. Tant que ce ne sera pas le cas, ils garderont le contrôle sur l'alimentaire. Si nous ne démantelons pas immédiatement, l'Agence interalliée des réparations imposera des sanctions que nous sommes incapables de payer. Ce sont les Américains qui devront nourrir ces millions de gens et le rideau de fer que Churchill ne cesse d'évoquer deviendra une réalité.

De Billier tendit à Lewis un dossier intitulé : « Liste des démantèlements. Sites de catégorie I. Confidentiel. »

— Il existe quatre sites de catégorie I dans cette région. Les Russes envoient une équipe avec l'Agence pour s'assurer qu'ils sont bien détruits. Nous avons besoin de vous comme chargé de mission. Il faut que vous partiez sur-le-champ.

Lewis feuilleta le document et parcourut la liste des sites.

— Heligoland ?

Autant dire, la lune.

— Pour l'explosion, toutes les charges seront placées en un seul endroit. Il nous faut quelqu'un qui ait la faveur des Allemands et qui soit capable de faire comprendre nos impératifs. Quelqu'un dont l'empathie est connue. Et c'est votre cas, colonel. Le maire parle de vous avec beaucoup de respect.

Quelqu'un de l'extérieur aurait pu croire que c'était flatteur, mais Lewis savait que c'était ainsi qu'on s'y prenait pour éloigner quelqu'un sans faire de vagues. On voulait éviter qu'il ne parle à des ministres et à la presse. Il avait critiqué les méthodes de ses supérieurs auprès de Shaw. C'était donc une mesure disciplinaire, qui, par ailleurs, avait son utilité.

— Ce n'est pas mon… domaine de compétence.

— C'est une question de rapports humains, dit de Billier, et dans ce domaine, c'est vous le meilleur.

— Vous voulez dire qu'il vous faut quelqu'un qui fasse tout sauter dans le respect des rapports humains.

De Billier se racla impatiemment la gorge. Il avait suffisamment fait l'article. Il n'irait pas jusqu'au paquet cadeau.

— Je méprise les Russes, colonel, et j'exècre ces réparations. Mais si nous voulons éviter une autre guerre, il faut en passer par là. Avant la fin de l'hiver.

On ne lui demandait plus son avis. C'était un ordre.

— Vous accompagnerez Koutov et ses observateurs. Deux autres, un Français et un Américain, se déplaceront constamment avec vous. On me dit que votre interprète parle russe. Si tout va bien, vous ne serez absent que quelques semaines. Votre second assurera l'intérim dans votre district jusqu'à votre retour.

Lewis imaginait Rachael assistant à cet entretien. Comment allait-elle prendre son nouveau départ ? Serait-ce la goutte d'eau qui ferait déborder le vase ?

— Je laisse passer les fêtes de Noël ?

— Les Russes ne célèbrent plus Noël, colonel. D'ailleurs, le moment est idéal, répliqua de Billier. Le brouhaha des festivités couvrira le bruit de l'explosion.

On ne devenait pas général quand on était sentimental. Même lorsque Michael avait été tué, on ne lui avait pas proposé – et il n'avait pas demandé – de permission spéciale pour passer quelques jours avec sa famille après les obsèques.

— Mon général, ma famille ne m'a rejoint qu'il y a quelques mois et depuis, je n'ai passé que très peu de temps avec eux. Cela va être très dur pour nous…

— Colonel, je dirige un pays, pas une agence matrimoniale.

*

— Herr Morgan a demandé à vous voir au salon, monsieur.

— Avait-il l'air… fâché ?

Heike marqua une pause.

— Non, je ne crois pas, monsieur.

Évidemment, qu'il n'était pas fâché. Le colonel n'était jamais fâché. Même s'il avait découvert que sa femme avait embrassé un homme, il était probable qu'il parlerait du temps avant de lui proposer sa voiture.

— Merci, Heike. Je descends.

Lubert posa sa plume et referma l'encrier. D'une main, il lissa ses cheveux puis, se ravisant, les ébouriffa pour qu'ils reprennent leur pli naturel.

Il trouva Lewis debout à côté du piano, le regard tourné vers le fleuve, méditatif. Il était en uniforme, avec manteau et gants, prêt à partir – une fois de plus. Le colonel grimaça une sorte de sourire.

— Entrez, Herr Lubert. Je vous en prie, asseyez-vous.

Lubert alla s'asseoir sur le banc, dans l'embrasure de la fenêtre.

— Comment va la tête ? demanda Lewis en touchant sa propre tempe.

Le front de Lubert présentait de vilaines ecchymoses brunâtres mais il était en voie de guérison.

— Je cicatrise bien.

— Soirée mouvementée, hier, n'est-ce pas ?

Lubert attendit que Lewis crache le morceau puis se demanda si le colonel attendait que ce soit lui qui commence. Les Anglais avaient la réputation de souffrir de rétention émotionnelle. Peut-être devait-il débloquer la situation en faisant ses excuses : Frau Morgan n'avait rien à se reprocher, c'était sa faute à lui, il avait pris un coup sur la tête, ne savait plus trop ce qu'il faisait et, dans l'emballement général…

— Je regrette cet incident, avança-t-il.

Lewis eut l'air étonné et, l'arrêtant d'un geste :

— C'est moi qui regrette, Herr Lubert. Le vase brisé, le traitement infligé à vos affaires. Et l'incivilité d'un des invités ce soir-là.

Lewis caressait la caisse du Bösendorfer comme pour se faire pardonner l'inconduite de Burnham.

— Rachael me dit que vous avez fait preuve de beaucoup de sang-froid. Étant donné les circonstances.

Lubert, bégayant, fit machine arrière.

— C'est-à-dire que… Je n'accuse personne. L'ambiance était un peu… survoltée. Quant au vase… c'est sans importance. Je n'y tenais pas, à ce vase.

— Cela n'excuse pas ce qui s'est passé. Comme vous l'avez dit vous-même, Herr Lubert, ces objets vous appartiennent.

— Oui.

Une fois de plus, le colonel noyait le poisson.

— Je regrette aussi que vous ayez été pris au piège, à l'usine Zeiss.

— Je ne me souviens pas de grand-chose. Quelqu'un a fait un discours. Et puis on a commencé à tirer.

Lewis s'assombrit.

— Ce qu'il s'est passé là-bas est indéfendable. Juste au moment où nous pensions progresser. Il suffit que quelqu'un panique pour tout compromettre. Nous sommes à un moment charnière, l'équilibre est extrêmement précaire. Je me réjouis, en tout cas, que vous alliez mieux.

— Vous avez un rôle difficile, colonel. Je ne vous envie pas.

— Vous avez raison. Mais voilà pourquoi je voulais vous parler – en plus de vous faire mes excuses pour hier. J'aurais besoin d'un service. Il nous faut un nouveau précepteur pour Edmund. Je sais qu'en ce moment vous ne pouvez pas travailler à l'usine. Alors je me demandais si vous seriez d'accord pour vous occuper d'Edmund, et de Rachael… pour leur donner des leçons d'allemand. Je dois m'absenter, je ne peux donc pas m'occuper de trouver un remplaçant. Ce serait une occasion pour Rachael de se colleter avec la langue. Je sais que cela la gêne de ne pas pouvoir parler, surtout avec le personnel.

— Oui, bien sûr, dit Lubert. Vous partez ?

— Pour quelques semaines. À Heligoland. Je pars demain.

— Alors… vous ne serez pas ici pour Noël ?

— Malheureusement, l'armée a sa liturgie bien à elle, Herr Lubert. Je vous serais reconnaissant de veiller au grain, ici. J'aimerais que vous vous sentiez davantage chez vous. Je sais que… au début, les choses n'ont pas été faciles. Vous avez probablement deviné que Rachael n'était pas elle-même, à son arrivée. Mais, à certains signes, je commence à retrouver la Rachael d'antan. Je crois qu'elle souhaite voir du monde, faire du shopping avec Frieda, peut-être. Il faut qu'elle soit entourée. La solitude est mauvaise pour elle. Surtout à cette époque de l'année. Et, comme je ne cesse de le répéter, si nous voulons avancer, il nous faut fraterniser. Apprendre à nous connaître les uns les autres. Ce que je veux dire, Herr Lubert, c'est : ne vous isolez pas. Sentez-vous libre. Vous êtes chez vous.

— Merci, colonel.

Lubert avait de la sympathie pour Lewis. Il appréciait sa générosité. Il lui en était reconnaissant. Il admirait sa simplicité. Mais il ne pouvait s'empêcher de constater son manque de lucidité. Soit il était d'une naïveté extrême, soit il avait d'autres préoccupations. Dans les deux cas, l'homme se trompait de priorités.

*

— Les nouvelles sont mauvaises, Rach.

Rachael lisait un nouvel Agatha Christie et, arrivée à un moment clé de l'histoire, elle était captivée par les méandres délicieusement compliqués de l'intrigue. En posant son livre, elle avait en tête deux pensées aussi déplacées l'une que l'autre : *Mr Bateson est-il le meurtrier ?* et *j'espère que Lewis ne va pas me dire que Stefan est compromis, comme Herr König.*

— Que se passe-t-il ?

Lewis avait sa tête des jours de nouvelle affectation, la même que lorsqu'il avait dû lui annoncer qu'il lui fallait rejoindre sa base, immédiatement après les obsèques de Michael.

— On me demande de superviser le démantèlement. Dès demain. Cela signifie que je serai absent quelques semaines.

— Oh !

— Oui, je sais. Il ne nous manquait plus que cela.

Rachael connaissait par cœur les phrases toutes faites de la bonne épouse, celles qu'il faut prononcer à l'annonce d'une permission écourtée ou supprimée. Mais elle n'avait pas envie de se forcer et elle sentait que ce n'était pas ce que Lewis attendait.

— À l'armée comme à l'armée, concéda-t-elle.

— Je suis navré, Rach.

Sur ce, il se mit à fourrager dans ses affaires et elle retourna à son livre. Elle n'avait aucune envie de l'aider, une fois de plus, à faire ses bagages. Peut-être était-ce son devoir mais elle en avait fini avec le devoir. Tout ce qu'elle voulait c'était continuer sa lecture et découvrir qui était le meurtrier. Mais l'inefficacité de Lewis était plus qu'elle n'en pouvait supporter. Elle reposa son roman et l'aida à chercher ses chaussettes dans le panier de linge propre que Heike venait d'apporter.

— Combien ?

— Cinq ou six paires, ça ira.

Elle lui lança les chaussettes roulées en boule, une par une, il les attrapa au vol et, du même geste, les jeta dans son sac. Voyant comment il s'y prenait, elle réorganisa son bagage.

— Est-ce une forme de promotion ? demanda-t-elle.

— Plutôt une sanction pour n'avoir pas suivi la ligne politique. Lors de la visite du ministre, il semble que j'en aie trop dit.

— Ça n'est pourtant pas ton genre. Qui va te remplacer, au district ?

— Barker. Je lui ai dit de passer ici. Et d'apporter le courrier. Vous vous débrouillerez, Ed et toi ?

— À ton avis ?

Il hocha la tête. Question idiote.

— À mon retour, je me disais… peut-être… nous pourrions aller faire un tour. Toi et moi. Quand il fera moins froid. Nous pourrions aller à Travemünde. Ou dans une de ces luxueuses stations balnéaires de la Baltique.

— Oui. Ce serait bien.

— Mais… ce n'est pas pour tout de suite.

— Non…

Lewis ne savait visiblement plus quoi dire ; mais elle ne l'aiderait pas.

— Bon. Il vaut mieux que j'y aille.

Il boucla son sac et se tourna vers elle pour lui dire au revoir. Désireuse d'éviter le mélodrame, elle l'embrassa sur la joue, comme on quitte quelqu'un qui est venu vous rendre visite ou une simple connaissance.

CHAPITRE DIX

Le dossier que Frieda avait glissé dans l'élastique de ses sous-vêtements lui rentrait dans les côtes à chaque pas. Elle ne savait pas exactement ce qu'il contenait – les documents étaient en anglais –, mais les mots « Top secret » entourés en rouge et les photos de divers sites industriels et militaires la confortaient dans l'idée que ce qu'elle avait pris dans le cartable du colonel allait impressionner Albert. Elle tremblait de fierté à la pensée de le lui remettre.

Sur les grilles de la propriété du roi de la margarine ballottait une pancarte marquée d'un R, pour « réquisition ». Frieda regarda à droite et à gauche pour s'assurer qu'aucun véhicule ne venait. Une fois certaine que la voie était libre, elle passa le mur à l'endroit où Albert avait couvert d'une luge en bois les tessons destinés à décourager les voleurs. Ils pointaient comme des dents de requins dans la couche de neige blanche. Lorsque avant la guerre Petersen avait pris cette mesure de sécurité, les voisins avaient été consternés. La mère de Frieda, qui le considérait comme un vulgaire arriviste, disait qu'aucun voleur qui se respectait ne déroberait quoi que ce fût chez ce parvenu dont la famille avait fait fortune de façon douteuse, d'abord dans le sisal des colonies d'Afrique de l'Est puis dans le faux beurre. « Plus vite l'argent est gagné, plus vite il disparaît », disait-elle. À l'époque, Frieda était trop jeune pour comprendre les subtiles différences entre les vieilles fortunes et l'argent récemment gagné, mais elle constata que la prédiction de sa mère s'était réalisée : la grande demeure cubique de Petersen se dressait là, sinistre, silencieuse, sans vie.

Suivant les instructions d'Albert, elle pénétra dans la maison par la fenêtre de la cuisine, au sous-sol. En montant l'escalier jusqu'au rez-de-chaussée, elle sentit l'odeur de feu de bois et de cire fondue et entendit les voix haut perchées de très jeunes garçons. Elle les suivit jusqu'au salon qui donnait sur l'arrière et se retrouva face à une scène hallucinante : la pièce était éclairée par des bougies et décorée d'objets africains, bouclier, lances, peaux de bêtes et masques. Quatre garçons assis écoutaient un gamin juché sur une table de billard et qui tenait une boîte pleine de ce qui semblait être des pinces à sucre. Casque colonial sur la tête, peau de zèbre sur les épaules, il faisait l'article comme un marchand de poissons de St Pauli.

— Arrivage direct de Dammtor !

Il secoua la boîte et en sortit une pince dont il fit claquer les mandibules. Sur le mur se découpait son ombre grotesque de nain gigantesque, manipulant une langoustine métallique.

— À quoi ça sert ? On n'a même pas de sucre, fit la voix aiguë d'un garçon.

— Tu vas voir, Otto. Pour toi ce n'est peut-être qu'une pince à sucre mais, pour une belle dame qui veut pas se laisser aller…

Il posa la boîte et fit semblant de s'épiler le sourcil.

— Ou…

Il ouvrit la bouche et mima l'extraction d'une dent.

— Ou…

Il se pinça le nez comme pour se protéger d'une mauvaise odeur.

— Ou encore…

Il se pencha et fit comme s'il ramassait quelque chose.

— Ou bien…

Il saisit une cigarette dans la pince et imita un dandy en train de fumer.

— Les dames en seront folles !

Les sauvageons ne semblaient pas convaincus ; un garçon tenant une lance exprima le premier sa désapprobation.

— Les gens veulent pas de pinces à sucre. C'est des pommes de terre, qu'ils veulent !

— T'as gâché des cibiches, Ossi !

— Tu nous fais faire des mauvaises affaires.

— Eh, on se calme, lança le garçon au casque en levant les mains. J'ai autre chose de très chouette. Grâce au petit Tommy. Un truc vraiment épatant.

Il glissa la main sous sa peau de zèbre et produisit un tube de la taille d'un cigare. Frieda reconnut la drogue que prenait Albert, la pervitine, cette substance que l'on avait donnée aux jeunes soldats pour les « soutenir » dans les derniers jours terribles de la guerre.

— Une seule pilule et t'es fort. T'as plus froid. T'as plus jamais faim. C'est Berti qui a la boîte mais moi, j'ai un tube pour chacun. (Il s'interrompit, les yeux fixés sur la porte :) Hé ! Regardez qui voilà !

— Ce n'est pas pour les enfants, dit Frieda, une main sur le chambranle, prête à fuir s'il le fallait.

Le sauvageon à la lance la brandit à hauteur de l'épaule ; elle vibra légèrement.

— Vous êtes qui, mam'zelle ?

— Laisse. C'est la gonzesse de Berti, annonça le gamin au casque en sautant de la table de billard.

— Comment sais-tu qui je suis ? demanda Frieda.
— Je t'ai vue.
— Tu m'as vue où ?
— Je t'ai vue…

Le gamin fit aller et venir son index droit dans le cercle formé par son pouce et son index gauches. Ses copains ricanèrent.

Il aurait mérité une gifle pour son insolence. Comment avait-il fait pour les voir ? Était-ce dans la maison de Blankenese ? Ou ici ?

— Où est-il ?
— En haut, avec son amie.
— Quelle amie ?

Le garçon désigna le tube de pervitine.

*

Albert était dans la chambre à coucher, mais pas au lit. Il dansait sur un disque qui tournait sur le phono portable ; c'était un de ces airs américains barbares, que Heike écoutait sur Radio Hambourg, plein de tambours sauvages et de cuivres tonitruants. Le voir danser ainsi la perturbait. Torse nu, désarticulé, il faisait penser à un pantin dans les mains d'un marionnettiste ivre. Il posait un pied, puis l'autre, comme s'il cherchait à écraser des fourmis dans le tapis. Il était si perdu dans sa danse qu'il ne la remarqua pas. Elle était gênée ; ce jeune homme qui se déhanchait, qui sautillait, qui gesticulait n'était pas l'Albert élégant, distant, impérial qu'elle connaissait, il était comme possédé.

— Albert ? Qu'est-ce que tu fais ?

Il se tourna vers elle mais n'eut pas l'air surpris. Il continua à danser.

— Ma gente demoiselle allemande, dit-il.

Il s'approcha d'elle avec des mouvements de prédateur, à pas lents, sans bruit, au rythme de la musique, la main tendue pour l'inviter à le rejoindre. Sa peau brillait et ses yeux étaient un peu trop grands et exorbités pour inspirer confiance.

Elle sortit le dossier volé de ses jupes et le lui tendit.

— J'ai quelque chose d'important.

— Benny Goodman, dit-il, sans s'arrêter de danser. Benny Goodman. Danse !

Il lui tendit à nouveau la main, une main chaude et moite. La cicatrice en forme de double 8 tressaillait sur son biceps. Elle aurait voulu lui faire plaisir mais elle ne parvenait pas à danser.

— Je ne peux pas ! dit-elle.

— Mais si, tu peux, ma gente demoiselle allemande.

Il mit une main sur la hanche de la jeune fille et l'entraîna. Frieda, le dossier serré contre elle, fit quelques pas de-ci, de-là, sans conviction. Elle ne parvenait pas à se laisser aller. Cette musique fluctuante était trop anarchique, trop difficile. Et elle aurait voulu qu'Albert soit plus… enfin… ne soit pas comme cela. À chacune de ses contorsions, il lui devenait plus étranger.

— Je ne peux pas ! répéta-t-elle.

Albert, tout en dansant, se dirigea vers le phono, souleva l'aiguille du disque.

— Bon, bon, bon. Cette jeune fille ne veut pas danser. Un soldat doit pourtant savoir quand se donner du bon temps. Eh bien, ma consciencieuse amie, montre-moi ce que tu as là.

Elle lui tendit le dossier. Même sans musique, il continuait à danser. Il le prit, le palpa.

— Top secret, lut-il. Ça, c'est bien.

Il fit claquer l'élastique et ouvrit la chemise. Il prit son temps pour lire, ses lèvres bougeaient tandis qu'il traduisait. Puis il hocha la tête, approbateur.

— Où as-tu trouvé ça ?

— Dans les affaires du colonel.

Albert reprit sa lecture qu'il ponctuait de petits grognements de satisfaction.

— C'est intéressant ?

Il posa le dossier et la regarda. Ses yeux s'étaient faits voraces. Il posa ses mains brûlantes sur le bras de Frieda. Elle voyait battre son pouls dans la veine du cou et elle sentit contre elle son érection. Se souvenant du pouvoir qu'elle exerçait sur lui, elle commença à défaire sa ceinture. Il se serra contre elle avec les mêmes petits grognements. Il souleva sa jupe et elle ôta ses sous-vêtements. Elle s'adossa au lit ; il s'enfonça en elle avec un râle de plaisir. Une fois encore, elle se sentit fière de son pouvoir. Elle se mit elle aussi à gémir, d'abord pour son plaisir à lui puis, involontairement, pour le sien. Cette fois, il mit bien plus longtemps à atteindre l'orgasme et elle eut le temps de découvrir de nouvelles sensations. Lorsqu'il eut fini il resta contre elle, avachi. Puis il fit un pas en arrière et referma son pantalon. Elle eut l'impression qu'elle entendait, qu'elle voyait tout, dans la pièce comme à l'extérieur de la maison.

— Tu veux bien me marquer ?

Il rit et avala un autre comprimé de pervitine.

— D'accord.

Il prit une cigarette dans le paquet qui se trouvait sur la table de nuit. Il l'alluma, prit une bouffée et s'approcha d'elle.

— Ça va faire mal.

— Ça m'est égal.

— Où la veux-tu ?

— Ici. Elle tendit son bras blanc comme le lait, du côté où la peau est la plus fine.

— Si tu prends un comprimé tu ne sentiras rien.

— Je veux sentir.

Il saisit son poignet, le serra, apposa la cigarette sur son bras et l'y maintint jusqu'à ce qu'elle s'éteigne.

Elle dut s'empêcher de crier et gémit, les dents serrées. Il ralluma la cigarette et dessina un deuxième cercle au-dessus du premier pour tracer un 8. La première marque rougissait et gonflait déjà. L'odeur de peau brûlée était extraordinaire. Un instant, elle pensa à sa mère, en flammes, marquée sur tout le corps, puis elle fit signe à Albert de continuer. Il voulut rallumer la cigarette mais il avait appuyé si fort qu'elle s'était écrasée et ne prenait pas. Il en alluma une autre et forma un nouveau cercle. La douleur du premier 8 annulait celle du second. Et pour le dernier cercle, elle se surprit à gémir un peu comme elle l'avait fait dans le plaisir. Lorsque ce fut terminé, elle prit le visage d'Albert dans ses mains dans un geste qui lui parut celui d'un adulte – ce qu'elle était sûrement, maintenant – et plongea ses yeux dans les siens, que la drogue faisait cligner et rouler dans leur orbite. Elle les voulait rivés sur elle et elle forma des œillères de ses mains.

— Pourquoi prends-tu ces drogues ?

— Je dois être en éveil. J'ai beaucoup de choses en tête. Ça m'aide pour mes missions.

— Tu ne me parles pas de tes missions. Ni de tes projets.

— Chaque chose en son temps…

— Tu dis toujours ça. Tu n'as pas confiance en moi ?

— Mais si. Mais il vaut mieux que tu ne saches pas. Tu as été… utile.

Elle voulait être plus que cela.

— Tu dis que tu es un soldat. Mais… je ne te vois pas te battre. Je te vois danser. Et prendre de la drogue. Tu ne fais rien du tout.

Albert se raidit, s'éloigna d'elle.

— Ne t'inquiète pas, ma demoiselle allemande. Je sais ce que je fais, lui dit-il avec un sourire condescendant.

— Vraiment ? Une armée, tu dis. Elle est où, ton armée ? Tout ce que je vois ce sont des *Trümmerkinder*.

Albert s'efforça de fixer sur elle son regard.

— Ma gente demoiselle allemande, tu es comme une attaque de bombardiers tommies, comme le *taca-tacatac* de la défense anti-aérienne. Ne t'inquiète pas. Je sais ce que j'ai à faire. J'ai vu ce que j'ai à faire. J'ai déjà tout vu.

Il se tapota la tempe pour montrer où il avait vu tout cela.

— Et ce sera grand.

*

Au croisement de deux routes, Mickey Mouse, protégé de la tempête par un simple parapluie, cherche à s'abriter. Il va frapper à la porte d'une maison dont la véranda s'écroule et laisse voir une autre porte, ouverte. Un vent violent souffle en rafales, menaçant d'arracher la maison de ses fondations. Mickey entre, la porte claque derrière lui. Des chauves-souris envahissent la pièce et Mickey, terrifié, saute dans un chaudron en criant : « Maman ! »

Toute la maisonnée, à part Greta qui avait décliné l'invitation de Rachael, était réunie autour du Pathéscope et regardait le dernier film de la soirée, « Mickey et la maison hantée ». Cadeau d'anniversaire de Rachael à Lewis pour leurs dix ans de mariage (noces d'étain), le projecteur faisait surtout le bonheur d'Edmund. Et ce soir, il était dans son élément, tout à la fois projectionniste, vendeur de sucreries, diplomate et interprète, il distribuait les spéculoos avec leurs figurines moulées et les bonbons acidulés, si durs qu'ils étaient impossibles à croquer, tout en annonçant les gags les plus drôles : « Ce passage est très amusant, vous allez aimer ! » Il riait et s'assurait que tout le monde riait avec lui. Les images sautillantes de ces petits films naïfs avaient réussi à créer une joyeuse entente parmi les spectateurs. D'abord intimidée, Heike se laissait aller à rire comme une enfant. Richard, qu'intéressait avant tout l'aspect technique de la projection, gloussait devant Popeye qui faisait gonfler ses biceps. Les terrifiantes acrobaties de Buster Keaton finirent par avoir raison de l'impassibilité de Frieda et, lorsque enfin il se fit entendre, son rire fut une version enfantine de celui de son père.

Lubert, lui, en cérébral qui apprécie les plaisirs simples, s'esclaffait sans retenue. Rachael se demandait s'il ne se forçait pas un peu pour entraîner les autres. Sentait-il, comme elle, que cette soirée pouvait déboucher sur quelque chose de plus profond ? Le film terminé, alors que l'écran ne montrait plus que zébrures et signes cabalistiques, leurs regards se croisèrent et elle crut y lire ce même espoir partagé.

— *The End!* s'écria-t-il en applaudissant à tout rompre.

Edmund appuya sur l'interrupteur et tous clignèrent des yeux dans la lumière.

— Merci, Edmund. Votre avenir est tout tracé, me semble-t-il. Vous ferez des films, un jour. Qu'en pensez-vous, Frau Morgan ?

Edmund, qui n'avait jamais pensé qu'à devenir militaire comme son père, se tourna vers sa mère pour voir si elle approuvait un choix de carrière aussi audacieux.

— Oui, c'est possible, dit Rachael.

Et Edmund se rengorgea sous l'effet de cette double approbation.

Richard remercia pour le spectacle.

— Popeye le marin, dit-il, riant encore et faisant jouer ses biceps.

Heike ne trouvait pas les mots mais, la main sur le cœur, elle fit moult courbettes pour exprimer sa gratitude. Rachael aurait juré l'entendre dire à Edmund qu'il était délicieux.

Frieda, dont les cheveux étaient à nouveau attachés – mais cette fois en une seule tresse – resta silencieuse.

— Remercie Edmund et Frau Morgan, Frieda, lui dit son père.

— Merci. (Elle esquissa un sourire à l'adresse de Rachael.) Je voudrais aller au lit, maintenant, ajouta-t-elle en anglais.

— Bien sûr, Frieda, *Frohe Weihnachten* !

— On peut regarder encore Mickey, rien qu'une fois ? S'il te plaît, mère ? demanda Edmund qui rembobinait déjà le film.

— Je crois que cela suffit pour aujourd'hui. Plus vite tu iras au lit, plus vite tu pourras ouvrir tes cadeaux, demain.

— On ne les ouvre pas ce soir ? Comme font les Allemands ?

— Je croyais que les Allemands faisaient les choses à l'anglaise à présent, remarqua Lubert avec un clin d'œil au garçon.

Edmund eut du mal à consentir à remettre ce plaisir au lendemain mais, la suggestion venant de Lubert, il l'accepta.

— Bon, d'accord. Bonne nuit, mère, dit-il en l'embrassant.

— Bonne nuit, mon chéri.

Heike s'était mise à desservir.

— Laissez, Heike, dit Rachael. Si, si. Je le ferai.

Heike hésitait et interrogea Lubert du regard.

— Prenez votre soirée, Heike, dit celui-ci, réendossant tout naturellement son rôle de maître de maison.

— Bonne nuit, alors, dit la jeune femme en se retirant, toute rougissante.

Rachael et Lubert attendirent que tous eurent regagné leur chambre, à l'étage. L'un faisait semblant d'examiner l'objectif du projecteur tandis que l'autre empilait les assiettes. Finalement, les craquements du plancher cessèrent et on n'entendit plus que le chuintement du feu.

— Eh bien, quelle soirée agréable, dit Rachael. C'était vraiment merveilleux de voir tout le monde rire comme cela.

— C'est le miracle de Mickey. Peut-être peut-il nous apporter la paix universelle.

— Voulez-vous un pousse-café ?

Lubert eut un regard interrogateur.

— Vous savez, le verre que l'on boit après un repas, pour bien digérer.

— Les Anglais ont beaucoup de mots pour parler de ces choses-là.

— Vous en voulez un ?

— *Bitte.*

Rachael versa deux solides whiskies auxquels elle ajouta un doigt d'eau. Elle tendit un verre à Herr Lubert et prit un repose-pieds pour s'asseoir près du feu, l'invitant à faire de même. Ils contemplèrent les flammes en silence, côte à côte, tout près l'un de l'autre. Un feu était un spectacle à part entière et celui-ci ronflait gaiement, plein d'intrigues et de rebondissements. Rachael ne quittait pas des yeux le morceau de charbon, en haut de la pile, qui commençait à tourner à l'orange.

— J'aime votre façon de célébrer la veillée de Noël. D'ailleurs, j'ai toujours préféré l'Avent à Noël lui-même.

— Êtes-vous croyante ?

Rachael hocha la tête, lentement, sans grande conviction.

— J'apprécie les rituels de la religion.

— Mais, la religion elle-même ? Sans tout son cérémonial ?

— Je crois que ma foi, pour ce qu'elle valait, a subi elle aussi le souffle de la bombe.

— Il vaut peut-être mieux ne pas parler de ces choses-là.

— Si. Il faut en parler, répondit Rachael qui tenait à exprimer une conviction profonde. On parle rarement des choses importantes. On ne fait que tourner autour. C'est l'époque qui veut cela, je crois. Un héritage de l'époque victorienne. Ou de trop nombreuses guerres. S'il est possible de faire des vœux pour l'avenir, je fais celui que les gens soient capables de parler de ce qui les touche vraiment.

La pendule du bureau sonna minuit.

— Joyeux Noël, dit-elle.

— *Prost.*

Il fit tinter son verre contre le sien.

— *Prost.*

— À une ère nouvelle, où l'on parlera des choses qui nous touchent vraiment.

Mais ce qui les touchait vraiment n'avait pas encore été dit.

— Et vous, demanda-t-elle pour gagner du temps, avez-vous la foi ?

Lubert tint son verre dans la lumière des flammes qui semblèrent gagner le whisky lui-même.

— En un dieu qui s'incarne en enfant ? C'est difficile à croire.

Il pencha son verre ; le cristal renvoyait des lueurs dorées.

— Il est plus facile de croire en un homme fort qu'en un dieu faible, ajouta-t-il.

Leur conversation était comme une danse dans laquelle aucun des deux ne menait réellement. Rachael constata que la plaie de Lubert avait vite cicatrisé.

— Le colonel m'a dit qu'il allait à Heligoland. L'île sainte. C'est là où se rendaient les saints.

— Alors, il s'y sentira à sa place.

C'était sorti tout seul. Elle se remit à contempler les flammes. Le morceau de charbon qu'elle avait observé en avait embrasé d'autres.

— Quand le colonel m'a dit qu'il partait, j'étais… content.

Rachael fit tourner le liquide ambré dans son verre. Elle percevait en elle les subtils calculs de son cœur.

— Moi aussi, dit-elle.

Lignes de partage. Limites. Frontières. Elle en avait déjà franchi certaines. Mais ces deux mots levaient le plus grand de tous les obstacles.

Lubert lui prit la main – la sienne était bien plus chaude – et y posa un tendre baiser. Rachael l'attira à lui et chercha sa bouche. Il répondit immédiatement par un baiser profond. Elle fut stupéfaite de l'intimité qui existait déjà, tout naturellement, entre eux. Lorsqu'ils se séparèrent, il voulut dire quelque chose mais elle l'arrêta par un autre baiser. S'ils parlaient de ce qu'il se passait, si elle se mettait à y penser, elle serait tentée de couper court. Lorsqu'ils se séparèrent à nouveau, elle s'apprêta à l'embrasser encore mais cette fois il refusa, et, rejetant la tête en arrière comme un oiseau, il laissa son baiser en suspens.

— … Je vais dans ma chambre, dit-il. Attendez que j'allume, vous verrez la lumière par la grande baie. Je laisserai ma porte ouverte.

C'était précis. Il avait dû y penser avant. Il se leva, lâcha sa main mais ne la quitta pas des yeux. Il mit un doigt sur ses lèvres puis le leva pour indiquer où il allait et que leur séparation serait brève.

Rachael compta jusqu'à soixante, comme une petite fille qui joue à cache-cache, les yeux fermés, guettant les craquements du plancher. Elle attendit que des voix – celle de la raison, du bon sens, de la conscience – lui interdisent de le rejoindre. Mais elle ne perçut rien d'autre que la vibration de son désir. Pour l'arrêter, maintenant, il faudrait quelque chose d'exceptionnel, un événement surnaturel, un tremblement de terre ou encore un mystérieux animal noir traversant la pelouse…

À soixante, elle ouvrit les yeux et vit la lumière venant de la chambre de Lubert par la grande baie. Elle se leva, monta l'escalier avec précaution, posant les pieds sur le tapis et non sur le bois des marches. Attention aux craquements, aux domestiques curieux, aux enfants qui ne dorment pas ! Outre la ruse et l'extrême discrétion, il lui semblait que l'adultère exigeât aussi l'audace innocente et l'imagination d'un enfant. Était-ce vraiment cela, l'adultère ? Ce n'était pas ce qu'elle ressentait. Et d'ailleurs, qu'est-ce qui constituait l'adultère ? Une simple pensée ? Un baiser ? N'y aurait-il adultère que lorsqu'elle se serait entièrement donnée à Lubert ?

Elle passa devant la porte ouverte de sa propre chambre. Au pied des marches menant au second elle jeta un coup d'œil à la chambre d'Edmund. Elle mit le pied sur la première marche, attentive au moindre bruit. Tout était intensifié, tout était ralenti. Elle prenait conscience de détails qu'elle n'avait jamais remarqués : les extrémités ciselées des barres retenant le tapis ; un sifflement dans son oreille ; l'air plus chaud au dernier étage de la maison. La porte de la chambre de Lubert était à peine entrouverte et laissait filtrer un fin triangle de lumière. Elle y posa le pied. Elle vit sa chaussure, cette même chaussure qui l'avait accompagnée, en toute innocence, dans toutes sortes de pièces, pour toutes sortes de tâches domestiques effroyablement banales. Une chaussure qui ne lui parut pas être celle d'une femme adultère. Elle poussa la porte, heureusement silencieuse, et pénétra en territoire inconnu.

Lubert, debout à la fenêtre, lui tournait le dos. Elle

referma la porte, s'y adossa, les mains toujours sur la poignée, et laissa ses interrogations de l'autre côté. Lubert se retourna, le visage crispé par l'anticipation – ou peut-être l'appréhension – du plaisir. Pendant un instant il parut incertain, peut-être même prêt à renoncer. Puis il fit un pas vers elle, l'embrassa et, tandis qu'ils s'embrassaient, ils se mirent à se déshabiller. Cela ressemblait à une pantomime comique. Elle dut se pencher en arrière pour défaire sa fermeture Éclair ; il déchira sa chemise d'un mouvement brusque et elle resta coincée aux poignets. Lorsqu'ils furent nus, il s'immobilisa comme s'il voulait la contempler mais elle l'entraîna vers le lit.

Au début, elle prit à peine conscience de lui, de son odeur, de son goût, de sa différence. Elle ne voulait rien savoir de ce qui le singularisait et elle évitait de le regarder et même d'ouvrir les yeux. Elle ne voulait pas de tendresse. Elle ne voulait pas de gentillesse. Au paroxysme du plaisir, elle cria plus fort qu'elle ne l'avait jamais fait, si fort qu'il lui mit la main sur la bouche.

— Ils vont nous entendre.

Cela lui était égal.

Couchée sur ce lit, elle respirait l'odeur du coït, percevait en elle sa réalité qui irradiait dans tout son corps.

— Tu te sens bien ? s'enquit-il.

— Oui.

— C'est comme cela que je t'imaginais. Tellement… violente.

Elle ne répondit pas. Elle avait les yeux ouverts, maintenant. Ils se tenaient par la main, cuisses et avant-bras collés. Elle avait une conscience aiguë de l'instant, du corps de son amant, de la pièce dans laquelle ils se trouvaient : un grain de beauté de la taille d'une pièce de six pence sur son flanc, son ventre à elle, qui se soulevait et se creusait au rythme de sa respiration, les hanches osseuses de Lubert et les fines veines bleues qui parcouraient son thorax. Nu, il paraissait plus long et plus mince ; sa peau était très blanche, bien plus pâle que la sienne.

La chambre lui apparut pour ce qu'elle était : une accumulation de meubles entreposés là pour faire de la place à la famille anglaise. Sa table d'architecte avec ses instruments de dessin ; des piles de livres au sol. Et, tourné contre le mur, un grand tableau dont les dimensions correspondaient à la marque, sur le mur du hall d'entrée.

Lubert lui caressait l'épaule.

— C'est cette peinture ?

Il ne répondit pas.

— Stefan ?

— Oui.

— Puis-je la voir, maintenant ?

Elle en était d'autant plus désireuse qu'il semblait réticent.

— Si tu veux, finit-il par dire.

Rachael se leva et s'enveloppa du couvre-lit, davantage pour se protéger du froid que par pudeur. Elle s'agenouilla sur le plancher et retourna la toile. Elle n'eut pas besoin de demander qui elle représentait. L'image mentale qu'elle s'était faite se révélait assez juste et la ressemblance familiale était frappante.

— Claudia.

Lubert hocha la tête.

— C'est une belle femme. Frieda lui ressemble. Pourquoi as-tu décroché ce tableau ?

— J'en avais assez qu'elle me regarde. Rachael. Reviens, dit-il en tapotant le matelas.

Il ne voulait pas s'appesantir sur le sujet.

— Pourquoi ne m'as-tu rien dit, quand je t'ai accusé ? Pourquoi ne m'as-tu pas dit que c'était elle ?

— Parce que… Je me suis efforcé d'oublier. Et parce que, si je te l'avais dit, je ne t'aurais peut-être pas embrassée. Et que tu aurais eu pitié de moi. Tu aurais pensé que j'étais toujours amoureux de ma femme.

— L'es-tu ?

— S'il te plaît. Retourne-le.

— Mais, l'es-tu ?

— Je ne peux pas être amoureux d'un souvenir. Il m'en faut plus.

Rachael regarda encore une fois le portrait puis le retourna face contre le mur et le rejoignit dans le lit.

*

Lewis était accroupi derrière le mur de protection avec Ursula et les trois délégués de l'Agence interalliée des réparations, dans l'attente de la première explosion de leur tournée de démantèlement. Le délégué russe, le colonel Koutov, hurlait quelque chose que Lewis n'entendait pas. Il ôta son casque antibruit et demanda à Ursula :

— Que dit-il ?

— Il parle d'envoyer du blé dans votre zone.

— Il biche, ce salaud, dit Lewis en remettant son casque.

Il repensa à l'absurdité de l'opération : *On fait sauter une usine de savon qui emploie deux mille ouvriers, qui fabrique un produit de première nécessité et ne représente aucun enjeu stratégique pour que, en échange, les Russes assurent la subsistance de ces mêmes ouvriers et de leur famille.* Un budget à l'équilibre dans le livre de comptes de l'enfer.

La poignée de protestataires rassemblée devant les grilles de l'usine Henkel était facilement maîtrisée par une douzaine de policiers allemands coiffés de casquettes noires. Le général avait raison : Noël était la période idéale pour procéder à des démolitions.

L'Agence avait calculé que l'explosion s'entendrait à une distance de cinquante à quatre-vingts kilomètres. Lorsque la détonation eut lieu, elle ne fut ni violente ni d'une extraordinaire beauté. La fumée s'éleva d'abord en vagues symétriques de part et d'autre du bâtiment puis, comme un homme qui tombe à genoux, dignement, le dos droit, la structure entière s'effondra et disparut en une épaisse fumée d'où s'éleva un nuage de poussière en forme de chou-fleur qui s'étendit presque jusqu'au mur de protection et faillit envelopper les délégués. L'écroulement de la maçonnerie s'entendrait de loin ; on croirait peut-être à un fort coup de tonnerre ou au passage d'un important convoi ferroviaire. Peut-être certains imagineraient-ils la dernière attaque fantôme d'escadrons égarés, venus finir ce qu'ils avaient commencé.

L'effondrement d'une haute cheminée fut le *coup de grâce**[1] et Koutov, debout, applaudit comme à un feu d'artifice. Il était impressionné, et à juste titre : techniquement, cela avait été une grande réussite. Les ingénieurs de l'armée de Sa Majesté excellaient à présent à cet exercice. Jean Bolon, le Français de la délégation et le lieutenant-colonel Ziegler, l'Américain, se levèrent et applaudirent à leur tour.

Lewis regardait la poussière qui se dispersait, laissant apparaître un amas de blocs maçonnés et de gravats, lorsque soudain, il vit Michael, prisonnier des poutres et de l'argile boueuse de la maison de Narberth. Bien que Rachael lui eût décrit la scène, il s'était toujours empêché de la visualiser et il s'en était fait une image supportable – un empilement bien

1. Les expressions en italique et suivies d'un astérisque sont en français dans le texte.

propre, assez semblable à celui qu'il avait sous les yeux, sous lequel ne s'était jamais trouvé le corps de son fils.

Koutov s'était mis à crier aux délégués une phrase qu'il répétait sans cesse en désignant sa montre.

— Et là, qu'est-ce qu'il dit ? demanda Lewis.

— Il est minuit, répondit Ursula. Il dit « Joyeux Noël », en russe.

La délégation était logée dans un petit hôtel sur la route de Cuxhaven.

À leur arrivée, il était une heure du matin mais Koutov, qui voyait la tournée comme une sorte d'excursion, n'avait pas l'intention de laisser l'équipe aller se coucher. Ils se rendirent tous les cinq au bar pour boire au succès de l'opération et au sauveur de l'humanité. Le général produisit une bouteille de vodka.

— La boisson qui a gagné la guerre, dit-il en brandissant le flacon. Pour vous, Anglais, le gin, ajouta-t-il en s'adressant à Lewis.

— La boisson qui nous a aidés à oublier la guerre, dit celui-ci.

— Et vous, *monsieur* ?

— Le pastis, dit Bolon. La boisson de ceux qui ont évité la guerre.

— Nous, nous avons celle qui gagnera la paix, suggéra Ziegler. Le Martini, la plus grande invention américaine. Ne sous-estimez pas ses effets. Deux, ça va. Trois, je suis sous la table. Quatre, je suis sous la maîtresse de maison. Mais ça… (Il leva le verre de vodka.) J'ai l'impression que ça ne me fait rien.

— Et vous, Frau Paulus, demanda Koutov. Il offre quoi, votre pays ?

Ursula était restée un peu en retrait. Lewis devina qu'elle faisait une sorte d'allergie au Russe.

— La bière, sans doute, colonel. Mais vous nous avez pris notre houblon et notre blé.

Ursula fixait Koutov sans avoir le moins du monde l'air de plaisanter. Koutov lui lança un regard perçant, presque menaçant. Elle resta impassible et ce fut lui qui baissa les yeux le premier. Puis tout à coup, sa main s'abattit sur la table et il éclata de rire comme quelqu'un que rien ne vexe. L'homme était large, trapu, à peu près dépourvu de cou, et très puissant. La table trembla sous sa main.

— V' savez l'humour, Frau Paulus. J'aime. Et je me souviens d'un jeu dans l'Armée rouge.

Il s'agissait de s'empêcher de cligner aussi longtemps que possible tandis qu'on frappait des mains devant vos yeux. Koutov se lança aussitôt, eut raison de Bolon en dix secondes et de Ziegler en trente. Lewis tint presque une minute, mais surtout par fatigue ; Ursula gagna haut la main en ne clignant qu'au bout de trois minutes, et cela seulement parce que Koutov lui cria « ha ! » en pleine figure.

Le Russe entonna alors une mélancolique chanson folklorique. Lewis se demanda si l'homme était une âme sensible ou un sentimental de la pire espèce. Il aurait volontiers été se coucher lorsque Ziegler proposa un autre jeu.

— Pour tuer le temps, entre les atterrissages, nous jouions à ce que nous appelions « S'il n'y avait pas la guerre ». Cela nous aidait à évaluer les nouvelles recrues. Vous connaissez ? C'est facile. Il suffit de dire ce que vous seriez en train de faire s'il n'y avait pas eu la guerre. Peu importe que ce soit bien ou mal. Mais il faut que ce soit vrai. Les autres peuvent vous interrompre s'ils ne vous croient pas ou s'ils veulent plus de détails.

Koutov, enchanté, tapa du poing sur la table.

— Excellent ! Je ne connais pas ce jeu mais j'aime ! J'aime beaucoup !

Lewis lança à Ursula un regard de feinte terreur. Il

était mûr pour le lit mais la politesse ainsi qu'une certaine curiosité le poussaient à rester à la table.

— J'ai la bouteille devant moi pour indiquer que c'est mon tour de parler. Ensuite, je la passerai à mon voisin de gauche. Je commence. En douceur. Bon. S'il n'y avait pas eu la guerre, je… serais encore assureur à Philadelphie. S'il n'y avait pas eu la guerre, je n'aurais jamais vu la tour Eiffel. S'il n'y avait pas eu la guerre, j'aurais probablement quatre gosses au lieu de deux. S'il n'y avait pas eu la guerre, j'aurais quelques kilos de plus. Voilà. Pour l'instant, ça ira. On peut passer la bouteille à tout moment. Il faut garder quelques munitions en réserve.

Il passa la bouteille à Koutov.

Celui-ci la prit dans sa main aux doigts épais, couverts de coupures. Il se taisait, caressant la bouteille de son autre main et l'ambiance se fit solennelle.

— Si pas la guerre… commença-t-il d'une voix sépulcrale avant de faire une pause de plusieurs secondes.

Chacun se prépara à un terrible récit destiné à rappeler que, pendant toutes ces années, c'étaient les Russes qui avaient subi le plus de pertes humaines.

— Si pas la guerre, alors ce soir je serais à Leningrad avec ma femme.

Encore un silence. Tout le monde se demandait où Koutov allait en venir. Il semblait éteint, presque brisé ; il respirait exagérément fort, les narines dilatées.

— Je suis désolé, Vasili, dit Ziegler, en posant la main sur les pognes du Russe.

Soudain, le visage de Koutov s'éclaira. Un grand sourire espiègle fendit son visage lunaire.

— Tous les jours, je remercie bonne étoile de ne pas être avec cette salope !

Rire général, que le soulagement rendit explosif.

— Donc, si pas la guerre, reprit Koutov après

réflexion, si pas la guerre, je serais toujours avec ma femme et mes trois enfants, ma Macha, ma Sonia et mon Piotr. Je serais toujours un mauvais père qui crie beaucoup. Je travaillerais toujours pour le Bureau des communications. Je pêcherais toujours dans les trous de glace le week-end. Et, si pas la guerre, alors, pas d'excuse.

Il s'arrêta à nouveau.

— Pas d'excuse ? demanda Bolon.

Koutov avala une autre vodka et remplit son verre. Puis, brusquement, il se leva.

— Si pas la guerre…

Il souleva sa chemise et exhiba un torse rond comme un tonneau ; son ventre était tout piqueté de cicatrices.

— Pour avoir volé une vache… Un fermier, à Polzin.

— Et où est-il, ce fermier, aujourd'hui ? demanda Bolon.

Koutov désigna le sol.

— Meuh ! fit Ziegler. Bonne participation, général, bonne participation !

Koutov passa la bouteille à Bolon.

Pour Lewis, le Français était inclassable. Ce n'était sûrement pas un militaire. Un fonctionnaire ? Un universitaire, peut-être ?

— Sans la guerre… je ne serais pas en train de vivre cette expérience de camaraderie internationale, commença-t-il.

Koutov, approbateur, exigea de trinquer avec chacun des délégués.

— Camarades ! s'écria-t-il.

— Sans la guerre, reprit Bolon, je ne serais pas ici, évidemment, je travaillerais toujours à Beaune. Sans la guerre, j'aurais fini mon doctorat. Sans la guerre, je serais… toujours avec Angèle. Sans la guerre, je n'aurais jamais rencontré ma femme.

— Le Seigneur donne et le Seigneur reprend, dit Ziegler.

— Et cette fille, cette Angèle ? voulut savoir Koutov.

— J'étais à Paris au moment de l'invasion allemande. Impossible de rentrer à Beaune. Angèle était secrétaire de mon département. Elle n'avait nulle part où aller…

— Inutile de nous faire un dessin, Jean, inutile ! dit Ziegler.

De tous, c'était lui qui semblait le plus ivre. Mais Lewis tenait lui-même assez mal le coup ; s'il se levait, il tomberait sûrement à la renverse. Il accepta malgré tout que le Russe lui verse un autre verre. L'alcool faisait rempart aux émotions.

— Et Angèle, où maintenant ? demanda Koutov.

— Elle a été arrêtée. Mon professeur l'a dénoncée aux autorités allemandes. Elle était juive. J'ai quitté l'université, après cela. Mais… j'ai rencontré ma femme, Juliette. Et voilà. *C'est comme ça**. Assez pour le moment.

— Colonel Morgan, à vous, dit Bolon en passant la bouteille à Lewis. Je sens que vous avez beaucoup à raconter.

Oh ! oui. Lewis avait beaucoup à raconter. Tout autant qu'un autre, cette guerre l'avait marqué. Mais il n'était pas disposé à partager son histoire. Ni à cette table-ci, ni à une autre. Il n'avait aucune envie de se livrer à un exercice de comparaison. Depuis une heure, il fumait sans discontinuer, tentant de se cacher derrière un écran de fumée.

— Colonel ?

— Excusez. Je passe mon tour, dit-il en plaçant la bouteille devant Ursula. À vous, Fräulein.

— Dites quelque chose, colonel. N'importe quoi.

— Au prochain tour. À vous…

Ursula prit la bouteille en main.

— Sans la guerre… je serais encore mariée. J'aurais peut-être des enfants. J'aurais aimé en avoir quatre. J'enseignerais toujours à Rügen. Le… régime ne m'aurait pas pris un frère. Sans la guerre, je n'aurais jamais traversé à pied une mer gelée.

— Vous avez fui devant nous ? l'interrompit Koutov.

Ursula fit oui de la tête. Koutov se mit à rire.

— Vous pensiez que les Anglais vous traiteraient mieux.

— Oui, dit Ursula, en regardant le Russe bien en face.

— Ils n'ont pas subi ce que nous avons subi, répliqua-t-il.

Cela avait mis le temps, mais on y était : celui qui avait le plus souffert faisait valoir ses droits.

— Il y a des choses que la guerre n'excuse pas. Quoi que l'on ait subi.

— Continuez, Miss Paulus, dit Ziegler.

— Sans la guerre, je n'aurais pas vu la cruauté des soldats russes, je ne les aurais pas vus violer une vieille femme et puis la battre à mort. Sans la guerre, je n'aurais pas vu la bonté de leur chef qui les a convaincus de me laisser aller sans me faire de mal.

D'un geste, Koutov balaya ces paroles :

— Vous avez eu de la chance.

Nouvel affrontement de regards entre la jeune femme et Koutov, dont ce dernier sortit vainqueur en lui adressant un sourire puis en se mettant à rire avec bonhomie. Mais cette fois, les autres n'en firent pas autant. Lewis était content d'avoir recommandé Ursula pour le poste de Londres, et qu'elle l'ait accepté. Si le Russe et elle restaient un mois de plus dans cette proximité, on courait à l'incident diplomatique.

— Bon, colonel, dit Ziegler qui voulait parvenir à

ses fins. Nous avons tous parlé et nous ne savons toujours rien de vous. Ce n'est pas juste.

— Je voudrais aller me coucher, répondit Lewis, qui pianotait nerveusement sur la table. Nous commençons tôt, demain.

— Allons, allons, colonel. Ça ne peut pas être aussi pénible que ça.

— Je n'aime pas ce genre de jeu.

Ursula, excédée par son échange avec Koutov, s'en prit à Lewis.

— Vous nous avez tous écoutés. Maintenant, il faut que vous apportiez votre contribution.

— Absolument, dit Ziegler en assenant une grande claque sur la table. Contribuez, colonel. Nous avons tous mis nos tripes sur la table. Un peu d'esprit sportif, du fair-play, quoi !

Ursula prit la bouteille et la posa en face de Lewis. Il la regarda mais ne la prit pas. La jeune femme s'en saisit d'un geste impatient et la tint contre elle.

— Très bien. Je suis votre interprète et je vais interpréter pour vous. Il me semble que je comprends ce que veut dire le colonel.

Elle regarda Lewis qui, tout à coup, eut envie de lui prendre la bouteille des mains.

— Sans la guerre, le colonel Morgan ne serait pas ici et ne m'aurait pas procuré un travail. Je n'irais donc pas à Londres. Alors pour cela, je vous remercie. Sans la guerre, le colonel Morgan vivrait sans doute une vie confortable en Angleterre ou peut-être au pays de Galles, je ne sais pas. Sans la guerre, il aurait sans doute passé plus de temps avec sa famille. Sans la guerre, il n'aurait pas perdu un fils puis fait en sorte d'avoir tant à faire, de travailler si dur, pour avoir le moins possible à penser à son chagrin. Qui malgré tout est là, dans son cœur.

Sur ce, Ursula prit la bouteille et la remit au centre de la table.

Koutov applaudit. Ziegler, approbateur, hocha la tête.

Lewis sentit quelque chose gonfler dans sa poitrine, dans ses sinus. Il avait tout fait pour tenir ce fantôme à distance mais voilà qu'il faisait surface, qu'il réclamait l'attention qui lui était due. Les larmes montaient, il dut les ravaler. Il se leva. L'effet anesthésiant de la vodka semblait se faire sentir surtout dans les muscles postérieurs des cuisses et il se rattrapa à la table. Il posa la main sur celle d'Ursula et la tapota légèrement.

— Bonne traduction. Puis, avec un salut à l'adresse de ses camarades : Messieurs ! Frau Paulus ! *Spokoynoi nochi. Bonne nuit**. *Gute Nacht.*

CHAPITRE ONZE

Richard ralentit pour déposer Rachael à la grille des Burnham. L'Austin cala et la jeune femme dut se retenir au tableau de bord.

— *Dieses englische Auto ist Scheisse!* marmonna le chauffeur. Puis, très gêné par sa sortie : *Entschuldigung.*

Même sans ses leçons d'allemand quotidiennes, elle aurait compris.

— Ne vous inquiétez pas, Richard. C'est ce froid. Et puis, je suis d'accord, ce n'est pas la meilleure voiture du monde. Merci de m'avoir conduite. C'était plus près que je ne pensais.

Pour être sûre de se faire comprendre, elle accompagnait ses phrases de gestes, doigts qui marchent, qui indiquent une petite distance et main rassurante posée légèrement sur le bras du chauffeur.

— Vous êtes dame bonne, dit celui-ci en anglais.

En montant l'allée de chez les Burnham, Rachael se sentait à la fois flattée et embarrassée. Elle n'avait pas l'impression d'être une « dame bonne ». Les événements des dernières semaines la disqualifiaient sûrement.

Si quelqu'un pouvait s'en rendre compte, c'était bien

Susan Burnham. Son invitation lui apparaissait maintenant comme un potentiel guet-apens. L'état émotionnel et la situation dans lesquels se trouvait Rachael feraient les délices de Susan.

Les deux femmes prenaient le thé dans le somptueux salon lorsque Rachael décida de faire diversion.

— J'imagine que vous êtes au courant, pour Herr König ? Vous savez, le précepteur d'Edmund ?

— Oui. Keith m'en a parlé. Un SS. Je pense qu'il sera fusillé.

Rachael hocha la tête.

— Vous n'aviez pas vérifié son histoire ?

— Si. Mais ce n'était pas la version qu'il nous avait donnée. Il avait rempli le questionnaire, comme tout un chacun. Mais il avait tout simplement laissé de côté les rubriques qui l'auraient compromis. Il disait qu'il avait été directeur d'école à Kiel. Lewis l'a trouvé convaincant.

— Comment l'a-t-on coincé ?

— Une de ses connaissances l'a dénoncé.

— En tout cas, les méthodes d'investigation de votre mari laissent à désirer.

Au lieu de défendre Lewis, Rachael prit une gorgée de thé et se brûla. En soufflant à la surface de sa tasse, elle examina la porcelaine de plus près. Rachael avait un faible pour la belle vaisselle et elle s'y connaissait. Ce service était du plus beau Meissen, bleu de cobalt, dit « à l'oignon ». En regardant sous la tasse elle vit la marque de fabrique : deux épées entrecroisées indiquaient qu'elle provenait de cette ville proche de Dresde qui, curieusement, se trouvait au bord du même fleuve que les maisons où Susan et elle habitaient. Lewis et elle fêteraient leurs vingt ans de mariage en avril et elle lui offrait toujours un cadeau en rapport avec la tradition. Vingt ans, c'était les noces de porcelaine.

— Meissen, dit-elle.

— C'était dans la maison. Il y en a plein les placards.

La demeure des Burnham était plus luxueuse que Susan ne l'avait laissé entendre. Elle s'était tellement extasiée sur la villa Lubert que Rachael avait cru qu'ils étaient bien plus modestement logés. Si la maison était moins spacieuse, elle était tout de même fort belle et peut-être un peu trop raffinée, un peu trop élégante pour une Susan Burnham. Mais elle se garderait bien de le dire. Elles étaient toutes deux d'incultes coucous dans le nid d'autres oiseaux.

— Je vous aurais bien invitée pour Noël mais chez nous, ce n'est pas très gai ; Keith déteste cette fête.

— Merci de cette gentille attention. Nous avons eu un Noël très agréable.

— Votre cher et tendre est un vrai courant d'air. Je crois ne l'avoir rencontré qu'une fois depuis que nous sommes ici.

— Je pense qu'il n'est pas mécontent de s'en aller.

Ce n'était pas ce qu'elle avait eu l'intention de dire ; Susan Burnham flaira une piste.

— A-t-il emmené sa traductrice ?

— Il ne m'en a pas parlé. J'imagine que oui.

— Keith m'a dit qu'il l'avait vue, l'autre jour, au déjeuner et que Lewis avait une interprète « belle comme un ange ». Étant donné que le mien, de cher et tendre, ne fait généralement aucune attention à ce genre de chose, il faut qu'elle le soit. Vous n'avez pas cherché à savoir ?

— Non.

— Cela n'éveille pas en vous ne serait-ce que le début d'un soupçon ? Vous avez entendu parler du capitaine Jackson ?

Rachael n'en avait pas entendu parler et ne souhaitait

pas en entendre parler. Mais Susan n'allait pas manquer de tout lui dire.

— Il a filé en Suède avec sa traductrice. Il a laissé trois enfants et pas un mot d'explication.

— Pourquoi me racontez-vous cela, Susan ?

— Parce que je vous regarde, tous les deux, et que je me demande comment vous faites. Je m'inquiète pour vous.

Rachael ne croyait qu'à moitié à cette sollicitude. N'était-ce pas plutôt une prédilection pour les sujets scabreux ?

— Et vous ? Comment va Keith ? Je ne l'ai pas revu depuis… ce fameux soir.

— Mon Dieu. Je crois qu'il ne s'en souvient même pas. (Elle rit puis s'arrêta brusquement.) Il est épouvantable, quand il est ivre. Cela a empiré depuis que nous sommes ici et cela m'inquiète.

— Il paraissait furieux.

— C'est son travail. Il se sent investi d'une mission. Pas question pour lui qu'ils s'en sortent à bon compte.

— Qui, ils ?

— Les nazis.

— Nous sommes tous d'accord là-dessus.

— Oui. Keith a été très choqué par les photographies des camps. Il a demandé à être affecté au programme de dénazification la semaine où elles ont été publiées. Il s'est véritablement senti appelé à éradiquer ce mal.

Le regard de Rachael tomba sur une rangée de caisses alignées contre le mur. Elle pensa qu'elles arrivaient d'Angleterre.

— Vous n'avez pas fini de déballer ?

— Nous envoyons des choses en Angleterre.

— Mais, vous ne manquez pourtant pas de place…

— Non, mais nous… nous expédions… vous voyez, diverses bricoles.

— Des bricoles ?

— Oh ! écoutez, Rachael. C'est du butin de guerre. Ce sont des biens volés, de toute façon. Ces tableaux, dans votre maison – vous pensez que Herr Lubert n'a pas de sang sur les mains ?

Comme j'ai été bête, pensa Rachael.

— J'en suis absolument certaine.

— Pour vous, bien sûr, c'est facile.

— Comment cela ?

— Vous êtes de bonne famille. Vous avez hérité de belles choses, de beaux meubles anciens. Nous, nous sommes d'origine modeste.

— Vous vous trompez. Ni Lewis ni moi ne venons d'un milieu privilégié.

Une femme de chambre fit son entrée avec une assiette de tartelettes.

— *Nein !* Ah, là là ! s'écria Susan Burnham en lui faisant signe d'aller le poser sur la desserte.

Tout à coup, elle perdait complètement son sang-froid.

Rachael se mit à s'essuyer délicatement la bouche avec sa serviette. Elle voulait sortir de cette maison.

— Il vous a gagné à sa cause, n'est-ce pas ?

— Qui cela ?

— Votre bel architecte.

Malgré ses efforts, Rachael ne put empêcher sa mauvaise conscience de lui faire venir le rose aux joues.

— Que voulez-vous dire ?

— J'ai vu comme vous vous êtes précipitée pour le défendre lorsque le vase s'est cassé.

— C'était sa maison, Susan. Nous nous en prenions à ses objets. À des objets qui lui appartenaient !

— Vous savez très bien ce que je veux dire.

— Non, je ne sais pas ce que vous voulez dire.

— Lorsque vous vous êtes approchée de lui – pour

l'empêcher de frapper Keith – la façon dont vous vous êtes regardés !

— Susan, je vous en prie !

— Vous devriez faire attention. Ils ne sont pas comme nous. Ils sont différents. Tout à fait différents. Cela dit, je ne lui donne pas tort.

— Tort de quoi ?

— De profiter de la situation.

— S'il vous plaît, Susan !

— Vous êtes une femme séduisante. Et quasiment délaissée. Je ne dis cela que parce que je vous envie.

— Vous m'enviez, moi ?

— Les choses sont plus compliquées qu'il n'y paraît.

Le visage de Susan se couvrait de rougeurs, trahissant son émotion.

— Je déteste être ici.

— Je croyais que vous vous y plaisiez.

— Je donne le change. On devient expert à cela quand on est mariée à un ivrogne.

Elle eut un petit rire destiné à minorer ses propos mais c'était dit.

L'armée regorgeait d'alcooliques honteux mais Rachael n'aurait jamais pensé que le commandant en était un.

— Je ne pensais pas que c'était à ce point.

— Vous n'en parlerez à personne ? N'est-ce pas, Rachael, à personne ? dit Susan Burnham en posant fiévreusement sa main sur celle de son invitée.

— Non.

— Et de l'autre chose non plus ?

— Quelle autre chose ?

Susan désigna les caisses pleines à craquer, attendant d'être expédiées.

— La porcelaine, et tout ça.

*

Edmund étalait un jeu de cartes à l'envers sur le sol de sa chambre. Frieda était couchée sur le côté de tout son long sur le tapis, la jupe remontée jusqu'aux cuisses. Elle examinait la couture sur le cou de Cuthbert. Depuis la séance de cinéma de Noël, elle était devenue plus aimable avec Edmund qui, de son côté, cherchait à se détacher de son soldat de chiffon comme de tous les jeux que la jeune fille pourrait trouver enfantins. Fini, de faire rouler des petites voitures sur le palier ou de chasser des fauves dans le jardin. Maintenant, c'était films et cartes.

— Il va mieux, le soldat, dit Frieda dans un anglais bien meilleur que celui dont Edmund l'avait crue capable. C'est un soldat du roi ?

— C'est un grenadier de la garde.

Edmund voulait retourner à son jeu mais Frieda caressait d'un doigt la cicatrice de Cuthbert, sa toque en peau d'ours et souriait mystérieusement. Peut-être allait-elle tout avouer.

— Ta mère le soigne. Après le *stummer Diener.*

Edmund haussa nonchalamment les épaules pour signifier qu'il avait laissé ces histoires de monte-plats et de soldat loin derrière lui. Il regardait les jambes nues de la jeune fille et changea de position pour jouir d'une meilleure vue. Il ne comprenait pas tout à fait son attirance pour Frieda. La nuit, quand il avait du mal à dormir, il repensait à son exhibition d'athlétisme, à sa culotte blanche dans l'ombre mystérieuse de ses cuisses et à l'odeur à la fois citronnée et ammoniaquée de son urine dans le pot de chambre. Il tirait de ces expériences des scénarios imaginaires sans cesse renouvelés.

Sous prétexte d'étaler les cartes plus régulièrement, il la frôla et laissa sa main contre elle. Dans ses délicieuses rêveries nocturnes, il l'avait déjà touchée. Mais, le faire pour de vrai… C'était à cela qu'il voulait jouer. Il voulait caresser sa peau, là, au-dessus du genou, la frotter, la lustrer. Cette pensée éveillait en lui une sensation inconnue. Il aurait voulu faire monter sa main le long de cette jambe nue vers la blancheur immaculée de la culotte jusqu'à en toucher le tissu. Mais, que se passerait-il alors ? Serrerait-elle les cuisses si fort que sa main serait prise au piège ?

Frieda semblait ne pas remarquer qu'il la touchait. Elle reposa Cuthbert et, se mettant à genoux, s'intéressa à la maison de poupée. Elle désigna le petit garçon dans sa chambrette.

— Ça, toi. Ça, montrant la poupée assise au piano, Frau Morgan. Ça, les poupées sur le toit, mon père et moi.

Edmund hocha la tête. Il serait volontiers retourné à ses cartes mais Frieda semblait fascinée par la façon dont il avait organisé la petite maison. Elle remplaça la poupée Rachael par la poupée Frieda qu'elle mit au premier étage avec Edmund et mit la mère d'Edmund sur le toit, avec Lubert. Ensuite elle prit les deux adultes et les installa dans la chambre à coucher du bas. Ce nouvel arrangement parut l'amuser. Edmund rit aussi, même si, en réalité, il ne trouvait pas cela très drôle. Voir les poupées représentant Lubert et sa mère ensemble, dans la même chambre, lui faisait un drôle d'effet.

— Où est le père d'Edmund ? demanda Frieda.

Edmund montra la voiture posée sur l'îlot de vêtements près du cheval à bascule.

— À Heligoland.

Frieda se leva, s'approcha du cheval dont elle caressa le dos luisant et mit le pied sur la voiture. Elle la fit rouler d'avant en arrière sur le tapis.

— Tu peux le faire rentrer, dit Edmund.

— Maintenant ?

— Oui, maintenant.

D'un mouvement du pied, elle projeta la voiture de l'autre côté du tapis où elle vint frapper le côté de la maison et se renversa.

*

Rachael voyait quelque chose bouger dans le bois : des silhouettes les suivaient en parallèle et se déplaçaient du couvert d'un arbre à un autre. Elle ralentit et retint Lubert par le bras.

— Je crois qu'on nous suit.

Lubert suivit son regard.

— *Trümmerkinder*, dit-il.

Les silhouettes s'arrêtèrent et les observèrent, en embuscade derrière un gros tronc. L'une d'elles tenait un bâton qui faisait penser à une lance. Il pouvait avoir l'âge d'Edmund.

— Ne t'inquiète pas. Ils nous prennent pour des réfugiés ou des amoureux qui se promènent dans le parc.

Le mot « amoureux », pensa Rachael, était bien léger pour décrire une situation qui requérait, elle le savait maintenant, plus de calcul, de dissimulation, de discrétion et d'organisation que les auteurs de romans ne le laissaient croire. Lubert et elle avaient passé nombre de soirées près du feu à se parler intimement mais la maison avait des yeux et des oreilles et, le froid forçant tout le monde à rester à l'intérieur, il n'était pas facile d'y trouver un moment à soi. Même pour cette petite escapade, elle avait dû sortir la première (histoire de « prendre un peu l'air ») suivie de lui (pour « ramasser du bois »). Cela faisait près de deux mois que Lewis était absent et c'était la première fois qu'ils réussissaient à se retrouver vraiment seuls depuis la fameuse nuit de Noël.

Tandis qu'ils marchaient dans Jenischpark, elle se dit que l'hiver était la meilleure saison pour une liaison illicite. Engoncés dans des vêtements chauds, on gardait un certain anonymat. De loin, tout le monde se ressemblait et aujourd'hui, Lubert et elle – elle, en *snow-boots* et manteau de laine noir, lui en bonnet de ski et portant un sac à dos qui contenait de quoi chauffer la cabane du garde forestier – pouvaient facilement passer pour des personnes déplacées en route vers le camp le plus proche.

Le parc n'était qu'à une quinzaine de minutes de la maison mais on se serait cru dans un autre pays. La neige était vierge, marquée seulement de traces de cervidés. Des stalactites pendaient des poutres soutenant la colonnade de l'imposante maison, au centre de ce vaste espace boisé. Tout en marchant, Lubert lui racontait l'histoire du parc.

— Il a été créé par Casper Beck, un paysagiste très doué. Mais aussi une figure tragique. Il cherchait à s'exprimer dans un langage universel et il échoua. Désespéré, il se donna la mort.

Tandis qu'ils approchaient de la maison du garde forestier, il expliqua à Rachael que, grâce aux relations familiales de Claudia, ils bénéficiaient d'un permis de chasse et d'un accès privé au parc. La cabane était une sorte de folie, une cabane de rondins à l'américaine auprès d'un étang qui, l'été, devenait une piscine privée. Dans la neige, entourée de pins, on eut vraiment dit la hutte de quelque pionnier. Lubert sortit une clé, débarrassa la serrure de la neige et ouvrit la porte.

La cabane contenait de lourds sièges en bois et d'épais tapis ; un râtelier à fusils et une tête de cerf ornaient le mur, au-dessus de la cheminée dans laquelle on avait installé un poêle. Lubert sortit de son sac de quoi allumer le feu – des morceaux de cageot et un numéro du *Welt* – et se mit à l'ouvrage. Le sol était jonché de cadavres d'insectes qui crissaient et s'écrasaient sous les pieds. Rachael les balaya avec un rameau de pin et nettoya un espace auprès du poêle où elle étendit tous les tapis pour faire un lit. Puis elle s'assit et regarda Lubert faire le feu. Il attendit que les flammes diminuent pour poser un à un les morceaux de charbon. Ensuite, il la rejoignit et, ensemble, assis en tailleur comme deux scouts, ils contemplèrent le feu. Malgré la portée de ce qu'elle – de ce qu'ils – faisait, Rachael ne put s'empêcher de penser que leur histoire d'amour avait toujours des allures de jeu d'enfants.

De la vapeur s'élevait de leurs vêtements humides. Lubert ôta son bonnet et son écharpe et Rachael l'imita. Il l'embrassa et, prenant sa tête dans le creux de la main, la fit s'allonger sur le dos. Ils échangèrent de longs baisers puis se mirent à faire l'amour, en gardant cette fois la plupart de leurs vêtements. C'était différent de leur première nuit. Le froid rendait les choses plus hâtives, leurs gestes plus gauches. Bien que partiellement habillée, elle se sentait plus vulnérable que lors de cette première fois où elle était nue dans ses bras. Elle restait trop consciente d'elle-même, trop consciente aussi des limites que le temps et le monde extérieur leur imposaient. Après, ils s'allongèrent et contemplèrent les toiles d'araignée accrochées aux poutres du plafond. Rachael se demandait combien de temps encore ils pourraient tenir en respect la réalité.

— Lorsque je travaillerai à nouveau, je créerai des cabanes dans le style de l'Ouest américain.

Lubert se leva et se mit à dessiner dans la buée de la fenêtre.

— Voilà. On n'a pas besoin de plus, dit-il.

— Quand auras-tu ton certificat ?

— Bientôt. Même si ce commandant fait tout pour

trouver quelque chose, n'importe quoi, pour prouver que je ne suis pas « propre ». Imagine, s'il pouvait nous voir…

— Je refuse d'imaginer.

Ni l'un ni l'autre n'étaient « propres » mais, à l'idée que Burnham pût avoir connaissance de leur liaison, elle se sentait particulièrement salie.

Lubert continuait à dessiner d'un doigt sur la vitre.

— Une seule pièce, mais surmontée d'une mezzanine à balustrade, et une grande véranda. Je trouve que c'est tout ce dont on a besoin.

Elle avait plaisir à le regarder. Lorsqu'il donnait libre cours à son imagination, il était lui-même. Ce qu'elle avait jadis pris pour de l'insolence était en fait la manifestation d'une créativité enthousiaste. Il aimait parler, et la faire parler. Sur toutes sortes de sujets – la religion, le mariage, l'art, le chagrin, le deuil, la mort –, il était intarissable. Elle avait l'impression d'avoir partagé plus de choses avec lui ces dernières semaines qu'en près de vingt ans avec Lewis.

— Fini, les villas pour millionnaires. Je n'accepterai plus de projets pour ces gros marchands égoïstes qui ne cherchent qu'à faire baver d'envie leurs voisins. À partir de maintenant, je travaillerai dans l'intérêt du plus grand nombre.

Lorsqu'il eut fini son dessin, il recula pour qu'elle le voie.

— Voilà. Qu'en penses-tu ? Tu pourrais vivre dans une maison comme cela ?

Rachael regarda son dessin tracé dans la buée, quelques lignes qui faisaient apparaître toute une structure. Mais, en réalité, c'était une impasse en deux dimensions, qui n'apportait aucune réponse à des problèmes cruciaux qui se profilaient à l'horizon. Edmund. Et Lewis.

— Oui, je crois.

— Avec moi ? questionna-t-il d'un ton plus grave.

Tout à coup, au beau milieu du plan tracé dans la buée, apparut une tête coiffée d'un casque britannique. Rachael se redressa en se drapant hâtivement dans un tapis. La silhouette frappa à la fenêtre et pressa au carreau son petit visage de polisson. C'était un des *Trümmerkinder.*

— *Weg !* cria Lubert en tapant à son tour.

Le garçon fit un geste obscène avec son pouce et son majeur et continua à les regarder en souriant malicieusement. Lubert sortit pour le chasser. Un air glacé s'engouffra dans l'atmosphère chaude et humide de la cabane. Rachael mit son manteau sur les épaules et alla voir ce qu'il se passait. Lubert avait couru après le gamin et s'amusait à lui lancer une boule de neige. Celui-ci prit la poudre d'escampette et disparut dans les bois en criant des mots qu'elle ne comprit pas.

Lubert rentra dans la cabane en riant.

— Petit sacripant. Il a raté le spectacle, c'est déjà ça.

Rachael boutonna son manteau. Leur rencontre amoureuse, un spectacle ?

Lubert frotta ses mains rouges de froid.

— Bon. C'est l'heure du pique-nique.

Il sortit du sac un morceau de fromage, un bocal de cornichons, une demi-miche de pain, un beurrier contenant de la margarine et une petite bouteille de schnaps. Il avait aussi apporté une nappe à carreaux, des couverts et deux gobelets en étain. Il installa le tout avec une précision qui trahissait une certaine habitude.

— Tu venais ici avec Claudia ?

Un éclair de contrariété traversa son visage.

— Bien sûr. Pourquoi ?

— Excuse-moi. Elle… C'est seulement que je suis curieuse de savoir comment elle était.

— Que veux-tu que je te dise ?

Il semblait sur la défensive, à présent.

— Je ne sais pas. Dis-moi les choses telles qu'elles sont.

Lubert soupira. Cette évocation du passé le prenait au dépourvu.

— Claudia avait beaucoup de classe. Elle ne supportait pas la bêtise. Son élégance avait quelque chose de provocant. C'était une femme capable d'obtenir le meilleur de chacun. Obstinée. Introvertie, mais mondaine. Une lectrice, mais pas réellement cultivée. Elle aimait la musique, mais elle n'avait pas d'oreille. C'était aussi un être humain meilleur que je ne suis.

— En quoi ?

— Elle aurait fait preuve de… de plus de contrôle d'elle-même, à ma place.

— Cela signifie-t-il qu'elle était meilleure que moi ?

— Non. Ce que je veux dire c'est qu'elle ne serait jamais restée dans la maison.

— Elle te manque toujours, n'est-ce pas ?

C'était plus une constatation qu'une question.

— Pendant longtemps – presque jusqu'à ton arrivée – je n'arrivais pas à penser à autre chose. Après les grands bombardements, j'ai passé des mois à la rechercher. Rien d'autre, personne d'autre ne m'importait. Et surtout, je n'accordais pas d'attention à Frieda. Elle en a souffert. C'est à ce moment-là, je crois, que j'ai perdu contact avec elle. Et je ne l'ai pas encore retrouvée. Mais, ton arrivée… ton arrivée a tout changé.

Son regard la suppliait de le croire.

— Mais je vois bien que tu te poses trop de questions.

— Désolée. C'est à cause de cet étrange gamin, je crois.

Le garçon à tête de gargouille lui avait fait peur ; il avait fait éclater leur bulle de bonheur.

Lubert versa du schnaps dans un gobelet et le lui tendit.

— Tu te poses des questions. Tu te demandes ce que nous faisons ensemble.

Jusque-là, elle ne s'était pas autorisée à voir les choses en face et elles commençaient à peine à apparaître à la périphérie de sa vision. Et lui l'avait déjà compris.

— Je m'en pose, moi aussi, reprit-il. Ton mari a été généreux envers moi. Et il m'a fait confiance. (Il prit la main de Rachael.) Mais nous possédons quelque chose de précieux, non ? Nous nous comprenons. Tu as réveillé mon cœur. Et j'aime à croire que j'ai fait pareil pour toi.

Elle se pencha vers lui et l'embrassa tendrement. Ici et maintenant, dans cette cabane, tout était plus facile.

— Pour avoir l'esprit clair, dit-elle, il me semble qu'il faudrait s'éloigner, quitter cette maison pleine de fantômes, pour pouvoir parler sans crainte d'être observés.

— Alors, je t'emmène. Dans la plus belle ville d'Allemagne. À Lübeck. Ma ville natale. Pour quelques jours. Nous pouvons prendre le train à la *Hauptbahnhof.* Je connais un petit hôtel très agréable. Heike et Greta s'occuperont des enfants. C'est possible, Rachael. Nous pouvons partir quand nous voulons, demain, la semaine prochaine…

Elle ne pouvait pas se projeter trop loin si elle ne voulait pas être assaillie par d'autres responsabilités.

— Rachael ?

— Oui. Oui. Mais n'en parlons pas pour le moment.

CHAPITRE DOUZE

Ossi donna à Hokker les mille cigarettes et alla chercher l'arme chez un certain Grün qui vivait dans un appartement à Altona. Grün avait presque la couleur de son nom : il était verdâtre comme une vieille tasse à thé. Comme Hokker, il portait un costume à double boutonnage et un chapeau ; il avait deux dents en or qu'il ne perdait pas une occasion d'arborer en riant largement chaque fois qu'Ossi disait quelque chose. Le fusil, emmailloté comme un bébé, était posé sur un lit de camp dans la cambuse. Grün défit la couverture pour montrer à Ossi la marchandise.

— Mosin-Nagant 91/31, viseur Zeiss. Pratique comme une arme russe. Précise comme une arme allemande. Plus deux boîtes de munitions.

L'objet était impressionnant et semblait en bon état. Ossi en caressa le canon jusqu'à la gueule, hochant la tête comme s'il s'y connaissait.

— Il a l'air bien, déclara-t-il.

Grün rit de toutes ses dents.

— Pour sûr, qu'il est bien. C'est le fusil qui a permis aux Russes de gagner la guerre. Tu as ma commission ?

Hokker avait bien spécifié qu'il fallait payer Grün en

or ou en bijoux. Berti avait donné à son frère un collier de grenats. Celui-ci le sortit de sa poche et le tendit à Grün qui l'examina sous l'ampoule nue qui éclairait la pièce.

— C'est pas des rubis, dit-il en mordant une pierre, mais ça ira.

Satisfait, il l'empocha et, remballant le fusil dans sa couverture, le tendit à Ossi.

— Tu vas en faire quoi ?

Berti lui avait recommandé de dire que l'arme était destinée à la chasse.

— C'est pour tirer des lapins. Et je l'essaierai peut-être sur ces gros corbeaux qu'il y a sur le fleuve. Je vois pas pourquoi on laisserait vivre ces sales bestioles alors qu'on crève tous de faim.

Grün le jaugea d'un œil sceptique.

— Tu ne devrais pas être à l'école ?

— Mon école est un tas de briques. Mais je vais aux conférences des Tommies. Questionne-moi sur le British Vay of life. Sur le King of Vindzor. Je suis incollable.

— Ah bon ?

Ossi avait apporté sa valise. Il l'ouvrit et coucha le fusil dans le compartiment du haut. Il coinça les deux boîtes de munitions dans un coin et la referma.

— Eh bien, j'espère que tu vas te choper quelques faisans bien gras. Un peu de viande ne te ferait pas de mal.

Ossi prit le tram en haut de l'Elbchaussee puis continua à pied jusqu'à la maison Petersen. En marchant, il en vint à se demander à quoi le fusil allait réellement servir et, plus il y pensait, plus la valise s'alourdissait. Il dut s'arrêter tous les cent mètres pour changer de main et frotter les marques rouges imprimées dans sa paume par la poignée. Berti manigançait quelque chose contre le Tommy. Il ne voulait pas dire quoi, seulement que ce serait grand. Ossi avait essayé de lui expliquer que le Tommy n'était pas si mauvais que ça mais il était difficile de faire changer Berti d'avis. Il avait la tête dure. N'était-ce pas ce que disait leur mère ? Lorsqu'on ne pouvait pas pardonner une injustice on devenait dur, dur comme une pierre. Berti ne pouvait oublier ce qu'il s'était passé lors des raids de nuit, il avait vu son ami Gerhardt retourné comme un gant. Il ne pouvait pardonner ni cela ni ce qui était arrivé à leur mère, leurs cousins, tantes et oncles et à tous les autres lors de la grande tempête de feu. Les médicaments avaient aidé mais il faisait toujours des cauchemars. Et il ne dormait pas assez. Peut-être que le nouveau médicament, plus fort, serait plus efficace.

Ossi reprit sa valise et continua à marcher le long de la route, dialoguant tout haut.

— Je pourrais jeter le fusil dans la rivière et dire à Berti que des Tommies m'ont pris en chasse.

— *Il se rendra compte que c'est faux.*

— Je pourrais le balancer et ficher le camp de Hambourg.

— *Il te pourchasserait.*

— Je pourrais prévenir Edmund. En allant jusqu'à la grille de sa maison quand personne ne regarde.

— *Trop dangereux. Si Berti l'apprend…*

— Qui peut l'arrêter, alors ?

— *Il n'y a qu'une seule personne qui puisse l'arrêter.*

— Qui ?

— *Moi.*

— Il ne pourra pas t'entendre. Tu sais bien que je suis le seul à t'entendre, Mutti.

— *Il reconnaîtra ma voix. S'il me voit, il y réfléchira à deux fois… Laisse-moi lui parler.*

— Oui, il t'écoutera. Pour toi, il est toujours le petit Berti qui pleurait la nuit et nous faisait rire lorsqu'il chantait sous l'eau. Le Berti qui cachait ses bandes dessinées dans son caleçon quand il savait qu'il allait prendre une rouste. Le Berti qui avait le sourire de Lew Ayres. Je n'ai pas vu mon frère sourire depuis des années mais il sourira pour toi, Mutti.

*

Ossi trouva Berti somnolant dans un fauteuil, près du feu, dans la salle à manger. À en juger par la position de son bras et par son vague sourire, il venait de s'injecter le nouveau médicament.

— Salut, Berti.

Albert ne réagit pas. Ossi le préférait avant, du temps de l'autre médicament : au moins la pervitine ne le coupait pas du reste du monde comme à présent.

— Il n'est pas en état. Faisons ça une autre fois.

— *C'est maintenant ou jamais.*

— Mais regarde-le. Il est complètement abruti. Crois-moi, Mutti, il ne faut pas lui parler quand il est comme ça.

— *C'est maintenant ou jamais !*

Albert ouvrit un œil et se redressa dans son siège.

— Tu l'as ?

— Je l'ai, Berti. Pratique comme une arme russe et précise comme une arme allemande.

— Tu as bien dit que c'était pour la chasse ?

— Oui, pour la chasse. Comme tu m'avais dit.

— Où est-il ?

Ossi ouvrit la valise, prit le fusil enveloppé dans sa couverture et le posa aux pieds de son frère. Albert, toujours assis, se pencha pour le regarder. Ses mains tremblaient, une pellicule de sueur recouvrait son visage. Il rejeta la couverture, ramassa le fusil par le barillet et cala la crosse contre son épaule. Il visa le mur, le plafond puis Ossi.

Il ne parlera pas, maintenant qu'il a l'arme, pensa le garçon.

— *Fais-moi confiance.*

— On t'a vu venir ici ? demanda Albert.

— Il ne m'a même pas entendu, Mutti. Comment pourrait-il t'entendre ?

— *Je veux qu'il me voie.*

— Avec qui est-ce que tu bavasses ? demanda Albert.

— Avec personne.

— Si. Tu parles tout seul. Tu continues à parler à notre mère ?

— Non.

— Si. Tu as prononcé son nom, je t'ai entendu.

— *Je veux qu'il me voie maintenant.*

Albert se leva et s'avança vers son frère, le fusil, dont il réglait le viseur, toujours braqué sur lui.

— Elle veut te parler, Berti. Elle dit que pour elle tu es toujours le garçon souriant qui ramassait toutes les bouteilles de Hammerbrook. Elle dit qu'elle sait que tu as vu des choses terribles… mais elle pense que ton projet de t'en prendre au Tommy est mauvais. Il doit bien y avoir un Popov. Ou un Français. Ou une personne déplacée bien pouilleuse.

— Ah, vraiment ?

— Oui. Approche, Berti. Viens voir, dit-il en lui montrant la valise.

Albert obéit.

— Dans le compartiment du dessous.

Avec son fusil, Albert souleva le panneau mobile qui séparait en deux l'intérieur de la valise.

Le compartiment du dessous contenait la tête et le thorax d'un corps à demi fossilisé, le cadavre momifié, ratatiné, d'un être humain pris dans la tempête de feu et vêtu d'une robe de baptême jaunie. Le crâne était gris-brun ; quelques touffes de cheveux noirs, crêpés par les flammes, y adhéraient encore. Le trophée d'un chasseur de tête.

— *Bombenbrandschrumpffleisch* ? Qu'est-ce que tu fiches, à trimballer ça ?

— C'est Mutti. Regarde, Berti. C'est *notre Mutti.* Je l'ai trouvée devant la brûlerie de la Wendenstrasse. Trois jours après le raid. J'ai dû lui mettre cette robe. Elle était nue. Ça me gênait. Et un morceau d'elle s'était cassé. Et les bombes des Tommies l'avaient faite toute petite.

Albert ne lâchait pas la poupée squelettique des yeux.

— C'est juste un cadavre parmi d'autres.

— C'est elle. Regarde. Autour de son cou.

Ossi désigna la chaîne d'argent et la croix déformées par le feu.

— Elle voulait te voir, Berti. Et si tu écoutes bien, tu vas entendre ce qu'elle dit, j'en suis sûr… On l'entend, quand elle parle. Tu sais ce qu'elle dit ? Je l'entends. Elle dit : « Pose ton fusil. Oublie ce qu'on t'a fait ! » C'est toujours ce qu'elle disait. Tu ne l'entends pas, Berti ?

Albert regardait l'effroyable cadavre et sa bouche s'était mise à trembler de fureur et de dégoût.

— T'as entendu ? demanda Ossi. Elle parle, elle parle vraiment.

— Pauvre dingo ! Putain de taré !

Il saisit Ossi par le col de sa robe de chambre et le tira à lui, son visage tout contre celui de son frère.

— T'as complètement perdu la tête ! L'incendie a fait fondre ta cervelle ! Elle est morte. Morte ! Morte ! Morte ! Morte ! Morte !

— Mais tu sais qu'elle a raison, insista Ossi.

— Non ! C'est pas parce qu'elle est morte qu'elle

a raison ! Elle ne sait rien de tout ça, elle est morte ! Disparue. *Bye bye*. Morte !

— Mais elle dirait… c'est ça qu'elle dirait.

— Non. Elle serait d'accord avec mon projet. Gerhardt aussi serait d'accord, et tous mes amis, et nos cousins. Et nos oncles, et nos tantes. C'est moi qu'elle écouterait… pas toi. C'était toujours moi qu'elle écoutait. J'étais son préféré. Toi, t'étais le gogol. Né dans ta poche des eaux !

— Elle disait que ça portait bonheur.

— Elle ne t'a même pas voulu ! Je l'ai entendue qui disait ça à papa, un jour. Tu étais un accident. La tuile.

Albert poussa son frère pour l'éloigner de la valise catafalque. Il en sortit le cadavre, léger et fragile comme une cage en osier, et le porta à la cheminée. Une côte se détacha. Ossi se précipita pour la ramasser et la glissa dans sa ceinture.

— Qu'est-ce que tu fais, Berti ? Ne la casse pas.

Albert leva le cadavre et le lâcha dans les flammes. Le tissu raidi de la robe de baptême s'enflamma comme de l'herbe sèche. Ossi tenta d'interrompre la crémation mais Albert le repoussa et se tint résolument entre son frère et le bûcher. Il resta à le regarder jusqu'à ce que les os se décomposent et que leur mère ne soit plus que cendres.

*

— Ça va aller pour toi, ici, pendant que je suis à Kiel, chez les Buckman ?

— Oui, maman. Tu m'as déjà posé la question trois fois depuis ce matin.

Rachael avait découvert qu'une liaison avait besoin d'être solidement étayée de mensonges jusqu'à pouvoir, éventuellement, tenir toute seule. Chaque jour semblait exiger un nouveau renforcement de la structure. Ses relations avec Edmund, surtout, mettaient sa solidité à l'épreuve.

— Si tu ne veux pas que j'y aille, je reste.

— Aucun problème.

— Et tu seras sage ? Ne t'éloigne pas trop de la maison. Obéis à Greta et à Heike.

— Oui.

Elle ne put s'empêcher de toucher son visage, le merveilleux duvet de ses joues qui, un jour, deviendrait rêche et piquant.

— Est-ce que je pourrai passer les films à Frieda ? demanda-t-il. Elle m'a dit que Buster Keaton était son préféré.

— Bien sûr. Je suis contente qu'elle soit devenue plus gentille.

— Elle était jalouse, avant. Je crois que c'est parce qu'elle n'a pas de mère.

Rachael nota avec soulagement qu'Edmund mettait les mères parmi les avantages de la vie.

— Maman, est-ce que c'est vrai, ce qu'on dit ? Qu'il va y avoir une nouvelle guerre ?

— Je suis sûre que non.

— Est-ce que père travaille à l'éviter ?

— Oui, on peut dire cela.

— Est-ce que ça t'ennuie qu'il soit tellement absent ?

Une question innocente mais qui ne manqua pas de rappeler à Rachael que l'étayage était fragile.

— Oui. Ça m'ennuie beaucoup.

Et, en prononçant ces mots, elle n'eut pas l'impression de mentir tout à fait. Puis elle ajouta :

— Pourquoi me poses-tu la question ?

— Tu n'as plus l'air malheureuse.

Rachael était persuadée que l'étonnante intuitivité de son fils n'était pas seulement un don commun à tous les enfants mais le résultat de ses propres déficiences. Une aptitude qu'il avait dû acquérir précocement parce qu'elle lui avait été indispensable. Elle se demanda si sa négligence s'était finalement révélée profitable pour lui.

— Mère ?

— Oui ?

— Tu crois que Herr Lubert est propre ?

— Oui, j'en suis sûre.

— Pas comme Herr König.

On sonna à la porte d'entrée.

— Non. Pas comme Herr König.

— Ce n'est pas un problème si j'aime beaucoup Herr Lubert ?

— … Bien sûr que non. Il faut que j'aille ouvrir.

Rachael se trouva face à un capitaine au visage d'angelot qui tenait devant lui un empilement hétéroclite constitué d'un classeur, d'un paquet et de quelques lettres. Sa Volkswagen tournait au ralenti dans l'allée. Elle ne l'avait jamais rencontré en chair et en os mais Lewis lui avait si souvent parlé de lui qu'elle le reconnut tout de suite.

— Mrs Morgan ?

— Oui.

— Capitaine Barker, dit-il en lui tendant la main. Le bras droit de votre mari. Ou son bras cassé, selon certains.

— Contente de vous connaître. Lewis m'a dit beaucoup de bien de vous.

— Ce ne sera plus le cas quand il verra ce que j'ai fait de son secteur. Bon mais, en attendant, il m'a demandé de vous transmettre ce message.

Le capitaine était trop jovial pour porter de mauvaises nouvelles, mais un afflux d'adrénaline fit battre le cœur de Rachael tandis qu'il lui lisait un télégramme placé au-dessus de la pile.

— Il a été dicté *via* les services de la Royal Navy ce matin. « Retenu à Heligoland. STOP. Impératifs logistiques. STOP. Retour prévu 1er mars. STOP. »

Il n'y avait pas si longtemps, elle se serait réjouie de la tendre allusion qu'évoquait la date. Le 1er mars – la Saint-David – était le jour où Lewis avait coutume de lui offrir des jonquilles ; maintenant, tout ce qu'elle entendait était dit entre les lignes : STOP à ce que tu es en train de faire. STOP pendant qu'il est encore temps. STOP avant qu'il ne soit trop tard.

Lewis, de retour dans quelques jours ? Il s'était absenté deux mois mais le temps lui avait paru beaucoup plus long. Le télégramme la ramenait brutalement à la réalité chronologique.

— Merci.

— Et ça, j'aurais dû vous l'apporter plus tôt. C'est resté en souffrance au bureau. Deux mois de retard. Enfin, mieux vaut tard que jamais…

Barker lui tendit les enveloppes et le paquet emballé de papier kraft qui était adressé à Edmund. L'expéditeur était Kate, la sœur de Lewis. Au toucher, elle devina qu'il s'agissait du pull de cricket que sa belle-sœur avait promis de tricoter pour le garçon. Penser à Kate lui était doux, même si la jeune femme lui manquait. Elle avait pour elle une affection toute particulière.

— Et ça, c'est pour que le colonel le regarde à son retour.

Il tapota le dessus du classeur et le lui tendit.

— Qu'est-ce que c'est ?

— Un de ces grands projets dont il a le secret. Je ne veux pas que ça se perde. Voulez-vous que je vous porte tout cela dans la maison ? demanda-t-il en refaisant la pile.

— Non, merci. Ça va aller.

Rachael se demanda si Barker percevait, au-delà de l'apparence de la femme de colonel modèle – sûre d'elle, loyale, vaguement intéressée par le travail de son mari – ses tourments intérieurs.

— Je regrette de ne pas être passé plus tôt. Pas de

paix pour les braves. J'imagine que tout va bien, par ici. Vous avez l'air de maîtriser la situation.

— Nous… oui, on se débrouille. Comment vont les choses… dans le secteur ?

— Sérieusement, cette fois : ça m'arrangerait que votre mari revienne avant que toute la boutique ne s'effondre. Il est l'un de ces rouages indispensables sans lesquels la machine se grippe.

La louange faisait mal à entendre et néanmoins les paroles chaleureuses de Barker firent naître en elle un sentiment de fierté inattendu.

— Bon. Il faut que j'y aille, dit Barker.

Arrivé en bas des marches, il fit un grand geste en direction du ciel.

— Le beau temps, enfin !

Rachael le regarda partir. Elle sentait la chaleur du soleil sur sa peau. Le vent était passé à l'ouest et le couvercle de grisaille qui avait pesé sur eux pendant des semaines avait cédé la place à un ciel d'un bleu de porcelaine.

Elle pénétra dans la maison et porta le courrier dans le bureau. Elle mit le classeur sur la table et ouvrit les enveloppes : deux cartes de Noël, une de la mère de Lewis et une de sa sœur. Celle de sa belle-mère était brève et précise – c'était d'elle que Lewis tenait sa sobriété. Celle de sa belle-sœur, une carte choisie pour son côté kitsch, montrait un rouge-gorge sur une branche et, à l'arrière-plan, un village idyllique dans une lumière jaunâtre.

À l'intérieur, quelques lignes griffonnées disaient :

Très chère Rach, nous passons un hiver terrible. Alan et moi sommes restés coincés quatre semaines dans un hôtel de la chaîne des Trust House, à Ross-on-Wye ! Je ne sais pas si tu recevras jamais cette carte. Tout le monde passe son temps à se plaindre.

L'austérité est partout. J'entends dire que vous menez la grande vie. Est-ce vrai que vous avez des domestiques ? Nous nous languissons du soleil. L'hôtel sert des repas minables avec un sadisme qui démontre une véritable haine de l'humanité ! Quoi qu'il en soit, meilleurs vœux, à retardement, pour Noël et le Nouvel An à vous tous. Le temps est tout au moins favorable au tricot. J'espère qu'il ira ! Je vous embrasse, K. et A.

Kate était la deuxième personne au monde à l'appeler Rach. Elle et son frère étaient très proches, ce qui lui permettait de le taquiner sans relâche. La première fois que les deux jeunes femmes s'étaient rencontrées, Kate avait dit à son frère : « C'est bien la première fois que tu amènes une fille normalement constituée. Qu'est-ce qu'il t'arrive, Lew ? »

Rachael regarda le classeur. Qu'avait dit Barker ? « Un des grands projets dont il a le secret. » Les compliments affectueux du capitaine semblaient plus que de l'admiration professionnelle. Était-ce son imagination ou Barker avait-il insinué quelque chose que Lewis était trop modeste pour dire lui-même : que son mari était sous-estimé ?

Elle ouvrit le classeur. Il contenait un document libellé : « Registre des personnes disparues. Hospices et hôpitaux. Canton de Pinneberg. » Une note manuscrite était attachée à la chemise avec un trombone : « N.B. Voir dossier médical page 27. Un parent ? Fausse piste, peut-être. Barker. »

Elle feuilleta le document, épais d'une bonne centaine de pages, jusqu'à la page 27.

C'était la description d'une patiente sur une feuille tapée à la machine, accompagnée d'une photo de qualité médiocre. L'instantané d'une femme en fauteuil roulant dans un jardin entouré de murs, en été. Elle regardait droit devant elle, légèrement détournée du photographe, comme si elle posait pour un magazine plutôt que pour une fiche d'identification. Bien que la femme fût amaigrie, dépourvue de maquillage, les cheveux fous, Rachael reconnut immédiatement Claudia. La Claudia du portrait décroché et tourné contre le mur : les sourcils épais, l'expression déterminée et intelligente. Elle lut la fiche :

> Admission : septembre 1944 après hospitalisation à Buxtehude. A subi des blessures manifestes dues au blast. Patiente incapable de marcher pendant plusieurs mois. Séquelles auditives. A recommencé à parler l'année dernière. Souffre d'amnésie chronique mais progresse régulièrement. Se souvient de quelques détails de sa vie. Déclare s'appeler Lubert, être mariée, avoir une fille. Dit aussi qu'elle habitait non loin d'un fleuve.

Rachael relut la fiche – pour être sûre, pour gagner du temps –, mais elle ne put aller au bout de la page et n'avait pas besoin de le faire. Les mots s'étaient immédiatement imprimés dans sa mémoire. Elle regardait la photographie et se surprit à caresser du doigt le visage de Claudia.

— C'est toi, dit-elle.

Elle s'effondra sur une chaise et pleura des larmes douces-amères pour les femmes de cette maison.

*

Rachael avait basculé son chapeau sur le côté et relevé le col de son manteau pour éviter d'être reconnue. À la gare, elle vit dans chaque visage des ressemblances avec des personnes familières : le porteur aurait pu être Richard – ou son frère jumeau. Le contrôleur rondouillard évoquait le capitaine Barker.

— Deux allers-retours pour Lübeck, s'il vous plaît, dit-elle en allemand en montrant son passeport qui l'autorisait à voyager à sa guise.

Elle avait fait beaucoup de progrès en allemand mais pas suffisamment, semblait-il : le contrôleur lui répondit en anglais.

— Pour qui est l'autre billet ?

— Un ami.

— Il est ici ?

— Pas encore. Faut-il que je revienne quand il arrivera ?

— Il est Anglais ?

— Allemand.

Le contrôleur examina ses papiers.

— Quel est le but du voyage ? Affaires ou plaisir ?

— Le but…

— Oui, affaires ou plaisir ?

— Plaisir.

— Il n'y a pas de wagon pour le personnel d'occupation dans ce train. Vous devrez voyager avec des Allemands.

— Très bien.

— Tout va bien, miss ?

— Oui… j'ai… un rhume.

— Voilà. Le billet de votre ami.

Rachael s'essuya le nez, quitta le guichet et alla se poster, comme convenu, sous l'horloge sans aiguilles. Elle posa sa valise à ses pieds, serrée entre ses chevilles, mais au bout de quelques minutes elle eut l'impression que c'était risqué. Elle la ramassa, passa un bras dans les poignées et la garda dans le creux du coude.

Elle alluma une cigarette. Des oiseaux voletaient à travers la charpente en fer dont la verrière avait volé en éclats. Fumer ne la calmait nullement et, après deux bouffées, elle laissa tomber sa cigarette par terre. Un homme se baissa pour la ramasser. Elle eut honte de se rendre capable d'un tel gâchis et lui tendit le reste du paquet.

Un groupe de militaires britanniques passa à côté d'elle et elle rabattit le bord de son chapeau pour cacher le plus possible son visage. Elle entendit des bribes de leur conversation, « Brighton est plus élégante que Travemünde. » Rien ne la reliait particulièrement à cette ville qui n'éveillait en elle aucune nostalgie mais le mot, ou l'idée qu'il véhiculait, lui donna le mal du pays.

Lubert apparut à l'entrée de la gare et, même à une cinquantaine de mètres, elle vit son excitation lorsqu'il l'aperçut. Il tenait en l'air un journal et son bras semblait un périscope qui le guidait jusqu'à elle dans la marée humaine. Lorsqu'il la rejoignit, il l'embrassa franchement sur les lèvres.

— Stefan… (Elle dut freiner ses ardeurs.) Ton billet. Nous devons aller prendre nos places.

On eût dit que tout Hambourg prenait le train de Lübeck. Nombre de « hamsters » emportaient sacs et paniers dans l'espoir de revenir avec quelques provisions glanées à la campagne. Sur le quai, la foule se pressait en trois ou quatre rangs serrés et lorsque le train s'arrêta en gare, elle poussa comme un seul homme pour trouver une place assise. Des jeunes sans billet sautèrent sur les tampons et furent rudement repoussés par des gardes armés de sifflets. Les parois des wagons étaient criblées d'impacts de balles et les sièges étaient rudimentaires. Rachael se glissa entre deux femmes sur la banquette en bois et garda son sac sur les genoux plutôt que de le mettre dans le porte-bagages. Lubert s'assit en face et fit se déplacer les autres voyageurs pour être le plus près possible d'elle.

Le wagon sentait l'ersatz de tabac et la sueur ; il fronça malicieusement le nez comme pour accuser les voisines de Rachael d'en être la cause.

L'une des femmes, contrariée, remua nerveusement. Rachael jeta à Stefan un regard d'avertissement. Il se pencha vers elle.

— J'ai une question. Question 134 du questionnaire : Est-il permis d'être aussi heureux ?

Elle se força à regarder par la fenêtre pour s'empêcher de répondre.

Depuis trois jours maintenant, le ciel était dégagé et le soleil faisait son œuvre : la neige fondait dans les champs, le paysage onduleux et chargé d'histoire du Schleswig-Holstein eût tout aussi bien pu être celui du Sussex ou du Kent. Un paysan brisait à la bêche la glace d'un abreuvoir. Plus loin, deux chevaux attelés labouraient une terre qui avait été gelée des mois durant. Lorsque les fameux clochers verts de Lübeck apparurent, Lubert quitta son siège pour mieux voir.

— Ma ville natale, dit-il avec fierté, regarde ces clochers…

Rachael les voyait, ces flèches d'un vert bronze qui s'élançaient vers le ciel.

— Le clocher de la *Marienkirche* a disparu, dit-il, mais cela reste la plus belle église d'Allemagne. Tu vas voir…

À la gare, il lui prit son bagage. Ils marchèrent vers les antiques portes de la ville ; elle glissa son bras dans le sien.

— Veux-tu aller d'abord à l'hôtel ou bien visiter la ville ? demanda-t-il.

— Profitons de la lumière du jour.

Lubert était un guide érudit et passionné. Il lui montra la maison où il était né et où ses parents avaient vécu, juste à l'extérieur des portes de la ville.

— Les faubourgs ont beaucoup souffert. C'est là

que la RAF a testé les bombes qui ont été utilisées à Hambourg. Les vieilles maisons en bois ont flambé comme des torches.

Il s'assombrit à ce spectacle. Des souvenirs anciens lui revinrent en mémoire.

— Mon grand ami Kosse vivait exactement ici. (Il désigna la carcasse vide d'une maison.) C'était un fou de cinéma. Il aurait vendu sa grand-mère pour un ticket d'entrée. Je vais maintenant te montrer ce qui est pour moi le plus beau monument allemand.

Lubert marchait à grands pas, impatient de partager avec Rachael une autre chose qui lui tenait à cœur.

Ils franchirent la porte de la ville, avec sa tour médiévale, traversèrent le canal et s'avancèrent vers l'église en brique rouge, la *Marienkirche*. C'était une structure majestueuse mais sobre, elle avait été bombardée et n'en était peut-être que plus remarquable. Son clocher principal avait brûlé et elle était entièrement livrée aux éléments, la grande arche du transept apparaissait sur fond de ciel. Lubert pénétra dans la nef et se mit aussitôt à rebâtir l'édifice mentalement, puis avec force gestes.

— Tu vois comme elle est belle ? Même dans cet état. Une ruine magnifique. Peut-être reconstruira-t-on le clocher – en bois.

Deux cloches brisées qui étaient tombées et reposaient sur le sol de pierre fissuré et défoncé de la chapelle sud attirèrent l'attention de Rachael. L'endroit avait été ceint d'un ruban de sécurité et on les avait laissées là comme mémorial ou, peut-être, en signe de repentance de la part des Britanniques. Quel spectacle cela avait dû être : une chute silencieuse de près d'une centaine de mètres puis un bruit terrible tandis que les anses, le cerveau et la robe se fracassaient et que la panse se fendait. Elles gisaient là, côte à côte. Même après l'effondrement, elles étaient restées ensemble.

Lubert interpréta mal les larmes de Rachael.

— Tu es émue. Et je te comprends. C'est quelque chose. C'est vraiment quelque chose, dit-il en la prenant par le coude. Mais il y a encore beaucoup à voir. Les rues où je jouais dans mon enfance ; mon école, la plus célèbre boutique de pâte d'amandes au monde…

La visite se poursuivit et plus il lui faisait partager ses souvenirs, plus les siens lui revenaient. Lorsqu'elle avait épousé Lewis, le prêtre avait dit que deux biographies se fondaient en une histoire. Était-elle à présent finie, cette histoire ? Malgré toutes les menaces, passées, présentes et à venir qui la rendaient fragile, elle ne le voulait pas.

À l'hôtel *Alter Speicher*, Lubert les inscrivit sous le nom de Mr et Mrs Weiss, allusion au certificat qui bientôt le blanchirait. Leur chambre était modeste et la décoration simple. Un tableau sentimental de paysage montagnard était accroché au-dessus du lit.

— C'est une croûte, mais c'est en harmonie avec la chambre, dit-il.

Rachael ôta son chapeau camouflage, qu'elle posa sur la table près de la fenêtre, et secoua ses boucles. Dehors, le soleil rougeoyait. Lubert vint la rejoindre à la fenêtre et contempla son visage comme elle-même contemplait la vue. Il parcourut d'un doigt la ligne de sa mâchoire.

— Tu me connais un peu mieux, maintenant.

Il l'embrassa mais elle interrompit le baiser pour presser sa joue contre son manteau et le serrer, plus comme une sœur que comme une amoureuse. Elle resta ainsi, à le tenir dans ses bras tout en cherchant les mots justes.

— Ce long hiver touche à sa fin, dit-elle enfin.

— Tu me fais un bulletin météorologique ? s'enquit-il en lui prenant le menton pour mieux lire dans ses yeux. Qu'est-ce que ça signifie ? À quoi penses-tu ? Là, tout de suite ?

— Je pense que je suis contente pour toi, Stefan. Je suis contente que toi… que tu aies un avenir.

Il voulut l'embrasser à nouveau mais elle résista. Il fallait que l'euphorie de cette journée le quitte. Elle prit sa main et regarda les lignes qui couraient sur sa paume. Elle vit un tracé de routes dont certaines se croisaient, se divisaient, s'interrompaient brusquement ou s'effaçaient.

— Je crois que tu as un bel avenir devant toi, Stefan. Tu as des projets. De beaux projets. Ta vie, et ta ville, à reconstruire. Il faut que tu les réalises.

Il fronça les sourcils.

Elle alla ouvrir son sac de voyage et y prit le classeur, sous les quelques vêtements de rechange qui s'y trouvaient. Elle n'avait jamais si mal fait ses bagages. Elle avait oublié sa trousse de toilette et emporté un livre qu'elle ne lirait sûrement pas. Elle ouvrit le dossier sur lequel était toujours agrafée la note manuscrite de Barker.

Elle alla à la page qui les concernait et la montra à Lubert.

Lubert la prit et regarda la photographie. Il la regarda si longtemps, sans trahir la moindre émotion, que Rachael se prit à douter de l'authenticité du cliché. Il restait là, debout, immobile, un long moment. Puis il fit non de la tête, très lentement, et son visage exprimait une douloureuse incompréhension. Il détacha la photo et la tint à bout de bras, le regard sceptique. Il voulut la rendre à Rachael.

— C'est un faux, dit-il. Je l'ai cherchée. Des mois et des mois durant. Elle est morte.

Rachael refusait de prendre en main la photographie.

— Stefan, c'est elle…

Lubert se remit à regarder le cliché tout en continuant à secouer la tête, comme pour repousser la vérité. Finalement, il posa un doigt sur le visage de Claudia. Il n'avait toujours pas pris connaissance de la fiche dont Rachael avait saisi la teneur en un instant.

— Lis, Stefan. Lis la fiche. Elle est à l'hospice franciscain de Buxtehude. Elle vient juste de recouvrer la parole. Elle a perdu la mémoire mais elle fait des progrès réguliers, Stefan… des progrès réguliers.

Il était encore trop bouleversé pour lire. Elle continua.

— Elle dit que son nom est Lubert. Ton nom, Stefan. Elle se souvient de ton nom. « La patiente dit qu'elle habitait près d'un fleuve. » C'est elle. C'est ta femme. Elle est vivante.

Il la regarda.

— Mais… nous deux, nous étions au début de quelque chose.

L'imparfait, déjà.

— Tu m'as éveillée, Stefan. Tu m'as éveillée à ce que j'avais oublié, mais…

Elle s'arrêta ; elle ne voulait pas le faire souffrir davantage, pourtant il fallait qu'elle dise la vérité. Elle lui prit la main qui tenait la photo.

— C'est la perte qui nous a rapprochés. Et tu as retrouvé celle que tu croyais perdue.

Lubert se mit à pleurer, Rachael continua de lui tenir la main.

CHAPITRE TREIZE

Lewis se réveilla, le visage contre la fenêtre côté passager ; il avait bavé sur la vitre. C'est Barker qui conduisait la Mercedes. Il lui jeta un regard de sollicitude amusée.

— Ça va, mon colonel ?

— Fait un cauchemar, dit-il en s'essuyant la bouche et en se redressant. J'ai parlé ?

— Vous avez crié une fois ou deux.

— Pas trahi de secrets d'État, j'espère.

— Vous avez appelé votre femme.

Barker était allé le prendre au QG et Lewis, bercé par le doux balancement de la voiture, s'était endormi. Dans son rêve, il voyait la villa Lubert dans une saison qu'il ne connaissait pas encore : la pelouse était d'un vert luxuriant, les pelouses couvertes de jonquilles, tout le jardin fleurissait. Mais les couleurs étaient criardes et les jonquilles avaient une présence presque inquiétante.

— Combien de temps ai-je dormi ?

— Dix minutes.

— J'ai l'impression que cela fait des heures, dit Lewis en se frottant la figure et en se donnant des petites claques.

Pendant la guerre, une sieste comme celle-là lui aurait redonné de l'énergie et permis de supporter plusieurs nuits blanches. Mais aujourd'hui, il en sortait épuisé. À Heligoland, il avait ressenti un malaise inhabituel. Il l'avait d'abord attribué à l'humidité ambiante et à l'ennui de la mission absurde dont il avait la charge : contrôler les préparatifs de la plus importante explosion non nucléaire de l'histoire. Pourtant, depuis qu'il avait quitté l'île, cela avait empiré. Il lui semblait qu'il avait « mal dans la moelle des os », comme disait Rachael après la mort de Michael.

— Tout va bien au district ?

— Tout va à peu près comme avant, mon colonel.

— Situation catastrophique, donc.

— Épouvantable, oui, mon colonel, dit Barker avec un grand sourire.

Lewis aurait bien apprécié la compagnie de Barker à Heligoland. Une fois Ursula partie pour Londres et une fois que Koutov, Ziegler et Bolon avaient vu ce qu'il y avait à voir, les journées lui avaient semblé longues.

— La Commission se montre plus coulante sur la fraternisation, reprit Barker. Elle revoit le questionnaire, maintenant que les gars du Renseignement doivent s'occuper de ce qui se passe à l'Est. La grande nouvelle, c'est ce plan d'aide dont parlent les Américains. Je ne me rappelle même pas le chiffre, tant il est colossal. Les Russes n'apprécient pas. On s'acheminerait vers deux Allemagnes. Mais vous ne m'avez toujours pas dit ce que voulait le général.

Lewis n'avait pas fini de mesurer les implications de ce que voulait le général.

— Me proposer un boulot.

— Vous voyez. On vous est plus reconnaissant de détruire que de réparer. Berlin ?

— Berlin.

— Nom de Dieu ! Le nouveau front. Vous avez accepté ? demanda Barker, légèrement dépité.

— À deux conditions. D'abord, qu'on ne me demande pas de partager ma maison avec un Russe, un Français et un Américain.

— Pas de danger. Il n'y a que des appartements, là-bas.

Barker plaisantait mais sans pouvoir cacher sa déception à l'idée que Lewis allait partir.

— Et ensuite ?

— Que vous veniez avec moi.

— Nom de Dieu ! fit Barker en jetant un regard à Lewis.

— Ne me donnez pas votre réponse tout de suite. Vous avez, disons, cinq minutes.

— Nom de Dieu !

Sur le siège arrière, Lewis vit une grosse pile de documents à traiter que Barker avait apportés pour que son chef les passe en revue.

— Des papiers qui attendent que je les égare ?

— Désolé. Il y a un rapport concernant l'exportation illégale d'objets de valeur sur lequel il faudrait que vous jetiez un œil. Vous y trouverez des noms familiers. C'est… assez pénible à lire. Enfin. À la rigueur, dans son bain.

C'était justement ce dont Lewis avait envie. Un bain. Ils arriveraient dans quelques minutes, ils laissaient déjà derrière eux les belles demeures de la Klopstockstrasse. Il se pinça les joues pour être moins pâle et vérifia sa coiffure dans le rétroviseur. Il se trouvait une mine épouvantable. Ses cheveux étaient trop longs et il ne s'était pas rasé depuis plusieurs jours. Dès qu'il manquait un peu de sommeil, ses yeux se creusaient. Il ne s'était jamais trouvé beau – à son avis, son nez était un peu trop long, son visage trop maigre – et il était toujours surpris lorsque Rachael lui faisait des compliments qu'il ne faisait d'ailleurs jamais rien pour provoquer. Mais là, en voyant son visage fatigué, cela lui aurait fait du bien.

La voiture s'engagea dans l'Elbchaussee et, sur la gauche, entre les arbres, Lewis vit le fleuve. L'Elbe était restée gelée une centaine de jours – un record absolu, disait-on – mais on commençait à voir de l'eau en mouvement ; les glaces commençaient à fondre.

— Vous avez dû regretter le départ de Frau Paulus.

— Whitehall a demandé si je connaissais un interprète qui serait d'accord pour travailler à Londres. Je l'ai recommandée.

— Dommage. N'imaginez pas qu'à Berlin les filles lui arriveront à la cheville.

Lewis aperçut des crocus et des perce-neige dans un bosquet.

— Il y a des jonquilles, en Allemagne ?

— Je n'en ai jamais vu.

— Arrêtez-vous si vous en voyez.

Un éclat apparut sur le pare-brise et s'étendit comme une toile d'araignée. Lewis pensa à un gravillon ou à une pierre et c'est seulement lorsque la voiture traversa la route qu'il vit Barker effondré, la tête renversée en arrière, un trou rouge vif, bien net, au-dessus des sourcils. Il saisit le volant, ôta la jambe de son second de l'accélérateur puis tira de toutes ses forces sur le frein à main. Le moteur hoqueta puis cala, la voiture érafla un platane et s'arrêta, à moitié sur la route et à moitié sur le bas-côté.

La fenêtre et le siège arrière étaient éclaboussés de sang et de cervelle. Avant même de chercher son pouls, Lewis sut que Barker était mort. Il se baissa sur son siège et prit son pistolet dans la boîte à gants. En vérifiant la chambre, il vit du sang encore chaud sur ses mains. Le pare-brise était complètement opaque et il regarda par la vitre. Derrière lui, l'Elbchaussee disparaissait dans un virage ; devant, elle était droite, bordée d'arbres des deux côtés puis s'incurvait vers la droite, s'éloignant du fleuve. La balle devait provenir d'une des grosses bâtisses riveraines. Il vit une silhouette, à moins d'une centaine de mètres, traverser à toute allure la route en direction de l'Elbe.

Lewis sortit de la voiture, ôta son manteau, le jeta sur la banquette et se lança à sa poursuite. Il courait vite, l'adrénaline palliait sa fatigue et sa mauvaise forme physique. Il quitta la route et coupa en direction du fleuve à la suite de la silhouette. Arrivé sur la rive, le fuyard s'engagea sur l'Elbe gelée quand brusquement la glace se rompit sous son poids. Il revint alors sur la berge et se mit à chercher un endroit où elle serait plus solide. L'ayant trouvé, il tenta à nouveau de traverser, se retourna et vit que Lewis le poursuivait. Il pressa le pas et se mit à faire des glissades sur la glace. À son corps mince, à ses mouvements souples, Lewis comprit que c'était un jeune homme. À peine sorti de l'enfance : dix-sept ans, peut-être, mais guère plus.

Lewis ralentit l'allure. Une douleur fulgurante lui traversait l'épaule et il sentait son cœur battre à tout rompre dans sa gorge. Lorsqu'il atteignit la rive, le garçon avait fait une centaine de mètres sur le fleuve gelé. Lewis se pencha, les mains sur les genoux, à bout de souffle. Il avait déjà vérifié le barillet de son pistolet mais il répéta l'opération. Toujours six balles. Toujours six chances de tuer celui qui avait tué Barker.

Le jeune homme s'était arrêté, il testait la glace de sa botte. Elle céda à nouveau et il fit un bond en arrière. Au milieu du fleuve, elle se brisait avec un bruit de vieille porte qui grince. Lewis remarqua qu'il cherchait à traverser par un autre chemin. Devant lui, un autre pan de glace craqua. Il ne pouvait plus avancer.

Lewis sentait la sueur refroidir sur sa peau. Il avait

l'impression de ne plus habiter son corps et il s'assit sur un tronc abattu. Le jeune homme ne pouvait pas lui échapper ; il ne lui semblait pas armé. Lewis attendit. Fébrile, le garçon marchait en rond sur la glace. Puis il se mit à le héler en allemand.

— *Guten Morgen*, Morgan ! cria-t-il, ravi de sa plaisanterie qu'il répéta à plusieurs reprises. (Il connaissait son nom.) Me voilà !

Le jeune homme ouvrit les bras, comme pour offrir une meilleure cible. Il se trouvait tout juste à portée de tir. D'où il était, Lewis pouvait sans doute l'atteindre mais, s'il ne voulait pas prendre de risque, il pouvait tirer depuis une solide jetée recouverte de glace qui avançait dans le fleuve. Pourtant, il ne bougea pas et sa respiration s'apaisa peu à peu. Il avait un peu l'impression d'assister à un spectacle d'acrobatie.

— Allez-y, colonel !

Lewis ne voulait pas l'abattre. Mais il voulait qu'il meure.

— La balle était pour vous, colonel. Mais tant pis. Votre ami, c'est mon ennemi.

Un autre craquement se fit entendre, cette fois sous les pieds du garçon.

— La glace se fend. Il est temps pour vous de quitter l'Allemagne ! C'est mon pays ! Et c'est mon fleuve ! Et c'est mon ciel !

Le jeune homme marchait de long en large sur sa plate-forme sans cesser de dégoiser. Il faisait un vrai numéro, avec de grands gestes, des rires déments. D'excitation, sa voix redevenait aiguë comme celle d'un enfant. Mais plus il s'agitait, plus le silence du Britannique semblait l'exaspérer. Lewis entendait la peur du garçon et lui continuait à se taire, à laisser s'installer cette peur. C'était bon.

— Venez donc m'arrêter !

Des claquements sonores pareils à des ondes

acoustiques s'élevaient en divers points du fleuve. L'eau et le soleil s'alliaient pour briser la glace. Lewis ferma les yeux un instant. Des taches colorées s'étaient imprimées sur sa rétine. Il cligna pour les effacer. Le jeune homme était toujours là, debout, et, tout à coup, comme sa plate-forme se morcelait en une douzaine de plaques, il se mit à sautiller de l'une à l'autre pour rester au sec puis, d'un bond, les bras en balancier, il gagna un pan de glace de la taille d'une porte. La plaque ne supporta pas son poids, bascula, précipitant dans l'eau glacée le jeune homme qui battit l'air des mains. Sous l'effet du choc, il poussa un cri et tenta de s'agripper au bord de son radeau, sans y parvenir. Il fit quelques mouvements désordonnés puis nagea jusqu'au bloc le plus proche. Chaque fois qu'il voulut se hisser, il fut rejeté à l'eau. Il persévéra mais, après trois tentatives, il finit par abandonner et se laisser flotter dans l'eau noire.

— Hé ! Au secours ! (C'en était fini des rodomontades, il ne restait plus que de la peur.) Prenez une branche ! Arbre ! (Et ce mot, « arbre », il le cria en anglais.)

Même de loin, Lewis l'entendait trembler de froid. Il regardait, vaguement triste de constater qu'il ne ressentait aucune pitié pour le garçon.

— S'il vous plaît… colonel !

En moins d'une minute, il était passé d'un mépris provocateur à la panique et à la supplication.

— Arbre ! cria-t-il à nouveau, en anglais.

Le jeune homme avait dérivé et se trouvait maintenant à une vingtaine de mètres de la jetée. Si Lewis voulait le sauver, il fallait qu'il lui tende une branche maintenant. Mais il était paralysé par un vieux précepte, un précepte qu'il s'était efforcé toute sa vie de réfuter. Œil pour œil. Une vie pour une vie. Le monde tournait toujours ainsi.

Avec le peu de souffle qu'il lui restait, le jeune homme hachait ses mots.

— Frieda ! Vous. Connaissez. Frieda !

Lewis mit un instant à comprendre de qui il s'agissait.

— Frieda… demoiselle… allemande…

Lewis regardait. Il regardait et comptait les secondes. Ce serait bientôt fini. Le jeune homme avait passé plus de temps dans l'eau qu'il ne semblait possible par un froid pareil et maintenant, le courant l'entraînait loin de la rive. Lewis entendit des râles désespérés puis, dans un gémissement, un dernier appel, peut-être le mot « Mutti ». Et le jeune homme sombra.

Lewis continuait à surveiller la surface de l'eau. Il regardait la rivière, il prêtait l'oreille au profond bruissement des remous, au vaste mouvement qui avait raison de la glace. Il regardait et pensait qu'il y avait des choses à faire mais qu'il en avait assez fait. Il sentait quelque chose se casser en lui. Il continuait à scruter l'horizon tout en percevant sa propre désintégration. Il en était de lui comme du pare-brise de la voiture après l'impact. S'il réussissait à regagner la maison sans que quelqu'un le touche, il éviterait peut-être de se briser tout à fait.

*

Lewis avait de plus en plus mal à l'épaule. Cette douleur lui venait chaque fois qu'il courait beaucoup ; elle empirait avec l'âge et l'excès de cigarettes. Il massa son articulation, fit tourner son bras pour le détendre, sans succès. « Presque arrivé, murmura-t-il, presque arrivé. » Jusque-là, il avait réussi à tenir. Même en examinant le corps sans vie de Barker, les petites veines éclatées de ses yeux ; même en faisant son rapport à la police militaire qu'il avait trouvée sur la scène du crime à son retour. Il avait refusé d'associer cette enveloppe vide au Barker pour qui il avait eu tant d'affection. Mais à présent, arrivé au portail de la villa Lubert, il ne savait plus très bien ce qu'il s'agissait de tenir exactement.

Il avait quitté deux mois auparavant une maison de carte postale, sous un manteau d'un blanc impeccable. Mais le passage brutal de l'hiver au printemps avait fait apparaître de vilaines taches sales dans la neige qui s'était constellée de bruns, de gris et de noirs. Il entra par la porte de service, soulagé que personne ne soit là pour l'accueillir. Il ôta son manteau et se frotta le visage, se demandant par quoi commencer : il voulait s'asseoir, il voulait une tasse de thé, il voulait une cigarette, il voulait boire un verre, il voulait voir Edmund et Rachael, mais pas tout de suite. Il se versa un whisky qu'il avala d'un trait dans l'espoir que l'alcool le requinque un peu. Il s'en versa un second et monta à l'étage.

Edmund était dans sa chambre et s'admirait dans le miroir de la coiffeuse. Il portait le même pull de cricket que Michael, sauf que la rayure du col en V était turquoise. En deux mois seulement, son fils unique avait grandi. Lewis aurait voulu le prendre dans ses bras.

— Edmund.

— Père.

Edmund était rayonnant mais gêné, aussi, d'avoir été surpris en train de se regarder dans la glace.

— C'est un beau chandail.

— C'est un cadeau de tante Kate. C'est elle qui l'a tricoté.

Lewis s'aperçut qu'il devait se tenir à la porte. Rien que monter les marches lui avait fait mal aux jambes. Il ne s'était jamais évanoui mais se demanda si cette sensation de mollesse dans les bras en était le signe avant-coureur.

— Maman n'est pas là ?

— Je crois qu'elle revient de Kiel aujourd'hui.

— Elle est allée voir les Buckman ?

— Oui.

— Tout s'est bien passé ?

— Oui. Très bien.

Le garçon le regardait avec une certaine inquiétude.

— Et toi, père, ça va ? Tu t'es coupé ?

— J'ai eu… un accident. Tout va bien.

Lewis regarda ses mains ensanglantées. C'était pire qu'il ne le pensait. Il fallait qu'il s'assoie. Tout de suite.

— Alors, tu m'as bien remplacé ? demanda-t-il en s'asseyant dans le fauteuil.

— Oui.

— Et les Lubert, ça va ?

— Oui. Mais Herr Lubert n'est pas là… je crois qu'il est parti. Pour son certificat. Je ne sais pas exactement.

— Alors… tu es tout seul ?

Edmund acquiesça.

— J'ai été parti longtemps, hein ? J'ai encore manqué Noël.

— Ce n'est pas grave. Tu as fait exploser beaucoup de choses ?

— Quelques usines. Des bases sous-marines. La grande explosion n'a pas encore eu lieu. Ils vont rassembler tout le stock de munitions des Allemands et tout faire sauter. On le sentira jusqu'à Londres. Peut-être même que tante Kate le sentira, dans le Berkshire.

Lewis sortit son étui à cigarettes de sa poche. C'était la première de la journée ; il tira une bouffée qui lui fit tourner la tête.

— C'est maman qui t'a donné cet étui ?

— Oui.

Lewis le tendit à son fils. Edmund l'ouvrit et regarda la photo de Michael, en pull de cricket.

— Pourquoi n'as-tu pas de photo de moi ? demanda-t-il sans détour.

Lewis n'aurait même pas su dire pourquoi. Il allait se mettre à mentir lorsque Edmund vint à sa rescousse :

— Est-ce que c'est parce que Michael est mort ? Et que tu as besoin de te souvenir de lui ?

— Oui… c'est pour ça. Je n'ai pas besoin de photo de toi, Ed. Je t'ai, toi.

Le garçon sembla accepter l'explication.

Lewis se rendit compte que les vêtements sur le sol n'avaient pas été seulement jetés au hasard mais formaient une topographie délibérée. Il suivit la route de chaussettes qui menait de la maison de poupée à l'île de pull-overs et repéra la Lagonda.

— Dis-moi, de quoi s'agit-il ?

— C'est juste un jeu idiot, répondit Edmund, réticent.

— Ça a l'air amusant.

— La voiture, c'est ta Mercedes. Mais comme elle n'existe pas en miniature, ici, c'est une Lagonda. Et là, c'est Heligoland.

Edmund désigna l'amas de pulls et de chemises au sommet duquel se tenait un petit soldat de plomb.

— C'est moi, là-bas ?

Edmund acquiesça.

Dans la maison de poupée, Lewis vit les deux petits personnages représentant les enfants dans la chambre et les deux poupées adultes, appuyées au piano, au rez-de-chaussée.

— Et là, c'est maman et Herr Lubert, ils jouent du piano ?

— Moi, je ne les avais pas mises comme ça, c'est Frieda qui les a changées de place.

Edmund rougissait, il semblait contrarié d'avoir à donner ces précisions. Les yeux fixés sur les deux petits personnages, Lewis hocha la tête.

— Ça a l'air d'une maison heureuse, dit-il. On dirait que tout le monde s'entend. Et c'est le principal.

*

La nuit tombait lorsque Rachael arriva à la maison. Trois fenêtres étaient éclairées – celle du salon, celle de la chambre de Frieda au deuxième étage et la sienne. On eût dit que la maison la regardait en plissant les yeux. Dans la lumière du crépuscule, le balcon s'étirait en un sourire grimaçant. La Mercedes de Lewis n'était pas dans l'allée mais à l'idée de le revoir, son cœur se mit à battre plus vite.

Heike vint l'accueillir dans le hall, lui fit une courbette et lui prit son bagage. Plus nerveuse encore que d'habitude, elle jetait des regards inquiets en direction du salon. Quelqu'un jouait les premières mesures du *Roi des aulnes*, avec leurs notes répétées *staccato.*

— Est-ce que tout va bien, Heike ?

— Le colonel… répondit-elle en regardant une fois de plus vers le salon.

Rachael lui tendit son manteau.

— Et Edmund, ça va ?

— Oui. Il est au lit.

Rachael entra au salon et vit Lewis au piano, penché sur le clavier, le front dans la main. Il ne réagit pas à son arrivée ; il continuait à jouer les mêmes notes sans réussir à passer à l'arpège suivant.

— Lewis ?

Il ne leva pas la tête. Il s'acharnait sur la même mesure.

— Lew ? Pourquoi joues-tu ça ?

Il s'arrêta, sans relever la tête. Il était pâle et Rachael vit qu'il y avait du sang sur ses manches.

— Au début, dit-il, c'est facile, mais ensuite… Je ne sais pas comment tu fais.

La première pensée de Rachael fut qu'il savait – qu'il savait tout. Elle s'approcha.

— Lew ?

Elle se glissa à côté de lui, sur le tabouret à deux places. La partition de *Warum ?* était sur le lutrin. Le nez de Lewis coulait. Elle voulut lever son visage pour voir ses yeux mais il fixait obstinément les touches et son nez coulait sur l'ivoire.

— Que s'est-il passé ? Il s'est passé quelque chose…

Lewis s'essuya le nez sur sa manche et Rachael vit le sang séché sur le dos de sa main. Elle la prit dans la sienne ; elle était glacée.

— Tes mains. Tu as du sang…

— Pas mon sang.

— Le sang de qui ? Lew ? Tu me fais peur.

— Celui de Barker. Il a voulu conduire. Je n'aurais pas dû le laisser… La balle m'était destinée.

— Quelle balle ?

— Le jeune homme que j'ai laissé mourir.

— Laissé mourir qui ? Quel jeune homme ?

— Le jeune homme qui a tué Barker. Le jeune homme… qui disait connaître Frieda…

Rachael n'arrivait pas à le suivre.

— Je n'ai pas vu le danger. Mais il était là. Sous mes yeux. Dans ma propre maison.

Rachael tourna vers elle le visage de son mari et le força à la regarder. Ce Lewis à vif, brisé, la bouleversait et la fascinait tout à la fois.

— Je l'ai poursuivi… J'aurais pu le sauver. Mais je l'ai laissé mourir… Je voulais qu'il meure… Pas seulement pour Barker… Mais pour Michael… pour tout.

Il lui tendit les mains, pleines de taches rouges et brunes du sang de Barker.

— J'ai choisi le mauvais chemin, Rach. J'ai parié sur le mauvais cheval. Burnham avait raison. Si on fait confiance à tout le monde, quelqu'un le paie, un jour.

— Ne dis pas ça…

— Tu sais bien que c'est vrai. Dis-moi… Rach. Dis-moi. Ai-je été trop confiant ?

Il la regardait dans les yeux.

— Oui… (Rachael caressait sa joue, dégageait son front.) Mais… j'ai besoin… de ta confiance… j'en ai besoin, Lew.

Elle l'embrassa sur le front. Les lèvres et le nez tout contre sa peau, elle respirait son odeur.

— Je suis navré.

— C'est moi qui devrais l'être. Et je le suis. Je suis navrée.

— Nous sommes navrants, tous les deux.

Rachael attira la tête de son mari contre sa poitrine.

— Repose-toi.

Lewis posa sa tête sur elle et elle le berça doucement. Elle l'avait rarement vu pleurer. Il lui avait dit un jour qu'elle pleurait pour deux. Elle le berçait et il fit entendre un gémissement faible mais ininterrompu ; cela ne lui ressemblait pas, alors elle comprit ce qui se passait : il pleurait leur fils.

*

Lewis ne parvenait ni à se lever du lit ni à dormir. Le choc et l'épuisement l'avaient paralysé ; la haine de soi et une sorte de désespoir plaisant le tenaient éveillé. Il comprenait à présent pourquoi on disait que si la mort attendait pareillement l'oisif et le diligent, rien n'avait d'importance. Il serait tout aussi efficace en restant couché qu'en s'agitant. Et même, étant donné ses récents exploits, on pouvait raisonnablement penser que, s'il ne se levait plus jamais, le monde ne s'en porterait que mieux. Remettre sur pied les choses et les gens exigeait une énergie et une patience qu'il n'avait plus, des convictions qui s'étaient lézardées. Il était beaucoup plus facile de détruire que de reconstruire : une ville millénaire était rasée en une seule journée ; la vie d'un homme se terminait dans le claquement d'une balle. À l'avenir, Edmund et ses enfants connaîtraient des noms d'avions, de tanks, de batailles et se rappelleraient facilement les horreurs de l'époque, les noms de ceux qui les avaient commises. Mais lequel d'entre eux serait capable de nommer celui qui avait colmaté les brèches ou rebâti sur les ruines de jadis ?

Couché dans son lit, Lewis se vautrait dans un égocentrisme presque plaisant. Peut-être avait-il raté sa vocation. Il aurait dû être poète, ou philosophe, nihiliste, peut-être.

Il y avait une odeur de savon antiseptique. Il vit que Rachael lui avait nettoyé les mains. Elle lui avait aussi ôté ses bottes et défait les boutons de sa chemise. Elle avait dû aussi ouvrir les rideaux. Des particules de poussière dansaient dans la lumière. Il avait sans doute dormi car il ne se rappelait rien de tout cela. Il revoyait Rachael, assise avec lui au piano, le tenant dans ses bras, caressant son visage, le couvant des yeux comme un trésor retrouvé. Qu'est-ce qui le rendait tout à coup si désirable, si précieux ? Était-ce parce qu'il avait failli être tué ? Elle avait dit avoir commis une terrible erreur. Et que la femme de Herr Lubert avait été retrouvée. Puis, sans détour, sans périphrase, elle lui avait dit qu'elle l'aimait. Et c'était quelque chose qu'elle ne disait pas facilement, qu'elle n'avait pas dit depuis… il ne se souvenait pas.

La porte s'ouvrit et Edmund entra avec un plateau – un œuf à la coque dans un coquetier en argent, une tranche de pain coupée en mouillettes et une tasse de thé sur une soucoupe. Il traversa la pièce d'un pas décidé, tout à son effort de ne pas renverser une goutte. Lewis s'assit et remonta les jambes pour que son fils puisse poser le plateau bien à plat. Il avait mal dans le bas du dos et ses genoux étaient raides.

— Mère a dit qu'il fallait te réveiller à midi. Et te rappeler que tu devais aller au QG.

— Il est midi ? Peste.

Edmund restait là, à l'observer.

— Tu vas manger ton œuf, quand même ? C'est moi qui l'ai cuit. Greta m'a montré.

Lewis allait ouvrir l'œuf par le petit bout, se ravisa et le retourna.

— Maman aussi est gros-boutienne. Nous sommes tous gros-boutiens.

Lewis ouvrit son œuf et trempa la mouillette dans le jaune qui était parfaitement coulant.

— Parfait. Exactement comme je l'aime.

— Herr Lubert est petit-boutien. Frieda aussi. Je me demande si Frau Lubert est petit-boutienne.

— Nous saurons cela bientôt.

Lewis finit le jaune avec le pain et prit sa cuillère pour manger le blanc.

— Père ? Si on a une mauvaise pensée, est-ce que c'est la même chose que de faire quelque chose de mal ?

Il allait falloir trouver la bonne réponse.

— Ça dépend. Donne-moi un exemple.

— Eh bien, quand tu as failli te faire tuer, hier, j'ai pensé… j'ai été content… que ce soit le capitaine Barker qui meure. Même si c'est triste.

Lewis mit le plateau de côté et fit signe à Edmund d'approcher. Lorsque son fils fut près du lit, il prit son visage ovale, duveteux, dans ses mains et l'embrassa, non sur le front, parce qu'Edmund, gêné, baissa un peu la tête, mais sur l'arrête du nez.

— Est-ce que c'est mal ?

— Non, ce n'est pas mal. Ce qui est mal c'est que... l'on t'ait mis dans une telle position que tu as été obligé de penser cela.

— Tu en as, des mauvaises pensées ?

— Oui. J'ai des mauvaises pensées. J'en ai déjà eu plusieurs aujourd'hui.

— Mauvaises comment ?

— Eh bien, j'ai pensé que peut-être je ne me lèverais pas. Que ça ne ferait aucune différence. Je ne voulais plus aider les gens. J'ai pensé que ça ne servait à rien, ni à moi ni aux autres. Je ne voulais pas aider l'Allemagne. Ni les Britanniques. Ni Herr Lubert. Ni Frieda. Ni maman, toi, ou moi. Je voulais laisser tomber. Voilà. Tu trouves que c'est mal ?

— Mais tu ne vas pas faire ça? questionna le garçon, un peu inquiet.

— Pas plus de quelques minutes.

— Ça ne te ressemblerait pas.

— Non.

— Tu sais que Frieda a été arrêtée ?

— Non, je ne savais pas.

— Tu sais ce qu'ils vont lui faire ?

— Que penses-tu qu'ils devraient faire ?

Edmund réfléchit.

— S'ils savaient que sa mère est vivante... ils pourraient la laisser libre.

Un garçon comme ça serait utile au Renseignement, pensa Lewis. Il leur épargnerait des mois de travail et des montagnes de paperasserie. Il avait envie d'embrasser Edmund encore une fois, de le prendre dans ses bras comme quand il était bébé. Mais deux baisers le même jour, c'était peut-être un peu trop.

— Tu as décidé ce que tu vas faire ? demanda le garçon.

— Oui, je crois. Mais d'abord, il faut que tu me donnes un coup de main.

Lewis tendit une main. Edmund la prit dans les siennes et l'aida à se lever.

CHAPITRE QUATORZE

Elle était assise dans un fauteuil et brodait. De grosses mèches blanches étaient apparues dans ses cheveux, son visage était plus charnu et cela lui allait bien. Elle paraissait calme, plus calme que jamais et, comme l'avait dit la religieuse, elle semblait avoir toute sa tête. Son expression était à la fois alerte et pensive, elle battait rapidement des cils et un léger sourire, qu'il connaissait bien, flottait sur ses lèvres.

La religieuse qui s'occupait d'elle avait accepté la requête de Lubert : qu'il la voie avant qu'elle ne le voie et elle se tenait à ses côtés tandis qu'il observait Claudia par l'imposte de l'entrée.

— Elle coud toute la journée. Elle a réalisé plusieurs ouvrages que nous voulons encadrer et accrocher dans les services. Lorsqu'elle ne coud pas, elle note les souvenirs qui lui reviennent.

— Elle avait l'esprit si vif, dit Lubert, plus pour lui-même que pour la sœur qui l'accompagnait. Elle a toutes ses facultés ?

— Oui, même si elle doit encore recouvrer certrains pans de sa conscience. C'est une femme extrêmement intelligente. Spirituelle. Créative, et réactive.

Comme ils avaient croisé le fer ! songea Lubert. Et, le plus souvent, c'est lui qui avait dû s'incliner !

— Elle se souvient de certaines choses ?

— Elle possède des fragments de souvenirs, parfois très détaillés, puis ils lui échappent de nouveau. Cependant, une image se forme. Morceau par morceau. Ces derniers mois, elle a fait de vrais progrès. Nous lui avons suggéré de prendre des notes. Regardez. C'est ce qu'elle fait : elle se souvient.

Claudia avait posé son ouvrage et pris un carnet et un crayon sur le guéridon, à côté de son fauteuil.

— Cela arrive de plus en plus souvent. Elle note des choses tous les jours. Elle dessine, aussi.

Claudia écrivait vite, sans s'interrompre.

Qu'écrivait-elle ? se demandait Lubert. Que se rappelait-elle ? Avait-il une place dans ses réminiscences ? Allait-elle le reconnaître ? Que lui restait-il de lui ? Le meilleur ? Le pire ? Serait-il à la hauteur de ses souvenirs ?

— Se souvient-elle de ce qu'il lui est arrivé ? De la nuit de la tempête de feu ?

— Elle n'en a pas parlé. Ni rien écrit à ce sujet. Je crois qu'elle n'est pas encore prête. Jusqu'à présent, elle se rappelle les bonnes choses, les relations affectives. La famille. Les amis. Le foyer. C'est souvent ainsi dans ces cas-là. L'esprit se souvient de ce que l'âme peut supporter. Au bon vouloir du Seigneur.

Il l'enviait : recommencer de zéro, reconstruire avec des matériaux nobles. Il y avait là une forme de pureté. Elle semblait sereine. Peut-être ferait-il mieux de la laisser ainsi, face à sa page blanche. Cette *Stunde Null* de l'âme. Pourquoi venir salir les choses avec d'inutiles complications ?

— Je ne suis plus la même personne. Je n'ai pas… je n'ai pas été fidèle à sa mémoire.

La religieuse le regardait sans mot dire. Il se sentait

profondément indigne de sa bienveillance mais elle l'encourageait à préciser.

— Je la croyais disparue, poursuivit-il. J'ai voulu refaire ma vie. Avec quelqu'un d'autre. Quelqu'un que je croyais aimer.

Elle lui prit les mains, nullement gênée par cet aveu.

— Vous aimez toujours votre femme, Herr Lubert. C'est le principal. (Elle lui serra les mains comme pour lui communiquer sa conviction.) Venez. Je voudrais vous montrer quelque chose. Venez.

Elle le mena à une table où se trouvaient trois ouvrages de broderie. L'un était fait de lignes et de motifs fleuris, le second était un abécédaire au point de croix, le troisième était figuratif.

— Quand nous pourrons, nous les encadrerons, dit la religieuse en lui tendant la broderie. C'est le premier qu'elle a fait.

On voyait une maison à colonnes, une longue allée bordée d'arbres, un jardin au bord d'un fleuve et un bateau à voiles. Devant la maison se tenaient trois personnages : un homme en tenue traditionnelle d'architecte, une règle à la main, une femme en chapeau et longue robe et, entre eux, une fillette aux cheveux tressés.

— Elle nous a dit que c'était une copie d'une broderie qu'elle avait réalisée, jadis. Elle pense qu'il s'agit peut-être de sa maison et de sa famille. En tout cas, le bateau était pour elle un symbole d'espoir. Mais, vous reconnaissez cet ouvrage…

Lubert n'avait jamais accordé beaucoup d'attention à l'original – et il n'allait pas se permettre de faire de commentaire après s'être moqué de ce qu'il appelait les « œuvrettes » de Claudia – mais, oui, il le reconnaissait. C'était l'exacte réplique du sous-verre qui était dans la chambre actuelle de Frieda.

— C'est votre maison ?

Il acquiesça.
— Et cet homme, c'est vous ?
— Oui.
— Et la fillette ? C'est votre fille ?
— C'est Frieda, oui.
— Et c'est votre femme.
Il fit oui de la tête.
— Manque-t-il quelque chose ?
— Non. Tout… tout y est.

*

— Asseyez-vous, mon colonel.

Lewis prit la seule chaise disponible devant le bureau, face à Donnell et Burnham. Elle était encore chaude. Les deux hommes étaient debout, comme si, après une longue journée d'interrogatoires, ils avaient besoin de se dégourdir les jambes. Il apparut vite que, dans l'équipe, le rôle de Donnell était de se charger des préambules et autres politesses tandis que celui de Burnham était d'observer et d'attendre.

— Nous sommes désolés, pour Barker, dit Donnell. Nous faisons évidemment tout notre possible pour retrouver son assassin. Nous avons des pistes. Nous avons arrêté un certain nombre d'insurgés, parmi lesquels Frieda Lubert.

— Vous l'avez interrogée ?

— Nous avons commencé, répondit Donnell, mais nous avons dû nous interrompre. Elle s'est plainte de douleurs au ventre. Le médecin est en train de l'examiner.

Elle avait probablement eu droit au grand numéro, pensa Lewis. Devant Burnham, sur la table, ses instruments de torture : les photographies des atrocités nazies – les camps, les lynchages, les expériences

« médicales ». Une des photos montrait une jeune fille de l'âge de Frieda, nue, terrifiée, le regard fixé sur quelque bourreau invisible, dont l'absence rendait l'image plus terrible encore.

— Nous l'avons trouvée dans une des maisons réquisitionnées de l'Elbchaussee. Les insurgés l'utilisaient apparemment comme base pour leurs opérations.

— Vous avez établi qu'elle était coupable ?

— Coupable ? demanda Donnell.

— De tout cela, répondit Lewis en désignant l'atroce puzzle.

Burnham décida que c'était le moment d'intervenir.

— Cela vous choque, colonel, mais c'est toujours un moyen très simple, très efficace de faire réagir les gens. Il y a ceux qui ne peuvent pas regarder ; ceux qui regardent et détournent les yeux ; ceux qui prennent leur temps pour regarder. Certains regardent et pleurent. Certains regardent et y prennent plaisir. Il y en a même qui regardent et rient. Et, entre toutes ces réactions, il existe encore nombre de nuances. J'ai remarqué que vous, vous avez regardé et que vous vous êtes empressé de détourner le regard, une réaction qui suggère une lassitude compréhensible concernant le sujet mais peut-être aussi un refus de regarder en face le mal que vous avez sous les yeux – ou une tendance à faire comme s'il n'existait pas.

Burnham était intervenu d'un ton neutre, comme s'il décrivait une réalité objective. Le capitaine Donnell, qui n'entendait probablement pas ces propos pour la première fois, hochait consciencieusement la tête.

— Et quelle a été la réaction de Fräulein Lubert ? demanda Lewis.

Il prit son étui à cigarettes. Il était plus nerveux qu'il ne l'aurait pensé, il craignait un peu la confrontation à venir.

— Elle a refusé de regarder. Elle m'a regardé, moi, avec insistance.

— Lequel de vous a cligné le premier ?

— Pardon ?

— Peu importe. Et donc, vous pensez qu'elle est mêlée à tout cela ?

— Nous le savons, dit Donnell. Nous avons trouvé ceci dans la maison.

Donnell lui tendit le dossier top secret que Lewis pensait avoir égaré.

— On l'a trouvé parmi quantité de choses compromettantes, ajouta-t-il en vérifiant ses notes. Une vraie petite droguerie, cette maison. Des cartes de rationnement, du chewing-gum, de la pénicilline, de la quinine, de la saccharine, du sel, des allumettes, des pierres à briquet, des préservatifs. Ils avaient de tout. Même une valise pleine de pinces à sucre.

Lewis regardait le dossier sans le toucher. Il ouvrit son étui, en sortit une cigarette et l'alluma.

— Et cela prouve quoi ?

— Elle a reconnu le vol des documents, expliqua Burnham. Mais aussi pas mal d'autres choses.

L'attitude de Burnham était intéressante. Comme un joueur de cartes, plus il était sûr de son avantage et plus il était impassible.

— Frieda Lubert faisait partie d'un groupe mené par celui qui a cherché à vous tuer. À en juger par sa façon de parler de lui, ils étaient proches. Elle prétend qu'elle ignorait le projet de son ami, mais c'est peu probable. Il s'appelle Albert Leitmann, déclara Donnell. (Il tendit à Lewis une photographie.) Elle l'avait dans son portefeuille lorsque nous l'avons arrêtée. À la fin de la guerre, il servait dans la défense anti-aérienne de Schvanenwik, sur l'Alster.

Lewis examina la photographie et son cœur se serra.

Albert, les cheveux gominés, rayonnant, debout au sommet d'une plate-forme de tir, portait l'uniforme d'un artilleur. Un fier et beau jeune homme, prêt à défendre son pays.

— C'est la seule photo qui a eu l'air de faire de l'effet à Fräulein Lubert, ajouta Donnell.

— Je vois que vous le reconnaissez, observa Burnham. Qui est cet homme ?

— Il me semble que c'est plutôt un gamin, dit Lewis.

— Homme ou gamin, il a tué votre second. Et nous avons des raisons de croire que sa bande est responsable de vols de camions et d'autres biens appartenant à la Commission. Cette bande présente le même profil que d'autres groupes d'insurgés de type Werwolf.

— Et de quel profil s'agit-il, commandant ? Malnutri ? Orphelin ? Moins de seize ans ? Ce n'est qu'une fille en colère, manipulée par quelqu'un de plus fort qu'elle, en colère lui aussi.

— C'est toujours la même histoire, dans ce pays : « Nous avons été manipulés, monsieur le juge ! » ricana Donnell.

— Elle fait preuve d'une incroyable ingratitude, pour quelqu'un à qui on a témoigné tant de gentillesse, reprit Burnham. Elle nous accuse d'avoir détruit son pays et sa ville. D'avoir tué sa mère. D'avoir volé sa maison. Elle se plaint de tout et de tous, même de votre femme.

— Rachael a fait beaucoup d'efforts pour se montrer amicale.

— Un peu trop, peut-être, si on en croit ses déclarations. Voyons voir… (Burnham consulta ses notes.) « Frau Morgan a essayé de prendre mon père. »

Lewis ne lâchait pas Burnham des yeux. Il se demandait si le commandant en savait plus que lui.

— Visiblement, elle est furieuse, elle fantasme, et sans doute ne faut-il pas la prendre au sérieux, continua

Burnham. Mais vous ne vous en êtes pas fait une amie, il me semble, mon colonel.

— Elle a quinze ans.

— Vous le savez comme moi, ce n'est pas une question d'âge. La marque qu'elle porte sur le bras suffit à la faire fusiller. Il retourna à ses notes. « Je ne peux pas vous dire où il est. Même si vous me gardiez ici pendant mille ans, je ne pourrais pas vous le dire ! » Vous avez remarqué que ces fanatiques pensent toujours par tranche de mille ans ?

Lewis attendait, le cœur battant.

— Dois-je comprendre à votre silence, colonel, que vous ne souhaitez pas que Leitmann soit arrêté et traduit en justice ?

— Dites-moi, commandant, si vous l'arrêtez, quelle sera votre sentence ?

— La loi le condamnera à mort.

— Et cela vous satisferait-il ?

— Lorsqu'on le tiendra, il sera exécuté.

— Albert Leitmann a déjà été exécuté.

Cette fois, l'imperturbable Burnham sembla enfin ébranlé : froncement de sourcils, vague regard en coulisse en direction de Donnell, petit soupir.

— Je l'ai poursuivi jusqu'au fleuve, reprit Lewis. Il a tenté de traverser mais la glace a cédé. Il est tombé à l'eau. Je l'ai regardé mourir.

— Vous avez tiré ?

— Il s'est noyé.

— Attendez, mon colonel, dit Donnell en arrêtant de griffonner, soyons clairs : vous l'avez vu mourir ? Vous en êtes certain ? Il n'a pas trouvé moyen de s'échapper ? De nager jusqu'à l'autre rive ?

— Je l'ai laissé mourir. Ce n'est pas quelque chose que j'oublierai facilement.

— Vous l'avez pourtant oublié dans votre rapport à la police.

— J'étais… en état de choc.

À ces mots, Burnham eut une grimace de mépris que Lewis trouva étonnamment rassurante. Il reprit :

— Je vous ai entendu dire un jour que vous souhaitiez reconstruire le psychisme de ce peuple brutalisé, commandant. C'est bien ce que vous avez dit à Shaw, non ? « Douze années d'ignorance et d'illettrisme ont fait d'eux des animaux. »

Burnham ne répondit pas. Il faisait celui qui s'ennuyait mais Lewis ne le trouvait guère convaincant.

— J'imagine que vous ne reniez pas cet engagement ?

— Dans le cas de Fräulein Lubert, c'est trop tard.

— Non, ce n'est pas trop tard.

— Ne soyez pas ridicule, mon colonel, protesta Donnell. Elle s'est rendue complice d'un assassinat. Nous en avons la preuve.

— Vous allez la faire fusiller pour avoir volé des documents ? Écoutez. Je vous propose un marché. Si vous la libérez, je m'engage à reconstruire son psychisme en une journée. (Il ne leur laissa pas le temps de répondre.) J'ai ici deux rapports que je dois remettre à de Billier. C'est le travail de Barker. Ils traitent de sujets différents mais qui sont liés. Le premier est le registre des personnes disparues se trouvant dans les hôpitaux et les hospices du pays et qui n'ont pas encore été retrouvées par leur famille. C'est une somme de travail considérable et mon seul mérite est de l'avoir initiée. Cela a permis de découvrir que la femme de Herr Lubert vit actuellement dans un hospice franciscain, à Buxtehude. Vous ne voudriez sûrement pas cacher cela à une jeune fille qui croit sa mère morte et qui s'est engagée dans l'illégalité sur la base de cette conviction ? Je voudrais montrer ces documents à Frieda, puis l'emmener voir sa mère.

— Tout cela est très intéressant, dit Burnham, mais ne change rien au fait que Fräulein Lubert est complice d'un meurtre, mon colonel.

Le moment était venu pour Lewis d'abattre ses cartes.

— L'autre rapport a un impact plus direct.

Il sortit un dossier bleu de son cartable et le fit glisser sur le bureau. Burnham en lut le titre : « Exportation illicite d'objets de valeur provenant de propriétés allemandes ». Impassible, il ouvrit la chemise. Il se mit à parcourir les pages que Barker avait eu la bonne idée de marquer. En constatant l'ampleur du délit, Lewis avait été sidéré. Les Burnham ne s'étaient pas contentés de faire leur pelote, ils s'étaient livrés à un véritable pillage. Il attendit que le commandant réagisse.

Celui-ci, les yeux toujours baissés, referma le dossier et, si son visage ne trahit aucune émotion, Lewis sentit que l'équilibre des forces s'était inversé. Après un long silence, le commandant eut un clignement de paupières. Puis il regarda Lewis. C'était un étrange regard, interrogateur, déconcerté. Le document reposait sur la paume de sa main, comme s'il cherchait à en évaluer le poids.

— Votre capacité à… fermer les yeux sur… sur les fautes des autres ne connaît pas de limites. Vous êtes vraiment pour moi… un mystère, mon colonel.

*

Quinze minutes plus tard, Lewis se trouvait au centre de détention, devant la lourde porte d'une cellule ; il regardait Frieda par le judas. Elle était accroupie sur le banc, les genoux repliés sur la poitrine. Si, physiquement, elle semblait indemne, psychiquement elle semblait brisée : une gamine de quinze ans plus qu'une dangereuse rebelle. Le médecin de l'armée l'avait examinée sans trouver chez elle aucun signe de malnutrition, d'œdème, de tuberculose ni d'aucun des maux qui affectaient ses compatriotes. Quant aux douleurs de ventre, il pouvait les expliquer.

— Rien d'inquiétant, colonel, mais ses parents ne seront peut-être pas de mon avis. Elle est enceinte.

Lorsque Lewis entra dans la cellule, Frieda sursauta et se recroquevilla encore davantage. Pour la rassurer, il resta sur le seuil, la main tendue. Frieda se rencogna et serra plus fort les genoux. Méfiance et animosité avaient cédé la place à une peur animale.

— Je ne savais pas… Je ne savais pas ce qu'il allait faire.

— Ne vous inquiétez pas. Venez.

— Où ?

— À la maison.

— Pourquoi ?

— Pourquoi ? Parce que là est votre place.

— Ce n'est plus ma maison.

— C'est toujours mieux que cette cellule.

— Mais on m'a dit que j'allais aller en prison.

— Ma voiture est garée sur le Ballindamm. Je vous attends dehors.

Lorsqu'il sortit, Frieda regardait fixement la porte ouverte. Il demanda au gardien de laisser partir la jeune fille lorsqu'elle le jugerait bon. Sur les marches du centre de détention, il alluma une cigarette et attendit, tout en regardant deux jeunes hommes lancer un voilier sur le Binnenalster libéré des glaces. Sur le Jungfernstieg marchait une foule de gens, des gens qui avaient un but et une raison d'être là. Des vies riches de décisions, d'erreurs, de bonnes affaires, de négociations, de rendez-vous, de promesses.

Une cigarette plus tard, Frieda parut à l'entrée. Elle

s'arrêta à quelques mètres de lui. Lewis écrasa son mégot, lui indiqua quelle direction il prenait et se mit en chemin. Il vérifiait qu'elle le suivait mais la laissait garder ses distances, acceptant de faire comme s'ils n'étaient pas ensemble, pour ne pas l'humilier davantage.

Au bout du Jungfernstieg, un kiosque en bois tout neuf, peint en blanc et surmonté d'un toit de tôle, vendait des surcreries et des journaux. Lewis s'y arrêta, acheta un sachet de bonbons à la menthe pour le voyage et le *Welt*. À la une, on voyait une photo aérienne de Heligoland sous le titre : « L'île se prépare pour la grande explosion ». Il parcourut le premier paragraphe : « Une violente déflagration va détruire le reliquat de la machine de guerre nazie ».

À quelques pas de là, Frieda s'était arrêtée. Lewis garda les bonbons, sachant qu'elle les refuserait s'il les lui tendait au vu de tous. Une longue file de camions chargés de gravats remontait lentement la rue. De petits cailloux échappés des bennes cliquetaient en tombant sur l'asphalte. Ils attendirent que le convoi soit passé pour traverser. Arrivés à sa Volkswagen brun mat, Lewis ouvrit la portière à Frieda et lui tendit les bonbons.

— C'est pour vous, dit-il.

Elle les prit et entra dans la voiture.

Ils roulèrent vers le sud, puis vers l'est, passèrent devant les vastes entrepôts portuaires et longèrent le bras nord de l'Elbe jusqu'au quartier dévasté de Hammerbrook.

Frieda restait silencieuse, recroquevillée, dos tourné à Lewis. Lorsqu'ils rejoignirent l'autoroute de Buxtehude, elle se redressa.

— Ce n'est pas le chemin.

— Je sais.

— Vous allez à l'opposé. Ma maison est de l'autre côté.

— Je sais, répondit Lewis. Nous prenons un autre chemin.

— Mais ce n'est pas le bon. Ça va prendre plus longtemps.

— Faites-moi confiance. Ce chemin-là est meilleur.

CHAPITRE QUINZE

En se rendant au bureau de certification, Lubert passa à côté du seul mur de l'ancien musée des Beaux-Arts encore debout – le mur des « L'avez-vous vu ? » – toujours couvert de demandes d'informations, souvent superposées les unes aux autres, concernant les proches disparus. S'y était ajoutée une section de photographies d'enfants à la recherche de leurs parents. Un homme et une femme y scrutaient les photos les unes après les autres. Au cours des mois suivant la Catastrophe, lorsque les habitants furent enfin autorisés à revenir en ville, Lubert s'y était rendu presque chaque jour. C'était l'automne mais les arbres et les buissons qui avaient été brûlés au cours des raids de l'été avaient retrouvé leur feuillage. Complètement hors saison, marronniers et lilas refleurissaient. Le sol, qui avait subi un énorme échauffement, avait fait naître une masse de boutons-d'or, de mouron, de mauves et d'épilobes qui se nourrissaient des cendres des êtres aimés. Lubert avait refusé de croire au récit de Trudi, une amie de Claudia, qui disait avoir été témoin de la mort de celle-ci au cours de la tempête de feu. Il avait tenu à accrocher sa notice au mur parmi les milliers d'autres. Aujourd'hui, pour la première fois, il passait à côté sans avoir à regarder.

— J'espère que vous allez les retrouver, dit-il au couple qui étudiait les photographies, tout en marchant sur le Steindamm.

Ses espoirs à lui concernaient l'obtention du certificat qui lui permettrait de recommencer à travailler. Il s'efforçait de ne pas être trop optimiste. Tout le monde ne repartait pas satisfait ; beaucoup étaient renvoyés chez eux les mains vides et devaient revenir pour un interrogatoire supplémentaire, souvent sans savoir pourquoi. Depuis le retour de Claudia, il avait eu des idées nouvelles, des visions précises de bâtiments qui s'élevaient au milieu des ruines : une nouvelle mairie, un pont sur l'Elbe, une salle de concert sur les docks. C'étaient des idées fantaisistes, trop ambitieuses, rien d'autre, peut-être, que les tristes rêves d'un architecte frustré, mais elles ne cessaient de le hanter pourtant. Claudia lui conseilla de ressortir ses anciens plans. Il ne les avait pas regardés depuis la guerre et ces travaux de jeunesse l'amusèrent et lui firent honte tout à la fois. Il avait été un étudiant idéaliste et trop sûr de lui : c'était un peu comme relire une vieille lettre d'amour. Il retrouva son plan pour sa « Maison hors de l'histoire », un village ouvrier avec jardins et canaux, fontaines et espaces de loisirs. Rien que le nom était prétentieux : qui avait jamais pensé, et moins encore construit, une maison sans référence au passé ? Le professeur Kramer, son tuteur à l'Institut, avait reproché à son projet d'être idéologiquement douteux et trop bourgeois. Lubert, à l'époque, n'était pas armé pour discuter avec quelqu'un d'aussi cultivé mais aujourd'hui, vingt ans plus tard, il lui semblait qu'il y avait dans ces plans quelque chose qui répondait exactement à l'urgence de la situation.

Il y avait deux personnes dans la salle d'attente : une femme qui se rongeait les ongles et un homme qui lisait un roman. Il s'assit en face d'eux et tenta de deviner lequel des deux aurait son certificat et lequel ne l'obtiendrait pas. Il se dit que la femme, qui ne cessait de vérifier que ses pieds étaient bien parallèles, était, malgré sa nervosité, d'un gris clair acceptable ; l'homme, lui, qui tournait les pages d'une main gantée, semblait trop calme pour être innocent. Lubert l'imaginait facilement dans l'uniforme impeccable du SS, fourbissant chaque matin son insigne à tête de mort. Aujourd'hui, il n'était plus aussi élégant. Que faisait-il, lui, dans la même pièce qu'un homme pareil ?

— Vous attendez depuis combien de temps ? lui demanda Lubert, espérant quelques détails qui confirmeraient ses soupçons.

— Je ne sais plus.

L'homme n'avait même pas levé la tête de son livre.

— Et vous ? dit Lubert en s'adressant à la femme.

— C'est la troisième fois que je viens, dit-elle en répondant à côté de la question. Je ne peux que répéter ce qu'ils savent déjà. Nous n'étions même pas mariés. Nous n'étions même pas amants. Je suis juste allée quelques fois au théâtre avec lui. Et maintenant, ils veulent me jeter en camp d'internement.

Lubert n'avait aucun mal à deviner le reste : l'homme avait été un dignitaire du parti et la femme, sa poule, tout simplement. L'histoire était connue.

— Calmez-vous, ma bonne dame, dit Tête-de-Mort. Plus vous en rajoutez, moins on vous croit. Ne vous fatiguez pas. Tenez-vous-en à votre version. Vous n'avez rien à craindre, si vous vous en tenez à votre version.

Il retourna à son livre. Lubert était certain que l'homme était aussi noir que ses chaussures.

L'attente se prolongeait. Peut-être cela faisait-il partie de leur tactique : leur donner le temps d'avoir des doutes ; les laisser dans cette atmosphère confinée avec des gens compromis et attendre qu'ils s'en prennent les uns aux autres.

— Rosa Turnweg ?

La femme se précipita au guichet, assez semblable à celui d'une banque, avec une vitre ouverte à la base, par laquelle on recevait la bonne ou la mauvaise nouvelle. Lubert essayait d'entendre ce qui se disait mais c'était difficile. Apparemment, on avait fait passer un document à Frau Turnweg.

— Qu'est-ce que c'est que ça ? Et, se mettant à hurler et à frapper sur le comptoir : Non ! Les interrogatoires, ça suffit ! Par pitié ! Je n'ai rien d'autre à ajouter. Je vous ai tout dit. J'ai besoin de ce certificat ! Laissez-moi vivre ma vie !

De l'autre côté de la vitre, silence. Comme la femme continuait à protester, le garde de service la fit sortir avant que la situation ne s'envenime. Sa demande avait été rejetée trois fois : c'était injuste, Lubert en était convaincu.

Quelques minutes après, l'invisible préposé appela Tête-de-Mort.

— Herr Brück.

Un nom bien de chez nous. Herr Brück a l'air tellement sûr de lui. Il va voir ce qu'il va voir, ce salaud.

L'homme s'approcha du comptoir. De l'autre côté de la vitre, la même voix étouffée, puis une main fit glisser un papier. Herr Brück y jeta un coup d'œil et le brandit. C'était un certificat : un certificat d'une blancheur immaculée.

Claudia avait raison : il était trop impulsif. Il décidait trop vite. Comme lui avait toujours dit Kramer, c'était ce qui faisait de lui à la fois un très bon et un très mauvais architecte.

Lubert n'avait pas imaginé que sa demande pouvait être rejetée – il se savait innocent et il croyait même au concept un peu nébuleux de justice britannique – mais des doutes commençaient à l'assaillir. On avait peut-être trouvé des choses qu'il ignorait lui-même dans sa parenté, un cousin de Bormann, par exemple, ou un oncle de Himmler. On avait peut-être découvert sa liaison avec Rachael.

— Stefan Lubert ?

Cela commençait mal. L'Anglais prononçait son nom à la française, avec un T muet. Lubert se leva, les jambes engourdies, flageolantes. Derrière sa vitre, le préposé portait l'uniforme bleu marine de la Commission de contrôle et une moustache en brosse à dents qu'on ne pouvait manquer d'associer au Führer. Lubert n'aimait pas les moustaches et avait toujours secrètement pensé que celle de Hitler tenait du cabotinage. Il était curieux que tant de militaires britanniques continuent à cultiver ce style. Ne voyaient-ils pas à qui ils ressemblaient ? Et dire que sa liberté pouvait lui être refusée par un sosie anglais de Hitler.

— Votre certificat.

Une carte blanche portant la mention « Certificat de dénazification, Commission de contrôle pour l'Allemagne » glissa jusqu'à lui. Lubert la dévora des yeux. Il n'y figurait quasiment rien de plus. La moitié de la place était occupée par le tampon de la CCA et la signature de l'officier du Renseignement. Celle-ci avait été tracée d'une écriture ferme, à l'exception de l'initiale du nom, toute en fioritures. Burnham.

Lubert caressa le certificat, le sentit, le pressa même contre sa poitrine comme si c'était un billet doux. Il le tenait, son *Persilschein* ! Il aurait voulu embrasser le sosie de Hitler, agiter le document comme un drapeau, dire à tout Hambourg : « Je suis propre ! Je suis libre de travailler ! Libre de voyager ! Libre de vivre ! »

Lubert sortit de l'immeuble. Dehors, il inspira profondément et traversa la rue. Il se trouvait alors à la lisière même des ruines. La tempête de feu s'était arrêtée au Steindamm et, quatre ans plus tard, c'était encore très visible : d'un côté de la rue, des immeubles de six étages et de l'autre, un champ de ruines s'étendant au sud jusqu'à Hammerbrook, comme une plaine immense butant sur des falaises verticales. Une plaine seulement peuplée de rouges-queues noirs qui cherchaient à manger dans la neige fondue et à nicher dans les gravats.

Tandis qu'il observait les oiseaux, il se mit à imaginer l'espace déblayé, les fondations creusées sur lesquelles de nouveaux bâtiments prendraient racine et se développeraient. Une bibliothèque dont la loggia donnerait sur une cour intérieure, un hôpital avec ses arcades, une école dont la façade serait décorée de godrons et de bossages ! Un nouveau cinéma avec une galerie extérieure, sa marque de fabrique, pour projections en plein air. Des rues pour les voitures. Des pistes pour les bicyclettes. Des trottoirs pour les piétons. Des arbres jalonnant de beaux boulevards. Des maisons-bateaux sur le lac. Des trains aériens qui circuleraient au-dessus des toits. Des fontaines qui projetteraient des jets d'eau en forme de fleurs. Des parcs, des jardins où l'on pourrait méditer, parler, jouer, discuter, être ensemble. Il voyait toute une ville émerger de la désolation. Une belle ville pour les enfants, les parents et les grands-parents, les amoureux et les gens en quête d'amour, les êtres brisés et reconstruits, ceux qui manquaient à l'appel et qui vous manquaient, les êtres perdus et ceux qui étaient retrouvés.

ÉPILOGUE

Ossi et Ernst marchaient au bord de l'Elbe ; ils avaient pris la route de derrière pour aller à la maison du bon Tommy.

— Pourquoi tu l'as pas tuée ? voulut savoir Ernst. C'était l'occasion.

Et en effet. Ossi, le doigt sur la gâchette du Mosin-Nagant, la crosse bien calée contre l'épaule, comme Berti lui avait montré, avait eu la Bête dans sa ligne de mire. Ils traversaient le parc comme des chasseurs, pieds en dehors, genoux fléchis, à la recherche d'un faisan, lorsque, juste devant eux, ils étaient tombés sur une panthère noire, la tête dans les boyaux d'un chevreuil. Elle tirait sur la viande et les muscles de son cou tressaillaient. Ossi voyait ses dents en touches de piano, sa somptueuse fourrure noire, ses yeux d'émeraude.

— Vas-y, avait chuchoté Ernst. Qu'est-ce que tu attends ?

Ossi aurait pu l'avoir, à ce moment-là ; mais quelque chose l'en avait empêché et tandis qu'il hésitait, le félin avait levé la tête, cligné de ses yeux verts, puis disparu, dans un mouvement onduleux.

— Je sais pas pourquoi. Je peux pas t'expliquer.

Ossi chassait d'une main les mouches qui lui tournaient autour de la tête.

— Je te jure, on est bons pour mille ans de mouches. Ces salopes ont pris possession de la ville. Et elles ne sont pas difficiles. Une mouche réquisitionne un étron, invite sa famille et toute la smala à s'installer, et tout ce monde se sent comme chez lui.

— La neige me manque, maintenant, déclara Ernst. Au moins, ça faisait une sorte de couvercle sur la puanteur.

Ils arrivèrent à la courbe du fleuve, là où, au bout de la jetée, Ossi avait dispersé les cendres de sa mère. Il se demanda où elle était, à présent. Comment savoir jusqu'où un fleuve pouvait vous mener, si on s'abandonnait à lui ? Elle était peut-être à Cuxhaven. À Heligoland. À Sylt. Pourvu qu'elle n'ait pas été arrêtée par les bancs de boue de Grünendeich où ces gros salauds de corbeaux n'en auraient fait qu'une becquée. À un moment, le vent avait rabattu les cendres sur ses godillots et jusque dans sa bouche. Il s'était dit qu'il aurait mieux fait de les jeter sur les ruines de Hammerbrook ou les pelouses de Jenischpark. Mais il s'était souvenu qu'elle disait toujours : « J'aimerais habiter au bord du fleuve. » Alors, il avait attendu que le vent se calme, ramassé tout ce qu'il restait d'elle et lancé les cendres qui, cette fois, s'étaient posées en flocons sur les eaux de l'Elbe et avaient flotté vers l'ouest, en direction de la mer.

Ils approchaient de la maison et Ernst commença à s'inquiéter.

— On devrait peut-être pas. Tu crois qu'on peut ?

— Edmund est notre ami. Il nous a toujours donné des cibiches.

— La police nous recherche peut-être encore.

— On avancera entre les arbres, en tapinois, comme la Bête.

Ils tournèrent le dos au fleuve, traversèrent les jardins puis la route, et avancèrent d'arbre en arbre jusqu'à se retrouver face aux grilles de la maison. Ils grimpèrent dans un arbre pour avoir une meilleure vue, par-dessus la clôture. Ossi avait démonté la lunette du Mosin. Il la sortit de sa poche et se mit en observation.

— Tu le vois ? demanda Ernst.

La Mercedes n'était plus dans l'allée et le drapeau tommy ne flottait plus sur son mât. Aucun signe d'Edmund, du colonel ou de sa femme.

— Je vois pas les Tommies.

— Ils sont peut-être rentrés chez eux, avança Ernst. À l'heure qu'il est, ils pique-niquent aux Vhite Cliffs of Vindsor et se marrent en traitant Hitler de couille molle.

L'idée qu'ils aient quitté le pays rendit Ossi horriblement triste, et pas seulement parce qu'il manquait de cigarettes. Il continua à observer la maison et le jardin dans l'espoir d'apercevoir son ami, ou du moins un gentil Tommy.

Il vit quelque chose bouger derrière une fenêtre du rez-de-chaussée. Il régla la lunette et distingua les jambes d'un homme sur une échelle. Le père de la copine de Berti accrochait un tableau. Il le contempla un moment puis se remit à balayer les alentours, fenêtre-mur-fenêtre-jardin. Il repéra une dame assise face au fleuve, occupée à coudre.

— Et là, qu'est-ce que tu vois ?

— Il y a une dame. Mais c'est pas la *Mutti* d'Edmund. C'est quelqu'un que j'ai jamais vu. Elle est pas mal, mais c'est pas Marlène.

— Je vois quelqu'un dans le jardin, dit Ernst. Une grosse fille.

Ossi éloigna la lunette et vit une fille qui s'avançait sur la pelouse vers la dame dans son fauteuil.

— C'est la gonzesse de Berti. (Il regarda à nouveau par la lunette.) Quelqu'un lui a mis un polichinelle dans le tiroir.

— Hein ?

— La gonzesse de Berti va devenir *Mutti*, dit-il en passant la lunette à Ernst sans cesser d'observer la scène.

Il pensa à son frère et se dit qu'il aurait fallu qu'il soit au courant.

— Un homme approche, maintenant, dit Ernst.

Ossi vit le père de Frieda qui rejoignait les deux femmes ; il portait un plateau de goûter. Il le posa sur la table de jardin et attrapa une chaise pour s'asseoir auprès de la dame. Il lui prit la main et lui parla.

— On reviendra plus tard, non ? demanda Ernst. Ossi ? Qu'est-ce que tu veux faire ?

— On regarde encore un peu. Je veux juste voir ce qu'y va se passer.

REMERCIEMENTS

À mon père qui m'a raconté comment, en 1946, c'est-à-dire un an après la fin de la Deuxième Guerre mondiale, mon grand-père, Walter Brook, a réquisitionné pour sa famille une maison à Hambourg et a eu ce geste étonnant d'autoriser les propriétaires à rester, de sorte que familles allemande et britannique partagèrent une maison pendant cinq ans. C'est cette situation qui m'a inspiré ce roman.

À mon oncle, Colin Brook, qui, comme mon père, m'a donné des informations indispensables sur le contexte de l'époque (ainsi que des photographies), grâce auxquelles j'ai pu construire ma propre vision des événements.

À mon agent littéraire, Caroline Wood, qui, des années durant, n'a pas arrêté de me harceler pour que j'écrive cette histoire ; elle tenait à un roman (et à un scénario) et n'a eu de cesse que je lui remette suffisamment de pages pour éveiller l'intérêt d'une maison d'édition.

À Jack Arbuthnott, producteur de films à Scott Free, qui, après avoir pris connaissance du *pitch*, a commandé un scénario, ce qui a poussé mon agent à me harceler de plus belle pour que j'écrive ce livre.

À mes éditeurs, Will Hammond, chez Penguin, et Diana Coglianese, chez Knopf, pour avoir cru en un livre dont seul un sixième était écrit puis pour m'avoir aidé à sculpter le matériau brut jusqu'à ce que je puisse leur remettre quelque chose de lisible.

À divers amis qui, toutes ces années, m'ont encouragé à écrire un nouveau roman quand je n'étais pas certain de devoir ou de pouvoir le faire. Ils se reconnaîtront.

À mon épouse et principale éditrice, Nicola, qui m'a témoigné tant de patience alors que j'essayais d'écrire, tout en enseignant de la vraie, de la grande littérature, ce qu'elle fait depuis vingt ans.

À l'Auteur de toutes choses.

FSC
www.fsc.org
MIXTE
Papier issu de sources responsables
FSC® C003309

10/18, une marque d'Univers Poche,
est un éditeur qui s'engage pour
la préservation de l'environnement
et qui utilise du papier fabriqué à partir
de bois provenant de forêts gérées
de manière responsable.

Imprimé en France par CPI

N° d'impression : 2043112
Dépôt légal : juin 2015
Suite du premier tirage : mars 2019
X06524/03